AF328297

LA CHANTEUSE DE MARBRE.

HISTOIRE DU XVII° SIÈCLE.

PREMIÈRE PARTIE.

I.

La Regata.

Aux beaux jours de Venise, le 25 avril ramenait chaque année les fêtes les plus merveilleuses, dans cette ardente et voluptueuse cité, qui ne demandait à ses patriciens, en échange de la puissance sans bornes qu'elle leur avait cédée, que des plaisirs et des spectacles.

Toute saison avait les siens; l'hiver, dans son long carnaval, attirait vers les lagunes enchantées de l'Adriatique, non pas seulement les curieux, les désœuvrés, les riches eunuyés de l'Italie, mais une foule élégante et passionnée, composée de l'élite de la jeunesse ou des insatiables coureurs d'aventures des autres parties du monde.

Durant l'été, en outre de cérémonies religieuses fort multipliées, c'étaient des anniversaires consacrés par le souvenir de faits glorieux ou simplement par la tradition et l'usage. En tout temps, le moindre événement devenait prétexte à réjouissances : une nouvelle heureuse pour la République, l'arrivée aux grandes fonctions d'un personnage illustre, le retour d'un ambassadeur après une mission fructueuse, la venue d'un légat étranger, un mariage important, tout enfin, jusqu'à la fantaisie d'un particulier faisant courir à la tombée du jour, sur le Grand-Canal, comme dans un *corso* nautique, de longues barques remplies de musiciens, récréation qui s'est perpétuée jusqu'à nous sous le nom de *fresco*.

Mais, nous le répétons, si l'on en excepte l'Ascension, époque du mariage du doge avec la mer, aucune de ces fêtes n'égalait celle du 25 avril, où l'on célébrait le nom sacré de Saint-Marc, patron de Venise.

Pour ce jour-là, les plus beaux chants, les plus harmonieux concerts, les plus bruyantes acclamations sur les lagunes, sur le Grand-Canal, sur les places et dans les traguetti. Toutes les gondoles arboraient leurs couleurs, leur *felze* de draperies cédait la place aux toiles éclatantes et leurs éperons brillaient comme un métal précieux; les palais pavoisaient leurs façades de riches tapis, tissés avec un art qui rivalisait la peinture, chaque toit se couvrait de mâts garnis de banderolles, chaque fenêtre étalait sa bannière et ses devises.

L'immense parcours du grand canal disparaissait sous l'affluence des barques de toute forme, de toute dimension qui s'y disputaient l'espace, et tout cela courait, avançait, s'agitait, par des mouvemens si souples, des glissades si habiles, une telle sûreté de coup d'œil, qu'on n'aurait pu dire au premier abord si c'étaient les lagunes ou les palais riverains qui marchaient.

Au milieu de ces magnificences, de ces murailles enveloppées de soie, de ces stations de gondoles, parées comme des reposoirs, de ces ponts enguirlandés de verdure et chargés de pyramides humaines, un point surtout attirait l'attention et servait de but aux efforts des rameurs. Nous voulons parler d'une immense estrade, construite entre les palais Balbi et Foscari, à la moitié du grand canal.

Celle-ci l'emportait sur les terrasses des patriciens les plus fiers et sur les balcons des dames les plus belles et les plus admirées. Un dais, surmonté d'une couronne ducale, s'élevait au-dessus d'un fauteuil d'or massif qui en occupait le centre. Tout autour, des siéges de brocart et de velours attendaient de nobles assistans ; les abords en étaient gardés par des Dalmates en grand costume.

A un signal parti du fort de l'arsenal, une vie nouvelle sembla circuler dans la foule ; les fenêtres servirent de cadres à des visages étagés les uns sur les autres, les moindres saillies des toits reçurent des curieux ; les bannières, les banderoles, les trophées, les rameaux verdoyans, s'agitèrent; les barques des diverses corporations, celles des autorités, façonnées en forme de temples, de tourelles, de bastions, de conques aquatiques, se mirent en mouvement; des pétards allumés sur les nombreux traguetti des gondoliers, répondirent au canon officiel; les cloches de la cathédrale, mises en branle, furent bientôt accompagnées par celles des autres églises et des moindres couvens; enfin, pour compléter ce bruit de la poudre, de l'airain et des poitrines humaines, les innombrables équipages de musiciens soldés par le podesta ou par de grands personnages, partirent de la Piazzetta, située au bas de la place Saint-Marc, répandant au loin, avec une émulation infatigable, leurs symphonies les plus sonores.

On était en 1676, et la longue paix dont les Vénitiens jouissaient depuis le dernier traité signé avec les Turcs en 1669, en rendant leurs fêtes un peu moins fréquentes, redoublait la joie qu'ils prenaient à celle-ci.

Cependant, au signal du canon, un pompeux cortége, sorti du palais des Procuraties, de la place Saint-Marc, vint prendre place sur l'estrade réservée aux chefs de l'Etat.

Mais le peuple n'eut pas plutôt aperçu le personnage qui marchait en tête, qu'un seul cri remplit les airs, dominant jusqu'au bourdon de Saint-Marc et jusqu'aux salves de l'artillerie ?

— Viva! viva Francesco Morosini !

Et les rames s'élevèrent pour s'incliner en forme de salut, et les drapeaux, ainsi que les mouchoirs, s'agitèrent aux balcons mauresques, et toutes les mains battirent à la fois, depuis les mains calleuses des artisans, jusqu'aux blanches mains des jeunes patriciennes.

Le doge, Nicolo Sagredo, retenu sur son lit de douleur par la maladie qui devait l'emporter quelques mois plus tard; après un règne de deux ans, avait délégué la présidence de la fête à l'un des deux procurateurs de Saint-Marc, le fameux Francesco Morosini, que ses succès contre les Turcs avaient rendu l'homme le plus illustre de la République.

Morosini avait alors dépassé la quarantaine, mais on ne lui eût jamais donné son âge, à voir sa taille élégante, la dignité de son maintien, la vivacité de son regard et l'énergie de ses traits.

On lisait sur son large front, — qui commençait à se dégarnir et semblait gagner quelque chose de plus noble et de plus expressif encore à cette atteinte de l'âge et des orages de la vie, — l'indomptable courage du soldat, l'inflexible habitude du commandement, et les signes qui dénotent de grandes passions unies à une organisation puissante.

A Venise, la patrie des mœurs faciles, où la fortune et la noblesse donnaient l'empire des cœurs, on avait aisément oublié les aventures orageuses de la jeunesse de Francesco, et même celles de son âge mûr, pour ne considérer en lui que le héros. Qu'importait à l'État quelques esclandres intérieurs, qu'importait au peuple l'enlèvement de quelques jolies filles, quand l'auteur de ces épisodes obscurs ajoutait de glorieuses conquêtes au domaine de Saint-Marc, quand il tenait en échec, par des exploits inconnus jusqu'alors, des armées infidèles, décuples des siennes ! A Venise, on était habitué à n'envisager les choses qu'au point de vue de l'intérêt public, et l'on souffrait en silence les *bravi* attachés à la maison d'un grand, lorsque celui-ci équipait une compagnie d'hommes d'armes, ou une galère pour la défense de la République.

Or, pas un fils des lagunes, depuis des siècles, n'avait accompli d'aussi étonnantes actions que Francesco Morosini. Descendant d'une race qui avait fourni à Venise plusieurs doges, il n'avait pas vingt ans qu'il se signalait sur une des galères vénitiennes, et commençait cette série de victoires qui devait, en 1661, le conduire au titre de commandant de la flotte et bientôt à celui de généralissime. En cette dernière qualité, il avait défendu Candie contre les Turcs, au prix de plus de cinquante assauts, de plus de quarante combats souterrains, sans compter les mines dont il avait su; plus de cinq cents fois, déjouer l'effet meurtrier. Dans ce siége mémorable, l'ennemi avait perdu 120,000 hommes, et ce ne fut qu'après vingt-huit mois d'une lutte gigantesque que Morosini dût mettre bas les armes; encore ne le fit-il qu'en dictant ses conditions au visir qui, dans son admiration, lui concéda toutes ses demandes.

De retour dans sa patrie, Morosini avait obtenu tout d'abord un accueil enthousiaste qui l'avait fait admettre à l'une des deux places de procurateur de Saint-Marc, les plus considérables, dans la hiérarchie vénitienne, après celle de Doge. Il est vrai que bientôt, l'envie, dont le mérite n'est pas plus à l'abri dans les républiques que dans les monarchies, s'éveillant à l'aspect de cette faveur, avait suscité contre lui des orages qui menaçaient jusqu'à sa probité. Il s'était vu retenir quelque temps en prison; mais son procès, plaidé solennellement devant le Conseil des Dix, puis évoqué par le Sénat, avait tourné à sa justification ; il était sorti triomphant de cette épreuve, comme de ses guerres contre les Turcs. Sa popularité s'était accrue de l'acharnement de ses ennemis, à ce point que, pour achever ceux-ci par un dernier coup, Nicolo Sagredo, le doge actuel, n'avait obtenu ce poste suprême qu'en récompense de l'appui qu'il avait prêté à Francesco, en se constituant son avocat.

Tel était l'homme important sur lequel nous devions donner ces rapides détails, eu égard au rôle qu'il est destiné à remplir dans notre récit.

Lorsqu'il se fut installé sur le trône ducal, le Conseil des Dix, puis les avogadors, les sénateurs, des patriciens, l'élite des dignitaires du gouvernement, prirent place sur les siéges disposés autour de lui.

Alors vint à son tour un cortége d'un aspect tout différent, car on n'y voyait pas resplendir l'or et les diamans sur la robe d'écarlate des grands fonctionnaires ni sur la robe noire des patriciens; mais à défaut de ces magnificences, ceux qui le composaient avaient l'aspect le plus varié et le plus pittoresque. En tête, marchait un vieillard qui portait encore avec assez d'aisance ses longs cheveux blancs, surmontés d'un bonnet phrygien de couleur noire, approchant pour la forme de la corne ducale. Ses vêtemens justes indiquaient un gondolier, mais ils étaient rehaussés par des rubans et par des aiguillettes à franges d'or, et sur ses épaules flottait un large manteau dans les plis duquel il se drapait avec une adresse qui ne manquait pas de dignité; enfin il s'appuyait sur une rame également dorée et enrubannée, rame de luxe qui, dans sa main, représentait un sceptre.

Il avait, ainsi que le procurateur de Saint-Marc, une nombreuse cour autour de lui; c'étaient les doyens des gondoliers et les vainqueurs des précédentes régates, qui tous portaient, à son exemple, et comme un uniforme dont ils se montraient fiers, la ceinture et le bonnet noirs.

Ce vieillard se nommait Bartolomeo Gamba. Dans ce gouvernement où tout rouage ne marchait qu'au moyen d'une hiérarchie minutieuse, Bartolomeo Gamba était doge aussi, non pas doge de l'aristocratie, mais du peuple. Il portait le titre de *Gastaldo des Nicolotti*.

Ces fonctions, plus honorifiques qu'actives, empruntaient néanmoins une valeur incontestable à la position de celui qui en était chargé. A Venise, la corporation la plus considérable, la plus puissante, était celle des gondoliers, qui se divisaient en deux parties nettement tranchées : les *Nicolotti* et les *Castellani*. Les Nicolotti étaient, à proprement parler, les gondoliers populaires ; ils formaient la démocratie de la profession, travaillant par eux-mêmes et pour eux-mêmes ; tandis que les Castellani, représentant la fraction aristocratique, étaient attachés à de grandes familles, appartenaient à leur domesticité, et pouvaient, dans une certaine limite, arriver aux emplois publics, inaccessibles aux simples enfans du peuple.

La désignation des deux camps n'indiquait pas, comme on pourrait le croire, une tendance politique ; elle dérivait seulement des localités où ils exerçaient leur industrie. Les Castellani avaient pour centre l'île de *Castello*, à l'extrémité orientale de la ville, et les Nicolotti, l'île de *San-Nicolo*. Le grand canal coulait entre ces deux quartiers.

Les Nicoletti se trouvant donc inhabiles à parvenir aux fonctions officielles, avaient obtenu de se choisir un dignitaire immédiat, qui les représentait dans les grandes occasions, et exerçait en tout temps une sorte d'autorité paternelle et arbitrale sur ses égaux ; c'était le *gastaldo*.

Il était nommé à l'élection et proclamé par le doge, dans l'église de San-Nicolo avec solennité. C'était encore une des satisfactions que la politique habile de Venise accordait à la multitude.

Tandis que le doge des Nicolotti prenait place, avec son petit cortège, auprès du trône de Morosini, celui-ci promenant ses regards sur les balcons d'où partaient encore des applaudissemens qui lui étaient destinés, saluait avec la déférence d'un souverain un peu blasé sur les démonstrations de la foule, et il souriait rarement ; — mais un observateur attentif eût remarqué que ce sourire s'adressait à quelques fenêtres privilégiées, où brillaient comme dans un écrin, les joyaux de la grâce, de la jeunesse et de la beauté.

Le gastaldo, plus débonnaire, laissait la joie éclater sur son visage, et cette expression de bonheur allait bien à ses traits sillonnés par une longue carrière de travail, énergiques d'ailleurs et caractérisés par des angles saillans, indices irrécusables d'une force de volonté et d'un sentiment d'honneur inflexibles.

Toutefois, nous devons l'avouer, une sorte de vague anxiété, de préoccupation fugitive se mêlait par instans à cette expansion, surtout lorsque Bartolomeo Gamba, détournant ses yeux de la foule, les reportait vers un jeune homme assis à sa droite, sur un siège un peu moins élevé que le sien.

Le teint de ce compagnon n'était pas cuivré comme celui des autres gondoliers ; il était olivâtre, à l'instar de celui des races intermédiaires du nègre au blanc. Sa taille trapue servait de support à une tête ronde et forte, rentrée entre deux épaules carrées. Une chevelure, épaisse et noire comme le jais, encadrait son visage maussade et dur. La proéminence de ses arcades sourcillères, cachait deux petits yeux perçans, susceptibles de s'allumer jusqu'à la fureur, mais en ce moment indifférens au spectacle de cette fête merveilleuse.

Il semblait jouir d'une certaine estime dans la corporation, car c'était lui qui portait la bannière représentant un San-Nicolo brodé en or sur un fond de velours noir.

— Michieli Sorenzo, lui dit Bartolomeo en se penchant à son oreille, d'où vient le nuage qui obscurcit ton front?... Et pourquoi ne partages-tu pas l'allégresse générale?

Le jeune homme, — à vingt-neuf ans on est jeune encore, — réprima un mouvement subit de contrariété :

— J'attends, répondit-il.

Et il retomba dans son attitude apathique.

Un commissaire de la regata ayant donné avis que tout était prêt, le procurateur de Saint-Marc et le gastaldo agitèrent ensemble une hampe richement ornée, qui servit de signal aux joûteurs.

La lutte était, d'après l'usage immémorial, entre les Nicolotti et les Castellani. Un large esquif disposé à cet effet fut d'abord amené sur le canal, devant l'estrade d'honneur, et les eux commencèrent, car ils ne se composaient pas exclusivement, ainsi qu'on pourrait le croire, de courses à la nage ou à la rame. La gymnastique, la statique, la force musculaire tenaient une place importante dans le programme.

Nous craindrions de fatiguer nos lecteurs en leur décrivant ces exercices, désignés sous les noms de : l'*Ancra*, *I tre ponti*, la *Carega imperiale*, la *Bella Venezia*, la *Fondamenta dei pensieri*, li *Quatre agnoli sopra la crosetta*, la *Fama*, il *Castello*, il *Giaffaro*, li *Due ponti*, la *Mezza rosetta*, la *Gloria*.

Le signal des présidens de la fête avait été suivi d'une nouvelle salve d'artillerie ; au bruit de laquelle un acrobate, par une de ces manœuvres familières aux fêtes du moyen âge, glissant le long d'une corde tendue du faîte d'un palais au bas de l'estrade du doge, arriva, dans un costume mythologique, semant à pleines mains dans les airs des devises, des dragées, connues sous le nom de *confetti*, et des aiguillettes ; jusqu'au trône ducal, où il offrit au chef de la fête une corbeille de fleurs qu'il semblait apporter directement du ciel.

Vint ensuite, comme une autre tradition païenne, la décollation d'un taureau et de douze porcs, fournis par le patriarche d'Aquilée, pour cette cérémonie. La tête de ces animaux devait être abattue d'un seul coup, au moyen d'un sabre d'un poids considérable, qu'un bras nerveux était seul capable de manœuvrer.

Nicolotti et Castellani, reconnaissables à leurs insignes noirs ou rouges, débarquèrent chacun de leur côté sur le vaste radeau, pour procéder, par les bras de bouchers, appartenant à leur corporation, à ce sanglant exercice.

Les plus délicates mains du monde ne dédaignèrent pas d'applaudir à la réussite des vainqueurs, tandis que des rires moqueurs contraignaient les maladroits à se cacher dans les nacelles voisines du théâtre de leur défaite.

Bientôt le sang disparut sous les nattes, et des lutteurs d'un genre moins barbare mesurèrent leurs forces, leur agilité. A la joûte corps à corps, à celle des *pugni*, succédèrent les pyramides humaines, où les Nicolotti et les Càstellani, tour à tour réduits à leurs propres membres, ou réunis par le besoin des exercices, firent des prodiges d'équilibre.

Après les pyramides, qui atteignirent la hauteur exceptionnelle de huit étages, représentés par autant de tailles de jouteurs, superposés les uns sur les épaules des autres, on eut des jeux non moins difficiles, consistant dans l'échafaudage de pyramides renversées, c'est-à-dire dont la base était un seul homme, debout, quelquefois sur un pied unique ou sur l'éperon glissant et étroit d'une gondole, et portant deux lutteurs, qui en portaient à leur tour trois autres.

La variété des costumes, leur simplicité, qui faisait ressortir les formes musculeuses de ces hercules modernes, la souplesse de leurs allures, tout contribuait à prêter un grand charme à ces manœuvres, que nous voyons parfois se renouveler sur nos théâtres et dans nos cirques, à la satisfaction des amateurs, bien que le terrain solide sur lequel on les exécute n'offre pas les mêmes difficultés que la surface mobile de l'Adriatique.

Lorsque ces jeux eurent été épuisés, que la pyramide et les équilibres eurent montré les jouteurs enchevêtrés les uns dans les autres, pliés, recourbés, renversés ; colonnes, pilastres et cariatides ; assouplis dans les postures les plus surprenantes, un nouveau mouvement se manifesta sur le canal.

Les embarcations des autorités circulèrent pour forcer les curieux à se ranger au plus près des bords, afin de laisser le milieu de la voie libre. Ce furent des cris, des menaces, des récriminations violentes, car il semblait impossible d'exécuter cet ordre, tant les esquifs de toute espèce étaient serrés les uns contre les autres ; mais l'habileté des rameurs vénitiens n'était pas un vain mot. Peu à peu, comme si leurs bateaux fussent compressibles à volonté, la voie se dégagea, et de splendides *bissones* s'avancèrent, à la vue des balcons et des terrasses, avec une coquette lenteur.

Ces bissones étaient des embarcations de luxe, dans lesquelles se faisaient conduire quelques jeunes gens de famille illustre, pour étaler leur faste. En effet, rien n'était plus digne d'admiration que les ornemens multipliés de leurs panneaux, que leurs éperons sculptés par les ciseaux les plus habiles ; le velours et la soie tapissaient les moindres coins de ces barques, des crépines d'or en cachaient les listons, et venaient baigner leurs extrémités dans l'écume frémissante. Mais où se montrait surtout leur goût et leur richesse, c'était dans les longues pièces d'étoffe lamées d'argent et d'or, ou tissées de cachemire, apportées à grands frais des contrées orientales, et disputées peut-être aux harems des visirs, qu'elles traînaient

après elles, sur le flot entr'ouvert, comme s les dispensateurs prodigues de tant de merveilles sacrifiées à l'haleine humide des lagunes, eussent voulu défier ces Crésus de l'antiquité qui faisaient dissoudre des pierreries dans leur coupe.

Les héros de cette joûte courtoise reçurent leur passage des bouquets, des rubans, des nœuds de perles, jusqu'à des éventails que des doigts délicats leur lançaient aux grands applandissemens des spectateurs.

Mais cette voie ouverte par des patriciens qui eussent rougi de disputer un prix de toute autre nature à la plèbe des gondoliers, devint ensuite l'arène de la partie nautique de la fête, la véritable *Regata*.

La première passe fut fournie par des hommes, marins et rameurs expérimentés, désignés par leurs corporations. Il s'agissait de parcourir un espace de trois milles, du bas du canal, c'est-à-dire de l'extrémité orientale de la ville, en suivant la *riva*, jusqu'à un *paletto* ou poteau placé à l'autre extrémité, au lieu appelé le Cannaregio. Chaque embarcation, montée par un ou deux hommes, suivant la condition du programme, devait tourner le paletto et revenir jusqu'à l'estrade officielle, établie, comme on l'a vu, au milieu de la lice.

Un coup de canon annonça le départ ; la chaîne qui barrait le passage aux coureurs s'abattit et tous s'élancèrent avec cette vélocité sans égale qui est due à l'ingénieuse construction des gondoles, lesquelles, bien loin de prendre l'eau, se posent à peine à la surface, où elles glissent à la moindre impulsion par des élans qui dépassent la rapidité du regard.

Malgré l'intérêt de cette course, le président de la fête ne lui prêtait qu'une attention fort douteuse, beaucoup plus occupé de passer la revue des spectatrices que celle des acteurs.

Quant au gastaldo, à mesure que les chiffres du programme s'épuisaient, sa préoccupation, dont il était parfaitement maître dans le principe, augmentait et finissait par se trahir dans toute sa personne, tandis que son voisin, toujours affaissé sur son siége dans l'attitude de l'indolence, ne prenait plaisir à rien, et que les succès de ceux de sa caste le laissaient aussi indifférent que les victoires de ses rivaux.

Mais voici que tout à coup il tressaillit, redressa sa grosse taille courbée, ouvrit ses larges narines, et respira bruyamment, comme si l'air manquait à ses poumons ; le charbon de ses prunelles darda son éclair sur le prolongement de la rive, et ses mains nerveuses, impatientes d'action, enfoncèrent leurs ongles dans la soie de son siége.

En même temps, une pâleur subite avait couvert les traits du gastaldo ; sa poitrine battait à tout rompre ; son être tout entier se portait maintenant vers le bas du canal.

— C'est elle !... c'est elle !... fit-il en articulant à peine ses paroles, tant l'émotion le dominait.

Michieli Serenzo ne l'entendit même pas ; impatient, palpitant, il ne se tenait plus sur son siége, mais, debout, en dépit de l'étiquette, se faisant un garde-vue de sa large main, se repliant sur son torse suivant les ondulations de la flotte des gondoles qui recommençaient, malgré les autorités, à envahir la lice, il murmurait des mots sans suite, proférait des interjections entrecoupées, menaçait du poing les barques qui barraient le chemin, lançait çà et là un cri d'approbation, ou grommelait entre ses dents serrées le commencement d'un juron énergique.

Que survenait-il donc de si important. pour exciter à ce degré cette nature étrange et concentrée jusque-là en elle-même.

La joûte touchait à sa fin, et pour le bouquet on faisait courir la *Regata* des gondolières.

Dans cette ville éminemment maritime, les hommes seuls ne possédaient pas l'art et le privilége de la rame, — les femmes aussi excellaient à conduire une gondole, et c'était en leur honneur qu'avait lieu la joûte la plus intéressante de ces sortes de solennités, celle qui obtenait presque toujours les premiers prix, celle dont chaque parti faisait surtout dépendre sa gloire.

Au moment où les concurrentes, pleines d'impatience et d'ardeur, allaient s'élancer dans cette course, à laquelle leurs parens, leurs amis, leur parti tout entier attachait un intérêt si vif que tous avaient passé la nuit à veiller devant des madones pour implorer le triomphe, et que chaque gondolière avait reçu solennellement la bénédiction paternelle, une de ces jeunes femmes tira de son sein un objet précieux, un talisman sans doute, y colla avec ferveur le corail de ses lèvres, et, saisissant l'aviron avec une dextérité qu'on n'eût jamais attendue de ses bras modelés sur ceux d'une déesse antique, ni de ses mains petites et douces, elle donna à sa gondole une impulsion si habile, que du premier coup elle glissa à travers toutes les autres, et les dépassa d'une grande demi-longueur.

A ce premier succès, Michieli éprouva une sorte de spasme qui contracta sa large poitrine, et qui se traduisit par ce mot, dont chaque syllabe fut entrecoupée d'un soupir :

— Térésa!... Térésa!...

Elle avançait toujours cependant, et comme une de ces divinités dont elle rappelait le galbe énergique et gracieux, elle continuait à tenir la tête de la vaillante escouade, dont les esquifs bondissaient en glissant sur la lagune, comme des coursiers impétueux.

O la lutte adorable! les ravissans efforts! les prestigieuses passes de rames! Elles étaient là, deuze jeunes filles, réalisant ce type merveilleux de la beauté italienne, la plus riche, la plus complète de la création; leurs jupes courtes, comme des jaquettes de matelots, dégageaient leurs jambes dont les bas chinés faisaient ressortir les contours; leur taille était serrée dans un corselet à pointe, filigrané d'or et de perles ; leurs épaules de marbre ainsi que leurs bras s'offraient à la vue dans toute leur perfection suave. De larges chevelures s'échappaient en tresses épaisses de leurs calottes dorées, et leurs yeux scintillaient plus encore que les pendeloques de leurs oreilles ou que les verroteries de leurs colliers.

Lorsque l'essaim de ces séduisantes naïades glissa devant l'estrade ducale, chacune leva

son aviron et fit un salut qui provoqua de toutes parts un immense vivat, dont l'écho retentissait encore, que déjà les gondoles tournaient, avec la souplesse du cygne, le paletto du Cannaregio.

Revenir n'était plus qu'un jeu, quoiqu'à vrai dire, au milieu de l'enthousiasme universel, de l'empressement avide des assistans, le trajet parût impossible. On n'eût pas laissé choir un anneau qui pût tomber dans la lagune, et pourtant, poussées par une habileté magique, les gondoles se faufilaient, se dirigeaient, s'avançaient à vol d'oiseau.

Et les mains battaient, et les voix faisaient vibrer leurs encouragemens, et les mille orchestres nautiques des barques et des balcons stimulaient les infatigables rivales, ainsi que l'on voit les écuyers encourager leurs chevaux de la parole et du geste au moment de toucher le but.

A cette minute décisive, l'ordre officiel avait rompu ses liens, et tous les illustres hôtes de l'estrade princière, imitant Michieli, s'étaient portés en avant, guettant avec une attention palpitante l'issue de ce combat pacifique.

Il ne se fit pas attendre, le président des fêtes étendit son sceptre de rubans et marqua la fin de la course.

Une clameur soudaine, à laquelle n'étaient pas comparables celles qui frappaient l'espace depuis quelques minutes, s'éleva alors, et l'on y distingua surtout un nom frénétiquement applaudi :

— Térésa!... Térésa!...

Le vieux Bartolomeo eut besoin de s'appuyer au bras de Michieli, dont les poumons acclamaient aussi le nom de la reine de la Regata.

Térésa, — c'était la fille du gastaldo.

Des patriciens descendirent au bas de l'estrade et l'aidèrent à débarquer ; puis, chacun ayant repris sa place, on la conduisit vers le trône du procurateur, auquel un officier de service venait de remettre la bannière rouge, aux armes de Saint-Marc, premier prix de la joûte.

Bartholomeo, en voyant passer sa fille, fit un mouvement pour s'élancer vers elle ; on eut peine à le retenir.

Pour Térésa, heureuse de son triomphe, elle se laissa guider, étourdie de ces vivats où se mêlait son nom, éblouie de ce cortége d'illustrations qui saluaient sa victoire. Son émotion ajoutait au charme de ses traits ; la modestie de son maintien rendait plus saillants encore les trésors de sa beauté ; dans son attitude à la fois douce et fière se lisait tout son caractère, mélange de décision et de tendresse.

En la voyant si éblouissante, Morosini oublia soudain les beautés qu'il avait saluées à leurs fenêtres. La hampe de la bannière frissonna dans sa main, et lorsqu'il se pencha vers elle pour baiser, suivant l'usage, ce front digne de Phidias, il glissa à son oreille un mot qui ne fut entendu que d'elle seule.

Quelle était cette parole magique? Nous ne saurions le deviner; mais en l'écoutant, Térésa tressaillit, releva la tête, et arrêta ses grands yeux noirs étonnés sur le procurateur, dont le sourire semblait confirmer ce qu'avait dit sa bouche.

II.

La Taverne du Bucentaure.

Nous ne connaissons encore que la première partie de la fête, celle que le soleil éclairait. Des réjouissances d'un autre genre se préparaient pour le soir, — pour la nuit plutôt, car dans ce climat azuré, c'est là nuit surtout que l'on aime à se sentir vivre.

Venise entière était en joie, mais nulle part l'allégresse n'atteignait au même enthousiasme que dans le quartier des Nicolotti, qui, sur les trois bannières décernées aux joûteurs les mieux méritans, en avaient obtenu deux, dont la plus glorieuse, était due à l'habileté de la fille de leur Gastaldo.

L'empire de la Fleur-du-Milieu, ainsi que les Chinois appellent leur patrie, a droit sans doute de revendiquer l'invention des éclairages fantastiques, dans l'Extrême-Orient ; mais Venise, dans l'ancien monde, a ses titres aussi, Reine de l'Adriatique, elle a toujours été en même temps celle des féeries.

Par une coïncidence bizarre, ainsi que le font les Chinois, les Vénitiens avaient coutume de terminer chaque fête par un feu d'artifice en plein jour. Mais ce n'était là que le prélude de ceux qui devaient étinceler dans la nuit. On attendait celle-ci dans l'impatience, et à peine le jour arrivait-il à son déclin, que les cent voix de l'artillerie de l'arsenal et des forts, invitaient les habitans à de nouveaux plaisirs.

Les traguetti, si merveilleusement décorés le matin, étincelaient à présent d'éclairages ingénieux le dôme des édifices publics se couronnait de feux diamantés, chaque palais avait sa façade dessinée en lumières de couleurs, reproduisant, par d'harmonieuses combinaisons, les caprices de l'architecture et les nuancés du marbre. Les trèfles des balcons, les rampes des terrasses, les soubassemens des constructions riveraines des lagunes rivalisaient d'inventions bizarres et multiples dans l'arrangement de leurs transparens splendides, où s'étalaient les écussons aristocratiques ou les devises nationales.

Les canaux ressemblaient à des nappes de flammes, dans lesquelles se miraient ces décorations ardentes.

Les barques, les gondoles, les petits radeaux qui se berçaient sur cette mer étincelante, en augmentaient l'éclat, par leurs guirlandes de fallots, et de torches aux reflets rougeâtres.

Pour préluder au grand feu d'artifice que devait allumer au bas de la Piazzetta, dans la perspective du Grand-Canal, la barcarola victorieuse, les pétards, les fusées sillonnaient le ciel, où, par leur lumière et par leur nombre, ils faisaient pâlir les étoiles. Puis, sur les toits plats des palais, d'immenses flammes de Bengale incendiaient l'atmosphère de toutes les lueurs éblouissantes du prisme ou de l'arc-en-ciel.

Et chaque bombe d'artifice, chaque incendié du ciel, chaque détonation de l'arsenal, avivait la joie folle de la population, dont les cris d'enthousiasme ébranlaient l'horizon.

Venise était ivre, elle se grisait de sa propre fierté, de sa propre gloire ; elle s'émerveillait de se voir si belle, de se sentir si grande, de se donner à elle-même ces orgiés de plaisir et de magnificence.

Si les boutiques chômaient, on peut croire qu'il n'en était pas ainsi des auberges et des tavernes, où les viandes succulentes de la Chioggia et de Citadella, le gibier de Murano, les fruits délicieux des îles Vénètes, donnaient aux plus fougueux partisans de la solennité les moyens de renouveler leurs forces qu'ils laissaient parfois aussi tout au fond de leurs verres remplis incessamment de vin de Conegliano ou de Vicence.

Les maîtres de ces lieux de bombance avaient beau se multiplier et stimuler leurs aides, ils avaient peine à satisfaire les cliens, tous plus pressés les uns que les autres ; car, s'ils tenaient à régaler leur estomac de bonne chère et de liquides généreux, ils n'étaient pas moins impatiens d'égayer leur vue des illuminations, et leurs oreilles des symphonies qui couraient sur les lagunes. Tous, enfin, voulaient assister à la promenade triomphale de la reine de la Regata, quand elle se rendrait à la Piazzetta pour le feu de joie.

Tous, oui certes, et pourtant, on eût pu remarquer dans la taverne du Bucentaure, située derrière le théâtre de San-Cassiano, la scène lyrique de l'époque, une teinte légèrement moqueuse dans les discours bruyans d'un groupe de jeunes gens, que l'on reconnaissait au premier coup d'œil étrangers à la classe populaire et même pour la plupart à Venise.

La coupe de leurs vêtemens n'avait ni la simplicité pittoresque des gondoliers ou des marins, ni la gravité solennelle des classes élevées. Elle se distinguait par un mélange de tous les goûts, de toutes les époques, par un assemblage dont la fantaisie était la seule règle, et dont chacun néanmoins possédait un certain cachet en dehors du vulgaire. Ainsi de leurs chevelures ou de leurs barbes ; les unes descendaient sur leurs épaules et leurs poitrines, les autres affectaient une simplicité antique ; on eût cru, à la façon dont ils se drapaient, ou dont ils portaient la tête, voir marcher les modèles des chefs-d'œuvre de quelque muséum.

Jeunes, pétulans, familiers entre eux, ils ne se faisaient pas faute de mêler le sarcasme à leurs éloges exagérés de la journée. C'étaient, évidemment, d'ailleurs, les habitués de l'endroit, car le patron avait pour eux des égards infinis, et ils paraissaient être chez eux dans la partie de la salle qu'ils occupaient.

Ils parlaient tous les dialectes de l'Italie, car les uns étaient de Rome, les autres de Naples, celui-ci de Milan, cet autre de Florence ; chaque province de la péninsule était représentée dans ce groupe par quelque rejeton auquel le souvenir du pays, joint à l'instinct satyrique de la jeunesse, inspirait des réflexions piquantes à l'adresse de Venise. Critiques généralement superficielles, pourtant, car un même but les rassemblait dans cette ville, but honorable, plein d'avenir, de grandeur, — l'art.

La taverne du Bucentaure était un rendez-vous d'artistes de toute espèce ; peintres, sculpteurs, graveurs, ornemanistes, musiciens, venaient là s'entretenir avec leurs pairs ou consulter leurs maîtres.

— Par Saint-Janvier ! disait un jeune peintre napolitain, sais-tu, Fabio, que la sérénissime république en remontrerait aux Romains du vieux temps !

— Et d'où vient cela ? demanda l'interpellé.

— Naïf ! ces bons vieux Latins se contentaient, dans les grands jours, d'adorer des oies ; mais la République de Venise, — Sang du Christ ! — elle écorche des porcs !

— Silence ! Torelli, intervint un autre, en qualité de peintre tu n'as pas le droit de railler la magnanime institution de la Regata. Il faut que chacun vive, et le commissaire aux récompenses avait eu soin de faire mettre son portrait sur la bannière jaune, décernée à titre honorifique au troisième des vainqueurs.

— Et celui-ci l'a immédiatement plantée à la poupe de sa gondole.

— Ce qui lui a donné l'air d'un charcutier mélancolique !

Un hurra salua ce lazzi, que l'on ne saurait apprécier, si l'on ignore que la bannière dont il s'agit représentait un jeune porc, peint sur un fond orange, en mémoire des tributs, en nature, payés à la République par le patriarche d'Aquilée.

— Il est une chose certaine, reprit un sculpteur au front pâle, c'est que les fêtes de Venise l'illustre, commencent absolument comme finit sa politique...

— C'est-à-dire ?...

— C'est-à-dire par du sang.

À cette lugubre plaisanterie, un frisson sembla circuler dans toutes les veines ; mais cette impression s'effaça soudain sous une assourdissante ovation, à laquelle cherchait en vain à se soustraire celui qui en était l'objet.

— Viva, viva il signor Ferramola !... criait-on.

C'était un concert d'applaudissemens narquois, de saillies pétulantes, de rires et de battemens de mains, au milieu desquels le nouveau-venu se sentait entraîné dans le groupe dont il devenait le centre.

— Carissimi ! faisait-il en se débattant, je vous remercie, vous êtes charmans, je vous porte dans mon cœur, mais, par grâce, laissez-moi un peu respirer !...

Et la foule de reprendre sur un ton plus bruyant :

— Viva ! viva, il signor Ferramola !...

Et celui-ci de se pelotonner, de se raccourcir sur lui-même pour diminuer l'ovation en amoindrissant sa personne. Sur ce dernier article, il paraissait d'une souplesse qu'eût enviée un gymnasiarque. C'était un homme de quarante à cinquante ans, maigre et fluet, flottant dans les larges plis de la robe brune qu'il portait en toute saison, sans en modifier la forme et sans en enlever les taches. Son crâne dégarni, se parait d'une perruque qui laissait pendre çà et là ses mèches inégales. Sa barbe, mal plantée, hérissait sans prétention son menton, et cachait ses lèvres épaisses qui eussent trahi une sensualité que tout son extérieur semblait avoir pour but de dissimuler.

Humble, bénin, obséquieux, il affectait d'accepter comme sincères les complimens ironiques de cette jeunesse folle, et tâchait de donner à ses traits ou à son sourire permanent

une bonhomie, une cordialité rendues suspectes, pour un observateur attentif, par la direction oblique de son regard, qu'un des rapins de la taverne, dans son langage pittoresque, avait comparé au poison de Florence, dont ce personnage douteux était originaire.

La raillerie n'allait d'ailleurs jamais à son égard au-delà de certaines limites ; car s'il exploitait à sa façon ces gais conscrits de l'art, ceux-ci obtenaient aussi de lui quelques compensations : le signor Ferramola était l'impresario du théâtre en vogue, dans le rayon duquel se trouvait la taverne du Bucentaure.

Il tirait de ces jeunes gens des services divers, pour un décor, pour un ornement à la salle, pour une partie d'orchestre, services qu'il payait en entrées de faveur.

— Avez-vous vu la fête, signor Ferramola ? lui dit, quand le tumulte se fut un peu calmé, Torelli le Napolitain.

L'impresario pressentit une mauvaise plaisanterie.

— Silence, carissimi, fit-il d'un ton suppliant ; la Regata a été magnifique. N'en parlons pas, cela vaut mieux...

— Si fait, signor, parlons-en ; il faut bien parler des grands événemens qui honorent la république de Venise, et j'espère que vos ballets ne manqueront plus d'histrions, puisque son chef s'est fait aujourd'hui couronner de roses par un funambule !...

— Par la corne du doge ! mon cher fils, n'adressez pas de ces discours à un pauvre impresario, qui doit tout à la sublime République, qui la porte dans son cœur...

Et le tremblant Florentin roulait autour de lui ses prunelles épouvantées, craignant de voir surgir des murailles les sbires du Conseil des Dix, ou plutôt, que quelqu'un de ceux-ci ne fût mêlé à la foule des buveurs qui occupaient le reste de la salle.

— Allons, sournois, intervint Fabio, je vous ai bien entendu critiquer ce qu'il y avait de plus remarquable dans la fête !

— Moi, mon très cher enfant !... y pensez-vous ! Moi, Ferramola, qui dois tout à la sublime République, et qui la porte...

— Dans votre cœur, c'est connu. Ce qui n'empêche pas qu'en voyant flotter sur les lagunes les velours splendides des bissones, vous ne vous soyez écrié : « Quel dommage de jeter tant de richesses à l'eau. »

— C'est vrai ! c'est vrai ! il l'a dit, répétèrent plusieurs voix.

— Eh ! de grâce, écoutez-moi, mes bons petits amis. C'est un mot qui m'est échappé en pensant que ces étoffes précieuses feraient bien plus d'effet sur mes acteurs que sur les flots de la mer. Mais jamais, au grand jamais, je n'ai entendu critiquer les splendeurs des très illustres praticiens, ni de la magnifique République, car je lui offrirais plutôt le magasin de tous mes costumes pour en couvrir le Grand-Canal, que de me plaindre de la profusion de ses nobles seigneurs !

À chaque protestation nouvelle, il élevait sa voix glapissante, pour être sûr qu'on pût l'entendre dans toutes les parties du cabaret. Mais, en même temps, son œil inquiet cherchait une trouée pour sortir du cercle compromettant où il était venu étourdiment se fourvoyer.

— Vous leur donneriez des guenilles, riposta l'implacable Torelli, mais, en attendant, confessez-le, vous ne leur prodiguez pas les talens.

— Misère de moi! mon adoré fils, depuis plus de vingt ans que je fais métier de monter des compagnies de comédiens ou de chanteurs pour les gouvernemens, les grandes cités ou les hauts personnages, les temps n'ont jamais été aussi ingrats! J'ai parcouru dernièrement la France, une partie de l'Allemagne, l'Italie tout entière à la recherche d'un premier sujet: c'était chercher la pierre divine; j'ai trouvé des mimes, des jongleurs, pas un chanteur, pas un, *carissimi!* Ah! la musique s'en va, mais la faute n'en vient pas de moi, et la sublime République...

— Eh! diavolo! je vous citerais pourtant bien un nom qui est dans toutes les bouches! celui d'un homme qui compose la plus belle musique, et qui la chante lui-même d'une façon plus admirable encore; en un mot, que n'engagez-vous le signor Stradella!

— Stradella! répéta l'impresario en joignant les mains et en levant les yeux au ciel avec un sentiment de vénération que sa tournure rendait éminemment comique, Stradella!... Bonté divine!... mais j'ai mis ma supplique à ses pieds, je m'y suis traîné comme un condamné qui demande la vie; mais je ne sais quelle fantaisie, quelle méchante inspiration lui a dicté sa réponse: « Je veux écrire et chanter à mon gré, comme les oiseaux qui portent leurs mélodies où il leur plaît. Votre théâtre est une cage où je ne m'enfermerai jamais! » Et voilà pourquoi Stradella chante dans les églises, dans les palais, dans les fêtes ducales, mais jamais à San-Cassiano, où sa présence ferait ma fortune et la joie de la sublime République, que je porte dans mon cœur...

— Et qui vous portera bientôt sur ses épaules, si vous continuez à faire miauler des chats sur vos tréteaux, au lieu d'y produire des voix humaines.

— Mais, que voulez-vous donc que je fasse, puisque ni les offres brillantes, ni la vue de l'or, ni les supplications n'ont pu ébranler ce cher Stradella? Il me faudrait près de lui un intermédiaire, un appui; mais où le rencontrer?...

A la suite de cette jérémiade, Ferramola allait se livrer à un épanchement de deux ou trois larmes, que sa fibre lacrymale complaisante ne lui refusait pas en ces occasions, lorsque Torelli lui frappa sur l'épaule :

— Eh! trop heureux impresario, l'on vous sert à point, voilà justement votre affaire!

— Que dites-vous? demanda le Florentin en avisant un tout jeune garçon qui s'avançait dans leur direction; — ce petit bonhomme?

— Ce petit bonhomme, dit Torelli, en allant au devant de celui-ci pour lui serrer les mains, est l'enfant chéri du maëstro.

Ferramola se hâta d'emmener Torelli à l'écart.

— Vous voulez rire à mes dépens, n'est-ce pas?... Stradella n'a pas trente ans et ce jeune homme en paraît au moins seize!...

— Eh! qui vous dit que ce soit son fils?...

— Mais enfin, mon très excellent ami,... écoutez-moi sans impatience; comment est-il son enfant?...

— C'est son pupille, son protégé... que sais-je, moi? toute une histoire d'enfant trouvé, recueilli; une adoption dans laquelle figure une grande dame... une complication romanesque... mais chut!...

En effet, le jeune garçon ayant échangé des poignées de main avec tous ses amis, revenait vers Torelli, pour lequel il professait une estime particulière, fondée sur son caractère et sur le genre de son talent.

— Heureux et joyeux, ami Danielo? lui dit le peintre.

— Par un si beau jour, par une si brillante fête, répondit le jeune homme, qui ne le serait pas? Je ne comprendrais la tristesse aujourd'hui que chez ceux qui n'ont pu pénétrer au Salut dans l'église Saint-Marc, et entendre l'hymne chantée par le maëstro Stradella... Quel triomphe! Les plus dévots en ont oublié leurs oraisons pour applaudir comme au théâtre!

Ferramola, par des évolutions félines, s'était rapproché de Danielo, qu'il caressait du regard et auquel il adressait les sourires les plus gracieux.

— Plaignez-moi, Danielo, j'ai été du nombre des déshérités, reprit Torelli, car ce n'est pas une enceinte d'église, mais un cirque romain qu'il faudrait pour contenir les curieux, lorsque chante le maëstro. Mais voici le signor Ferramola, l'impresario, que je vous présente, et qui a eu ce bonheur.

Le Florentin se courba jusqu'à terre devant le pupille du grand artiste et sa langue s'embarrassa dans les formules adulatrices qu'il cherchait.

— O merveilleux!... parfait!... s'écria-t-il, la sublime République...

Danielo, après l'avoir salué à la légère, recommença à causer exclusivement avec Torelli.

Nature d'élite que celle de ce Danielo! A peine avait-il seize ans; on lisait encore dans ses traits délicats, dans la fragilité de ses membres, la transition difficile de l'enfance à l'adolescence, mais cette apparence chétive cachait un brasier. Ses grands yeux d'un bleu profond, malgré sa brune chevelure, exprimaient à la fois une douceur d'ange et une ténacité de démon. Sous la pâleur de son front, on sentait un ardent foyer; son sourire, d'accord avec son accent toujours net et sonore, attestait la loyauté, la franchise; il s'enflammait au moindre mot, l'enthousiasme ou la réprobation dilataient avec la même soudaineté les lignes harmonieuses de son visage, mais quand il parlait de Stradella, ce n'était plus un regard d'enfant que le sien, c'était celui d'un aigle.

La pensée toujours présente de son protecteur était pour lui l'objet d'un culte auquel, si fervent chrétien qu'il fût, il aurait sans scrupule sacrifié ses croyances. Stradella, devenu son tuteur par suite de circonstances bizarres, auxquelles Torelli venait de faire allusion, avait voulu qu'il fût élevé à Venise, la patrie des beaux-arts, et chaque fois que les obligations de sa carrière, ses engagemens vis-à-vis des cours souveraines qui se disputaient son talent le lui permettaient, il revenait vers les lagunes de l'Adriatique, embrasser son pupille.

Que n'eût pas donné celui-ci pour marcher sur les traces du maëstro, pour apprendre de lui-même les secrets de son art! Mais Stradella était un ami éclairé, tout plein d'abnégation. Malgré le désir qu'il ressentait de s'attacher ce fils d'adoption qui, par son âge, ne pouvait être que son frère, il avait examiné avec sévérité ses dispositions, ses aptitudes, et convaincu qu'il ne deviendrait jamais qu'un musicien de second ordre, il avait résolu de lui faire étudier la sculpture, pour laquelle, en quelque sorte à son insu, il faisait preuve d'un goût inné.

Il l'avait donc placé tout d'abord chez un ornemaniste renommé, qui, en ce moment même, le faisait travailler, sous sa direction, dans le palais Morosini, l'un des plus magnifiques de Venise.

Le vainqueur de l'Islam n'était pas seulement un indomptable guerrier; véritable fils de la glorieuse cité, il alliait ses instincts belliqueux avec un amour éclairé des arts. Sans rival sur le champ de bataille, il n'en comptait guères dans cette lice du goût. Son palais était un musée splendide, tout rempli de trésors inestimables; il était de plus un atelier constamment ouvert aux artistes, qui y trouvaient du travail et de la renommée; plusieurs des habitués de la taverne du Bucentaure auraient pu l'attester.

Ferramola, ne sachant par quel moyen attirer l'attention de Danielo, qui persistait à se porter ailleurs, tournoyait autour de lui, comme un lévrier qui implore un signe de son maître; il se mêlait par des interjections à ce qui se disait, renchérissait sur les épithètes, ramenait à tout propos et hors de propos le nom de Stradella, et demeurait invulnérable aux saillies dédaigneuses avec lesquelles le jeune homme accueillait ces frais d'obséquiosité.

— Prenez garde, disait Ferramola à ceux qui s'approchaient, vous allez étouffer le signor Danielo!... Vous allez froisser son pourpoint.... maladroit! vous avez failli enlever une de ses aiguillettes avec la coquille de votre rapière!...

— C'est vraiment trop de peines, répliquait Danielo, arrêtez-vous de grâce et respirez, signor; autrement, pour m'empêcher d'étouffer, vous allez perdre haleine... Ne craignez rien pour mon pourpoint, j'ai la main petite, mais solide, et la rapière de Fabio peut se frotter à moi sans m'égratigner.

— C'est un prodige d'esprit!... s'en allait répétant tout haut l'impresario; il a réplique à tout; ah! que je comprends l'attachement de l'incomparable, du divin maëstro Stradella pour un tel pupille; et que j'estime heureuse la sublime République qui possède chez elle de si grands personnages!...

— Grands par la taille, surtout!... dit le petit bonhomme en éclatant de rire.

— Riez! riez, jeune homme; le rire est l'apanage des belles âmes.

— Ce n'est pas celui des gosiers altérés, dans tous les cas, car je sens le mien desséché comme un four.

— Vous avez soif!... le signor Danielo a soif!... Eh! vite!... *facchino!* des gobel ts, une cruche de vin de Chypre!...

— De Chypre!... exclamèrent tous les artistes, stupéfaits de cette commande.

— Oui, signori carissimi, c'est moi, votre très humble serviteur, qui paie; j'ai une santé à vous proposer, et ce n'est pas avec du misérable vin des îles Adriatiques, — sauf le respect que je dois à la sublime République, — que l'on doit boire au splendide, à l'étonnant, à l'inappréciable maëstro Stradella!

— Allons, dit Danielo, se décidant par un effort à répondre au toast intéressé du signor Ferramola, — soit, à Stradella!...

— A Stradella!... répétèrent toutes les voix.

— Mais à qui boirons-nous la seconde rasade? demanda Fabio.

— Eh! per Dio!... est-ce une question?... Au signor Danielo!

— Non pas, s'il vous plaît, dit le jeune homme en arrêtant le bras de l'impresario, mais aux dames de Venise.

— Aux dames de Venise!...

— Sublime comme la République! cria le Florentin en désignant Danielo.

— Oh! les Vénitiennes, amplifia un des artistes, quelque peu entaché de poésie dithyrambique, — les Vénitiennes! voilà la vraie aristocratie de cette ville; Patriciens, Nicolotti, Castellani, vanité, puérilité! il n'y a ici qu'une noblesse, qu'une excellence, celle de ces grands yeux noirs, qui brillent aux balcons, et de ces mains blanches dont le contact est plus doux que celui du satin!...

— O poète!... fit Torelli en haussant légèrement les épaules; si tu étais forcé, comme moi, de chercher des modèles parmi ces prétendues beautés, que de temps tu perdrais avant de rencontrer les épaules de la Vénus de Médicis.

— Ami Torelli, dit Danielo, tu blasphèmes. Que n'as-tu contemplé la reine de la regata! Tu te serais mis à genoux, et, au lieu de chercher, tu te serais écrié : *euréka!* J'ai trouvé!

— Je ne regrette pas d'avoir manqué cette occasion, fit le sceptique Torelli.

— Parce que?...

— Parce que, si j'ai perdu la vue d'une jolie fille, je n'ai pas eu le désagrément de voir son entourage de tritons mal bâtis.

Ce fut le signal d'une nouvelle explosion de lazzis, la largesse inaccoutumée du signor Ferramola, ayant ravivé la verve générale.

Le cauteleux Florentin aurait bien voulu fuir cette société dangereuse, mais c'était perdre l'occasion de lier connaissance avec le jeune ami du grand chanteur, et, à tout prix, il fallait rester.

Il ne s'y résignait, hélas! qu'en redoublant ses exhortations prudentes et en racontant, à ses trop hardis compagnons, qu'ils étaient dans un quartier voisin de celui des vainqueurs de la fête, et qu'ils s'exposaient, par leurs plaisanteries hasardées, à s'attirer quelque méchante querelle.

Au beau milieu de son sermon, il s'arrêta court, poussant du coude ses voisins, et leur indiquant, par un signe muet, deux hommes et une vieille femme, qui venaient d'entrer et allaient s'asseoir à la table la plus isolée.

L'allure des deux hommes n'offrait en effet

rien de bien séduisant, et celle de la vieille ne valait guère mieux.

Ce n'étaient, à en juger d'après leur costume, ni des marins, ni des hommes du peuple. Ils étaient chaussés fort incomplètement; leurs grègues, d'assez triste apparence, étaient pourtant d'une étoffe riche, mais souillée par la poussière et par la fange. Leurs pourpoints de couleur sombre n'étaient pas en meilleur état. D · larges feutres déformés, autour desquels pendaient encore des débris de plumes effilochées, donnaient à leur visage, par la façon dont ils étaient posés, un air d'impudence et de bravade, que ne démentaient pas leurs mines au moins suspectes.

La femme qui les accompagnait était, au contraire, d'une propreté recherchée, quoique ses vêtemens entièrement noirs, fûssent secs et râpés jusqu'à la corde. Elle portait même un grand voile, qu'elle ramenait avec une coquetterie, — bien mal placée! — sur son front, mais qui, en ce moment, n'empêchait nullement de distinguer sa figure allongée, ses lèvres minces, son nez en bec de hibou, et ses yeux faux et clignotans.

Ils commençaient à causer entre eux avec beaucoup de mystère, sans s'apercevoir de l'attention du groupe d'artistes, ni de l'examen de Danielo, qui, sans pouvoir fixer son souvenir, croyait pourtant les avoir déjà aperçus quelque part.

Jusque-là, rien à dire; mais la langue démangeait à nos implacables frondeurs, et la poltronnerie de Ferramola leur servant de prétexte, les quolibets jaillirent indirectement d'abord, puis bientôt allèrent tout droit à l'adresse du trio sinistre, dont les regards fauves ne tardèrent pas à trahir la colère concentrée.

— Diavolo! s'écria tout à coup le pétulant pupille de Stradella, la bonne affaire pour toi, Torelli! Tu cherchais des modèles pour les deux compagnons à donner à ton Christ au Golgotha? Eh bien! tu n'as qu'à inviter ces signori à t'accorder quelques séances.

Les deux hommes se tournèrent avec fureur vers l'impertinent, qui acheva sans se déconcerter :

— Seulement, je ne sais en conscience pas celui que tu pourras mettre à la droite!

— Per Bacco! rugirent à la fois les victimes de cette raillerie.

Et se levant, l'œil en feu, ils saisirent leurs cruchons pour les lancer à la tête du jeune homme et de ses amis.

Une querelle sérieuse, une rixe devenait imminente; les deux partis, également animés, également déterminés, s'avançaient l'un vers l'autre, lorsqu'un grand bruit retentit au dehors.

— C'est Térésa! la reine de la fête!... cria une voix sur le seuil de la porte.

Ce mot termina la guerre. Tous les artistes se précipitèrent vers la rue, tandis que leurs sombres adversaires saisissaient la vieille par le bras et l'entraînaient vivement.

III.
Le Triomphe.

Les acclamations qui venaient de faire une diversion si opportune à l'orage tout prêt à éclater dans la salle des buveurs du *Bucentaure*, indiquaient que la fête du jour n'était pas encore terminée.

Enivrés de leur victoire, les Nicolotti, non contens d'avoir parcouru avec leurs gondoles enguirlandées toutes les lagunes de la ville, portaient maintenant en triomphe, à t avers les rues, la reine de la Regata, et, comme pour defier leurs rivaux, ils ne rentraient dans leur quartier qu'après avoir traversé en grande partie celui des Castellani. Bien plus, le cortége, dans son enthousiasme, s'était laissé aller jusqu'à offrir au public une copie, un diminutif de la promenade du Doge autour de la place Saint-Marc le jour de son avènement, lorsque les *arsenalotti*, cette milice privilégiée de l'arsenal, portaient le trône ducal sur leurs épaules pour l'inauguration d'un nouveau règne.

Seulement, nos braves gondoliers ne poussant pas l'imitation à la grande rigueur, se contentaient de jeter à la foule des dragées, des *confetti*, au lieu de pièces de monnaie, ce que pratiquaient d'ailleurs avec grand succès les masques durant le carnaval.

D'où provenaient ces friandises? Elles lui avaient été offertes sous forme d'une élégante corbeille, par une sorte de facchino du port, qui avait disparu aussitôt. Qui avait envoyé cet homme? Au milieu du tumulte de la fête, de la confusion des allans et des venans, des curieux qui se bousculaient pour voir, un instant, les traits de la reine de la Regata, il eût été impossible de le savoir. Celle-ci allait donc lançant sur la foule, qui l'acclamait, les douceurs contenues dans un énorme sac placé sur ses genoux, et voilà que, en descendant au fond, sa main avait rencontré un objet dont la forme particulière avait attiré son attention.

Ce n'était pas une sucrerie, ni un gâteau, mais une friandise bien autrement séduisante pour une jeune fille italienne et coquette.

Une surprise mêlée de joie passa sur son visage, mais fut remplacée bientôt par une préoccupation qui lui fit oublier, un moment, et la population folle de plaisir et les marques de déférence qu'elle devait à la masse de ses admirateurs.

Ce qu'elle avait trouvé, enfin, l'objet qui fascinait son esprit, qui semblait brûler la main où elle le cachait, c'était un collier d'un travail et d'un prix inestimables.

Les femmes, les plus innocentes même, ont à un rare degré l'instinct du mystère, et le parti pris des situations exceptionnelles. Cette faculté leur est naturelle sans doute, mais on peut bien admettre aussi que la position constamment épineuse et délicate faite à leur sexe par nos usages sociaux, n'est pas étrangère au développement d'une aptitude qui touche de près à la dissimulation. C'est là, au surplus, une thèse trop scabreuse pour que nous la développions ici; nous avons trop besoin de l'indulgence de nos lectrices pour chercher à la plus aimable partie du genre humain une querelle qui tournerait bien certainement à notre confusion. Hâtons-nous donc de revenir à Térésa la gondolière.

Sa perplexité ne dura pas longtemps; elle cacha précieusement sa trouvaille dans son corsage, et acheva sa distribution : pour le peuple les dragées, pour elle les perles. — A chacun sa part.

Au moment où le bruyant et joyeux cortége parut en vue du théâtre de San-Cassiano, il présentait véritablement un attrayant spectacle.

Les barcaroli, les uns armés de torches, les autres de leurs avirons décorés de rubans, formaient une pittoresque escorte à la jeune fille, dont la resplendissante beauté n'avait jamais eu autant d'éclat et d'animation.

A la voir ainsi couronnée de fleurs, et cependant brave et modeste dans son attitude, répondant doucement de la main ou du sourire aux acclamations soulevées par sa présence, trônant avec grâce sur un siége de feuillage, que portaient sans fatigue et sans peine quatre de ces demi-hercules *chioggioti*, types des premiers colons des îles Vénètes, on l'eût prise volontiers pour une reine véritable.

Le gastaldo, drapé avec un art qui n'était pas sans dignité, dans le manteau rouge et noir, insigne de son titre, et couvert de sa corne ducale, précédait le pavois, grave et majestueux, comme un chef deux fois triomphant, — car son parti et sa fille avaient les honneurs de la solennité.

Derrière, on reconnaissait à l'isolement, au silence qu'il conservait, à son œil enfoncé sous ses épais sourcils, d'où partaient des regards sournois, ce personnage peu communicatif, ce même Michieli Sorenzo que nous avons vu pendant la Regata à la droite du gastaldo, indifférent et dédaigneux pour toutes les phases de la fête, et ne s'animant d'un transport bizarre comme son maintien, qu'au moment de la joûte des gondolières.

Ce regard vague et inquiet s'arrêtait parfois avec une fixité étrange sur la belle Terésa, mais c'était pour se plonger ensuite plus sauvage sur la foule qui rayonnait antour d'elle.

Derrière la reine venait la corporation complète des Nicolotti, hommes, femmes et enfans, chantant l'hymne traditionnelle, composée par un de leurs poètes populaires.

Les habitans s'étaient mis aux balcons, d'où ils battaient des mains et jetaient des rubans et des fleurs; les plus curieux se tenaient rangés le long des maisons. Quelques portes s'entrebaillaient, pour laisser passer le profil de quelques ménagères timides, prêtes à les refermer à la première alerte, car il était rare de voir les ovations de l'un ou de l'autre parti se terminer sans une de ces belles explications à coups de couteau, que l'idiôme expressif de Venise appelait une *coltellata*.

Dans le flot des spectateurs de la rue, on remarquait un homme jeune, grand et de formes élégantes, dont la beauté et la distinction, bien supérieures à celles des médiocrités banales auxquelles on prodigue ces titres, offraient un cachet qui frappait tout d'abord, quoique ce cavalier fût entièrement enveloppé dans les plis d'un manteau.

Désireux de juger du mérite de la barcarola victorieuse, et ne pouvant réussir à se frayer un passage à travers sa tumultueuse escorte, il s'était hissé sur un banc de pierre, à l'angle d'une maison voisine de la taverne du Bucen-taure, et semblait prendre au défilé de cette farandole un plaisir qui se réflétait sur sa physionomie expressive et intelligente.

La vue de Térésa, qui par hasard tournait de son côté son visage animé et son regard étincelant, le frappa comme une apparition; il la suivit de son admiration, avec une sorte d'extase.

A quelques pas de là, le groupe turbulent des artistes se frayait un passage à coups de coude et de genou, en dépit des avertissemens du signor Ferramola, qui, resté prudemment sur le seuil de la taverne, leur criait de loin, en s'efforçant de se maintenir dans son angle et de résister au courant de la foule :

— Par le lion de Saint-Marc! prenez donc garde, jeunesse imprudente!.. N'avancez pas... revenez par ici... veillez sur vos flancs... la coltellata et les pugni ne tiennent qu'à un fil, comme l'épée de Damoclès.

On eût cru voir la poule qui s'alarme pour ses petits et qui cherche à les rassembler tous, à l'abri de l'ennemi dans le voisinage duquel ils se trouvent. Mais les gloussemens de l'impresario se perdaient dans le bourdonnement de la rue, où du moins ses protégés n'en tenaient aucun compte.

— Ne craignez rien, signor! criait à son tour ce démon de Danielo, nos côtes sont solides, et pour un coup de poing nous en rendrons quatre.

— Cet enfant est enragé! soupirait piteusement le Florentin, qui avait espéré, en s'attachant à lui, parvenir jusqu'à son tuteur, et qui, — le cher homme, — regrettait bien de n'avoir pas assez de bravoure pour le suivre dans cette équipée.

Mais hélas! très fort sur les combats de théâtre, excellent général dans les coulisses, au sein des canons de carton et des petards d'artifice, il éprouvait une insurmontable antipathie pour les réalités de ce monde appelées une rixe ou un coup de dague.

Son cœur voulait bien s'élancer en avant, mais ses jarrets cotonneux fléchissaient à cette seule idée, et ses doigts épuisaient leur énergie à se cramponner aux montans de la porte du cabaret, dans lequel il était sûr de trouver asile en cas de malheur... pour les autres.

Il ne comprenait pas qu'on trouvât tant d'agrément à une fête qui n'était à ses yeux qu'une cohue, et il se prenait d'attendrissement pour la démence d'une ville entière applaudissant à une ovation qui pouvait lui enlever, à lui, un intermédiaire auprès de la providence des théâtres.

Mais les artistes n'étaient pas les seuls personnages de notre connaissance occupés à se faire place, en dépit des rebuffades, des résistances et des invectives du populaire.

Les deux buveurs aux allures suspectes et leur digne compagne, la vieille au profil de hibou, prétendaient avoir leur part du spectacle; les deux premiers entraînaient intrepidement l'autre, aux trois quarts suffoquée, perdant son voile et subissant d'effroyables accrocs à ses nippes.

Sa voix, en harmonie avec son hideux visage glapissait douloureusement, criait au meurtre, à chaque remou de ce flot humain; mais ses guides n'en prenaient guère souci, et persistaient, dans un but que nous connaîtrons plus tard, à la rapprocher de l'héroïne de la fête.

Peine perdue; la vieille se haussait sur la pointe des pieds, ses compagnons entreprenaient inutilement de l'élever sur leurs bras; dans cette mer mobile ils étaient exposés à se trouver séparés, et voilà tout.

Tout en invoquant, sous forme de blasphème, tous les saints du calendrier vénitien, l'un des deux hommes finit par aviser la place occupée sur le banc de pierre, par l'inconnu au manteau.

— Eh! vite! par ici dit-il à l'autre.

Et il se mit à remorquer la vieille, contre vent et marée, vers le banc en question. Tirée par l'un, poussée par l'autre, elle était menacée de dislocation, si sa charpente séculaire eût été moins coriace.

Parvenus à deux pas du banc :

— Arrête, lui dit celui qui était en avant; tu vas monter là.

— Mais la place est prise, fit-elle.

— Elle ne le sera pas longtemps; ecparticulier l'a assez occupée; c'est à un autre de la prendre.

— Et comment vas-tu faire ? lui demanda son camarade.

— Le moyen est facile.

Là-dessus, baissant l'échine et donnant de la tête dans la masse des assistans, écartés comme par un coup de bélier, il arriva tout près de l'inconnu, qui, toujours absorbé par la contemplation de Térésa, ne songeait guère à ce qui se passait à ses pieds.

Précisément, et comme pour favoriser à point sa manœuvre, la tête du cortége, serrée entre deux rues dont les abords étaient obstrués par la populace qui y étouffait, avait dû faire un temps d'arrêt. Mais la queue avançait toujours, sous l'impulsion qui la portait en avant, et les curieux de la rue se jetant en travers des barcaroli, pour ramasser les dragées qui continuaient à pleuvoir, le tumulte était parvenu à son apogée.

Rien ne pouvait mieux servir notre aventurier; frôlant les vêtemens de celui dont il convoitait la place, il arracha lestement une des aiguillettes qui retenaient ses hauts-de-chausses au-dessous du genou, et la laissant tomber :

— Seigneur, lui dit-il fort poliment, vous perdez quelque chose, voyez!

L'inconnu, ne soupçonnant rien à ce petit complot d'usurpation, quitta le banc pour ramasser son aiguillette; mais il se trouva aussitôt soulevé et entraîné par le flot.

— Le tour est fait, noble dame, dit avec un rire bruyant le bandit, la main à votre Sigisbé et allongez la jambe.

En même temps, son camarade et lui voulurent, par une évolution rapide, installer la vieille sur le banc objet de leur convoitise. Ils la soulevaient chacun d'un côté, mais déjà la place était prise.

Cette scène et ce dialogue avaient eu un témoin. Danielo, on s'en souvient, rôdait par là, avec ses amis quelque peu éparpillés de côté et d'autre ; il avait vu l'impudent drôle se jouer de l'étranger et, plus prompt que l'éclair, il s'était faufilé à travers la foule et s'était élancé vers le banc, pour repousser la vieille et pour se hisser à la place vacante.

— Per Bacco!... vociféra l'auteur de la ruse, tout surpris de ce mécompte.

— A bas! et lestement!... gronda l'autre.

— Petit scélérat!... glapit la mégère.

Mais l'enfant, intrépide et railleur, répondit simplement :

— Excusez, signora, je me trouve fort bien à cette place, et j'y reste.

— Diavolo!... reprit le premier des deux hommes dont les poings commençaient à se contracter.

— Non pas pour la garder, poursuivit Danielo, mais pour la rendre.

— Et à qui, s'il vous plaît?... demanda le second d'un ton d'ironique menace.

— A la personne à qui vous l'avez prise.

— De quoi se mêle-t-il, ce bambin ?... fit la vieille.

— De ce qui me regarde, repartit Danielo.

— Ce qui te regarde, mon mignon, c'est la férule !... dit un des bandits.

— Et, en attendant le fouet, tu vas partir de là ! ajouta son camarade.

— Je ne crois pas!

— C'est ce que nous allons voir !...

Monté à ce diapason, il était difficile que le dialogue se terminât pacifiquement. Néanmoins, le jeune homme tenait bon et se mettait intrépidement en devoir de résister aux violences de ses adversaires.

— J'en étais sûr! exclamait Ferramola, qui percevait de loin le ton confus de la dispute, voilà qui va mal!... Les avais-je assez avertis!... O jeunesse inconsidérée...

Et sans plus tarder, il fit un plongeon et se précipita dans la taverne, car les choses tournaient au drame.

Les deux sinistres compagnons avaient arraché Daniélo de son poste d'observation ; il s'était défendu des pieds et des mains, et, dans l'action, un froid aigu était venu le mordre à l'épaule.

La douleur lui arracha un cri perçant.

L'alarme se répandit dans la foule ; les plus timides, imitant l'impresario, songèrent d'abord à se tirer de la presse ; le cortége se trouva rompu, l'engorgement des issues devint compact, aux chants des gondoliers succédèrent des plaintes, des menaces, des gémissemens, des clameurs de rage ou d'effroi.

L'enfant blessé avait pâli, il était défaillant, et la populace hébétée menaçait de le rouler et de le broyer dans ses brutales étreintes.

Mais son cri n'avait pas seulement éveillé la commisération équivoque du signor Ferramola ; il avait frappé une oreille plus généreuse. Un homme, dominant la tempête, était accouru vers Danielo et le recevait dans ses bras.

Cet homme était l'inconnu, cause innocente et dupe lui-même de cette échauffourée.

— Danielo ! mon enfant !... s'écria-t-il avec désespoir. Du sang!.. il est blessé... il se meurt!... Du secours!... du secours! un médecin!...

Sa voix retentissante surmonta le bruit formidable qui se croisait d'un bout de la rue à l'autre.

Par prudence, les quatre chioggioti porteurs du pavois triomphal avaient déposé leur précieux fardeau; Térésa se tenait debout au milieu du cercle des Nicolotti, qui la protégeaient, l'aviron au bras, en satellites résolus.

Elle se trouvait à portée d'entendre les plaintes et l'appel de l'inconnu; compatissante autant que brave, elle se fit ouvrir les rangs et s'approcha du petit groupe formé par l'étranger et par un ou deux des camarades de l'apprenti ornemaniste.

Le pauvre enfant, déposé sur le banc de pierre, avait perdu connaissance. Ses amis avaient écarté son pourpoint et cherchaient à étancher le sang qui inondait sa poitrine, mais ils n'avaient ni linge ni bandages.

Térésa comprit d'instinct leur embarras, et, déchirant son écharpe blanche :

— Voici ce qu'il faut, signor, dit-elle à l'inconnu. Soutenez le blessé, je vais vous aider.

Alors, avec une adresse et des précautions remarquablement ingénieuses, elle eut bientôt disposé un premier appareil sur la plaie; mais le stylet avait mordu profondément, il avait atteint une veine, le sang coulait à travers les compresses.

— Oh! vous êtes bonne autant que belle!... disait l'inconnu attendri, tout en la secondant dans sa tâche. Oh! merci! merci!...

Mais, uniquement occupée de Danielo, elle n'entendait ni ces éloges ni ces remerciemens.

— C'est un chirurgien qu'il faudrait!... répétait-elle.

En même temps elle porta ses regards aux alentours, comme si elle y cherchait quelqu'un, et elle tressaillit en apercevant derrière elle, debout, impassible, l'homme qui tout à l'heure marchait immédiatement après son pavois, et qui semblait prendre la foule en haine pour l'admiration prodiguée à la barcarola triomphante.

Elle lui saisit aussitôt le bras, et lui montrant Danielo :

— Michieli Sorenzo, lui dit-elle d'un ton d'autorité, tu as des secrets pour guérir les blessures; arrête ce sang... Je le veux.

Michieli eut un mouvement assez pareil à celui de ces animaux sauvages domptés par une volonté qu'ils subissent à regret, mais qu'ils n'oseraient enfreindre.

Il prit de ses mains les derniers débris de l'écharpe, changea le blessé de position, et, posant le doigt sur sa plaie, il arrêta le sang comme par magie.

Tandis que ces soins absorbaient l'attention d'une partie de nos personnages, nos deux bandits, oubliés dans la foule, se rapprochaient pas à pas, avec leur laide compagne, dont ils ne s'étaient pas séparés, en dépit de l'agitation de la rue.

Arrivés assez près pour tout distinguer sans être reconnus, l'un d'eux étendit la main dans la direction de Térésa :

— Regarde-bien cette femme, dit-il à la vieille, car c'est celle qui doit faire ta fortune et la nôtre!...

IV.

Le Gastaldo.

Nous nous transporterons, à quelques jours de la fête de Saint-Marc, par une belle soirée de mai, dans la rue Sansovino, faisant partie du quartier des Nicolotti, d'après les délimita-tions aquatiques précédemment indiquées par nous.

Au rez-de-chaussée d'une maisonnette d'apparence bourgeoise, — les palais s'élevaient de préférence sur les places, le grand canal ou les lagunes, — une fenêtre ouverte laissait voir le profil d'une jeune fille occupée à l'un de ces métiers portatifs, sur lesquels des doigts de fée faisaient éclore la délicate dentelle qui a emprunté son nom à Venise.

Une vigne, agrément très recherché dans cette ville sans jardins, tapissait la muraille extérieure, et mariait ses feuilles capricieuses à l'ogive de la fenêtre, encadrement frais et gracieux bien fait pour les traits ravissants qu'ils accompagnaient.

A l'intérieur, cette partie de la maison offrait un aspect caractéristique, qui ne permettait pas un instant de se méprendre sur la condition de ses habitans.

Les meubles étaient d'un goût sévère et simple qui indiquait une honorable aisance. La décoration des lambris était curieuse autant qu'originale. Leur propriétaire avait beaucoup voyagé, et de chacune de ses pérégrinations il avait rapporté un souvenir ou un trophée. L'Afrique et l'Inde, l'ancien et le nouveau monde étaient représentés là par quelqu'une de leurs productions ou de leurs armes primitives.

Mais au centre de cos objets exotiques, rayonnant à la place d'honneur, on apercevait, rangées symétriquement, une série de ces bannières nationales que décernait le doge aux vainqueurs des joûtes publiques, et, par-dessus toutes les autres, le fameux étendard de San-Nicolo, entrevu déjà par nos lecteurs à la Regata du 25 avril.

Bref, cette maison était celle de Bartolomeo Gamba, le Gastaldo des Nicoletti, le père de la belle Teresa.

La dentellière de la fenêtre n'était autre que la barcarola portée naguère en triomphe à travers les rues de Venise ; car, formée par son père dans l'art difficile de la navigation vénitienne, elle ne manœuvrait la rame que dans les grandes occasions, ou lorsque Bartolomeo, vieux marin fatigué par sa rude carrière, brisé par ses soixante-dix ans, se trouvait forcé de l'envoyer au traguetto à sa place, tandis qu'il soignait ses rhumatismes. Le reste du temps, livrée à une occupation plus paisible, elle demeurait au logis à faire des points de Venise.

Les deux principaux habitans de la maison offraient, comme cette maison elle-même, un cachet, des mœurs, des idées fort tranchés, en dehors du vulgaire.

Bartolomeo, nous lui devons à tous égards la première mention, était un vieillard énergique encore, domptant par son grand courage les infirmités, et ne leur cédant jamais que passagèrement, quand elles le pressaient de leurs plus terribles aiguillons. Enfant de l'Adriatique, venu au monde sur une lagune, il avait visité les deux hémisphères, sans trouver rien d'aussi beau que sa patrie; — bombardier sur les galères ducales, il avait soutenu par la mitraille l'honneur de l'étendard de Saint-Marc, et il n'en reconnaissait pas de plus glorieux.

Cette rude existence en avait fait un homme d'une volonté rigide, d'une droiture inflexible, pesant tout au criterium de l'honneur, n'admettant pas qu'on traitât à la légère les objets de ses labeurs et de son culte. Depuis longtemps, il était devenu le premier de sa corporation par ses services dans la marine de l'État, autant que par ses nombreux succès dans les concours auxquels le peuple vénète attachait une si haute importance.

Soldat des anciens temps, il aimait à rappeler les guerres dont il avait pris sa part, sans songer à se défendre d'une certaine partialité qui lui faisait exalter ses chefs, un peu trop aux dépens de ceux qui gouvernaient aujourd'hui. Il en coûtait à sa vieille ardeur de se sentir réduit à la retraite; aussi, dans ses discours, n'était-il point rare qu'on vît percer une pointe de dépit contre la génération actuelle. On l'avait même rencontré récemment parmi les adversaires de Francesco Morosini, lorsque celui-ci avait été décrété d'acccusation pour la guerre de Candie.

Il serait presque permis de dire que la gleire du généralissime, maintenant procurateur de Saint-Marc, empêchait le vieux Gastaldo de dormir. Et pourtant, avec quelle fierté il portait ce titre de doge des gondoliers! Il était douteux que le chef réel de la République, prît ses fonctions plus au sérieux.

Teresa vivait paisiblement au sein du bien-être qu'elle devait à son père. Mais c'était un homme grave, positif, qui n'eût pas voulu lui laisser une existence oisive, dont elle-même, d'ailleurs, ne se fût pas accommodée. Il lui avait fait donner une éducation sommaire que bien des filles de citadins ne recevaient pas alors; mais sans négliger pour cela un apprentissage beaucoup plus en rapport avec sa naissance, celui de la rame et du métier à dentelles, dont les filles du peuple savaient, avec un égal avantage, cumuler le double talent.

Quant aux soins du ménage, ils revenaient de droit à dame Stefana, belle-sœur de Bartolomeo et tante maternelle de Teresa. Celle-ci, orpheline en entrant dans la vie, avait été confiée aux soins de cette brave femme, qui en avait fait son idole. Excellente personne, mais d'une intelligence quelque peu bornée, elle avait tout ce qu'on peut exiger d'une bonne ménagère ; mais sa tendresse égoïste n'était pas apte à former une jeune fille d'une nature ardente et tendre comme celle de sa nièce.

Teresa, également dépaysée entre l'affection sévère de son père et l'amitié inintelligente de sa tante, s'était repliée sur elle-même, et son esprit en avait contracté quelque chose d'insaisissable. On la voyait passer, sans transition apparente, d'une résolution extrême à une excessive indécision. Tantôt forte et fière, tantôt timide comme une enfant.

Un autre trait de son caractère était une certaine tendance aux idées à la fois mystiques et superstitieuses de l'époque. L'enthousiasme religieux qui fermentait sourdement au fond de son imagination se trouvait d'accord avec ce qui, chez dame Stéfana, n'était que la conséquence d'une faiblesse d'organe. Cette dernière, confiante aux mille pratiques alors si répandues dans les couches inférieu-

res de la société, n'avait eu aucune peine à les inoculer à Teresa.

La fille du Gastaldo, bien loin de repousser les histoires de miracles, de prestiges, de magie, s'y complaisait, leur trouvait un charme, une séduction qui flattait ses dispositions, — disons plus, son ambition secrète. La fierté qu'elle tenait de son père, allait en effet plus loin que l'orgueil de celui-ci. Elle sentait fort bien que l'héritière d'un barcarolo, fût-il le premier de sa classe, n'était pas appelée à sortir par les voies ordina de son humble condition. Peut-être ses rêves brûlans, audacieux, trop bien servis par les faiblesses de sa tante, et par l'admiration de la digne emme à son égard, s'élevaient-ils vers un horizon mystérieux, plein de joies et d'honneurs inconnus aux simples filles du peuple.

Depuis quelque temps, mais surtout depuis la Regata, son caractère, déjà inégal, était devenu plus bizarre que jamais. Enfermée dans sa chambre ou attachée à son ouvrage, elle se plongeait dans des rêveries prolongées, qui l'isolaient complètement de son entourage. Sa tante lui adressait quatre et cinq fois la même question sans qu'elle y répondît; elle avait des tressaillemens soudains; son regard s'envolait dans l'espace; si on l'eût observée quand elle se croyait seule, on l'eût vue atteindre avec précaution un objet soigneusement enveloppé, et demeurer des heures entières l'œil fixé sur une initiale qui y était gravée. Cet objet n'était autre que le bijou trouvé par elle au fond du sac de dragées de la Saint-Marc; l'initiale était une F.

Le soir où nous la retrouvons travaillant à sa croisée, tandis que sa tante préparait dans le fond de la salle le repas du soir, elle répétait à mi-voix un des chants vénitiens doux, et lens qu'inspiraient aux poëtes les suaves et voluptueuses promenades des lagunes.

L'heure était propice, le bruit des affaires avait cessé, l'air passait comme un parfum à travers la ville, emportant dans son parcours tranquille les sons de cette musique délicieuse par sa naïveté. Rien n'était perdu pour l'oreille, ni une modulation du chant, ni une syllabe de la poésie.

Deux hommes s'avançaient, marchant de compagnie et engagés dans une conversation intéressante. Mais à l'audition de cette mélodie, le plus jeune s'arrêta tout à coup, et força son compagnon à l'imiter.

C'était un jeune homme aux traits expressifs, d'une finesse remarquable; son costume de velours noir, avec des crevés blancs très-simples, empruntait à sa tournure peu commune, une élégance que n'eût pas offerte le vêtement le plus somptueux sur les épaules d'un autre.

Son interlocuteur, qui aurait pu, à la rigueur, donner le change sur son âge véritable par une vivacité de regard et d'allures qui contrastait avec la nuance grisonnante de ses cheveux, portait le costume grave et sombre des patriciens, rehaussé par quelques bandes rouges, ordinaire indice des hautes fonctions de l'État.

Comme celui-ci paraissait vouloir passer outre :

— Ecoutez, de grâce, signor ! lui dit le plus jeune d'un ton de prière.

En même temps, le buste tendu et l'oreille

attentive, il laissa lire sur son visage une sorte d'étonnement joyeux.

La fin d'un couplet ayant amené une suspension du chant, il se tourna vers son compagnon :

— Une jolie voix, signor !... Sur mon honneur, je ne serais jamais venu là chercher dans un quartier pareil.

— Je dois vous croire, maëstro, répondit le plus âgé ; nul plus que vous n'est capable de donner un avis en semblable matière.

— Par la pénurie de talents dont se plaignent tant nos entrepreneurs de spectacles, je jurerais que cette voix, convenablement cultivée, serait pour eux une bonne fortune..., mais elle se tait... Je serais pourtant curieux de savoir à qui elle appartient.

Le patricien sourit :

— C'est aisé, fit-il ; continuons seulement notre promenade.

En homme fort au courant des localités, il dirigea les pas de celui qu'il nommait le maëstro vers la maisonnette à la vigne grimpante.

Le chant avait recommencé.

Par une tactique adroite, les auditeurs mystérieux, évitant le moindre bruit, tracèrent dans leur marche une ligne transversale dont l'angle, aboutissant à la croisée de Térésa, devait leur permettre de l'apercevoir de plus loin et le plus longtemps possible.

Sans partager les croyances superstitieuses de la fille du Gastaldo, nous ne craignons pas d'affirmer qu'il rôde sans cesse autour des jeunes filles de dix-huit ans un lutin familier prompt à les avertir quand on s'occupe d'elles et qu'on les trouve jolies.

Ce lutin pousse même la complaisance où la malice jusqu'à leur fournir une optique singulière qui leur permet de distinguer très nettement les traits, les moindres détails de leurs admirateurs, sans qu'on puisse leur reprocher d'avoir levé les yeux sur eux.

Teresa aperçut donc parfaitement les deux promeneurs, sans que ses longs cils noirs se fussent plus d'une seconde détachés de son métier, et sans que sa chanson en eût été interrompue. Pourtant, il faut dire que sa voix, plus accessible aux émotions que ses traits, devenait de moins en moins ferme, à mesure que ses admirateurs se rapprochaient.

Par la direction de leur marche et par les regards qu'ils fixaient sur elle, il ne lui était pas permis de douter qu'elle ne fût le point de mire de leur attention. De plus, elle reconnaissait parfaitement le plus âgé, pour l'avoir vu passer chaque jour depuis la Regata, devant sa demeure, et elle avait comme un vague souvenir d'avoir déjà rencontré l'autre quelque part.

Ce dernier, de son côté, tressaillit en l'apercevant, et s'adressant au patricien, qui l'honorait de sa familiarité :

— Sur mon âme, signor, Venise a droit à son titre de Cité des Merveilles ; la voix de cette jeune fille est belle assurément... Mais ses yeux sont bien plus beaux encore.

— J'aime à vous voir cet enthousiasme, maëstro, mais avançons.

Quelques pas seulement les séparaient de la croisée ; il n'y avait plus moyen de feindre de ne pas les apercevoir ; Teresa leva les yeux sur eux et laissa échapper un petit cri de surprise, imitant la nature à s'y méprendre, car elle venait d'envisager le plus jeune et de se rappeler où elle l'avait vu pour la première fois.

Se sentant rougir sous le regard persistant du bel étranger, elle chercha en vain une contenance et elle allait se sauver peut-être, en dépit de l'attraction qui la retenait malgré elle, lorsque le patricien, la saluant gracieusement, adressa un mot rapide à son compagnon et l'entraîna.

Un long soupir soulagea la jeune fille.

— Qu'est-ce donc ? demanda sa tante, déjà prévenue par sa première exclamation.

— Rien, rien, chère tante.... dit-elle avec un empressement qui la trahit.

La vieille était déjà sur le seuil, et, regardant les promeneurs qui s'éloignaient :

— Ces deux signori.... fit-elle ; Santa-Maria ! de quel pas ils marchent ! Est-ce donc moi qui les effraie ?... Eh ! mais, je ne me trompe pas... il y en a un.... Dis donc, mignonne, ne l'as-tu pas vu traverser notre rue plusieurs fois depuis quelques jours ?...

L'embarras de Teresa était extrême :

— Moi ?... en vérité, je ne sais...

— C'est bien.... c'est bien.... il faut savoir ce qu'il veut.

— Ce qu'il veut ?... mais le hasard seul, j'en suis certaine...

— Moi, je ne suis sûre de rien... Ne t'émeus donc pas, mon enfant.... tout s'éclaircira.

— Que comptez-vous faire ?...

— J'ai mes idées... Tranquillise-toi.

Et, sans s'expliquer davantage, elle reprit sa besogne avec d'autant plus de hâte, que le jour tombant annonçait la venue prochaine du chef de la famille, dont la ponctualité ne souffrait de retard en aucune chose.

Nous devons ajouter que ce n'était pas la présence de la duègne, auprès de sa nièce, qui avait effarouché les étrangers, mais l'apparition du Gastaldo qui entrait dans la rue, au moment où ceux-ci se disposaient à adresser la parole à sa fille.

Bartolomeo revenait du traguetto, lent et soucieux. Une pointe de douleur aiguë, à l'endroit de ses anciennes blessures, amoncelait sur son front un gros nuage.

En entrant, il effleura à peine la joue que sa fille offrait à ses lèvres, il tira de sa poche quelque pièces de monnaie et les jeta d'un air maussade sur la table.

— Tenez, Stefana, murmura-t-il, en rôdant autour de la salle, sans profiter du siége que Teresa lui avançait, — tenez, serrez cela... la belle aubaine ! C'est le produit de ma journée !... Autrefois j'en eusse rapporté quatre fois autant... le métier est perdu... Depuis que ce damné concussionnaire de Morosini a prétendu faire des marins de tous nos ouvriers, il n'y a plus à Venise que des barcaroli, et comme les bras sont pour rien, le moindre rentier veut avoir sa gondole et son rameur... on abandonne le traguetto, et les gens du métier sont menacés d'inaction !...

— Il y a encore de bons jours, mon père... objecta doucement la jeune fille.

— Non ! il n'y en a plus... si cela dure, il faudra faire du feu de nos avirons !... Mais je ne verrai probablement pas ce jour-là, si proche qu'il soit...

— Oh ! ne parlez pas ainsi...

— Je sais ce que je dis... mes forces s'en vont... c'est le commencement de la fin... un de ces jours, au lieu d'aller à ma gondole, c'est à mon lit que j'irai, et quand un vieux serviteur comme moi en est là, il n'y a pas loin de la rue Sansovino à San-Cristoforo !

Teresa et sa tante se rapprochèrent avec un frisson, car ce nom était celui de l'île qui servait de cimetière à Venise, et, dans sa mauvaise humeur, le vieux Gastaldo l'avait prononcé comme une menace ou comme une prophétie.

— Bon ! bon ! grommela-t-il, je m'entends, et j'ai résolu d'en finir ; je ne veux pas mourir sans être assuré de ton sort, ma fille.

Les deux femmes échangèrent un regard d'alarme. Mais lui, sans rien remarquer, tourna les yeux vers la table.

— Mettez un quatrième couvert, ordonna-t-il.

— Vous avez quelqu'un à souper ?... demanda doucement dame Stefana.

— Mettez toujours, vous le verrez bien.

Quand il parlait de ce ton, personne n'osait répliquer. Tandis que sa tante obéissait, Teresa allumait une lampe, et s'approchait avec son métier, quoique son délicat travail fût très difficile à la lumière.

Bartolomeo, résistant à l'aiguillon de sa douleur, se tenait sur le pas de la porte, sifflottant en sourdine un air de fantaisie, et, regardant vers l'entrée de la rue. Sa belle-sœur n'osait le prévenir que le repas était prêt, car son invité n'arrivait point.

Enfin, comme huit heures sonnaient à l'église San-Nicolo, le vieillard quitta son observatoire, et s'approchant de la table :

— Le voici, dit-il.

Celui qui entrait salua silencieusement les deux femmes ; puis, sans dire un mot, il vint s'asseoir près de Bartolomeo, qui, de la main, lui indiquait cette place.

— Bien, Michieli, lui dit-il, j'aime l'exactitude.

La table étant carrée, le taciturne gondolier se trouvait en face de Teresa, qui avait répondu à son salut par une révérence courte et froide.

Le repas se composait d'un plat de riz, d'un de ces délicieux poissons qu'on pêche au-dessous de Venise, et de fruits des îles Vénètes.

On mangea le premier mets sans qu'il fût presque échangé une seule parole. Bartolomeo souffrait toujours, dame Stefana paraissait préoccupée, une pointe d'humeur mutine se dessinait sur les lèvres de Teresa ; quant à Michieli Sorenzo, tout ce que son hôte mettait sur son assiette disparaissait aussitôt, dévoré par un appétit peu commun ; ce qui ne l'empêchait pas de diriger de temps en temps sur son charmant vis-à-vis sa prunelle fauve.

Ces regards admiratifs étaient d'ailleurs le seul témoignage de sa passion pour la belle barcar ; car lorsqu'essayant de surmonter son mutisme habituel et l'impression dominatrice qu'il ressentait en la voyant, il ouvrait la bouche pour lui adresser la parole, elle le regardait d'un air si fier, si glacial, que la phrase péniblement préparée dans sa grosse tête carrée rentrait invinciblement dans sa gorge.

Le Gastaldo ne voyait rien ou ne voulait rien voir. Accoutumé à ce que tout dans cette demeure pliât sous ses ordres, il ne s'inquiétait nullement des désirs ni des convenances d'autrui. Son plan était arrêté, il ne se serait pas imaginé que rien s'y opposât.

Mais avant d'aller plus loin, achevons, par quelques mots rapides, de présenter Michieli Sorenzo au lecteur.

Originaire de la Terre-Ferme, il avait d'abord été pâtre. Dans la solitude et le recueillement des montagnes, où il demeurait parfois des mois entiers, sans apercevoir d'autre visage humain que celui du valet de ferme chargé de renouveler ses provisions, il s'était adonné à l'étude des plantes. Des indications fournies çà et là par d'autres bergers, et aussi par quelques moines, patients explorateurs des sciences naturelles, lui avaient servi de jalons pour développer ses connaissances. Plus tard, admis au service d'un chirurgien de village, il avait beaucoup observé, et peu à peu en était venu à pratiquer avec succès, grâce aux aptitudes spéciales d'un esprit exact et réfléchi.

Diverses cures remarquables lui avaient attiré un renom et une clientèle qui eussent suffi à tout autre, mais qui ne servirent malheureusement qu'à exalter son orgueil inquiet et sauvage.

Dans son existence isolée, il avait contracté en quelque façon l'humeur et la méfiance des animaux dangereux dont il lui fallait sans cesse se préserver, lui et son troupeau. De plus, contraint parfois à des luttes avec eux, il avait exercé ses forces physiques et son adresse à manier le fer, pour porter, avec sang-froid, des coups certains.

Conduit un jour à Venise, par le hasard, il s'était rencontré, au bas des degrés de la Piazzeta, avec un barcarolo que le choc d'un rameur inexpérimenté, accident bien rare dans cette ville, avait renversé du petit pont placé à la poupe de sa gondole, et sur lequel il se tenait, suivant l'usage, pour la conduire. Le blessé n'était autre que le Gastaldo Bartolomeo Gamba.

Autour de lui, on s'agitait, on criait, on parlait beaucoup, mais, à vrai dire, en l'absence d'un médecin, nul ne lui portait de secours efficace, quoi qu'il en eût le plus pressant besoin, car il avait une épaule luxée.

Michieli Sorenzo s'approcha, comme tant d'autres, fit signe aux plus bruyans de se taire, indiqua aux plus intelligens la manière de tenir le blessé, et, grâce à son expérience, remit en place le membre compromis. Il fit ensuite transporter le Gastaldo chez lui, où, sur sa prière, il l'accompagna pour soigner les contusions peu dangereuses reçues, en outre, dans sa chute.

Ce traitement, simple autant que rapide, avait causé une vive émotion ; mais nul n'y avait été, on peut le croire, aussi sensible que Bartolomeo Gamba. Dans sa reconnaissance, il avait insisté d'une façon pressante pour que son opérateur laissât ses montagnes et se fît gondolier chez les Nicolotti qui, flattés d'avoir pour collègue un homme si précieux, joignirent leurs sollicitations à celles de leur chef.

L'attrait de la solitude l'eût peut-être emporté sur ces prières ; mais, dans la maison de son malade, Michieli avait vu les grands yeux noirs de Teresa. Sous l'influence de leur gratitude, ces yeux l'avaient regardé avec une grâce si touchante, que leurs rayons avaient percé cette rude enveloppe où jamais un cœur n'avait battu ; cette enveloppe était brisée ; le sauvage était amoureux.

Mais quelle passion étrange et redoutable ! La pensée, la vue de Teresa le bouleversaient de fond en comble, le rendaient à la fois le plus heureux et le plus infortuné des hommes. Il sentait tour à tour des éblouissemens traverser son cerveau, des ardeurs cuisantes déchirer sa poitrine, ou bien un froid mortel lui glacer le sang.

Ses tourmens, ses misères, loin d'éteindre cette passion, la stimulaient, l'avivaient, la multipliaient. Il se complaisait lui-même dans ses doutes, ses anxiétés, ses défaillances. Il avait trempé ses lèvres à la coupe du désir ; la paix de ses montagnes ne pouvait plus opérer sa guérison.

Admis comme gondolier, il s'était logé tout au fond du quartier des Nicolotti, dans une maison qu'habitaient seulement des ouvriers appartenant à d'autres professions. Il était d'ailleurs d'une maladresse insigne dans le maniement de l'aviron. Si ses camarades le toléraient parmi eux, c'est qu'il leur rendait des services continuels dans leurs maladies ou dans leurs accidens, et qu'il guérissait souvent par les moyens les moins compliqués ceux que les médecins abandonnaient.

Tel était l'homme que le Gastaldo honorait de ses préférences, et qu'en ce moment même il avait à sa table.

A mesure que le repas avançait, Bartolomeo redoublait d'efforts pour animer la conversation ; mais, en raison même des phrases à double entente qu'il décochait alternativement à l'adresse de sa fille et à celle de son convive, la première se montrait plus sérieuse et le second plus contraint.

— Par San-Nicolo, dit enfin le vieillard en élevant son gobelet, ma sœur, versez-nous une rasade de ce vin de Chypre dont il ne me reste qu'une bouteille ; j'ai une santé à porter.

Dame Stefana n'avait pas pour coutume d'essayer de se soustraire à un ordre de son frère.

Les gobelets remplis, le Gastaldo se leva :

— Teresa, dit-il gravement, je bois à ton bonheur en ménage.

La jeune fille tendit en frémissant son gobelet. Quoiqu'elle ne distinguât rien, — car un voile s'était soudain répandu sur ses yeux, — lorsque le verre de Michieli heurta le sien, ce fut une secousse galvanique ; elle pâlit comme si elle allait défaillir.

— Pourquoi portez-vous cette santé, mon père ? demanda-t-elle tremblante.

— Parce que je t'ai choisi un mari.

— Un mari !...

— Et le voilà ! ajouta le Gastaldo en montrant Michieli, dont les regards sournois étaient subrepticement fixés sur elle.

Teresa ouvrit la bouche pour répondre ; son père ne lui en donna pas le temps.

— Ne réplique pas... Michieli Sorenzo est un homme brave, industrieux, savant ; mieux que cela, il t'aime, — il me l'a avoué. Il a reçu ma parole. Dans quinze jours, à la fête de

la Pentecôte, tu seras sa femme... Dès aujourd'hui, je permets qu'il te donne le baiser des fiançailles.

Michieli s'approcha en balbutiant des syllabes étranglées par son émotion. Elle redressa sa tête un moment courbée et se prêta à la volonté de son père ; mais, en sentant les lèvres de ce maussade amoureux effleurer son visage, elle déroba son front comme si un fer chaud y eût marqué sa sanglante empreinte.

Bartolomeo et son futur gendre sortirent alors pour reprendre le chemin du traguetto, car, dans cette belle saison, c'était le soir, c'était la nuit surtout que les gondoles recevaient le plus grand nombre de promeneurs.

Dame Stefana les suivit du regard aussi loin que le permit la douteuse clarté de la rue, puis elle revint vers sa nièce, qu'elle trouva près de la table, debout, immobile, plus semblable à une statue qu'à une créature animée.

— Teresa ! fit-elle.

Celle-ci tressaillit et porta sur sa tante un œil vacillant.

— Vous avez entendu ? répondit-elle.

— Oui, et j'ai compris ta pâleur, ton effroi.

— Vous pourriez dire mon horreur.

— Ce mariage te déplaît ?

— Il m'épouvante.

— Eh bien ! veux-tu savoir s'il s'accomplira ?

— Comment cela ?...

— Ecoute !

Un bruit de pas presqu'insaisissable vint mourir au seuil de la maison.

Teresa suspendit sa respiration, et sa tante prêta l'oreille.

On frappa trois fois, à des intervalles mesurés, contre le volet de la fenêtre.

— C'est bien elle ! dit Stefana.

En même temps, elle alla ouvrir, introduisit avec mystère une femme enveloppée d'un grand voile noir, et poussa soigneusement les verroux derrière elle.

Cette femme s'avança dans la salle. Quand elle fut arrivée auprès de Teresa, elle écarta son voile, et la lampe éclaira les traits sataniques de la vieille entrevue par nous à la taverne du Bucentaure, le jour de la Regata.

L'anneau de San-Francesco.

La vieille adressa une salutation doucereuse à Teresa, qui, tirée enfin de sa rêverie, passa machinalement la main sur l'endroit de sa joue touché par la bouche de Michieli.

Cependant elle examinait avec un étonnement mêlé de crainte la visiteuse, dont les lèvres flétries se plissaient avec effort pour produire quelque chose approchant d'un sourire.

Dame Stefana, remarquant cet embarras mutuel, intervint bien vite pour y couper court. Il était aisé de voir que ce n'était pas la première fois qu'elle avait des rapports avec la digne matrone, car, en se saluant, elles avaient échangé ensemble un signe mystérieux d'intelligence.

— Ma nièce, dit-elle à Teresa, je vous ai

promis de vous faire savoir si les projets de votre père se réaliseront ; — voici la signora Cargonta, une pieuse et discrète personne, qui va nous aider à éclaircir ce point.

— Eh quoi ! demanda la jeune fille, étonnée et regardant avec plus d'attention la vieille, qui lui souriait toujours de son air faux et obséquieux, — la signora possède-t-elle donc des secrets ?...

— Les secrets qu'inspire la piété, répondit humblement celle-ci. Dévouée à une tâche religieuse, dans l'église de San-Nicolo, j'emploie mes journées à la prière, à la contemplation. Je cherche à pressentir le ciel sur les événemens qui intéressent mes amis ou les personnes respectables qui daignent se confier à moi. J'ai été initiée, par de vénérables ecclésiastiques, à des pratiques qui me servent dans de telles occurrences, et votre digne parente, la signora Stefana, ayant manifesté le désir d'interroger votre destinée, j'ai consenti à lui prêter mes faibles lumières.

— Quoi, signora, dit la jeune fille dont le cœur commençait à battre sous l'impulsion habilement ménagée par le discours sacrilége de la vieille, c'est l'avenir...

— C'est l'avenir que j'ai voulu consulter pour toi, dit sa tante, et la signora Cargonta se recommande par son habileté dans l'art d'interpréter les présages.

Les trois femmes s'étaient assises. La vieille suivait, avec une satisfaction qui changeait insensiblement son humilité première en un ton d'importance, toujours doucereux pourtant, l'émotion qui se peignait sur les traits de Teresa, à mesure que sa tante parlait.

Le hasard, lui-même, concourait au prestige de la scène qui se préparait. Cette salle aux murs sombres, accidentés par la décoration la plus étrange, cette lampe fumeuse, dont l'air agitait la flamme, le silence de la nuit, l'accoutrement funèbre de la pythonisse, plus encore, la disposition d'esprit de la tante et surtout de la nièce, tout, disons-nous, conspirait en faveur de l'inconnu et du surnaturel.

La Cargonta s'en apercevait bien et ménageait adroitement ses effets.

Si la vraie religion a maintenu à travers les siècles son intégrité et sa faveur en Italie, comme le mal est toujours ici-bas à côté du bien, l'abus à côté de l'usage, c'est aussi l'Italie qui nous a donné les plus déplorables témoignages de superstition et de fanatisme. C'est là que les fausses pratiques ont exercé le plus tristement leur empire, obscurcissant au lieu d'éclairer, exagérant au lieu de simplifier, blessant le ciel en lui prêtant l'excès de leur intolérance.

Cette anomalie n'avait jamais été plus flagrante qu'à l'époque de fausse piété où se place notre récit, et où la société de Venise s'offre à nous gangrenée par un gouvernement mystérieux et despotique qui, mettant les intérêts politiques au-dessus de tous les autres, favorisait le relâchement des mœurs, l'abrutissement des intelligences, du moment qu'ils pouvaient détourner l'attention des excès, chaque jour plus monstrueux, de son système d'administration.

La vieille Cargonta faisait un métier aussi vulgaire que lucratif. Sous prétexte de donner de l'eau bénite à la porte d'une église et d'allumer des cierges devant les images des saints les plus révérés du calendrier vénitien, elle se mêlait de dire la bonne aventure, et, pis que cela, de servir de messagère dans des cas fort peu orthodoxes.

L'Italie a, de tout temps, été la patrie favorite des intrigues de ce genre, et si, malgré la réforme qui s'est opérée depuis un siècle et demi dans les mœurs et dans les idées, elle n'a pas encore perdu ce renom, si ses duègnes sont citées pour leurs complaisances, et les lieux saints pour leurs rendez-vous, on ne nous accusera pas d'exagérer, en affirmant qu'alors, les femmes chargées de présenter le goupillon aux fidèles, de ranger les prie-Dieu, de suspendre les ex-voto, de faire les neuvaines, se trouvant en contact incessant avec les deux sexes, ne se faisaient pas plus de scrupule de joindre aux profits légitimes de leur place les avantages autrement fructueux du commerce de la galanterie, que ne le font de nos jours, les ouvreuses de nos théâtres, quand il s'agit de transmettre un bouquet ou un billet dans une loge.

La faute en était, répétons-le, aux mœurs dissolues du temps et non à la religion. Il y avait de bons prêtres qui s'appliquaient à réprimer ces désordres ; d'autres, plus tolérans, en gémissaient et voulaient qu'on sauvât au moins les apparences, en respectant la dignité du temple. La Cargonta en savait quelque chose ; d'abord attachée à l'importante église des Santi-Giovanni et Paolo, dans le quartier des Castellani, elle s'en était fait chasser par le scandale de sa conduite. C'est alors qu'elle s'était réfugiée sur l'autre rive, auprès de San-Nicolo, où les affaires n'offraient pas le même avantage que dans un quartier et dans un sanctuaire fréquentés par le foule aristocratique.

Ses allures récentes laissaient à penser qu'elle était sur la voie d'une de ces plantureuses négociations auxquelles elle avait renoncé à son vif regret. Elle se livrait à de nombreuses allées et venues entourées de mystère ; sa présence dans la taverne du Bucentaure et dans son ancien quartier, lors de la procession triomphale de la reine de la Regata, n'étaient point des faits sans importance. Évidemment elle manœuvrait pour quelque grand personnage, et nos lecteurs ont déjà pressenti que cette stratégie avait pour but la fille du Gastaldo. Peu pressée de démasquer son jeu, elle s'était d'abord adressée à la tante pour parvenir jusqu'à la nièce. Elle avait adroitement attiré son attention à l'église, où la bonne dame allait chaque matin accomplir ses dévotions. Elle l'avait amenée à causer de Teresa ; elle avait appris que son père lui destinait un prolétaire comme elle, et s'était perfidement apitoyée sur une destinée si peu faite pour une jeune fille aussi belle et qui avait un si grand air de noblesse et de distinction.

Ces doléances avaient été parfaitement accueillies par la tante, dont elles caressaient les secrètes illusions. Malgré les limites assez restreintes de son intelligence, la signora Stefana comprenait fort bien que l'humeur rude, les habitudes sévères de Bartolomeo Gamba ne convenaient pas à l'éducation, aux instincts délicats d'une jeune fille, et la rigidité de son beau-frère lui avait fait prendre les marins en haine.

Plus d'une fois, quoiqu'elle n'eût pas la franchise d'en convenir, elle avait rêvé pour sa nièce de plus hautes sphères, et, tout en la plaçant dans un palais idéal, elle avait soin de se réserver auprès d'elle un rang non moins flatteur pour sa vanité.

Elle aimait à entendre raconter toutes ces histoires merveilleuses de filles du peuple adoptées par des patriciens ou des princes, elle en faisait l'application à sa nièce et un peu à elle-même; si bien que, dès qu'elle avait pressenti les intentions de Michieli Sorenzo, elle avait englobé dans son aversion ce favori sournois de son beau-frère.

Habilement provoquée, elle avait épanché sa bile dans le sein de la vieille donneuse d'eau bénite de San-Nicolo, qui, à cette confidence, n'avait pas manqué de jeter les hauts cris. C'était un meurtre, une profanation, une barbarie insigne!

Puis, après ce torrent d'imprécations, elle s'était cauteleusement rapprochée de la bonne dame, et la couvant de son œil oblique:

— Mais, après tout, vous avez des droits aussi sur cette jeune fille, vous êtes la représentante de sa mère; vous devez veiller à son bonheur; ce mariage n'est pas fait, c'est à vous de l'empêcher.

— L'empêcher!... se récria dame Stefana épouvantée.

— Sans doute.

— Eh! comment le pourrais-je, grand Dieu?

— Il ne tient qu'à vous...

— Ah! vous ne connaissez guère Bartolomeo!... Oser lui résister... Tenez, je tremble rien que d'y penser... C'est un caractère intraitable, sans oreilles comme sans entrailles; tout doit plier sous sa volonté.

— J'en sais une plus puissante, pourtant.

— Laquelle donc?

Ce colloque se tenait sous le porche de l'église; la Cargonta étendit sa main sèche, que le feu du ciel eût dû consumer, vers le sanctuaire, et levant les yeux au ciel:

— Celle des Saints du Paradis; prononça-t-elle d'un ton inspiré.

— Les Saints du Paradis!

— Ayez confiance, adressez-vous à eux; ne connaissez-vous pas les grands miracles attribués à leur vertu toute-puissante? Pourquoi venez-vous les invoquer chaque matin, si vous n'espérez point en leur intercession?

— C'est vrai... dit la bonne dame en baissant la tête.

Elle s'était éloignée sous cette influence, mais pour revenir le lendemain, et commencer bientôt une série d'oraisons confiées au zèle intéressé de la conseillère, qui trouvait un double profit à allumer des cierges devant les niches de chaque saint, et à entretenir, par de perfides insinuations, les espérances trompeuses de sa cliente.

Jusqu'alors ce manège avait eu lieu sans la participation de Teresa. Mais, en voyant sa tristesse, en entendant le Gastaldo énoncer formellement ses intentions, la tante Stefana, qui attendait ce même soir, sa confidente, pour apprendre d'elle le résultat d'une neu-

vaine définitive, qu'elle lui avait promise, crut n'avoir plus besoin de dissimuler et pouvoir rendre sa nièce témoin des efforts tentés pour conjurer sa mauvaise étoile.

Ramenant donc encore une fois son œil plein de caresses félines sur la fille du Gastaldo, la Cargonta, tout en s'adressant avec une affectation marquée à la signora Stefana, commença le détail de ses momeries mystico-magiques.

— Comme vous m'aviez fait comprendre, dit-elle, qu'il s'agissait du bonheur d'une personne à laquelle vous portiez un profond attachement, je n'ai négligé aucun des moyens propres à assurer la réalisation de vos désirs. C'est un vendredi, après avoir assisté à jeun à la récitation du rosaire, que j'ai allumé un cierge bénit devant les bienheureuses images de Santa Maria de'Frari, de Santa Catarina et de Santa Maddalena. Je me suis tenue agenouillée, récitant trois fois trois oraisons à chacune d'elles, jusqu'à ce que le dernier cierge fût éteint; mais, je dois le dire, les saintes ne nous ont pas été favorables, le cierge de Santa Maria s'est éteint à plusieurs reprises sous le souffle d'un vent violent. Celui de Santa Catarina, la patronne des jeunes filles dans la situation délicate où l'on m'avait dit être celle pour laquelle je priais, s'est rompu avant d'être à moitié consumé. Enfin, la mèche du cierge de Santa Maddalena, dans lequel j'espérais beaucoup, s'est divisée tout à coup en une multitude de flammèches, ce qui est le signe incontestable de nombreuses contrariétés.

— Nous n'avons pas de bonheur, soupira dame Stefana, pour qui cette fantasmagorie revêtait le cachet d'une consultation très sérieuse.

— Cependant, reprit la Cargonta, dont la voix n'était jamais plus discordante, que lorsqu'elle voulait lui imprimer une inflexion de bienveillante insinuation, — je ne me suis pas désespérée. Repoussée par les trois saintes vénérées, j'ai pris le parti de m'adresser à des saints non moins compatissans. J'ai donc allumé trois autres cierges, l'un à notre glorieux patron san Nicolo, le second à san Felice, et le dernier à san Francesco, dont notre église, comme vous savez, possède une si magnifique image (1).

— Eh bien, ces trois cierges?... demanda avec empressement la tante Stefana.

— Le premier, reprit solennellement la vieille, s'est consumé en laissant couler de longues larmes, ce qui m'a indiqué que san-Nicolo ne voyait pas sans peine qu'on cherchât à lui enlever une de ses fidèles; le second, en dépit de la bénignité notoire de san Felice, n'a pas beaucoup mieux brûlé. C'est seulement devant l'image de san Francesco que la cire s'est maintenue ferme et a donné jusqu'au bout une flamme limpide et calme.

— Francesco!... répéta tout bas Teresa.

À ce nom, sur lequel la Cargonta avait singulièrement appuyé, elle pâlit et rougit tour à tour.

______

(1) L'église de San-Nicolo possédait un San-Francesco très estimé, dû au pinceau de J. Palma.

Francesco ! c'était le nom dont la première lettre, l'F mystérieuse, figurait sur le bijou de la fête de la Regata.

Francesco ! c'était le prénom d'un dignitaire de la république, et ce dignitaire, elle se rappelait la parole qu'il avait, au milieu de son triomphe, glissée à son oreille ; — elle se demandait pourquoi ce jour même, il était encore passé devant la fenêtre où elle travaillait, et l'avait saluée en souriant ?... car elle l'avait bien reconnu pour le plus âgé des deux hommes qui lui étaient apparus, ainsi qu'à sa tante.

Que de secrets, que de mystères pour une jeune tête ambitieuse et exaltée !

Mais la tante Stefana, douée d'une imagination moins vive et d'une pénétration moins hardie, en était encore à prier gravement la vieille Cargonta de lui donner son avis sur ce cierge si favorablement consumé.

— Ecoutez-moi jusqu'au bout, reprit celle-ci avec une exaltation fort bien jouée. — Bien convaincu que c'était à San-Francesco que nous devions nous attacher, je n'ai rien voulu négliger pour nous assurer sa bienveillance. Je me suis astreinte à un jeûne complet durant trois jours, en même temps que je continuais à entretenir sa chapelle de cierges ardens, et que je récitais les oraisons qui lui sont particulières. Or, voici ce qui m'est arrivé pendant la troisième matinée, c'est-à-dire aujourd'hui même. Agenouillée devant l'auguste image, je priais, le front appuyé contre le socle d'une crédence qui supportait mon cierge. Peu à peu j'ai senti mes paupières s'appesantir, et, quoique je fusse bien sûre de ne pas dormir, j'éprouvais une sensation merveilleuse, comme si je me trouvais transfigurée ou transportée dans un monde qui n'avait rien de terrestre.

— C'était une extase !... murmura avec admiration dame Stefana.

— C'est aussi mon avis, reprit modérément la Cargonta, et pendant qu'elle durait, il m'est survenu un songe.

Ici, elle éprouva le besoin d'ouvrir une parenthèse, et c'était presque du luxe, car elle parlait, d'une part, à une intelligence facile à convaincre, et, de l'autre, à une imagination toute disposée à s'abandonner au merveilleux, et lancée d'ailleurs elle-même, en cet instant, dans un monde de chimères et de visions.

— Les songes, fit-elle donc observer, sont choses respectables auxquelles les livres saints nous apprennent à avoir confiance.

— Vous dites vrai, répondit la tante Stefana ; et que vîtes-vous dans le vôtre ?

— Un spectacle qui ne sortira jamais de ma mémoire. San-Francesco descendait rayonnant de son cadre ; il avait pris une forme palpable, et il me semblait avoir rencontré, quelque part déjà, ce noble et beau visage qui me souriait. Ce n'était pas, précisément, celui d'un jeune homme, mais plutôt celui d'un homme plein de force et de majesté ; son œil était, tout ensemble, fier et caressant ; sa chevelure, quoique marquée par quelque filets argentés, conservait sa teinte noire et son élégante abondance. Il était de haute taille, noble de maintien ; enfin, ce qui me paraissait merveilleux surtout, c'est que la robe de bure de couleur marron, que le peintre lui a donnée,

disparaissait sous une vaste tunique noire, ornée des bandes rouges, qui n'appartiennent qu'aux dignitaires de la République.

La vieille s'arrêta un moment, et Teresa, qui n'avait pas perdu un seul détail de ce portrait, prononça encore, *in petto*, le nom de celui auquel il ressemblait :

— Francesco Morosini !

La tante Stefana n'osait plus interrompre, elle retenait son haleine.

Encouragée par ce succès, la Cargonta poursuivit :

— Merveille non moins surprenante ! Dans ce songe, moi aussi je m'étais transformée. Je n'étais plus la pauvre vieille servante de l'église, dédaignée de tous pour ma misère et pour ma laideur. J'avais retrouvé ma jeunesse et avec elle une beauté, une fraîcheur, une grâce qui ne m'appartinrent hélas ! jamais que dans cette vision. Je me voyais sous les traits d'une jeune fille de dix-huit ans, aux longues tresses brunes, mêlées de rubans et de perles ; un corsage étroit enserrait ma taille souple et cachait mal mes épaules arrondies. J'avais de grands yeux noirs, voilés sous de longs cils, le soleil des lagunes, en prêtant à mon teint quelques parcelles dorées de ses rayons, n'avait pas altéré la transparence de ma peau veloutée. J'étais belle enfin, et, dans le sourire que la vision m'adressait, j'en lisais la preuve.

Cette fois, la rougeur de Teresa avait atteint les nuances de la pourpre, car il lui était impossible de ne pas se reconnaître à cette peinture.

— Après ! Après, de grâce !... fit la confiante Stefana.

— La vision s'empara de ma main, passa un anneau à mon doigt, et, se penchant vers moi, déposa un baiser sur mon front.

— Un baiser ! répéta la jeune fille.

— C'est alors que je me suis réveillée ; l'apparition s'était évanouie ; en levant les yeux, j'ai aperçu un cierge qui jetait sa dernière lueur ; l'image du saint était immobile dans son cadre ; mais, chose étrange, en portant mes regards sur les dalles de l'église, j'ai trouvé cet anneau, dont la pierre principale est marquée d'un T.

— Un T !... s'écria la jeune fille en prenant des mains de la vieille la bague précieuse qu'elle lui montrait.

— La lettre initiale de ton nom !... fit la tante.

— En effet..., vous vous appelez Teresa, je crois ? ajouta la Cargonta ; c'est singulier, je n'y avais pas songé...

— Oui, très singulier, reprit la fille du Gastaldo en lui tendant le bijou pour le lui rendre ; mais, après tout, pourquoi ne serait-ce pas un anneau perdu par quelqu'un des fidèles de San-Nicolo ?

— C'est possible, dit la vieille en repoussant doucement sa main ; aussi permettez-moi de vous l'offrir, car personne ne l'a réclamé, et il porte votre chiffre.

— Je ne puis... un objet si riche...

— Riche ?... vous croyez ?... c'est possible ; je ne m'y connais guère... Qu'en ferais-je, moi, pauvre vieille ? Si j'essayais de le vendre, on m'accuserait de l'avoir volé... Et le ciel m'est témoin que je vous ai dit la vérité pure...,

— Je n'en doute nullement, dit dame Stefana, et je distingue en tout ceci un avertissement d'en haut... Cette vision... Mais, fit-elle en s'interrompant, — car il venait enfin de s'opérer dans son cerveau un travail qui avait eu lieu avec une bien autre spontanéité dans celui de sa nièce, — ce portrait que vous avez fait du personnage qui s'est montré à vous... attendez donc que je me rappelle... C'est cela! oui, c'est bien cela!... Teresa, souviens-toi aussi... ne trouves-tu pas que cette description se rapporte tout à fait à ce seigneur que nous voyons tous les jours passer à notre porte...

Nous l'avons dit, les joues de Teresa en étaient arrivées à ce point qu'elles ne pouvaient rougir davantage. Tout son sang affluait vers ses tempes, qui battaient non moins fort que sa poitrine. Elle trouva cependant assez de présence d'esprit pour dissimuler encore :

— Je ne me souviens pas, chère tante; vous faites sans doute erreur.

— Non pas... plus je réfléchis, plus cette coïncidence me frappe; aujourd'hui même, ce seigneur est venu de ce côté, en compagnie d'un jeune homme... Oui, ceci est un avis du ciel !...

Mais Teresa, s'étant levée pour mieux cacher son émotion, en échappant à la clarté de la lampe et aux regards persistans de la vieille, repoussa décidément la bague que celle-ci s'obstinait à lui offrir.

Puis, tirant à la hâte deux sequins, elle les lui remit pour la payer de sa peine et de son temps, en lui souhaitant le bonsoir avec un trouble dont elle n'était plus maîtresse.

La Cargonta n'insista plus, mais tandis qu'elle s'éloignait, conduite respectueusement à quelques pas dans la rue, par dame Stefana, la fille du Gastaldo, à laquelle elle avait lancé en partant un de ses coups-d'œil les plus hypocrites, aperçut l'anneau *oublié* par elle et brillant parmi la desserte de la table.

Son premier mouvement fut de courir, d'appeler; mais, comme si ce bijou eût exercé sur elle une vertu magique, en le sentant entre ses doigts, elle s'arrêta, muette, éperdue, haletante. Presqu'aussitôt, sa main le saisit fébrilement, et elle courut se renfermer dans sa chambre, comme si elle eût craint qu'on ne vînt le lui reprendre.

Là, elle tomba à genoux devant son prie-Dieu, mais ce n'était pas l'image de sa patronne qu'elle invoquait... Une partie de la nuit s'écoula dans des oraisons adressées à qui ?... — A San-Francesco.

VI.

Sur les Lagunes.

Les douleurs dont Bartolomeo Gamba ressentait les atteintes et qu'il voulait braver, le soir où Michieli Sorenzo avait soupé chez lui, ne tardèrent pas à devenir assez violentes pour le retenir forcément au logis dès le lendemain. C'était une de ces crises durant lesquelles, bon gré malgré, il lui fallait, pour éviter le chômage de sa gondole, envoyer à sa place Teresa au traguetto.

Nous savons que ce n'était pas, d'ordinaire, ce qui gênait cette étrange fille, couronnée plus d'une fois pour ses succès contre les barcaroli les plus expérimentés. Elle maniait l'aviron avec une grâce et une adresse qui ne manquaient jamais de lui assurer la préférence des passans ou des promeneurs. La recette la meilleure était celle des jours où elle remplaçait son père.

Ce qui ajoutait au charme de son habileté nautique, c'était surtout aussi la chanson dont elle accompagnait le sillage de sa gondole. En passant par son gosier, les strophes les plus monotones perdaient de leur psalmodie surannée et parfois fatigante, pour se transformer en des mélodies ravissantes, grâce à cette voix juste et harmonieuse, qui avait excité, dès ses premières notes, l'étonnement d'un connaisseur aussi infaillible que son talent le rendait difficile.

Le traguetto était alors ce qu'il est aujourd'hui, c'est-à-dire une sorte d'embarcadère où les gondoliers sont chez eux, et qu'ils ornent avec une certaine recherche. Des vignes, des plantes grimpantes lui donnent pendant l'été une ombre agréable, à l'abri de laquelle se dressent des bancs, des tables, et çà et là quelques statuettes ou quelques images des saints.

Les barques sont rangées au bas des degrés à la disposition des pratiques.

La vie du traguetto pour le gondolier, ce n'est pas précisément celle de notre cocher de fiacre, ni celle de notre corps-de-garde, mais c'est quelque chose d'intermédiaire. On cause, on chante, on boit, on fume dans l'attitude du *farniente*, pour se trouver debout en pleine activité, aussitôt qu'il faut partir, sans regret pour la chanson commencée ou pour le sommeil interrompu.

Mais Teresa n'imitait pas les autres gondoliers, qui se tenaient volontiers dans l'intérieur du traguetto. Elle préférait rester à l'avant de son embarcation, assise près de l'éperon, laissant quelquefois la surface ridée du canal baigner le bout de son pied négligemment allongé au dehors. Le coude sur son genou et le bas du visage appuyé sur sa main, elle apparaissait alors comme une de ces vierges calmes et rêveuses enfantées par l'art chrétien.

Nous la retrouverons donc, par une belle soirée, dans cette attitude un peu mélancolique. En l'examinant avec attention, on pouvait reconnaître que cette disposition vers laquelle la portait volontiers l'isolement avait depuis quelques jours une nuance plus prononcée. A la limpidité de son regard, se mêlait à présent une vague anxiété. Un cercle brun se dessinait sous ses beaux yeux noirs, témoignage de leurs insomnies. Ses lèvres avaient perdu de leur teinte grenadine. Enfin, elle ne chantait plus, mais elle soupirait fréquemment, sans s'en apercevoir.

Elle ne remarquait même pas une main qui écartait à tout instant les branches et le feuillage, étendus comme un voile aux abords du traguetto, non plus que les regards perçans qui s'attachaient sur elle par cette trouée.

Un gardien était là, inquiet, vigilant, n'osant s'approcher d'elle, craignant de lui adresser la parole, — mais attentif à ses moindres mouvemens, épiant ses gestes, cherchant à scruter sa pensée, jaloux du passant qui se faisait conduire à l'autre bord, impatient du compliment banal ou du sourire que lui jetait, en même temps que sa pièce de monnaie, cet inconnu qui, le pied sur l'autre rive, ne songerait plus à elle et ne la reverrait probablement jamais.

Ce guetteur opiniâtre, à quoi bon le nommer ? C'était ce fiancé que repoussaient son âme délicate, son imagination ardente et ambitieuse. Elle le savait là, et c'était un motif de plus pour se tenir à l'écart. Tourmentée par la perspective d'un odieux hymen, elle ressentait quelque joie à voir souffrir l'indigne fiancé qu'on lui avait choisi. Sous cette apparence de résignation qu'elle laissait voir fermentait la révolte.

Tout à coup, à l'entrée d'une ruelle voisine du traguetto, retentirent des cris et des menaces ; une rixe éclatait entre quelques *bravi* sans doute et quelques matelots ivres. Cet incident, venu si fort à propos pour rompre la monotonie qui, depuis une grande heure, régnait dans la station, attira bientôt les barcaroli, très friands des querelles à coups de poing et même un peu de celles où le stylet jouait son rôle. Tous coururent pour former une galerie aux combattans, sauf l'un d'eux, qui, comme un soldat inébranlable à son poste, se contenta de hausser les épaules, et continua ses observations muettes à travers la treille.

Mais la lutte n'avait pas été longue, et bientôt on entendit appeler à grands cris: Michieli ! Michieli !… car un homme venait de tomber atteint d'une blessure, et, à défaut de médecin, c'était toujours au sombre gondolier qu'on avait recours en pareille occasion.

Il se décida, en maugréant, à se rendre à cet appel, et comme si, en effet, cette scène eût été le résultat d'un complot, il pénétrait à peine dans la ruelle où la foule se pressait autour du blessé, que derrière lui se manifestait un mouvement d'un autre genre. Plusieurs personnages descendaient rapidement l'escalier au bas duquel Teresa représentait seule la corporation des gondoliers.

Deux de ces inconnus sautèrent dans sa barque, dont elle gagna, par habitude, le banc d'arrière en saisissant son aviron.

— Entrez sous le felze, signori, leur dit-elle en leur indiquant l'intérieur de la barque, vous y serez plus à votre aise, et dans quelques minutes nous toucherons l'autre rive.

— Si vous le permettez, ma belle gondolière, répondit l'un de ces hommes, en s'asseyant à ses pieds sur le liston de la barque, tandis que son camarade se plaçait en vedette à l'avant, nous resterons ainsi, l'air est trop pur à respirer pour que nous allions nous cacher sous une tente.

Elle avait déjà mis quelques brasses entre l'embarcadère et sa gondole, se dirigeant tout droit vers le prochain traguetto, placé de l'autre côté du canal.

— Pardon, pardon, lui dit son voisin, mais nous ne voulons pas seulement passer l'eau.

— Que désirez-vous donc, signori ?

— Profiter de cette agréable soirée pour faire une promenade à travers les îles.

— Ne suis-je pas à vos ordres ? et pourvu que vous soyez aussi généreux que cette nuit est belle……

— Nous n'aurons pas de difficultés sur ce point avec la reine de la Regata.

— Vous me connaissez, signor ?

— C'est-à-dire que je vous reconnais, comme tout bon Vénitien, pour vous avoir saluée de mes vivats le jour de votre triomphe. Pour être conduits par une reine, nous désirerions payer en rois ; mais, faute d'un trésor princier, si trois sequins peuvent vous satisfaire ?…

— C'est deux fois plus que je n'eusse demandé. Commandez, signori, par où commencerons-nous notre excursion ?

— Conduisez-nous vers Murano, en évitant San-Michieli ; c'est un nom de mauvais augure.

Teresa tressaillit, et regarda l'inconnu avec une espèce de curiosité inquiète, qui se dissipa bien vite et la contraignit de sourire, à l'aspect de l'attitude paisible de son passager. Ce nom de Michieli donnait lieu à un rapprochement si naturel en ce moment, qu'il fallait l'idée absorbante dont elle était poursuivie, pour y trouver un sujet de méfiance.

Venise, on le sait, est formée de soixante-dix petites îles, que rattachent entre elles près de quatre cents ponts, et, de plus, elle est entourée de vingt-cinq autres îlots, compris sous la dénomination d'archipel Vénète, et dispersés dans le fond du golfe Adriatique. Or, l'un des premiers, et par conséquent celui qui s'offre le plus habituellement à la vue, quand on veut se promener à travers leurs méandres, est l'îlot de San-Michieli, qui servait alors, avec San-Cristoforo-della-pace, de cimetière à Venise.

Évidemment, c'était à ce lugubre objet et nullement au nom de son fiancé que le promeneur avait fait allusion.

— Soit donc… à Murano, signor ! répondit-elle.

Et elle manœuvra son aviron avec l'agilité que méritait le salaire promis.

Celui des passagers qui s'était mis à l'avant se montrait beaucoup moins causeur que l'autre. Il ressemblait beaucoup plus à l'un de ces serviteurs de grande maison, que l'on installait à cette place sur les gondoles des maîtres, qu'à un simple et libre amateur. Son attitude était aussi celle d'un observateur attentif, plutôt que d'un insoucieux promeneur.

Quant à la fille du Gastaldo, debout sur son banc, dominant l'embarcation, l'aviron en main, la brise dans les cheveux, sa silhouette se détachait sous la clarté blanche et vaporeuse du ciel étoilé, comme la forme terrestre de quelque création idéale et poétique. Tantôt nageant dans une lumineuse auréole, tantôt enveloppée dans un clair obscur plein de mystère, on eût dit le génie des lagunes, glissant à leur surface et rendant visite à son empire.

Par une cause fortuite, sans doute, ces parages, rendez-vous habituel des promeneurs, étaient peu fréquentés ce soir-là. Quelques barques discrètes se montraient seules, évitant toute rencontre, recherchant l'obscurité, muettes et sombres comme si leur felze noir n'eût pas abrité tout un monde de joie et d'amour.

Les gondoliers n'avaient garde de troubler, par le frémissement de l'eau ni par le bruit de leurs chansons, ces doux colloques ; ils retenaient jusqu'à leur respiration, et l'oreille la plus subtile n'eût pas saisi le mouvement de leurs rames.

— Je n'ai jamais vu les lagunes si désertes, dit le passager qui s'était mis aux pieds de Teresa. — Ne trouvez-vous pas, ma jolie barcarola, que tous vos confrères ressemblent plus à des nochers infernaux aidant les morts à traverser le fleuve de l'oubli, qu'à des chrétiens faisant métier de plaisirs patriciens?

— Je trouve comme vous, signor, le canal bien triste ce soir, et pourtant on ne saurait souhaiter un vent plus frais et un ciel plus clair.

— Oui, en vérité, c'est un temps adorable ; et je m'étonne que toutes nos signoras ne soient pas à la promenade. Il est beau de se sentir bercé languisssamment sur cette mer si belle et si complaisante !... Ne vous fatiguez donc pas, je vous en prie, à faire glisser ainsi votre gondole!

— N'es-tu pas d'avis, Jacopo, ajouta-t-il en s'adressant à son compagnon, que nous allons trop rapidement ?

— Je suis d'avis surtout, répondit le compagnon taciturne en se montrant tout d'un coup souriant et courtois, que si je savais comme toi, mon cher Orio, me servir adroitement de l'aviron, je ne souffrirais pas qu'une si charmante barcarola épuisât ses forces pour me promener paresseusement. J'exigerais, dussé-je doubler le prix de ma course, qu'elle me cédât sa place et qu'elle prît la mienne ; trop heureux encore qu'elle consentît à me prêter sa barque et à me favoriser de sa compagnie.

— Y songez-vous, signor ! fit Teresa en rougissant. Je suis ici pour vous conduire et non pour être conduite par vous!

— Jacopo a raison, dit le camarade de ce dernier ; et j'ai honte, sur ma foi! de mon apathie. Est-il un état plus enviable que celui de gondolier? Je n'en veux pour preuve que l'ardeur de nos jeunes citadins à se distinguer dans la conduite d'une bissohe ou d'un esquif, lancé à pleine vitesse à travers les obstacles des lagunes ; mais, en conscience, quand je vois vos bras si blancs, vos mains si effilées, je ne m'explique pas, signora, que vous exerciez ce métier, et je partage l'avis de Jacopo, je suis un vrai *facchino* de le souffrir... pour ce soir, du moins.

— Vous plaisantez, signori! c'est bien le moins que la reine de la Regata vive de sa gondole.

— Voyons, signora, dit Orio en quittant sa posture paresseuse, vous vous êtes mise à notre disposition...

— C'est vrai...

— Eh bien, j'exige que vous me cédiez l'aviron et que vous me laissiez achever notre promenade.

Quoique cette proposition n'eût rien de bien extraordinaire, dans une ville où tout le monde naissait rameur, et que souvent les passagers se fissent ainsi un plaisir de payer le batelier pour prendre sa place, tout comme chez nous des amateurs paient des cochers dont ils conduisent l'attelage, Teresa fit d'abord résistance. Mais Jacopo en eut bientôt raison ; l'aviron passa des mains de la jeune fille dans

les siennes ; et dès le premier coup, elle reconnut en effet que c'était un rameur distingué.

— Eh bien! qu'en dites-vous ? lui demanda-t-il en riant. Croyez-vous enfin que votre gondole ne soit pas autant en sûreté sous ma direction que sous la vôtre ?

— Je vous proclame mon maître, signor.

— En ce cas, obéissez-moi donc jusqu'au bout. Consentez à prendre au sérieux votre rôle de passagère ; et au lieu de vous tenir dans ce coin mal commode, entrez sous la tente.

— Ah ! quant à ceci...

— Des scrupules !... Allons, allons, ma belle barcorala, puisque j'occupe votre banc, c'est bien le moins que je vous cède mon fauteuil.

On était alors éloigné du bord et l'on doublait la pointe du Lido, cette promenade favorite des Vénitiens.

Teresa se laissa persuader cette fois encore, et, s'approchant du felze, elle en souleva la portière de drap.

Mais sa main tremblante eut besoin de s'attacher au rideau ; un cri lui échappa, étouffé sous un chant lancé à pleine voix par Orio, à l'avant de la gondole, et répété par Jacopo à l'arrière.

Un homme était là, nonchalamment étendu sur les coussins ; un homme qu'elle n'avait pas vu entrer, et qui, probablement avait profité de l'agitation survenue au moment de l'embarquement des deux compagnons.

Elle allait laisser retomber la portière ; mais l'inconnu se tourna vers elle d'un air tendre et respectueux ; il prononça son nom d'une voix presque suppliante.

— Teresa!... Rassurez-vous !

La fille du Gastaldo ne songeait déjà plus à fuir ; elle venait de reconnaître cette voix qui l'appelait, ce visage qui lui souriait, ce regard qui avait sur le sien le don de fascination.

— Vous ici, signor !... balbutia-t-elle.

— Oui, moi, répondit-il en se levant et en lui prenant doucement la main pour l'attirer plus près de lui ; moi qui n'ai pas trouvé d'autre moyen de te voir sans témoin, de te parler d'un sentiment qui m'oppresse, de te répéter ce que je t'ai dit le premier jour où tu m'es apparue, — Teresa! Teresa! tu n'es pas seulement la reine de la fête, tu es la reine de Venise!

Et tout en prononçant ces mots d'une voix agitée par une émotion étrange, il continuait de fixer sur elle son regard plein de feu, d'où s'échappait comme un rayonnement un fluide dominateur s'infiltrant dans les veines de la barcarola.

Eprouvait-elle, pour cet adorateur illustre, un amour réel ? Nous n'oserions le croire ; mais, assurément, dans la situation morale où elle se trouvait, ambitieuse et fière comme nous la connaissons, elle ne pouvait pas demeurer indifférente à une passion si glorieuse pour son amour-propre.

Quelle jeune fille n'est pas un peu flattée par des hommages empressés, assidus, timides, qui semblent ne rien demander et se contenter d'un regard, d'une apparition à la fenêtre, d'un salut jeté rapidement? Quelle importance ne tirent pas ces hommages tacites du rang, de la distinction de celui dont ils émanent? On n'est pas décidée à y répondre, peut-être, mais on n'est pas fâchée de se sentir aimée et admirée.

Son cœur battait à rompre son corsage, un trouble inexprimable remplissait son cerveau, elle avait le pressentiment d'une révolution décisive dans sa destinée.

Assise près de Morosini, la main dans la sienne, elle écouta d'abord ses paroles sans les comprendre. Un voile s'étendait entre ses idées et sa volonté. Cependant, la conscience de sa position ne tarda pas à lui revenir, elle voulut protester en quittant le felze; mais il la retint par une pression si douce qu'elle céda peu à peu... il n'y avait plus en elle que de vagues restrictions :

— De grâce, signor, laissez-moi, vos discours me font trop sentir mon indignité.....Je ne mérite pas les complimens que vous me faites, et je ne croirai jamais que vous puissiez les penser.

— Est-ce à dire que je voudrais te tromper? Peux-tu méconnaître à ce point une passion si puissante et si vraie, qu'elle n'a pas cessé un jour de mettre à profit les circonstances, le temps, les hommes, les localités et les choses pour jouir de ta vue ou pour te faire tenir un gage discret de sa tendresse!

Teresa tressaillit en se rappelant le bijou des confetti, la bague de la sorcière, les promenades devant sa fenêtre, et le nom de Francesco mêlé, depuis environ un mois, à tout ce qui pouvait attirer son intérêt ou son attention.

— Signor, dit-elle en lui présentant un objet dont le contact faisait légèrement trembler ses doigts, — je commence à entrevoir la vérité. Mais du moment que cette bague ne me vient pas du ciel, je ne saurais la conserver, car on ne reçoit un tel présent que d'un fiancé.....

Morosini eut un moment d'hésitation; mais il ne fut pas long.

— Garde-la, dit-il en repoussant doucement sa main; à tel titre que tu voudras, oui, garde-la...

Francesco Morosini n'était plus un jeune homme, mais un nimbe glorieux l'entourait et cachait du reste les filets blancs qui commençaient à sillonner sa chevelure. Il était toujours grand et beau, de cette beauté énergique et intelligente à laquelle les années n'osent pas s'attaquer. Son front rayonnait, dans ses vastes contours, des choses glorieuses accomplies par lui; bien des jeunes gens n'avaient pas la vivacité de sa prunelle éloquente et profonde, ni l'expression chaleureuse de sa parole.

Si tant de motifs personnels s'unissaient en sa faveur, il faut avouer que l'heure et le lieu n'offraient pas moins de séductions dangereuses à la fille du Gastaldo. Par les rideaux entr'ouverts, on apercevait les reflets argentés du ciel, où la lune venait d'apparaître, comme un disque d'argent sur un fond d'azur étoilé. Le sillage de la gondole soulevait des flots de diamans, qui s'engrenaient les uns aux autres comme une chaîne précieuse, ou qui descendaient au fond de l'Adriatique, dont leurs spirales paraissaient embraser les abîmes. Çà et là, dans le lointain, apparaissait un paysage fantastique, suspendu au flanc d'un ro-

cher, la campanille découpée d'une église ou les trèfles mauresques d'un palais.

Orio et Jacopo avaient cessé leurs chants; la crépitation de la rame, dont les perles d'or et d'émeraude retombaient dans la mer, indiquait seule le mouvement du monde extérieur. La brise s'était élevée, mais elle soufflait avec discrétion autour de la tente, et semblait vouloir seulement en pénétrer l'atmosphère des parfums du jasmin et du citronnier, qui fleurissaient sur les îlots voisins.

Par instans encore, mais bien au loin, l'oreille percevait le refrain d'une chanson vénète, langoureuse et molle comme une invitation à l'amour.

— Eh quoi! disait Morosini n'obtiendrai-je de toi ni un mot d'indulgence ni un regard de bonté?... Le sourire que tes lèvres jettent au premier passager qui te réclame, d'où vient que tu me le refuses?...

— Non, signor; vous-même, ne me regardez pas de ce regard qui me pénètre, ne me parlez pas de cette voix qui me trouble... Je ne dois pas, je ne veux pas vous croire, et, quand même je le voudrais... je ne le pourrais pas.

— O ingrate!..

— Ingrate!... fit-elle en secouant sa belle tête avec une expression mélancolique; je ne le suis pas, car je vous ai déjà trop écouté; et plus je vous entends, plus je mesure aussi la distance qui nous sépare.

— Que parles-tu de distance! Va! va! l'amour n'en connaît pas!

— Vous ne me comprenez pas, signor, ou peut-être ne voulez-vous pas me comprendre.

— Etrange fille! je t'aimerais rien que pour ton orgueil, si je ne t'adorais déjà pour ta beauté incomparable. Mais explique-toi, de grâce.

— Vous me parlez de votre amour, signor, et vous voulez me forcer à le partager; mais est-ce aimer une pauvre fille, que de vouloir faire son malheur et sa honte ?

— O Teresa!... ces mots injustes, je les repousse! Ton bonheur est le vœu le plus cher de ma tendresse, et l'affection de Morosini n'est pas de celles dont on doive rougir!

— Oh! non, certes, si j'étais née dans un palais, si le livre d'or portait sur ses feuillets le nom de mes aïeux, si ma fortune se comptait pas millions de sequins; non, alors, dois-je vous l'avouer, je ne repousserais plus peut-être l'illustre patricien qui daignerait me parler d'amour! Mais la fille d'un gondolier, obscure, sans ancêtres, n'est pas faite pour ces joies ni pour ces honneurs... Humble je suis née. humble je resterai... Vous l'avez dit tout à l'heure, je suis une orgueilleuse; eh bien! mon orgueil me sauvera de mon cœur.

— C'est donc à moi de me révolter et de me plaindre! car c'est moi qui suis méconnu! s'écria Morosini, sentant bien qu'il n'aurait pas autrement raison de cette fière nature; une fille du peuple, as-tu dit? Eh! peux-tu voir là un obstacle! Cherche dans ta mémoire, elle te fournira cent exemples de filles du peuple unies aux plus hauts personnages!

— Pourquoi cette raillerie, signor? Vous êtes peu généreux !...

— Une raillerie !.. Je parle sérieusement, Teresa, j'en atteste San Francesco, mon patron !

San Francesco ! Ce nom, ce serment accrurent à un degré inexprimable le trouble qui déjà envahissait l'âme de la jeune fille. Confondant le fantastique et la réalité, elle se rappelait le fallacieux discours de la Cargonta, elle se demandait si, en effet, le bienheureux dont on invoquait l'autorité, ne lui conseillait pas d'entendre les paroles du patricien, s'il ne favorisait pas leur rapprochement, s'il ne la mettait pas sur la voie de la fortune et des honneurs. Et, dans ce cas, devait-elle résister à une influence si puissante et si conforme à ses désirs?

Mais elle vint tout à coup à se rappeler son père et son fiancé.

— Fussiez-vous le doge, dit-elle en frissonnant, je devrais vous repousser encore, car mon père a donné sa parole à Michieli Sorenzo, un des Nicolotti, son protégé, et il la tiendra.

— Mais si tu refuses, toi?...

— On n'a pas consulté ma volonté pour nos fiançailles, on n'en tiendra pas compte pour mon mariage.

— Enfin, tu ne l'aimes pas, ce Michieli?

— Oh ! non !... murmura-t-elle sourdement.

— Alors tu ne dois pas l'épouser.

— Vous ne savez pas ce que vous me conseillez, signor, car vous ne connaissez ni mon père ni Michieli Sorenzo.

— Sans les connaître, je doute qu'ils soient aussi terribles que tu les représentes; mais si tu disais vrai, ce serait une raison de plus pour te soustraire à cette tyrannie, pour fuir ce fiancé que tu exècres, pour t'attacher à l'homme dont tu n'as à attendre que dévouement absolu.

— Encore une fois, signor, vous ne me comprenez pas... L'homme que je suivrai ne sera jamais autre que mon époux.

— Eh ! suis-moi donc alors !

— Mon époux!... vous?... Oh! c'est un rêve impossible...

Durant la dernière partie de ce dialogue, la gondole quittant les îles, avait remonté vers le Grand-Canal, s'était engagée dans une lagune étroite, telle que celles qui desservaient l'arrière-partie des maisons de cette ville bizarre où il n'était pas une habitation à laquelle on ne pût accéder aussi bien par terre que par eau; enfin, la rame de Jacopo cessa de fendre la vague, et Morosini se leva de son coussin.

— Voici l'instant de te prouver que rien n'est impossible à un cœur vraiment amoureux, dit-il. Viens !...

En même temps, il lui tendit la main.

Devant eux apparaissait un petit escalier de marbre, conduisant à une porte étroite taillée dans une épaisse muraille.

Teresa, en proie à une violente perplexité, allait pourtant obéir; mais elle s'arrêta, et tirant de son corsage le saint talisman en qui elle mettait sa foi :

— Signor, dit-elle avec une solennité qui indiquait l'importance qu'elle attachait à cet acte : — Ce que vous m'avez promis, le jureriez-vous sur cette image sacrée?

Morosini hésita de nouveau, puis prenant une résolution rapide :

— Je le jure!... fit-il vivement; mais viens!... viens!...

Qu'objecter encore?... Teresa se laissa entraîner sur les degrés, et bientôt la porte qui s'était ouverte discrètement, sans qu'il eût été besoin d'aucun signal, se referma sur elle et sur Morosini.

Le lendemain, Bartolomeo Gamba, qui avait attendu sa fille toute la nuit, ne trouva plus que sa gondole vide, attachée avec soin à l'un des anneaux du traguetto.

VII.

Le palais Morosini.

Il était d'usage, à Venise, lorsqu'un patricien arrivait aux hautes fonctions de Procurateur, qu'il cessât d'habiter son propre palais, pour se loger dans celui des *Procuratie-Vecchie* (Procuraties vieilles), situées sur la place Saint-Marc.

Francesco Morosini s'était soumis à cette coutume après son élection. Mais, en renonçant à résider dans la splendide demeure de sa famille, il n'en avait pas moins continué à l'orner, à l'embellir et à en faire un musée capable de rivaliser avec le palais du doge.

L'entrée principale donnait sur la place San-Stefano, à deux pas du traguetto de San-Vital, l'un des plus pittoresques et des plus vivans du Grand-Canal.

Du portique jusqu'à la terrasse, le procurateur avait tout livré aux architectes, aux tailleurs de marbre, aux sculpteurs, aux peintres, dont les travaux étaient d'autant plus complets qu'ils étaient moins gênés par sa présence.

L'ancienne et merveilleuse fortune de cette race des Morosini avait transformé ce palais en une retraite si riche et si précieuse qu'elle est restée, de nos jours même, une des curiosités de Venise.

Chaque galerie avait son aspect particulier; les unes se profilant en une longue avenue de colonnes de porphyre et de granit veiné, tels que les donnent seules les carrières de l'Orient, empruntaient à l'art grec sa correction et sa grâce; les fresques semblaient sortir des pinceaux d'Appelles, et les mosaïques sur lesquelles on marchait avaient toutes été relevées dans les fouilles de villes païennes, dont elles représentaient les divinités particulières.

Ailleurs, c'était encore l'Orient, mais celui du Bas-Empire, avec ses colonnettes sveltes et frêles, ses trèfles fantastiques, ses voûtes en marquetterie de pierres précieuses; le jaspe, l'athus, l'agathe, l'albâtre, le vert antique, la serpentine; tout Byzance, tout l'art sarrazin étaient là résumés dans leurs produits, dans leurs formes, dans leurs meubles, leurs étoffes, leur orfèvrerie.

Il y avait des salles consacrées à chaque spécialité d'art, à chaque âge de la peinture ou de la sculpture; il y en avait d'autres où se confondaient, dans un ecclectisme ingénieux, les trésors de l'intelligence et de l'habileté humaine à toutes les époques.

Mais partout le goût raffiné, toujours sûr,

toujours élégant dans sa prodigalité, ainsi que dans sa grandeur, avait prévenu la fatigue des yeux ou de l'esprit, par une variété pleine de discernement qui ne poussait pas l'amour des contrastes jusqu'à l'exhibition de ces raretés, curieuses par leur laideur.

Le palais Morosini était le temple du gracieux et du beau avant tout; la richesse y venait naturellement à son ordre, la bizarrerie n'en était pas exclue, mais pour rien au monde, on n'y eût admis le laid. Chez nous, on croit avoir fait de sa maison un musée, quand on l'a métamorphosée en une boutique de brocanteur; à Venise, tout patricien était artiste, et son palais témoignait non moins de sa richesse que de ses goûts éclairés.

Cette noble résidence puisait donc une animation inaccoutumée dans la présence de ce monde d'artistes et de patriciens, sous les mains desquels les marbres reprenaient leur poli, les tableaux leur éclat, les murailles et les voûtes leurs vives couleurs, leurs dorures brillantes et la netteté de leurs ornemens.

Tout cela s'opérait avec autant de zèle que d'entrain, car il semblait à ces hommes, pour la plupart jeunes et intelligens, qu'ils fussent chez eux, en se trouvant au milieu des œuvres de leurs devanciers ou de leurs émules. Ajoutons que Morosini payait en prince, et que son intendant, il signor Vicenzo, tout en surveillant les travaux, se montrait toujours d'humeur facile et prévenante.

Ce Vicenzo était l'homme de confiance, l'*alter ego*, le confident de Francesco Morosini, après avoir été son plus dévoué serviteur sur les galères de la République. Philosophe à sa manière, d'une exactitude méticuleuse en toutes choses, mais sans ambition, Vicenzo n'avait jamais voulu s'élever au-dessus d'un grade modeste dans les bombardiers, corps d'élite très estimé du généralissime. Doué d'un sang-froid et d'un coup d'œil remarquables il avait rendu maintes fois des services signalés à la flotte, dans la dernière guerre de Candie; des capitaines expérimentés ne dédaignaient pas de le consulter parfois, et ses conseils se trouvaient toujours les meilleurs. Dans ce terrible siége de Candie, il avait sauvé là vie de Morosini qu'un éclat de bombe allait atteindre en pleine poitrine, mais ce n'avait été qu'à ses propres dépens ; cet acte d'héroïsme lui avait coûté un bras.

Il s'en était aisément consolé en voyant la guerre finie, et surtout en recevant pour récompense un emploi qui le rapprochait à chaque instant de l'homme qu'il vénérait le plus au monde, son héros, son demi-Dieu, son généralissime.

Ce dernier n'était pas tellement absorbé par les occupations de sa charge, qu'il ne pût disposer chaque jour de quelques heures, pendant lesquelles il ne manquait pas de se rendre à son palais, pour juger de l'état des travaux.

Dans les premiers temps, il venait presque toujours accompagné de quelques-uns de ses amis, ou d'artistes distingués, dont il interrogeait le goût, les lumières, le savoir. Entre eux, l'on remarquait ce jeune homme à la tournure élégante, au front large et intelligent, au costume gracieux dans sa sévère négligence, que nous avons déjà rencontré plu-

sieurs fois à Venise, et notamment dans la société du procurateur, un soir qu'il passait devant la maison du Gastaldo.

Mais depuis plusieurs semaines, il en était tout autrement, et cette modification n'était pas de celles qui pouvaient passer inaperçues pour les yeux clairvoyans, sinon même un peu malins, de la partie la plus jeune des artistes du palais.

C'est, en effet, de quoi s'entretenaient notre ami Danielo et son camarade Torelli, occupés tous les deux à des ouvrages de leur spécialité, dans une petite galerie qui, par sa disposition, servait de point central entre les appartemens que l'on pouvait appeler officiels et ceux de l'intimité personnelle.

Torelli, la palette et la brosse à la main, exécutait, avec adresse, quelques réparations à un vieux panneau, fort enfumé, sur lequel les Morosini avaient la prétention de retrouver les traits de Marino Morosini, leur ancêtre, promu au trône ducal en 1252.

Pendant que son ami se livrait à cette restauration historique, Danielo, armé de la gouge et du ciseau, huché au dernier barreau d'une échelle, ajoutait nous ne savons quels fleurons à une guirlande de bois sculpté, qui courait autour du plafond, pour dissimuler l'épaisseur massive des corniches.

Mais l'un au rez-de-chaussée, l'autre au faîte du local, ils n'avaient perdu ni leur causticité, ni leur belle humeur, et l'on peut croire qu'ils ne se gênaient guère dans leurs épanchemens mutuels.

— Ami Torelli, disait Danielo, suspends un peu ton ardeur et fais-moi le plaisir de regarder cette rose magnifique, qui vient de s'épanouir sous mon échoppe.

— Très belle ! répondit négligemment le peintre sans lever les yeux.

— Tu ne l'as pas même vue, ô mon Raphaël ! riposta sardoniquement l'ornemaniste; et pourtant, cette fleur, symbole de joie, m'inspire des réflexions philosophiques de la nature la plus chagrinante.

— Oh ! oh ! tu m'étonnes.

Et Torelli, fort absorbé par une retouche difficile, s'opiniâtrait à son panneau.

— Tu connais le Pont-des-Soupirs ? reprit Danielo.

— Et j'espère ne jamais le traverser.

— Eh bien ! prends garde aussi de passer par cette porte, au dessus de laquelle je festonne des roses...; c'est la porte des soupirs...

— Par Saint-Marc ! fit le peintre en regardant enfin son camarade, quelles énigmes viens-tu me conter là ? Qu'a cette porte de commun avec l'inquisition de Venise, et pourquoi veux-tu que j'aie l'idée de la franchir, lorsqu'elle demeure rigoureusement fermée, tandis que le reste du palais nous est ouvert ?

— Enfin, tu arrives à la question... C'est justement parce que toutes les autres portes sont libres que j'ai remarqué que celle-ci ne l'était pas.

— Et c'est pour cela que tu la nommes l'entrée des soupirs ?

— L'entrée ou la sortie, ami ; car tu as, comme moi, été frappé du changement qui s'est opéré dans la physionomie de notre hôte, le sérénissime procurateur ?

— C'est vrai..., depuis ces deux dernières

semaines, il ne se montre plus ici que le front soucieux, le regard préoccupé... il traverse les galeries sans rien voir; il s'éloigne sans adresser à personne, comme autrefois, l'éloge ou l'encouragement...

— Et sais-tu au juste depuis quand les soucis ont remplacé sur son visage la sérénité? depuis quand, au lieu de venir entouré d'une cour d'amis et de connaisseurs, il arrive seul... depuis quand, enfin, il ne nous tient plus compte de nos efforts ni de nos succès?... Je l'ai bien noté, moi... c'est depuis qu'il pénètre presque mystérieusement dans la partie réservée du Palais à laquelle conduit cette porte... Il y vient sombre, inquiet, et il en sort pâle, les traits plissés par le chagrin ou la colère...

— Bravo! ami, sous ton air léger tu caches un observateur sérieux!... Mais chut... voici quelqu'un!...

— Eh! c'est le signor Vicenzo!... Salut!... Salut!... signor intendant! dit Danielo, en voyant entrer Vicenzo.

Celui-ci tenait un panier enveloppé avec soin, et se dirigeait vers la porte au-dessus de laquelle l'ornemaniste continuait à travailler, tout en causant.

— Salut, mes jeunes amis! répondit l'invalide; la main va-t-elle aussi bien que la langue? Vous jacassez là comme deux pinsons; on vous entend du bout de la galerie voisine.

— Soyez tranquille, terrible argus, et si vous doutez de notre agilité, donnez un coup d'œil à notre besogne.

— Ouï!... cela marche... *piano*.

— *Piano*, mais *sano*, comme dit l'adage; et, par la chaleur qu'il fait ici, c'est déjà fort convenable... Pour moi, je dessèche!...

— Et moi je cuis, riposta Torelli.

— Le fait est, dit à son tour l'invalide, que vous devez avoir le gosier sec, à tant jaser.

— Si sec, reprit Danielo, que ce serait grande charité à vous, si ce panier que vous portez-là contient quelques glaces ou seulement un sorbet à l'orange, de nous en octroyer un verre...

Vicenzo tressaillit, mais il ne perdit pas pour cela son apparence habituelle de sang-froid railleur.

— Et qui vous fait si bien augurer du contenu de cette corbeille?

— La précaution avec laquelle elle est enveloppée; je gage, maître gourmet, qu'elle renferme votre collation !...

— Dans ce cas, mon jeune ami, vous devez savoir qu'un vieux bombardier ne se nourrit pas des friandises creuses que vous venez de nommer, et que le moins qu'il lui faille pour se refaire l'estomac, c'est une couple de fioles d'un bon vin bien sec et bien chaud. Impossible donc de rien faire pour vous... Serviteur.

En achevant cette phrase, Vicenzo, qui ne disposait que d'une main, avait déposé la corbeille par terre pour ouvrir la porte de l'appartement réservé.

— Puis-je vous aider, signor intendant? demanda Danielo; ne vous gênez pas. Si vous voulez, je vais vous porter ce panier...

— Grand merci!... fit l'invalide, toujours un peu moqueur; je n'ai qu'un bras, mais je m'en sers bien.

En effet, il reprit son panier, entra par la porte à peine entrebâillée et la repoussa derrière lui.

Le peintre et l'ornemaniste se regardèrent un instant sans parler.

— Que peut-il y avoir là?... dit enfin Torelli.

Danielo descendit à moitié de son échelle, et se faisant un cornet de sa main :

— Je le sais, moi!... dit-il à voix basse.

— Toi!...

Danielo descendit encore quelques barreaux, et Torelli, abandonnant son panneau, fit quelques pas vers lui.

— Un jour que le procurateur venait de s'éloigner et que, dans sa préoccupation, il avait négligé de fermer complétement cette issue... je l'ai franchie, dit le jeune homme du même ton.

— Tu as pénétré dans cette aile réservée du palais?... demanda Torelli, effrayé de cette hardiesse.

— Du moins, j'en ai parcouru plusieurs pièces.

Torelli s'approcha tout à fait; Danielo vint s'asseoir sur les barreaux inférieurs de l'échelle.

— Mais qu'as-tu vu?

— Là-bas, dans la partie la plus discrète d'une salle qui reçoit le jour d'en haut, caché par des draperies de pourpre, il y a un trésor...

— Un trésor?

— Un chef-d'œuvre, une merveille... Une statue de marbre, si précieuse et si belle, que je me suis pris un moment à me demander si j'étais devant la réalité ou devant une image...

Le peintre laissa voir une légère teinte d'incrédulité :

— Et c'est pour contempler sa statue que le procurateur s'enferme là-dedans des heures entières?... Francesco Morosini, le premier de Venise après le doge, serait tout simplement un personnage mythologique, un nouveau Pygmalion !

— Pourquoi pas?...

— Allons, cher Danielo, confidence pour confidence... Moi aussi, je suis un peu observateur, et sans avoir franchi cette enceinte défendue, j'en sais plus long que toi...

— Voyez-vous le sournois!

— En prêtant l'oreille près de cette porte, j'ai entendu comme une voix plaintive, comme des gémissemens...

— Tu en es bien sûr?...

— On ne peut plus sûr.

— Et tu supposes que c'est?...

— C'est la statue!... proféra brusquement une voix goguenarde.

Et les deux jeunes gens qui, entraînés par l'intérêt de cet entretien, avaient échangé assez haut leurs observations, aperçurent le signor Vicenzo, qui revenait vers eux, cette fois sans corbeille.

Danielo et son ami ne se déconcertaient pas aisément; à l'interruption de l'invalide, ils répondirent par un bruyant éclat de rire.

— Une statue qui se plaint !

— Une statue qui gémit !

— La bonne histoire !

— L'excellente plaisanterie !...

— Oh! signor intendant, laissez-nous rire !..

— Riez, riez, mes chers enfans! dit Vicenzo avec son calme sardonique; riez, riez, cela fait du bien... il faut que jeunesse se moque avant de croire...

— Hein, que dites-vous là? Avant de croire à quoi? A une statue qui pleure...

— Mieux que cela, reprit tranquillement l'invalide, à une statue qui chante.

— Oh! parfait! parfait! signor Vicenzo, à vous la palme pour la riposte et pour l'aplomb.

— L'aplomb est facile, quand on dit vrai.

— Mais c'est qu'il y tient !...

— Vous ne connaissez donc pas, reprit Vicenzo, cette statue merveilleuse que le généralissime a rapportée de ses expéditions d'Orient.

— Comment la connaîtrions-nous?

— En effet, dit l'intendant, en affectant une certaine gravité, si vous la connaissiez, vous en parleriez avec plus de respect.... avec frayeur peut-être.

Danielo avait quitté son échelle, tandis que le peintre abandonnait aussi ses pinceaux.

— Vous piquez notre curiosité, dirent-ils tous deux à l'invalide.

— Eh bien ! je vous raconterai plus tard les aventures de cette statue, moi qui ai assisté à son enlèvement.

— Plus tard ! Et pourquoi pas maintenant?

— Voici justement l'heure du repos, appuya Torelli; tandis que nous nous rafraîchirons, vous trinquerez avec nous, tout en causant.

Vicenzo garda un instant le silence, comme s'il se consultait.

— Ecoutez donc, alors.... mais, avant tout, trinquons.

VIII.

La Sainte maudite.

Quelle était, en effet, cette statue qui avait frappé d'admiration le jeune ornemaniste, et dont l'intendant du palais Morosini ne parlait qu'avec de si étranges précautions de langage ?

C'était une figure de femme taillée dans un bloc de ce merveilleux marbre transparent de Paros, que l'art antique désignait sous le nom de lychnite, et qu'il réservait pour la représentation des dieux et la décoration des temples.

Celle-ci était une muse ou une nymphe; ses mains tenaient une lyre à quatre cordes, et ses lèvres entr'ouvertes semblaient diriger leur cantique vers l'Olympe.

Le christianisme en avait fait une sainte, comme il a fait un saint Pierre du Jupiter de Rome, purifiant par une appellation pieuse les idoles païennes, et consacrant le triomphe de la vraie foi, en se servant, pour payer son hommage au Rédempteur, des symboles et des trophées de ses ennemis.

Il semblait qu'une influence surhumaine eût veillé sur ce marbre. Le temps, le passage des Barbares, le génie destructeur des Musulmans l'avaient laissé tellement intact, qu'on l'eût cru sorti de la veille des mains du sculpteur, pour venir recevoir l'encens et les prières.

Mais laissons le brave Vicenzo expliquer lui-même la façon dont cette statue était parvenue à Venise, et les circonstances qui lui avaient fait trouver un asile dans le palais Morosini; il s'en acquittera certainement beaucoup mieux que nous, puisqu'il avait participé aux événemens accomplis pour produire ce résultat.

Torelli avait pris derrière une console un sac de provisions et deux bouteilles d'un vin généreux et réconfortant; on s'assit sur les barreaux des échelles, et, tout en partageant la collation des artistes, l'ancien bombardier commença son récit :

« — C'était dans la campagne qui précéda la guerre de Candie, une rude campagne et une guerre comme vous n'en verrez jamais, jeunes gens ! — Le généralissime, qui venait de donner une leçon sévère à certains pirates grecs et musulmans, s'était orienté, pour terminer son œuvre, à travers l'archipel, vers un îlot qu'on lui avait signalé comme servant de repaire à quelques-uns de ces écumeurs endiablés.

» Nous montions le *San-Maurizio*, une galère alerte comme une gondole, adroite comme une anguille et solide comme un bastion. Il fallait un pareil bâtiment pour une expédition de ce genre, car nous traversions des passes si malaisées que le généralissime avait dû assigner des postes assez éloignés au reste de la flotte, et se faire accompagner seulement de deux bombardes légères , à l'épreuve des écueils et des bancs de sable.

» Un prisonnier renégat, auquel on avait promis la liberté et mille sequins en cas de réussite, nous servait de pilote ; mais notre chef, qui est aussi prudent que brave, m'avait recommandé d'avoir l'œil sur le particulier, et je vous réponds que, si je l'eusse vu hésiter d'une seconde, il n'eût pas attendu longtemps son affaire.

» Pour me mettre à même de juger des choses, le généralisime m'avait fait assister à son entretien avec ce nouveau converti, et j'avais recueilli mot pour mot, dans une case de ma mémoire, ses explications et sa description des lieux. Il en résultait que nous allions avoir à attaquer une espèce de place-forte en granit , entourée de courans variables et dangereux, et occupée par une population à moitié sauvage, et vivant en parfait accord avec les bandits musulmans, quoiqu'elle formât une espèce de village chrétien.

» Il n'existait qu'un havre sûr, le long de la côte, et sa position, à l'abri de falaises gigantesques, au bord d'une anse étroite, le dérobait à la vue, et n'en permettait l'accès qu'aux initiés. Si nous n'eussions, les jours précédens, pulvérisé les trois ou quatre navires qui servaient aux pirates pour leurs courses, il nous eût été impossible d'approcher sans être criblés par leurs canons. Mais nos succès précédens avaient préparé celui-ci.

» Il restait bien aux habitans qui n'avaient pas pris part aux expéditions de leurs camarades quelques méchantes couleuvrines ; mais, à la première décharge qu'ils tentèrent, nos bombardes leur crachèrent des volées de fer si bien nourries, qu'elles ne recommencèrent pas, et que nous vîmes, en débarquant, toute cette engeance se sauver vers l'autre extrémité de l'îlot ou sur les pics des rochers d'où nous en dénichâmes une vingtaine à coups de mousquet. Une heure après, ncus plantions l'étendard de Saint-Marc au milieu du village.

» Cependant, le généralissime tenait à se rendre compte de la position, et notre renégat, qui décidément se montrait plus fidèle que nous ne l'avions espéré, offrit de le conduire encore. Un détachement fut organisé pour lui servir d'escorte ; j'y fus admis et nous partîmes. Mais comme nous allions sortir du village proprement dit, c'est à dire du tas de baraques bâties sur la ligne du port, et dont une partie s'était écroulée rien qu'à la commotion de nos décharges, notre guide, qui voyait d'un air parfaitement calme ces débris, manifesta tout à coup une émotion peu naturelle.

» Pour obéir aux instructions secrètes qui m'avaient été données, je me rapprochai, redoutant quelque piége, mais il me montra de la main plusieurs cadavres de femmes et d'enfans, à travers les pierres d'un mur écroulé, qui formait comme un monticule de granit, de marbre et de fûts de colonnes rompues.

» De toutes les exclamations échappées à notre homme, dans son dialecte barbare, je ne compris d'abord que celle-ci :

» — La Sainte Maudite a fait des siennes !

» — Hein ? répliquai-je ; que dis-tu ?

» Le détachement s'était arrêté à son exemple, et le généralissime fouillait de son regard exercé ce monceau de ruines, qui offrait, par je ne sais quel effet du hasard, un certain aspect artistique. Tout à coup, et avant que j'eusse tiré aucune explication de notre guide, dont la consternation était très réelle, je vis notre chef s'élancer au milieu des décombres, en criant :

» — Une statue ! une statue !...

» Mais cette action soudaine avait ramené la parole sur les lèvres du rénégat, qui s'écria à son tour :

» — Sur votre salut, signor ! n'avancez pas !... c'est la Sainte Maudite !

» Le généralissime ne l'écoutait guère ; bientôt tous nos compagnons le suivirent et je restai seul à observer notre guide, dont l'effroi allait croissant, et qui me répétait de l'air le plus pitoyable :

» — Rappelez-les.... il va leur arriver malheur.

» J'essayai, mais en vain, d'en tirer quelques éclaircissemens : ce ne fut que plus tard que je les obtins.

» Cependant le généralissime, après avoir tenté de faire déblayer, par ceux qui l'accompagnaient, la statue, dont on ne découvrait que certaines parties, reconnut que ce serait une tâche longue et délicate, qui ne pouvait s'accomplir sans dommage pour cette œuvre, dans une pareille confusion, et il y renonça pour le moment, afin d'y revenir avec plus d'efficacité, quand il aurait achevé sa prise de possession de l'île.

» Nous parvînmes, dans notre tournée, à réunir une certaine quantité d'habitans, qui firent leur soumission avec des démonstrations d'humilité et de dévouement dont ces races ne sont jamais avares, et qui revinrent avec nous au village.

» Notre chef avait son plan, mais quand il parla d'employer ces gens à enlever les débris qui couvraient la statue, nous les vîmes tous trembler bien autrement que ne l'avait fait notre guide.

» Bref, nous apprîmes, par les révélations qu'on leur arracha enfin, que cette statue passait pour une Sainte Cécile, parce qu'elle représentait une jeune femme tenant une lyre et élevant ses accens vers le ciel, mais qu'elle était pour les indigènes plutôt un objet de terreur que de vénération, car, d'après une tradition dont l'origine se perdait dans la nuit des âges, elle partageait avec les divinités du désert égyptien le privilége de célébrer par des chants mystérieux certains phénomènes de la nature. »

Ici, Vicenzo fut interrompu par une saillie de ses auditeurs, qui lui demandèrent s'il croyait lui-même à ce conte, dont il ne craignait pas de bercer les oreilles de gens sensés ?

Mais sans répondre directement à cette interpellation, et sans abandonner entièrement la pointe d'ironie familière à son accent :

— C'est à vous, signori, dit-il, que j'adresserai cette question, quand vous m'aurez laissé finir mon histoire.

— C'est juste, fit Torelli, nous ne connaissons que le début de l'aventure, et nous serions désolés d'en rester là.

On fit circuler une nouvelle rasade, qui ranima la verve de l'invalide, lequel reprit le fil de sa narration :

« — Au dire de nos insulaires, jamais cette statue ne s'était fait entendre, sans que ce prodige ne fût le signal d'un événement presque toujours funeste ; aussi ne la désignait-on généralement que sous le surnom de la *Sainte-Maudite*, comme l'avait appelée notre renégat. Ce qui n'empêchait pas qu'on n'entretînt nuit et jour des cierges devant elle, et qu'on ne suspendît à son socle les ex-voto les plus riches et la dîme des trésors dérobés par les pirates aux navires pillés ; non pas pour obtenir sa protection, mais simplement pour détourner sa colère. En d'autres termes, on ne lui payait pas un tribut d'amour ; son culte était le même que celui des Euménides.

» Je fis comme vous tout à l'heure, signori, je ris à gorge déployée quand notre guide me raconta ces détails ; je lui demandai s'il y avait longtemps qu'elle n'avait donné de concert, et s'il n'y aurait pas moyen d'avoir un échantillon de sa voix.

» Je ne saurais vous dire avec quelle désolation il me regarda ; ce pauvre homme, qui avait successivement renié tous les dieux, conservait évidemment une peur effroyable du diable, et je lui paraissais un blasphémateur d'une société bien dangereuse. Mais il fallait me subir, car j'étais un gardien dont on ne s'affranchissait pas aisément. Il daigna donc m'apprendre, en donnant à ses paroles un ton de gravité qui finit par me gagner, que la dernière fois qu'on l'avait entendue, vers la fin du siècle dernier, ses chants n'avaient pas duré moins d'une nuit entière, pareils à de vagues gémissemens, à une plaintive mélopée ; et que, le lendemain, une secousse terrible, une commotion souterraine, avait ébranlé l'îlot jusque dans ses racines de granit; la moitié des maisons s'était écroulée, sans laisser aux habitans le temps de s'échapper, et la chapelle même, au milieu de laquelle se trouvait la statue, s'était effondrée sur elle, comme elle venait de le faire sous l'action de nos couleuvrines. »

On pensait que c'en était fait de ce marbre maudit, et que ce désastre venait d'en débarrasser la contrée; mais, loin de là, lorsqu'on avait pratiqué des fouilles, on avait retrouvé la statue plus blanche, plus transparente, plus intacte que jamais, et l'on affirme qu'un sourire semblait errer sur ses lèvres toujours entr'ouvertes, comme si elle allait chanter encore. On n'osa pas l'abandonner, quelqu'envie qu'on en eût, anx injures du temps, et, bientôt, elle se trouva de nouveau abritée sous un dôme superbe, pareil à celui que nous avions détruit sans le savoir.

» Je m'empressai de transmettre ces renseignemens au généralissime, dont le désir de posséder ce marbre ne fit que s'accroître. Quelques habitans de l'île s'étant permis des incartades peu conformes à leurs assurances de soumission, il allait autoriser notre équipage à tout piller chez eux, ce qui n'eût été que la peine du talion appliquée à cette population de forbans, mais il se ravisa.

» Il voulut bien épargner les coupables, à condition qu'ils débarrasseraient la place des décombres qui l'obstruaient, et qu'ils transporteraient à bord de sa galère le marbre, objet de sa convoitise, et qu'il jugeait être un chef-d'œuvre par le peu qu'il en avait vu.

» Ces sacripans consentirent à exécuter le premier point ; ils déclarèrent même qu'ils ne seraient pas fâchés de se sentir délivrés de cette terrible patronne; mais, quant à aider à son transbordement, ils implorèrent à genoux la grâce de ne pas y être contraints, tant ils redoutaient le courroux du mauvais génie dont ils la croyaient possédée.

» Notre chef se contenta de hausser les épaules. Il chargea une douzaine de marins et de soldats résolus de l'opération du transport jusqu'au San-Maurizio.

» La chose n'alla pas toute seule, je dois en convenir. »

— La sainte Cécile païenne accorda sa lyre? interrompit Danielo, qui ne put résister au besoin de placer une parole, quoiqu'en réalité il en fût venu à écouter avec intérêt la légende de l'invalide.

Ce dernier le regarda fixement, comme un orateur sûr de son effet, et reprit d'une voix grave et lente :

« — Pis que cela, jeune homme, — dans le transbordement, un des apparaux vint à manquer, le marbre tomba et le chef d'équipe fut écrasé, sans avoir le temps de dire un *med culpâ*... C'était un vieux serviteur... un ami à moi... »

Vicenzo s'arrêta une seconde pour payer un tribut mental à la mémoire de son ancien camarade; puis, cet instant de sensibilité passé, il retrouva ce verbe d'une bonhomie tant soit peu sceptique, qui ne permettait jamais de savoir au juste s'il ne se moquait pas un peu lui-même de ce qu'il disait :

« — Lorsque ce malheur arriva, reprit-il, nous étions près du bâtiment; les câbles furent réparés, et la statue fut installée à la plus belle place de l'arrière. — Le généralissime ne voulut pas d'autre part de guerre pour cette expédition.

» Après avoir rallié le reste de la flotte, n'ayant plus rien à faire dans ces parages, où pas un pirate ne se montrait, et dont les envoyés du grand-seigneur avaient racheté la possession, nous reprîmes la route de Venise.

» Tout allait au mieux, lorsqu'un soir, presqu'en vue des côtes de Dalmatie, le San-Maurizio, qui se trouvait l'un des derniers bâtimens de la marche, fut arrêté net par un calme plat. Le vent, qui nous avait favorisé jusqu'alors, s'abattit subitement : il ne resta pas un souffle pour agiter les voiles. La surface de la mer devint unie comme un miroir. Une chaleur étouffante se répandit dans l'atmosphère; l'horizon se colora de vapeurs rougeâtres, ardentes et sombres comme la lueur d'un incendie ; des émanations sulfureuses nous envahirent, nous crûmes qu'elles allaient nous asphyxier.

» La nuit survint avec des phénomènes plus extraordinaires encore. Ceux de nos hommes qui cherchaient à réparer leurs forces en se livrant au sommeil, se réveillèrent en sursaut, épouvantés par des gémissemens lugubres qui couraient le long du bâtiment. Soudain un rapprochement involontaire se fit dans tous les esprits; nous nous rappelâmes le récit du rénégat, et, tout d'une voix, chacun s'écria :

» — C'est la statue qui menace !... Nous sommes perdus !

» Un seul de nous ne partageait pas cette idée; c'était un vieux pilote qui n'avait jamais cru à rien :

» — Imbéciles! s'écria-t-il, vous ne comprenez pas que c'est l'annonce d'un orage, comme on en voit sous les hautes latitudes!

» Et pour prouver qu'il ne craignait ni le diable, ni les statues magiques, il offrit d'aller, à tâtons, déposer son bonnet sur les genoux de la Sainte, qui se trouvait cachée sous un abri de planches et de toiles.

» Nous voulûmes le retenir, moi le premier, je n'en rougis pas, car il faut avoir navigué pour savoir ce qui se passe dans l'âme du marin le plus aguerri à l'heure où le danger ne lui laisse plus d'espoir que dans une protection surnaturelle. Mais il se fâcha et partit en blasphémant.

» A peine nous avait-il quittés, que les gémissemens sourds se changèrent en un concert effroyable, auquel prenaient part en luttant de fureur, les vents des quatre points cardinaux. Leurs efforts paraissaient se réunir contre notre navire ; les mâts furent brisés comme verre, et le San-Maurizio, roulé par des vagues plus hautes que des montagnes, alla bientôt se perdre sur des écueils à fleur d'eau.

» Au jour, nous nous comptâmes : tout le monde avait réussi à se sauver sur les rochers de la côte, tout le monde, hors un homme....., et celui qui manquait était le pilote qui avait bravé la statue.....

» Les épaves du vaisseau jonchaient les environs; les lames, dans leurs étreintes gigantesques, en avaient lancé quelques-unes jusqu'à des pics inaccessibles; et parmi les fragmens de l'arrière, porté sur un brisant, nous aperçûmes, dressé là comme un trophée de nos malheurs, le marbre blanc de la statue maudite, dont les vagues venaient lécher les pieds.

» A cet aspect, le généralissime oublia, en quelque sorte, la perte de son vaisseau de commandement; il rallia par des signaux une des galères qui marchaient après nous, et que la tempête avait épargnée, et il n'eut de repos que quand les mesures furent prises pour débarrasser sa Sainte-Cécile, ou plutôt sa muse païenne, des herbes marines, des coquilles et des poutres qui l'entouraient.

» Chose merveilleuse! elle n'avait aucunement souffert, il ne lui manquait pas la plus petite chose; et l'on trouva, parmi les objets dont on la dégagea, le bonnet de notre pauvre pilote, sur lequel elle avait sans doute roulé au moment du naufrage.

» Notre chef ne voulut pas repartir sans en faire une seconde fois la conquête. Nous passâmes, aidés par l'équipage de notre navire sauveteur, plusieurs semaines à l'enlever de sa position étrange.

» Enfin, nous atteignîmes Venise sans autre catastrophe, et le généralissime s'empressa de faire installer son chef-d'œuvre, comme il l'appelle, dans la partie de ce palais où sont ses appartemens particuliers. »

L'intendant s'arrêta, regardant ses auditeurs d'un certain air qui voulait dire :

— Eh bien! raillez-vous encore?

Ils allaient répondre, lorsqu'un murmure mystérieux se fit soudain entendre. C'était comme une voix lointaine, plaintive et mélodieuse.

Les deux jeunes gens, frappés de surprise, portèrent sur Vicenzo un regard interrogateur. Mais celui-ci, se levant rapidement, ne put dissimuler un trouble qui ne fit qu'ajouter à la curiosité pressante des deux artistes.

Le digne intendant, quoiqu'il ne fût pas ivre, s'était monté la tête à la chaleur de son récit, non moins qu'à celle du vin qu'on lui versait trop copieusement; et comme il balbutiait, sans pouvoir parvenir à s'expliquer :

— J'en aurai le cœur net! s'écria Danielo en s'avançant effrontément vers la porte de l'appartement secret.

— Signor! lui dit Vicenzo décidément très effaré, que faites-vous? C'est impossible, on n'entre pas là!

Mais le jeune ornemaniste le repoussa sans peine, et appelant Torelli :

— Viens! lui dit-il, viens!... nous allons tout savoir!

La clé tournait déjà dans la serrure, lorsqu'une voix sévère éclata derrière eux.

— Jeunes téméraires!... Malheur à qui oserait franchir ce seuil!...

En se retournant, ils se trouvèrent face à face avec Francesco Morosini, le sérénissime procurateur de Saint-Marc.

Sans même essayer de soutenir son regard, ils reculèrent terrifiés; Morosini passa fièrement, et la voix qui les avait attirés dans cette méchante affaire se tut à l'instant même où le procurateur refermait la porte sur lui.

IX

Le Maître de Luth.

Cependant Morosini s'avançait dans les appartemens intimes de son palais, poursuivi par une préoccupation si absorbante, qu'il ne donna pas même un coup-d'œil au chef-d'œuvre de marbre, contre lequel il avait troqué naguères le riche butin d'une longue expédition.

Il arriva bientôt devant une draperie servant de portière à d'autres pièces, de l'une desquelles partait le son très distinct d'une voix qui se tut un moment, ainsi que le luth qui l'accompagnait, quand Morosini fit son entrée par la porte que Danielo avait poétiquement nommée : La Porte des Soupirs.

Il n'eut pas la peine de soulever la tenture; elle s'entr'ouvrit d'elle-même, au bruit de ses pas, et le mit en présence d'une jeune fille, qui lui adressa un sourire empressé et une révérence respectueuse.

Cette fille avait peut-être une vingtaine d'années; sa tournure était agréable; au premier abord, sa physionomie inspirait la confiance; mais, en s'y attachant de plus près, on était étonné d'y découvrir certains indices fâcheux qui faisaient naître des doutes sur sa moralité et sa franchise.

L'emploi qu'elle exerçait eût en effet fort mal convenu à une nature d'un ordre plus élevé et plus digne.

— Eh bien, Sylvia?... lui dit à l'oreille le procurateur.

La soubrette fit un signe de tête peu satisfaisant et répondit avec un soupir des plus expressifs :

— La signora est avec son maître de luth... mais je crains bien que son cœur ne soit pas à la musique.

— Quoi! toujours la même!

— Toujours.

— Tu n'as rien obtenu?

— Rien... mes avances ne provoquent que ses dédains et sa froideur...

— Tu t'y prends mal!

— Que votre seigneurie daigne donc m'apprendre ce qu'il faut faire, ce qu'il faut dire. Certes, j'ai servi plus d'une jeune dame dans la position où peut se trouver la signora, — sinon dans des positions plus difficiles, — jamais je n'en ai rencontré une aussi discrète et aussi taciturne. Impossible de pénétrer le mystère de ses pensées. Je lui facilite toutes les occasions d'une confidence; je la mets sur la voie à tout propos. Elle m'écoute sans m'interrompre, sourit parfois d'une façon amère; et je vois alors qu'elle désire se passer de ma compagnie. Je m'éloigne; quelque temps après elle me rappelle; mais, aux premiers mots que je risque, elle me congédie de nouveau.

— Et ce maître de luth?

— Votre Seigneurie espère, sans doute, qu'il sera plus heureux; je le désire aussi, mais j'en doute...

— C'est ce que nous verrons!...

Et, sans attendre la suite de cette explication, qui achevait d'aigrir le dépit secret qu'il comprimait avec peine, le procurateur pénétra dans la pièce voisine, pendant que Sylvia laissait retomber la draperie et restait en dehors.

Cette partie réservée du palais avait un aspect tout différent de celle que nous connaissons, et dans laquelle nous avons vu s'agiter un monde d'artistes. Autant on avait mis de soin à rendre l'autre monumentale et fastueuse, autant on s'était appliqué à réunir dans celle-ci toutes les ressources du luxe venant en aide à tous les raffinemens de la vie intime et familière.

La pièce dans laquelle nous introduisons le procurateur avait emprunté aux harems de l'Orient leurs recherches les plus ingénieuses. Les tapis étaient si soyeux, qu'on ne s'y sentait pas marcher; le jour n'arrivait qu'à travers des rideaux de gaze, qui modéraient l'éclat du soleil, et qui tamisaient l'air pour le rafraîchir. Chaque objet, chaque meuble, sans offenser le cerveau par des parfums prononcés, exhalait cette molle et douce senteur qui échappe à l'analyse, et qui est inhérente à tout ce qui vient de cette terre embaumée de l'Asie.

Tout portait l'empreinte d'un goût suprême, d'un tact exquis, d'une science approfondie des bienheureuses nécessités du superflu, et cependant, au milieu de cette atmosphère pondérée avec tant d'art, au sein de ces ornemens splendides, de ces meubles somptueux et commodes, on était pris d'un serrement de cœur indéfini comme un pressentiment. Il manquait là quelque chose de plus indispensable à l'existence que ces trésors et ces voluptés.

Si bien dorée que soit une cage, c'est toujours une cage, et ce boudoir, qui rappelait à un si haut degré les appartemens mystérieux d'une autre civilisation, n'était en réalité comme eux qu'une prison. Il n'y avait pas, il est vrai, de barreaux à la grande fenêtre aux vitraux coloriés, qui s'ouvrait sur le balcon, mais celui-ci était situé, à l'extrémité du palais, en face d'une large muraille unie et muette; il donnait sur un bras étroit et retiré des lagunes, et l'on distinguait à peine au dessous la petite porte par laquelle était entrée un soir Teresa. Cette porte discrète ne s'ouvrait qu'au moyen d'une clé qui ne quittait pas Morosini.

Transportée tout à coup au milieu de ce luxe, dont elle n'avait jamais soupçonné même l'existence, la fille du Gastaldo avait vu cette métamorphose s'opérer comme si un des génies merveilleux auxquels elle avait foi, l'eût frappée de sa baguette toute-puissante. Un palais de fée s'était élevé sous ses pas, et les vœux ambitieux qu'elle formait naguère, dans ses rêves d'orgueil, étaient dépassés. Elle n'avait qu'à vouloir, elle était obéie; elle n'avait qu'à penser, on prévenait ses désirs.

Et cependant, insatiable appétit de l'esprit humain! elle n'était pas satisfaite, elle ne se trouvait pas heureuse; ses traits accusaient déjà l'altération de cet éclat qu'elle avait conquis dans les rudes exercices des lagunes, de cette santé que la sainte médiocrité de la maison paternelle lui donnait en partage.

Elle supportait avec peine son isolement, car elle n'avait pour société que la jeune suivante avec laquelle nous avons lié connaissance, et pour distraction, lorsque Morosini n'était pas là, qu'un luth, dont elle s'accompagnait assez maladroitement, car elle ne savait de musique que ce que lui en avait appris d'instinct son organisation parfaitement douée, mais tout à fait ignorante du mécanisme de l'art.

Elle avait donc passé d'abord ses journées, nonchalamment étendue sur des carreaux d'Orient, à chanter et à rêver.

A rêver, avons-nous dit! Ah! son noble adorateur, tout homme d'expérience qu'il se crût, en matière d'amour, ne savait guère où peuvent aller les rêveries d'une jeune tête ardente et capricieuse, livrée à la solitude et à l'ennui.

Des épisodes de sa vie qu'évoquait sa pensée rétrospective, il en était un qui revenait plus fréquemment que les autres, et sur lequel elle s'arrêtait avec une sorte de complaisance : c'était l'incident dramatique qui avait interrompu sa promenade triomphale, le jour de la Regata. Affaissée sur ses coussins, les yeux à demi clos, dans cet état charmant qui n'est ni le sommeil inerte, ni l'inquiète insomnie, elle se retraçait de la manière la plus lucide tous les détails de cette scène, et, parmi eux, l'intervention de ce jeune homme à la physionomie intelligente et pâle qui l'avait aidée à secourir le petit Danielo, blessé par les bravi. Elle se répétait à voix basse les quelques mots sortis de ses lèvres; puis il lui semblait sentir encore l'étreinte de sa main reconnaissante; mais, à ce point de son rêve, elle tressaillait, l'émotion devenait trop forte, et ses regards attristés se promenaient mélancoliquement autour de sa chambre déserte.

Que se passait-il donc dans son cœur en ces instans de doute et d'amertume?... N'avait-elle pas, de son plein gré, consenti à suivre Morosini? Et, avant d'en arriver à cet oubli de ses devoirs, n'avait-elle pas prêté l'oreille à ses paroles, à ses complimens? N'avait-elle pas recherché sa présence, répondu à ses saluts, quand il se montrait aux alentours de la demeure de son père? Oui, tout cela était vrai; mais elle n'avait ainsi marché dans une voie périlleuse et glissante, qu'aiguillonnée par le désir de s'élever au-dessus d'une condition qui lui semblait indigne d'elle; elle n'avait suivi le patricien que pour échapper à l'obsession de son fiancé, à la tyrannie de son père.

Elle ne méconnaissait pas, toutefois, les obligations qui résultaient à ses yeux de sa démarche désespérée; il y avait plus, elle était prête à les remplir. Que Morosini la nommât sa femme, comme il l'avait promis, elle était resolue à racheter sa faute par cette expiation, — expiation était le mot, car depuis qu'elle le voyait plus fréquemment et dans une plus grande intimité, elle était forcée de convenir avec elle-même que ce qu'elle éprouvait pour lui n'était pas de l'amour.

L'auréole à travers laquelle il lui apparaissait autrefois, sur le trône ducal, acclamé par la foule, ou traversant d'un air superbe les rues de Venise, avait perdu de son prestige. L'homme s'était manifesté sous l'étoffe du héros. Au milieu de ses discours séduisans et de ses tendres protestations, elle voyait percer des airs impérieux, parfois même de la dissimulation. Une voix secrète lui disait de se mettre en garde, sans qu'aucun fait vînt justifier cette crainte; elle se demandait, par instants, si cet hommo était sincère, s'il ne cherchait pas à la tromper?...

Cette tournure d'esprit de sa captive n'avait pas échappé longtemps au procurateur, mais il s'évertuait inutilement à en surprendre la cause. Ses efforts personnels ayant échoué, et la diplomatie de la complaisante Sylvia n'ayant pas eu plus de succès, il en vint à penser que le désœuvrement, la solitude de Teresa, s'ils n'étaient pas eux-mêmes le motif premier de ses réticences à son égard, pouvaient du moins contribuer beaucoup à entretenir ses défiances et ses inquiétudes.

Mais comment y remédier?... En lui procurant des distractions au dehors? Il ne fallait pas y songer. Le gouvernement, tout en tolérant une grande licence dans les mœurs des patriciens, ne la souffrait pas chez les dignitaires de l'Etat, et le sévère conseil des Dix veillait sans cesse sur eux. Une plainte du père ou du fiancé de Teresa eût suffi pour lui causer de grands embarras, pour le perdre peut-être.

Que faire alors?... Une idée jaillit au milieu de ses perplexités. Teresa aimait la musique, elle possédait une voix agréable, — mais, comme toutes les jeunes filles de sa classe, elle manquait d'instruction et de principes pour s'en servir et la faire valoir.

Le moyen d'occuper son esprit, de la distraire, et en même temps de donner une direction nouvelle à ses pensées, était tout trouvé... Il ne fallait pour le mettre en pratique qu'un professeur habile et dévoué.

Le premier nom qui se présenta à l'esprit du procurateur fut celui de Stradella, le grand artiste, son commensal et son client; mais, à l'âge où était arrivé Morosini, la passion ne vient jamais sans entraîner après elle la méfiance. Stradella était jeune, séduisant, son talent même lui procurait un charme auquel bien des dames illustres, disait-on, n'avaient pas été insensibles; et puis, il professait sur certaines matières, une rigidité puritaine, qui se prêterait peu aux desseins dont la fille du Gastaldo était l'objet.

Sans être jaloux de Stradella, — il n'avait aucune raison de l'être, et il l'honorait, au contraire, d'une amitié protectrice, — Morosini pensa qu'il valait mieux lui taire son secret, et chercher autre part.

Mais n'apercevant autour de lui personne qui fût en état de remplir cette mission délicate, il résolut, comme il le faisait presque toujours dans les grandes occasions, de recourir à l'adresse de deux de ces familiers complaisans et peu scrupuleux, dont les grands de Venise entretenaient un certain nombre dans leur maison. Nous connaissons d'ailleurs ceux-là pour les avoir vus à l'œuvre à la taverne du Bucentaure, et dans la gondole qui servit à l'enlèvement de Teresa ; en un mot, c'étaient les signori Orio Barborigo et Jacopo Schiavone.

Ils comprenaient ce genre de mission à demi-mot, et quand on leur commandait quelque acte de leur métier, ce qui embarrassait le moins n'était pas de les lancer, mais de les retenir.

Il s'agissait du reste, en cette circonstance, d'une affaire tout à fait bénigne, qui exigeait le secours de leur diplomatie et non celui de

leurs stylets. Peut-être fut-ce pour cela qu'ils mirent un certain temps à s'en acquitter, mais enfin ils en vinrent à leur honneur.

Un musicien d'humeur accommodante, l'Italie n'en a jamais manqué; mais un professeur réunissant les conditions expressément exigées par le procurateur, c'était plus malaisé à découvrir. Cependant, en parcourant les cabarets de la ville, ils se rappelèrent celui où le signor Ferramola leur était apparu avec son air sournoisement placide, ses allures de fausse bonhommie et son humilité constamment prosternée devant le premier venu ; ils se mirent aisément sur sa trace et se firent plus facilement encore initier à sa situation. Ses embarras, la détresse de son entreprise, n'étaient un mystère pour personne; sa complaisance à toute épreuve était l'objet des quolibets de tous ceux qui le connaissaient.

Il ne fallait pas de grandes façons pour se lier avec lui, et un beau matin, ils l'avaient secrètement amené au petit lever de leur maître.

Le cher Ferramola n'était pas homme à laisser échapper une occasion de se faire un protecteur d'un des plus hauts personnages de la sublime République. Dans l'état où il était réduit, sans chanteurs et partant sans public, il lui fallait un aide qu'il n'espérait plus, des subsides qu'il ne voyait venir d'aucun point de l'horizon, pour remettre à flot sa fortune compromise. S'insinuer dans la faveur d'un grand, devenir sa créature, lui rendre de ces services qui se paient d'autant plus cher qu'ils sont plus compromettans, c'était pour lui un coup du ciel!

Le marché fut conclu sur-le-champ; d'impresario il devint tout simplement maître de luth, — car le luth était l'instrument à la mode alors, — et sous ce titre honnête, Morosini, auquel il suffisait de voir un homme une fois pour l'apprécier, acquit en même temps la certitude qu'il possédait un affidé intelligent et suffisamment corrompu pour faire un excellent corrupteur.

Ce fut donc comme maître de luth que le signor Ferramola pénétra dans le sanctuaire du palais Morosini, et qu'il fut présenté à la belle insoumise.

Un visage nouveau dans sa solitude, une diversion à la monotonie de son existence, des leçons qui flattaient ses goûts, tout cela parut à Teresa une attention délicate de la part du procurateur, et elle ne laissa pas de lui en savoir gré. La figure et la personne originales de Ferramola étaient bien faites d'ailleurs pour exciter sa curiosité, et ce professeur grotesque ne tarda pas à devenir pour elle une espèce de jouet, de *gracioso*.

Cependant, quoiqu'il ne fût que d'une force médiocre, il en savait assez pour lui indiquer les élémens de l'art qu'elle chérissait, et, grâce à ses dispositions natives, elle profita en habile écolière de l'enseignement imparfait qu'on lui donna.

Mais, pour notre Florentin comme pour Morosini, la musique n'était que le prétexte sous lequel devait se glisser la séduction, et notre homme ne perdait pas de vue ce point important. Il ne manquait pas une occasion de placer un conseil détourné, de glisser une allusion adroite; il excellait surtout à raconter des aventures galantes, qui se rattachaient tant bien que mal à celle de son élève, mais dont chacune avait son dénouement obligé, tandis que le roman de Teresa attendait encore le sien.

Ces hardiesses de langage avaient d'abord surpris, puis quelque peu froissé la susceptibilité de la jeune fille; mais en considérant d'où elles partaient, et dans sa complète ignorance de l'officieux emploi de Ferramola, elle avait fini par attribuer ces licences au métier qu'il exerçait, à ses mœurs faciles, aux habitudes de sa vie nomade, si bien qu'elle prit le parti d'en rire, et de répondre par une raillerie et par un refrain moqueur aux impertinentes paroles du malencontreux messager d'amour.

C'était au milieu d'une de ces séances singulières que Morosini venait de pénétrer chez elle.

En le voyant, la jeune fille ne se dérangea même pas, et l'attendit, penchée mollement sur les carreaux soyeux, et sans quitter son luth.

Le procurateur prit avec tendresse une main qu'on lui abandonna et y déposa un baiser presque respectueux. Puis, les premiers complimens échangés, Ferramola salua et sortit en adressant à son maître un coup-d'œil à la fois découragé et suppliant, qui résumait la situation et semblait vouloir dire : Ce n'est pas ma faute ! ne me gardez pas rancune, j'ai déployé toute l'habileté dont puisse faire preuve l'homme le plus fin et le plus jaloux de vous plaire.

Morosini, cependant, accueillit cette éloquente pantomime par un regard froid et par un froncement de sourcils qui dérangèrent l'expression de sa physionomie, et firent succéder à son abord ordinairement gracieux cet aspect impérieux et sévère qu'il prenait quelquefois malgré lui. Mais il se fit bientôt violence et, après avoir définitivement congédié l'infortuné maître de luth, il vint s'asseoir avec un apparente tranquillité auprès de Teresa.

Il la regarda pendant quelques instans avec admiration; car il la trouvait embellie encore par les teintes pâles dont l'inaction et l'ennui avaient nuancé son visage, si animé naguère et si brillant.

— Que je vous aime ainsi !... lui dit-il avec passion.

Elle répondit par un sourire, mais un sourire mélancolique.

— N'êtes-vous pas heureuse? reprit-il.

— Si fait! dit-elle, de ce même air qui l'enivrait et le désespérait tout ensemble.

— N'avez-vous pas tout ce que vous pouvez souhaiter?... Ne vous obéit-on pas avec empressement? Ces bijoux, ces toilettes, ce palais ne sont-ils pas à vous? Quel rêve avez-vous formé qui ne soit accompli? Dites-le, et, dût-il me coûter la moitié de ma fortune, il se réalisera... Ne vous trouvez-vous pas assez aimée, ne suis-je pas un esclave assez soumis?... Que vous manque-t-il, enfin?

— Presque rien, fit-elle, la liberté.

— La liberté !... Vous croyez-vous donc prisonnière?...

Elle secoua la tête avec une légère amertume, et, laissant échapper un long soupir :

— Oh! s'écria-t-elle, l'air libre des lagunes, ma gondole rapide, mes courses le long du Lido, mes chansons à la clarté des étoiles, au murmure de l'Adriatique!

Elle appuya la main sur son front, comme pour comprimer les battemens qu'imprimaient à ses tempes ces souvenirs émouvans; puis son bras retomba le long de son corps; un voile langoureux, qui effaça l'ardeur de ses prunelles, une atonie résignée remplacèrent son exaltation passagère.

— Vous êtes injuste, Teresa, répondit Morosini d'un ton de doux reproche... Vous ne me tenez pas compte de ce que je fais, et vous m'imputez à crime ce qu'il m'est impossible de faire. L'espace, la liberté, le grand jour, est-il en mon pouvoir de vous les permettre ! Je vous aime, ingrate, vous ne le savez que trop, et ne serait-ce pas cesser de vous aimer que de vous exposer à des périls de tous les instants !

— Vous parlez par énigmes, signor, et j'avoue n'être pas de force à les comprendre.

— Je ne dis rien qui ne soit très simple et très exact... Croyez-vous que votre père ait vu votre disparition avec calme?... Il est, au contraire, entré dans un accès de fureur dont rien ne saurait triompher... Il vous cherche ; il a juré de ne pas prendre une heure de repos qu'il ne vous ait trouvée... Vous le connaissez mieux que moi... vous qui avez dû recourir à la fuite, pour vous soustraire à sa volonté inflexible... Après ce que vous avez fait, s'il soupçonnait seulement l'asile qui vous abrite contre sa colère, il n'est pas d'extrémités auxquelles il ne fût capable de se porter et contre vous et contre moi.

Il est assez vraissemblable que l'illustre procurateur, bien certain de la discrétion de ses affidés et du mystère qui entourait l'enlèvement de la fille du Gastaldo, s'était mis fort peu en peine de ce que devenait celui-ci; mais cette tirade était assez bien trouvée, et ces excuses étaient assez vraisemblables pour produire l'impression qu'il en attendait.

En effet, Teresa garda un moment le silence; mais, secouant bientôt son front incrédule et obstiné dans ses idées :

— Vous vous alarmez trop, signor, et votre sollicitude pour moi vous porte à exagérer la sévérité de mon père...

— Le pensez-vous? demanda Morosini.

— J'en suis sûre... Si mon père se présentait à moi, je lui montrerais cet anneau que je porte au doigt comme une preuve de votre loyauté... et je n'aurais qu'à lui répéter le mot que vous prononçâtes en me forçant à le garder, le soir de notre entrevue dans la gondole... Mon père, si irrité qu'il soit, s'apaiserait, n'en doutez pas, devant un gage si glorieux pour sa fille...

— A la rigueur, cela n'est pas impossible... Mais cette promesse...

— L'avez-vous oubliée ?... Ne voulez-vous plus la tenir?...

Elle s'était redressée par un mouvement plein de grâce et de vivacité. Son œil noir avait retrouvé sa limpidité profonde, le carmin depuis quelque temps effacé de ses joues, les colorait de nouveau.

Le procurateur, le diplomate, l'homme brisé aux luttes de la politique vénitienne, éprouva une gêne involontaire sous le feu de ce regard.

— Je me souviens, répondit-il d'un accent où perçaient les réticences; mais le temps n'est pas venu...

— Le temps n'est pas venu ! Voilà une réponse que vous m'avez déjà faite, que je retrouve toujours sur vos lèvres, quand je vous rappelle vos engagemens. Signor, n'avez-vous donc voulu que vous jouer de ma confiance?...

— Loin de vous cette pensée, Teresa ; loin de moi cette intention ! Mais, faut-il vous le répéter, mes fonctions m'astreignent à une extrême prudence, je ne m'appartiens pas, j'appartiens à l'Etat, et, vous ne devez pas l'ignorer, comme patricien de Venise et plus encore comme procurateur de Saint-Marc, je suis obligé pour tenir ces engagemens que vous évoquez, d'avoir l'agrément, non-seulement du doge, mais du Grand Conseil. Mes victoires, ma haute fortune, mon illustration m'ont suscité des inimitiés nombreuses, redoutables ; une fois déjà n'ont-elles pas été jusqu'à me faire emprisonner et passer en jugement?... Pesez bien ces raisons, et pénétrez-vous de cette conviction, que pour arriver au but de mes vœux les plus chers, il me faut redoubler de circonspection, mener les choses avec réserve, m'assurer enfin des partisans parmi nos magistrats.

— Oui, ce sont là des motifs graves, des obstacles impérieux... Mais si vous ne parvenez pas à les éloigner... Si ces magistrats, vos collègues, vos inférieurs, refusent d'autoriser votre union avec la fille d'un simple gondolier ?...

— S'ils refusent ?... Plutôt que de te perdre, Teresa, je t'enlèverai à Venise, comme je t'ai enlevée à ta famille!... Nous fuirons cette autorité despotique, cette patrie inhospitalière; car je t'aime, ma Teresa.., je t'aime d'un amour si profond, si puissant, que tu n'en connaîtras jamais toute l'étendue!...

En prononçant ces mots, il s'était emparé de ses mains, il les pressait dans les siennes et les couvrait d'ardens baisers. Elle fit un léger effort pour les lui retirer ; il les retint et porta de nouveau ses regards sur les siens, qu'il trouva mornes, glacés, pleins de méfiance.

— Ainsi, s'écria-t-il, rien ne t'émeut, rien ne te touche!... Ah ! je ne puis vivre ainsi!... Pourquoi attendre de vaines formalités?... Me refuseras-tu toujours la plus faible faveur ? N'accorderas-tu rien à l'amour de celui qui sera bientôt ton époux...

— A mon époux, dit-elle en se levant avec dignité, j'appartiendrai toute entière ; mais il n'aura pas même à me reprocher de l'avoir trahi pour mon fiancé!

Morosini n'était pas façonné à cette résistance, à cette fierté inflexible. Son ardeur s'en irritait, la passion débordait en lui ; il voulut enlacer la taille de Teresa dans ses bras, il se jeta à ses pieds :

— Prends pitié de moi! lui dit-il en délire, cesse de me regarder avec cet air sévère qui cause mon désespoir !... Mais non! tu me repousses en vain! c'est trop plier, c'est trop souffrir!... Teresa! Teresa, tu seras à moi!

En même temps, il se releva avec vivacité et fit un nouvel effort pour l'attirer vers lui ; mais l'imminence du péril augmenta les forces de la jeune fille. Eperdue, elle se dégagea de cette étreinte, et s'enfuit en écartant rapidement la draperie de l'entrée ; elle traversa cette première pièce, puis une autre, et toujours Morosini la suivait, hors de lui, transporté de dépit et d'amour.

A la faveur de cette course étrange, la fille du Gastaldo se jeta dans la pièce où se trouvait la statue grecque, et l'aspect merveilleux de cette divinité, si semblable à l'une de ces élues que le Christianisme a placées à la droite de l'Eternel, la frappa soudain, comme il avait frappé certaines peuplades de l'Orient. Saisie d'un enthousiasme religieux, elle courut se mettre sous sa protection, et étendant le bras vers Morosini :

— Par cette Sainte qui me protégera, dit-elle, avec un geste superbe, j'en fais serment ; je n'appartiendrai jamais qu'à mon époux, dussé-je périr pour échapper au déshonneur !..

En achevant ces mots, elle tourna ses regards vers la statue, derrière laquelle, avons-nous déjà dit, s'étendait une large draperie de couleur pourpre, dont la teinte se reflétait sur le marbre pour lui donner l'apparence de la carnation; mais ses traits peignirent alors une surprise, une stupeur profondes, qui lui communiquèrent un instant l'immobilité de la pierre. Un son métallique, vague et presque insaisissable semblait se détacher des cordes de la lyre que tenait la statue, et la draperie éprouvait comme une imperceptible ondulation.

Le procurateur n'entendit pas ce son, ne distingua pas ce mouvement; il était demeuré immobile sur le seuil, frappé de l'air imposant de Teresa, et n'osant affronter davantage une pudeur qui s'exprimait et se défendait avec cette énergie souveraine.

En proie à un combat violent, mais sans s'avouer vaincu, il recula peu à peu, et la portière, retombant derrière lui, laissa la jeune fille seule avec la statue qui venait de lui prêter son secours tout-puissant.

Sous l'empire d'une émotion surnaturelle causée par les indices mystérieux dont elle venait d'être témoin, elle tomba à genoux en élevant ses mains tremblantes vers cette divinité inconnue qui se manifestait à elle par un prodige.

X.

Une Fête aux Procuraties

Nous avons eu occasion de dire que le palais des *Procuratie Vecchie* s'élevait sur la place Saint-Marc, à gauche de l'église célèbre qui a donné son nom à ce *Campo* connu de l'univers. Cet édifice fut élevé vers la fin du quinzième siècle par l'illustre architecte Bartolomeo Buona, que nous connaissons sous le nom de Bergamasque. Il était consacré à la résidence des deux procurateurs de Saint-Marc, seconds dignitaires de l'Etat, et conçu sur un plan magnifique qui répondait à cette éminente destination. Dans son immense enceinte, il renferme aujourd'hui plusieurs musées, et sert d'hôtel à six familles princières.

A l'époque splendide où se passe notre récit, les fonctions de procurateur n'étaient conférées qu'à des membres des familles les plus anciennes et les plus riches. Venise tenait à se montrer partout et en tout fastueuse. Le patricien qui se fût permis d'être économe eût été noté comme un citoyen dangereux, inhabile à exercer aucune charge publique. Cette politique était bonne, sans doute, puisque, en semant le luxe, la sublime République récoltait les millions du monde entier.

Morosini était, de tout point, l'homme qui convenait à un tel gouvernement. A son importance personnelle, il joignait le goût des belles choses; possesseur de richesses considérables, provenant en partie d'héritages, en partie de ses expéditions dans le Péloponnèse, il avait tout ce qu'il fallait pour mener une existence généreuse et splendide.

Il ne s'écoulait pas une semaine qu'il ne donnât aux Procuraties une fête brillante où l'on voyait se presser l'élite des patriciens et des artistes de Venise.

L'ombrageux conseil de la République tolérait d'autant mieux ces réunions que l'absence de femmes en éloignait tout reproche d'immoralité et de débauche, et qu'il n'était pas fâché de voir les grands de l'Etat l'aider à détourner les esprits des questions politiques, en les entraînant sur le terrain des plaisirs.

Morosini n'avait pas tardé, dans ses relations confidentielles avec le signor Ferramola, à reconnaître en lui un ordonnateur fort expert pour ces sortes de solennités, et il lui en avait confié la direction. Ferramola tenait à justifier cette confiance, qui le mettait en rapports continuels avec le Procurateur, et il obtenait dans ces nouvelles fonctions un succès qui compensait ses échecs dans son emploi, plus intime encore, au palais de son patron. On ne parlait plus dans la ville que des magnificences et du goût qui présidaient aux festins des Procuraties.

Le soir même du jour où Morosini avait tenté un effort inutile pour triompher des résistances de Teresa, un de ces grands banquets avait lieu dans sa résidence officielle. Comme pour se dédommager de son mécompte, le Procurateur avait voulu imprimer à cette fête une recherche qui la distinguât de ses devancières.

Le palais était illuminé avec une quantité de lumières de toutes couleurs, qui émerveillaient les passans et les nombreux promeneurs dont la place Saint-Marc était le rendez-vous traditionnel. On voyait, à travers les croisées découpées dans les colonnades des balcons, circuler tout un monde fantastique d'ombres de valets et d'invités. Des feux diamantaux, allumés sur des plaques de cuivre ardent, s'élançaient de temps en temps vers le ciel, de la terrasse de l'édifice, et l'on distinguait par instans des morceaux d'harmonie exécutés par un orchestre invisible.

Puis tout à coup, éclatait un chœur de voix bruyantes, animées par la bonne chère et le vin de Chypre, celui auquel on revenait toujours de préférence, quand on avait dégusté les crûs de Conegliano et de Vicence, les plus estimés après lui.

Mais ce n'était réellement que dans le palais lui-même qu'on pouvait se faire une idée du faste déployé par un grand seigneur. Venise était presque une ville orientale; mais Francesco Morosini cumulait les avantages du savoir-vivre et du bien-être de l'Occident avec l'éclat et la somptuosité des Levantins. Tout était organisé chez lui pour l'agrément le plus complet de ses convives, et le luxe de la vaisselle, la profusion et la délicatesse des mets atteignaient un degré merveilleux.

Il semblait que les pêcheurs eussent le privilége d'aller chercher exprès pour lui, au fond du golfe Adriatique, les lissas gigantesques, les sardelles exquises, les rombi larges et succulens qui remplissaient ses plats d'or. Les chasses royales ne donnaient point une venaison plus plantureuse que celle qu'il recevait des gens entretenus à cet effet par lui à Fusine, à Mestra, et dans les cantons les plus giboyeux des vallées de Chioggia et de Rovigo. Vérone cueillait, à son intention, ses plus beaux fruits, son raisin doré, ses grenades, ses oranges, qui s'offraient aux invités par pyramides étagées sur des patènes de métaux précieux d'un travail inestimable.

L'assistance était digne de ces raffinemens; elle se composait de jeunes patriciens renommés pour leur prodigalité et leurs mœurs dissipées, mais portant les noms les plus illustres. On y voyait les héritiers directs des Donati, trois fois doges; des Orseoli, qui l'avaient été quatre fois; des Celsi, des Erizi, des Ruzzini, des Pisani, et de vingt autres races non moins recommandables.

Quant aux artistes admis à partager les plaisirs de ces magnifiques seigneurs, c'étaient les étoiles les plus brillantes de cette pléïade glorieuse qui scintillait au firmament de l'Italie, et qu'un instinct secret, celui du beau et du grand, ramenait sans cesse à Venise.

Vers la fin du repas, alors que les mets légers succédaient aux premiers services, à cet instant qui n'est pas encore l'ébriété, mais où le cerveau a reçu tout juste assez de stimulans pour s'exalter lui-même de sa propre satisfaction, où les idées sont vives, ardentes, soudaines, mais distinctes, sur un signe de l'amphytrion, les coupes se remplirent à la fois, jusqu'aux bords, un des convives éleva la sienne et proposa ce toast :

— A nos maîtresses !.....

Une acclamation joyeuse salua cette motion qui vola, répétée de bouche en bouche, jusqu'à ce que les verres fussent épuisés.

Un seul convive ne suivit pas cet élan; son front, jusque-là ouvert, se rembrunit, ses doigts se crispèrent nerveusement sur sa coupe; au lieu de la porter à ses lèvres, il la renversa et la replaça vide devant lui.

Cette action causa une stupeur profonde qui éteignit, comme par le coup de baguette d'une mauvaise fée, tous les rires, car le convive qui manifestait ainsi sa colère n'était autre que Morosini lui-même!...

Cette première impression passée, on l'entoure, on l'interroge, ses amis les plus familiers lui témoignent leur étonnement; enfin, pressé de questions :

— Je ne puis joindre mes vœux aux vôtres, dit-il ; car, moins heureux que vous, je n'ai pas de maîtresse !...

— C'est impossible ! répondent tous les convives.

— Un homme comme toi, ajoute Carlo Ruzzini, son voisin de droite, l'un des cavaliers les plus recherchés de Venise, — un homme comme toi, noble, riche, doué de toutes les qualités de l'âme et de tous les agrémens du corps, peux-tu rencontrer des cruelles !...

— Non !... non ! C'est un jeu, c'est une plaisanterie ! reprend-on tout d'une voix.

— Il en est une cependant, signori, dit le Procurateur sans dissimuler sous son air de raillerie, l'amertume de sa pensée ; — il en est une, et ce n'est pas une patricienne ; c'est une fille de rien

— Je disais oien, c'est une gageure !... fît Carlo Ruzzini.

— Une histoire invraisemblable, pour accompagner ce magnifique dessert !... appuya le voisin de gauche du Procurateur, Fabiano Pisani.

— La chose est vraie, pourtant ! affirma Morosini, dont ces doutes irritaient encore la blessure !

Puis reprenant avec rage sa coupe vide, — un chef-d'œuvre de l'art byzantin, tout incrusté de pierreries :

— Ma coupe à celui qui me donnera le moyen de réduire cette beauté rebelle !

Moins sans doute pour l'appât de ce bijou, qui valait à lui seul une fortune, que par le désir de faire preuve d'expérience en ces matières, chacun, parlant à la fois, voulut donner son procédé. Le vin rendait éloquens les plus timides ; sa chaleur réchauffait les imaginations. Ce fut, durant cinq minutes, un bruit à ne pas s'entendre.

— Procédons par ordre, dit Morosini, après avoir réclamé le silence ; autrement, nous pourrions laisser passer inaperçue la meilleure recette. Nous allons commencer par mon voisin de droite, par Carlo Ruzzini, et nous poursuivrons jusqu'à ce que j'aie rencontré le mode qui me paraîtra praticable, dans la circonstance qui m'occupe, et dont je reste seul juge.

— Adopté !... C'est parler comme Salomon ! s'écrièrent les convives.

— En ce cas, la parole est à toi, Carlo.

— Mon expédient est fort simple, dit tranquillement le jeune patricien en jouant avec le manche ciselé d'un couteau de Damas, dont la lame représentait des animaux fantastiques gambadant à travers une forêt ; — nous gâtons les femmes par nos adulations et notre servilité... La sagesse a ses bases, enfin ! Elle nous enseigne que l'élément féminin est surtout enclin à la contradiction ; cessez de soupirer pour une belle qui connaît votre amour et qui ne l'encourage que pour s'en faire un jeu ; — qu'elle croie seulement que vous la fuyez, que vous vous riez de ses faveurs, comme elle se rit de vos hommages. Vous verrez bientôt les rôles intervertis, et le cœur le plus glacé se fondre à son tour devant vos dédains !

— Mauvais ! prononça froidement Morosini ; ton procédé peut réussir sur une nature incomplète ou déjà gâtée par le contact du monde, mais elle n'entamera pas une nature droite et qui, n'ayant jamais failli, résiste avec la force de son innocence.

Personne n'ayant essayé de soutenir la thèse contraire, l'amphytrion se tourna vers le convive qui venait après Carlo Ruzzini :

— À toi, Ottavio Angarani.

Le jeune homme interpellé était à la fois, chose assez rare pour être citée, un patricien et un artiste. Il obtenait quelques succès dans la peinture ; plusieurs églises de Venise possèdent même encore aujourd'hui de ses ouvrages.

— N'en déplaise à notre illustre ami, dit-il, tant de femmes ont posé devant moi, que j'ai eu le loisir d'étudier ce sexe charmant... et d'acquérir la conviction qu'il n'en est pas une qu'on ne puisse amener à composition, en étudiant son caractère... Sans proposer, comme Carlo, la jalousie, j'ajoute un degré de plus à sa recette, et j'indique l'envie. Il est possible, en effet, qu'une nature toute neuve, un cœur encore inanimé ne ressente pas l'aiguillon d'une passion jalouse ; mais, croyez-moi, signori, il n'est fille d'Eve, si jeune, si innocente que vous la supposiez, dont l'esprit ne s'irrite, dont les désirs ne s'allument, dont l'honneur ne chancelle, à la comparaison habilement ménagée de son infériorité sociale, de sa condition refoulée, dédaignée, avec les triomphes d'une créature indigne, qui ne la vaut ni par le mérite, ni par la grâce, ni par la beauté, et qui étale devant elle son luxe et son éclat, objets de convoitise pour de plus orgueilleuses. Ah ! que j'en ai vu, signori, des vertus farouches faiblir en présence de ce contraste ! Que de pauvres filles innocentes n'ont failli rien que pour avoir rencontré, quand elles traversaient le grand canal pour une piécette, une gondole somptueuse où se pavanait insolemment sur des coussins de velours, la camarade d'enfance qui avait fait fortune aux dépens de sa candeur.

— Mauvais ! conclut encore Morosini d'un ton péremptoire ; à vous entendre, signori, il n'y aurait pour réussir auprès d'une femme qu'à passer en revue les sept péchés capitaux ! Fi donc ! quand on aime sincèrement, est-ce que ce sentiment ne s'éteindrait pas précisément le jour où la femme qu'on recherche se livrerait à nous par dépravation !...

La parole était à un jeune beau, qui ne supportait qu'avec peine la robe simple imposée par l'usage et la loi à la tenue extérieure des patriciens ; dès qu'il n'était plus dans un lieu public, il se hâtait de se défaire de ce vêtement sans grâce, pour apparaître orné des modes de France les plus extravagantes ; ses doigts étaient surchargés de bagues de prix, au point de l'incommoder dans l'usage de ses mains ; il grasseyait en outre avec une affectation plaisante ; c'était un paon faisant constamment la roue.

— Moi, dit-il en témoignant d'une fausse modestie, je ne puis me vanter d'autant de bonnes fortunes que notre cher Ottavio, mais j'en ai obtenu une qui m'a fait, j'ose le dire, quelque honneur. La signora... — vous me permettrez de ne pas vous la désigner sous son nom véritable, — la signora Ortensia était une femme d'un grand mérite, mais surtout d'une vertu qui avait découragé les plus persévérans. Elle était demeurée seule, dans son château des environs de Mestra, car son époux fort dévoué au service de la République, était absent depuis près d'une année, et ne fixait pas encore l'époque de son retour. La signora vivait donc dans la retraite, refusant de recevoir personne, et se livrant à peine à quelques excursions en dehors de son parc. Du reste, c'était une imagination vive et quelque peu exaltée par la solitude.

» A l'aide de ces renseignemens, mon plan fut aussitôt dressé. Une après-midi que la belle Ortensia avait prolongé un peu plus que d'habitude sa promenade, comme elle traversait, accompagnée d'une cameriste et suivie d'un seul laquais, une vallée touffue qui précédait son domaine, un coup de sifflet retentit à ses oreilles, et, sans avoir le temps de se reconnaître, elle se vit assaillie par une bande de brigands de l'aspect le plus sinistre, qui menaçaient non-seulement de la dépouiller de ses bijoux, mais d'attenter à sa vie. La suivante se trouva mal, le valet, en facchino qu'il était, se sauva à toutes jambes, et la pauvre Ortensia essaya vainement d'émouvoir ses féroces agresseurs.

» Mais la Providence veillait sur elle! Le galop d'un cheval se fit entendre; les bandits suspendirent leurs menaces; une voix impérieuse arriva jusqu'à eux. Ils étaient à peine sur la défensive, qu'un coup de feu les prévint; tous prirent la fuite, et le cavalier mit pied à terre pour recevoir dans ses bras la signora délivrée par son héroïsme.

« Inutile d'ajouter que la vertu conjugale ne tint pas contre une si belle action; le château et le cœur de la belle s'ouvrirent à son sauveur.

» Or, le cavalier, c'était moi, et les brigands, une demi-douzaine de coquins engagés par mes soins pour cette petite comédie. »

Le narrateur se tût, promenant un regard triomphant sur l'auditoire ; mais le Procurateur, agitant ses lèvres d'un air dédaigneux :

— Mauvais!... fit-il pour la troisième fois; les mascarades ne sont bonnes qu'en carnaval.

Ces échecs successifs semblèrent décourager les convives qui venaient ensuite, et personne ne se montra plus si pressé d'élever la voix.

— Eh bien! reprit Morosini, êtes-vous donc déjà à bout de ressources, signori? et ne vous reste-t-il rien pour faire tomber une forteresse, quand on vous ôte la corruption et la comédie?

— Si l'illustre assistance voulait me le permettre, hasarda, du bout inférieur de la table, un fausset glapissant, j'oserais, avec toute la déférence que je dois à d'aussi nobles auditeurs, et sans oublier la vénération que m'inspire la sublime République, faire aussi mon modeste récit.

Ce fausset et ces formes oratoires ne pouvaient appartenir qu'au signor Ferramola, l'ordonnateur de la fête, admis par faveur insigne à partager le festin à la disposition duquel il avait présidé.

Cette motion suffit pour bannir le froid qui déjà se glissait dans l'assemblée. Le Florentin était, sans s'en douter, un excellent comique, aux yeux de cette jeunesse folle, qui lui fit un succès de *furia*.

Ayant donc rajusté son énorme perruque, et

s'étant levé pour donner plus de retentissement à ses paroles :

— Révérendissimes signori, commença-t-il, je tâcherai d'être bref...

— Tant pis!... tant pis!... exclama-t-on.

L'impresario salua de toute la flexibilité de son échine, ingurgita un verre de vin de Chypre que l'amphytrion lui avait fait verser, et reprit de sa voix traînante et toujours pleine d'insinuations :

— J'étais alors à Milan, où je dirigeais une compagnie, oh ! mais une compagnie...

— Comme vous n'en avez pas donné à Venise ! interrompit Ottavio, qui n'était pas fâché de prendre sur autrui la revanche de son insuccès.

Le Florentin s'inclina de nouveau, rajusta pour la seconde fois sa perruque et répondit :

— Il n'y a pas de compagnies, ni de chanteurs trop excellens pour être offerts à la Sublime République, que je porte dans mon cœur ; mais il y a des fatalités qui s'abattent quelquefois sur un pauvre impresario et qui commandent l'indulgence et la miséricorde...

— Au fait!... l'histoire ! l'histoire! réclamèrent vingt voix.

— J'étais donc à Milan, recommença le narrateur, avec une compagnie telle que j'aurais voulu, aux prix de toute mon existence, en offrir une à la Sérénissime République...

« Mon premier sujet était la signora Lipparina.... une perle, un bijou, une houri, un démon ! Elle menait un train de princesse, tenait maison ouverte, recevait tout, les bouquets, les cadeaux, les sérénades, les applaudissemens; mais elle ne rendait rien, rien absolument. Les soupirans en étaient pour leurs frais, et c'était de quoi surtout elle se faisait une grande gloire et un malin plaisir.

» J'abrège ces détails, pour arriver au fait principal. Il n'était bruit que des mésaventures occasionnées par ses dédains : c'étaient des duels, des querelles, des morts volontaires; — toute la province était en émoi, le théâtre regorgeait de spectateurs,—ah ! le beau temps !

— Au nombre des adorateurs les plus obstinés de la Lipparina, se trouvait un haut personnage, un comte, ambassadeur d'une puissance étrangère. Il avait fait toutes les folies possibles et avait prodigué des sommes extravagantes en l'honneur de ce lutin insaisissable.

» Désespérant de réussir, piqué dans son amour-propre, exaspéré dans sa passion, il ne songea ni aux moyens ordinaires, ni aux ruses indiquées par Boccace; il fit venir un physicien fort habile, lui confia sa situation, en obtint un philtre tout puissant...

— Un philtre?...s'écria-t-on en se moquant.

— Tellement puissant, continua Ferramola sans se déconcerter, que la belle, livrée sans défense à son vainqueur, lui appartenait le soir même...

Un instant de silence succéda à ce récit, sur lequel Morosini, plongé dans une préoccupation profonde, tardait à se prononcer.

Un des convives, des moins bruyants, mais des plus franchement gais, placé à un rang honorable, dans le voisinage du Procurateur, se leva de son siége; il portait un costume de velours noir à crevés blancs; ses cheveux bruns tombaient en boucles sur ses épaules; son visage, d'une coupe distinguée, son front proéminent, son œil plein de noblesse et de loyauté, prévenaient en sa faveur avant même qu'il eût parlé. Nos lecteurs l'ont sans doute reconnu, car déjà nous avons esquissé sa silhouette, lorsqu'il nous est vaguement apparu dans les rues de Venise; — c'était le grand artiste, l'éloquent chanteur, le savant compositeur, — Alessandro Stradella.

Il avait pris, comme les autres, sa bonne part des joies du festin, mais pour lui l'ivresse de la fête s'était dissipée sous l'impression du discours du Florentin. Celui-ci, en voyant le nuage répandu sur les traits de Stradella, se fût volontiers blotti sous la table, car il ne se dissimulait pas qu'il venait de se mettre au plus mal avec l'artiste dont il voulait se faire un ami et surtout un premier sujet.

— Vous êtes de Florence, signor Ferramola, dit le chanteur d'un ton de sarcasme mordant; Florence, la ville des poisons... je ne vous en félicite pas. C'est une triste conquête que celle qu'on obtient par la trahison. On m'a parlé quelquefois de gens qui assassinaient la femme qui leur résistait; — sur ma foi! je les tiens pour des hommes de cœur, comparés à ceux qui la flétrissent par une lâcheté!

Le Procurateur, sortant de sa rêverie, tressaillit, et tout en portant sur l'impresario un regard singulier, que celui-ci même ne sut pas interpréter, il résolut de mettre fin à ces incidens, peu conformes aux distractions que chacun attendait :

— Mauvais! impraticable!..., dit-il avec une sorte de colère contenue; — laissons cela, mes amis, et puisque notre illustre convive, le maestro Stradella a si résolument clos le débat, qu'il nous transporte sur un autre terrain, et que sa voix merveilleuse nous fasse entendre quelques-uns de ses chants les plus divins et les plus tendres.

— Ecoutons! écoutons! s'écria-t-on de toutes parts.

L'artiste se leva de nouveau ; — il s'opéra un silence tout plein de recueillement. Sa voix peu prodiguée, on l'a déjà vu par les vains efforts de Ferramola pour l'attacher à son théâtre, était un attrait fort recherché dans ces sortes de réunions.

Tous les yeux étaient avidement fixés sur lui, car l'inspiration se peignait sur son front, et les sensations qu'il avait à redire passaient sur son visage pour se fondre ensuite dans l'expression de son accent. Mais cette fois, au lieu de la nuance douce et gracieuse que sa physionomie revêtait en ces circonstances, une gravité implacable s'y grava, ses lèvres pâlirent, une émotion secrète imprima à sa voix des vibrations acérées. Au lieu d'une de ces suaves cantilènes dans lesquelles il excellait, il lança des strophes foudroyantes sur les âmes flétries, les félons et les traîtres en qui la débauche a étouffé le sentiment sacré de l'amour, et qui n'ayant plus rien dans le cœur, ne rougissent pas de recourir à des moyens détestables pour assouvir leur infâme sensualité.

La poésie surabondait à son cerveau, l'harmonie coulait à pleins bords; dans cette improvisation rapide, sa voix, son geste, son maintien infusaient peu à peu la terreur dans les veines des convives.

Pour le coup, l'animation croissante du festin, l'exaltation qui commençait à tourner à l'orgie s'étaient enfuies à tire d'ailes; le poète, le compositeur, le tragédien lyrique dominait l'assistance de la hauteur de son génie, de la force de son indignation.

Quant à l'amphytrion, immobile et muet, mais presque menaçant, on eût pu voir ses terribles sourcils se croiser comme dans ses heures d'irritation suprême.

La voix vengeresse se tut enfin, mais quelques applaudissemens timides éclatèrent à peine, et quand l'artiste promena fièrement ses regards sur son auditoire, il remarqua que tous les yeux évitaient les siens; les fronts étaient soucieux, les visages inquiets, et nul n'osait lui adresser un de ces complimens dont on l'accablait d'habitude.

Il n'en témoigna aucun embarras, et majestueusement drapé dans son manteau, il sortit la tête haute, sans articuler, lui non plus, un mot d'adieu à la noble assemblée.

Morosini le suivit du regard, et, pour la première fois, il y avait dans ce regard de la haine.

C'en était fait; la gaieté avait reçu une atteinte dont elle ne pouvait se relever. Chacun prit le parti de se retirer silencieusement.

Le Procurateur, en voyant partir ses convives, laissa errer sur ses lèvres un rire amer ; mais quand Ferramola, demeuré le dernier, voulut, à son tour, gagner la porte.

— Restez, signor, lui dit-il d'un ton bref et impérieux.

L'impresario retomba avec un frisson sur son siége, car il ne savait que trop qu'il était la cause première de cette catastrophe.

Morosini congédia d'un signe ses serviteurs, puis quand il se vit seul avec l'ordonnateur de la fête, il saisit sa coupe byzantine et la montrant au Florentin :

— Connais-tu, lui demanda-t-il, la recette de ce philtre dont tu nous as parlé ?...

Ferramola rappela ses esprits; il voyait venir son salut là où il attendait sa perte. Cette intuition du mal, qui était inhérente à sa nature, ramena une obséquieuse contraction sur ses traits :

— Le physicien qui l'avait fourni... c'était moi!... fit-il tout bas, dans la peur qu'une oreille indiscrète ne saisît cet aveu.

— Parle! répliqua Morosini, — et cette coupe est à toi !...

XI.

Le secret de l'apprenti.

Stradella sortit du palais des Procuraties impassible et digne, comme il était sorti de la salle du banquet. Il traversa lentement la place Saint-Marc, sans voir les groupes des promeneurs qui y circulaient encore, retenus par les magnificences de l'illumination et des feux du Bengale, qui ne s'étaient pas éteints comme la joie de la fête.

Il gagna la Piazzetta, s'arrêta une minute au pied de la colonne du Lion, puis apercevant une gondole libre, au bas des degrés qui descendaient au Grand-Canal, il y entra, et dit simplement au barcarolo, en s'installant sur les coussins :

— Promène-moi !

Il n'était pas besoin d'une autre formule ; le batelier sauta sur son banc d'arrière, et l'embarcation détachée du bord commença à glisser lentement, sans bruit perceptible à l'oreille, sur la nappe argentée du canal.

A mesure que l'air pur et frais baignait ses tempes, l'exaltation de l'artiste se dissipa, et le calme se fit dans son esprit ; le calme, en effet, car c'était une nature supérieure et généreuse, peu accessible aux mobiles qui dirigent les instincts vulgaires.

Il songeait, sans en ressentir ni alarmes ni regrets, aux regards menaçans des convives de Morosini, à l'éclair de colère jailli des yeux de celui-ci. Il se sentait au-dessus de la haine de tous ces hauts personnages. L'éclat de son talent n'était-il pas aussi une puissance ! Si l'aristocratie de Venise lui devenait inutile, il lui restait la bourgeoisie et la foule, dont il avait capté les suffrages ? Si les intrigues de la noblesse animaient la ville entière contre lui, eh bien ! il avait le choix entre vingt cités des plus florissantes de l'Italie, qui l'appelaient à grands cris, prêtes à le dédommager de l'injuste inimitié des Vénitiens.

Après tout, enfin, rien ne le retenait à Venise ; ni l'intérêt, — il avait refusé les propositions de Ferramola ; ni l'amitié, — il pouvait emmener en partant son jeune protégé ; ni l'amour, — il n'avait admiré qu'une femme, et les courts instans où elle lui était apparue, allaient s'oublier avec le temps et la distance.

La perspective d'un départ n'avait donc rien de pénible, — et d'ailleurs la prévision même de cette nécessité était peut-être chimérique. Quelques propos tenus au dessert d'un banquet s'évanouissent avec les fumées du vin. Qui donc se les rappelle le jour d'après ? Il avait fait son devoir d'homme de cœur, sa conscience et son honneur étaient en paix.

Pendant cet entretien avec lui-même, la gondole glissait toujours, emportée par le mouvement régulier et discret de l'aviron, qui semblait se conformer au besoin de recueillement du passager. Rasséréné par cette paisible promenade, il s'orienta à l'aide des monumens, dont les cimes lui apparaissaient découpées sur l'azur du ciel. Il se trouvait vers le haut du Grand-Canal, et son logis était à vingt minutes de là sur la *riva dei Schiavoni*, le quai des Esclavons.

Il dit un mot, et la barque se mit à descendre, avec la même adresse, jusqu'à une habitation mixte, qui n'était pas un palais, mais une maison bourgeoise élégante, merveilleusement située, pour un ami du pittoresque, à peu de distance du palais ducal, planant de sa façade sur le Grand-Canal et sur la rive de la Piazzetta, ayant en perspective l'église de la Salute, le canal de Giudecca, le port, les lagunes, et, parmi les îles, le Lido, San-Lazaro Sau-Giorgio et San-Servolo.

Il mit sans parler un séquin dans la main du gondolier, et ouvrit lui-même la porte dont il avait la clé.

La nuit était avancée ; ne prévoyant pas l'heure à laquelle il rentrerait, il avait défendu de l'attendre ; ses serviteurs étaient couchés. Il prit une lampe préparée par leurs soins et se dirigea, de manière à n'éveiller personne, vers son appartement.

Comme il traversait une salle d'attente qui précédait sa chambre, il suspendit sa marche, croyant entendre près de lui le bruit d'une respiration forte, mais régulière et paisible.

Quelqu'un de ses gens, sans doute, malgré ses ordres, avait voulu veiller jusqu'à son retour et avait été vaincu par la fatigue. Pour s'en assurer, il éleva la lampe, en garantissant la flamme de sa main, et reconnut avec étonnement, dans le dormeur, son pupille, notre ami Danielo, qui s'était jeté tout vêtu sur un lit de repos, et dormait du bon sommeil de ses seize ans.

Son sourire franc, plein d'espiègleries, errait encore sur ses lèvres, qui semblaient rêver quelque malice. Si des traces de l'épisode violent de la soirée fussent restées sur le front du maestro, ce spectacle les eût dissipées.

Il demeurait absorbé dans une douce contemplation, comme un père veillant au chevet de son fils endormi.

Il se rappelait, en ce moment, les circonstances qui lui avaient fait rencontrer l'orphelin et il sentait son affection pour lui grandir et s'accroître à ce souvenir touchant.

Cependant, il chassa cette émotion, essuya une larme furtive, et supposant que l'enfant lui apprendrait aussi bien au jour qu'à cette heure tardive l'objet de sa visite, il se borna à étendre sur lui son manteau dont il se dépouilla, car l'approche du matin rendait l'air plus pénétrant ; puis il reprit sa lampe, qu'il avait déposée sur une crédence, et se disposa à s'éloigner.

Mais ses précautions même tournèrent contre son but. Ses pas s'embarrassèrent dans un coin du manteau, qui traînait jusqu'à terre, le dormeur en ressentit une secousse et se réveilla en sursaut.

— Maladroit ! s'écria l'artiste désespéré d'avoir perdu tant de soins.

Danielo était déjà sur son séant et se frottait les yeux.

— Quoi ! fit-il ; c'est vous, maître ?... Vous étiez là ?...

— J'arrive.

— Et vous ne m'avez pas éveillé sur le champ ?

— Tu dormais si bien !...

— Mais ma présence ici, à pareille heure, ne vous disait-elle pas que j'étais venu pour vous parler, pour vous communiquer ?.....

— Oh ! reprit Stradella en souriant, — on connaît tes confidences ; j'ai pensé que si tu avais à m'apprendre quelque chose d'important, tu ne te serais pas endormi..... et que nous pouvions patienter jusqu'au jour.....

Danielo sauta à bas du lit de repos :

— Vous avez raison, je n'aurais pas dû m'endormir..... Mais je suis venu de bonne heure, en quittant mon travail du palais Morosini... On m'a dit qu'on ne savait pas quand vous rentreriez ; j'ai voulu vous attendre... j'ai veillé longtemps... puis la fatigue m'a gagné... Pardonnez-moi, maître...

— La fatigue, et peut-être le besoin, s'empressa d'ajouter Stradella ; car si tu es ici depuis si longtemps, tu n'as sans doute pas soupé ?

— Jai oublié !...

— Pauvre enfant !... à jeun, quand je quitte un festin dont les débris pourraient nourrir une ville entière... Attends, tu vas avoir ton tour, et puisque le sommeil ne te tient plus lieu de repas, c'est une collation complète qui va le remplacer !... Holà !... quelqu'un !...

Mais Danielo le retint.

— De grâce, maître, n'appelez personne... Il faut que je reste seul avec vous.

Le maestro le regarda avec quelque surprise, frappé de l'accent dont il avait prononcé ces derniers mots, mais n'y attachant encore qu'une médiocre attention, et se préoccupant surtout du jeûne prolongé de son pupille :

— Alors tu préfères que je te serve moi-même, lui répondit-il ; — soit, car avant de t'écouter, je ne souffrirai pas que tu endures la faim, quand j'ai soupé, moi... Aussi bien, il doit y avoir dans ces armoires des fruits, des conserves, du vin...

— Laissez-moi faire,... je saurai les trouver...

— Non pas; nous chercherons ensemble.

Et avec la même bonté, la même simplicité, l'homme auquel les souverains envoyaient parfois des ambassadeurs, l'admettant à leur table, l'honorant de leur estime, et ne croyant jamais l'avoir assez récompensé, — se mit en devoir de dresser le repas du pauvre apprenti.

Ce n'était pas le festin des Procuraties, mais une collation charmante : des plateaux de fruits, des gâteaux, un morceau de venaison froide, un peu de vin des îles Vénètes, le tout servi sur une petite table.

— C'est un repas de Lucullus !... s'écria Danielo en contemplant ces friandises.

Stradella sourit en se reportant par la pensée à celui qu'il avait pris quelques heures auparavant.

— C'est mieux que tu ne dis, ami Danielo; car tu psssèdes l'appétit qui fait souvent défaut aux riches, le goût qu'ils ont perdu, et la tranquillité qui leur manque toujours. Assieds-toi donc là, à ton aise, et quand tu n'auras plus ni faim ni soif, nous en viendrons à ta grande affaire.

— Il n'y a pas moyen de vous désobéir, maître, dit l'enfant en lui baisant les mains, et je me soumets. Vous allez voir si je fais les choses en conscience.

L'artiste s'était déjà assis. Danielo prit place de l'autre côté de la table, et commença à faire main-basse sur les mets qui s'offraient à lui, tandis que Stradella le secondait en plaçant sur son assiette les meilleurs morceaux.

Toutefois, pressé d'arriver à son but, le jeune homme se montrait beaucoup moins prodigue de paroles que d'ordinaire; le maëstro faisait presque seul les frais du dialogue, s'informant des petites affaires de son convive, de l'état de ses études et des travaux que son patron lui confiait, de la façon dont il passait son temps, ses heures de loisir, de la compagnie qu'il fréquentait; en un mot de tout ce que le frère le plus vigilant eût pu souhaiter savoir.

Danielo répondait brièvement, soit, comme nous le disions, qu'il eût hâte de finir, soit qu'il fût agité d'une préoccupation secrète.

Mais arrivé à sa dernière bouchée et à son dernier verre :

— Maître, dit-il, vous me rendez honteux, vous ne touchez pas même une coupe... je mange et je bois tout seul...

— C'est vrai, je suis un mauvais amphytrion, qui semble dédaigner le festin que j'offre aux autres... Passe-moi la moitié de cette orange, et verse-moi de ce vin.

— A la bonne heure ! exclama Danielo, vous allez me faire raison !

— Je vais porter une santé !...

— Je la tiens! et à qui ?

— A toi, mon enfant !... à ta franchise, que rien n'altérera, j'espère! A ta loyauté, à ton cœur ardent et bon!

— Non, maître, répliqua l'apprenti en rougissant comme une jeune fille, ce n'est pas aux qualités que votre indulgence me prête que j'élève ce verre, c'est au bonheur que je vous souhaite, à la reconnaissance que je vous dois!...

— Pourquoi parler de cela?... Je ne le veux pas, tu le sais.... Et, puisque te voilà restauré, je te permets d'entamer le chapitre de tes confidences... Qu'avais-tu à me dire?

— Un secret, maître; car je ne puis avoir un secret sans le partager avec vous; il me semble que cela m'étoufferait.

— C'est donc sérieux?

— Très sérieux, maître.

— Mais, pour que tu me l'apprennes, est-il à toi?

— Personne ne me l'a confié... Je l'ai surpris par hasard.

— Quand cela?

— Aujourd'hui même.

— Où?

— Au palais Morosini.

Ce nom retentit comme un avertissement mystérieux à l'oreille de Stradella.

— Parle, dit-il, qu'as-tu vu?... qu'as-tu entendu?...

— Il faut vous dire d'abord, maître, que l'intendant du palais, un certain Vicenzo, que vous avez peut-être eu occasion d'apercevoir, nous avait raconté, à Torelli et à moi, une histoire merveilleuse de statue enchantée. Son récit m'avait inspiré une curiosité que je cherchais à satisfaire par tous les moyens possibles ou impossibles, en dépit du péril que la chose offrait, — lorsqu'en examinant l'un des panneaux dont j'étais chargé de retoucher les ornemens, dans une pièce voisine de la rotonde où est placé ce marbre, je m'aperçus que ce panneau devait s'ouvrir comme une porte. Je tenais mes outils; j'en pris un pour l'introduire dans la rainure, et la boiserie céda presque aussitôt. Alors, je me suis hasardé dans ce passage, qui m'a bientôt conduit à une autre porte que j'ai ouverte de même, et je me suis trouvé dans la rotonde, mais précisément derrière une grande draperie rouge, qui abrite la statue...

— Imprudent !

— Oh! oui, imprudent !... mais veuillez m'entendre jusqu'au bout... Arrivé là, j'ai éprouvé, je le confesse, un singulier battement de cœur. Sans avoir une grande foi aux traditions du vieux Vicenzo, je me rappelais les catastrophes terribles qu'il attribuait à ce marbre, et j'en approchais avec une certaine réserve... Vous riez, maître ; vous vous moquez de moi ?...

— Non pas, mon enfant... Malheur à ceux qui ne croient à rien... C'est la foi qui fait les grands hommes... Continue...

— J'allais me décider à passer outre, et je soulevais déjà la draperie, lorsque des pas précipités, un bruit de voix, mêlé de plaintes et de menaces, m'ont cloué sur le sol.

— Et c'était ?...

— Un homme poursuivant une jeune fille, qui, pour lui échapper, est venue embrasser le socle de la statue, qu'elle prenait pour une sainte, et dont elle a solennellement invoqué la protection.

— Et alors ?...

— L'homme, comme frappé de stupeur, par la puissance de cette voix que j'entends encore, s'est arrêté tout à coup... En ce moment je me suis cru perdu, un de mes outils venait de glisser jusque sur le marbre des dalles ; mais le son qu'il a rendu n'a pas été remarqué sans doute des deux personnages dont la draperie me séparait ; l'homme s'est éloigné, en renonçant à ses projets sur la jeune fille, et moi, sans en attendre davantage, je me suis hâté de refermer le dernier panneau et de regagner celui qui m'avait livré passage.

— Et qu'as-tu compris à tout cela ?

— Que le palais renferme une captive dont le Procurateur a juré la perte, et qui lui a échappé par un miracle...

— Ainsi cet homme, c'est Morosini ?... fit l'artiste tout pensif. Mais la jeune fille ?

— La jeune fille, maître, j'ai pu distinguer assez ses traits pour reconnaître en elle, à ne m'y pas méprendre, la reine de la Regata ; celle qui vous aida à panser la blessure que m'avaient faite les bravi.

— Teresa !...

— Elle-même.

— Cette fille si belle !... murmura Stradella en proie à un tourbillon de pensées brûlantes... Et c'est elle, ajouta-t-il comme en se parlant à lui-même, que Morosini poursuit de son indigne passion, et qu'on lui conseille de prendre par la force et par la trahison !...

— Cette jeune fille, reprit Daniello, m'a secouru, je lui dois ma reconnaissance... Maintenant que vous savez tout, maître, ne croyez-vous pas qu'il soit de mon devoir de lui venir en aide, à mon tour ? Conseillez-moi ; que puis-je faire pour la sauver ?

Le maëstro tenait sa tête à deux mains, comme s'il eût craint qu'elle n'éclatât sous l'effort des émotions qui s'y pressaient. Il la redressa pourtant, et serrant les mains de l'enfant dans les siennes :

— Va, lui dit-il ; demain, tu le sauras,

XII.

Un Génie tutélaire.

Sans que nous ayons à discuter l'exactitude des faits sur lesquels reposait l'influence surnaturelle attribuée à la statue du palais Morosini, le lecteur sait maintenant que cette influence n'était pour rien dans les signes qui frappèrent l'attention de Teresa, au moment où elle se défendait contre les attaques du Procurateur.

Mais une explication si simple ne pouvant convenir à un esprit frappé, elle rentra fort émue dans les pièces qu'on lui avait assignées pour demeure, et dont elle venait, pour la première fois, de franchir l'enceinte très limitée. Elle était bien certaine d'avoir entendu un son métallique résonner à son oreille, d'avoir vu la draperie s'agiter, et cependant lorsqu'elle avait plongé son regard sous les plis de velours, la place était vide, et aucune issue n'apparaissait.

Son imagination allait au devant de l'idée d'un prodige ; mais elle ne voulut pas s'y arrêter d'abord.

Elle appela sa jeune servante pour l'interroger, et celle-ci, qui s'était laissée raconter les légendes de l'invalide, accrut son trouble secret, en lui répondant avec une bonne foi qui n'était guère dans ses habitudes :

— Cette statue, signora, apprenez que c'est une sainte grecque qui fait des miracles.

— Des miracles ?... répéta Teresa palpitante.

— Oh ! gardez-vous d'en douter ! car il arrive infailliblement malheur à ceux qui la bravent et l'outragent ?...

Et là-dessus, Sylvia lui redit tout ce qu'elle savait sur le compte de la mystérieuse divinité, et elle ne se fit pas faute d'y ajouter des enjolivemens tout à fait dignes d'une soubrette du Décaméron.

Or, Teresa n'était ni moins italienne ni moins femme que sa cameriste, et nous savons qu'en fait de superstitions, elle obéissait à la loi commune ; car c'était un mal de l'époque, mal fort invétéré, puisque de nos jours il a encore beaucoup d'adeptes, et fort répandu, puisqu'en ce temps-là de très hauts personnages des pays étrangers ne dédaignaient pas de faire venir des astrologues d'Italie.

La fille du Gastaldo se persuada sans peine que la retraite subite de Morosini, que les bruits inexpliqués parvenus jusqu'à elle, étaient l'œuvre de la sainte miraculeuse, qui avait été touchée de la ferveur avec laquelle elle s'était mise sous sa protection. Certaines circonstances prirent à tâche de la confirmer dans cette conviction.

Le jour suivant, qui était aussi le lendemain de la fête des Procuraties, Morosini, dont la seule pensée la faisait trembler, et qu'elle s'attendait à voir apparaître sombre et menaçant, se présenta à elle avec des formes, sous des dehors plus empressés, plus tendres que jamais. Sa parole était affectueuse, son regard plein de déférence ; ce n'était plus le protecteur irrité de la veille, mais le soupirant respectueux de la première semaine.

S'il entretenait des projets en désaccord avec ses discours, il possédait certes un talent merveilleux de dissimulation, car l'observateur le plus attentif n'aurait pu les deviner dans ses manières.

Comme elle n'essayait pas de cacher l'étonnement que lui causait cette métamorphose :

— Teresa, lui dit-il en effleurant avec discrétion du bout de ses lèvres la main qu'elle n'avait pas osé lui refuser ; — Teresa, qu'il ne soit plus question du passé, ou, du moins, si votre souvenir s'y reporte encore, qu'il n'y voie que le témoignage d'une passion si puissante, qu'elle n'a pas eu la force de se vaincre elle-même. Vos vertus ont ramené la raison dans mon cœur ; je vous aime toujours, mais je sens que je vous aime mieux. Les obstacles qui s'opposent à notre union, je m'occupe de les rompre par tous les moyens les plus urgens ; gardez-moi votre confiance, votre estime, — hélas ! j'ose à peine dire votre amitié ! Mais ma soumission fléchira vos rigueurs, j'en ai la certitude, et jusqu'à l'instant bienheureux où je vous conduirai à l'autel, accordez-moi la seule faveur que je sollicite, celle de me recevoir ici, chaque jour, pendant une heure qui sera consacrée, de ma part, à vous parler de ma tendresse et de mes espérances.

Que répondre à tant de protestations, venues de si haut ? Dans sa surprise, dans sa joie, Teresa n'avait qu'un mot à dire, et elle le dit :

— Venez !

— Merci ! merci !… reprit-il en déposant de nouveau un baiser sur sa main… Mais j'ai encore un pardon à obtenir ; hier, vous m'avez reproché de vous tenir renfermée dans cet appartement ; vous avez, je crois, prononcé le mot de prison, — un mot cruel, Teresa, dans un palais dont vous êtes la souveraine. Je ne peux, vous le comprenez aussi bien que moi, vous ouvrir la partie de cette résidence, qu est en ce moment livrée à une légion entière d'artistes et d'ouvriers ; mais je veux que vous puissiez du moins jouir de toute celle qui est à l'abri de leurs regards, de leur présence. L'aile du palais où nous nous trouvons est libre pour vous, — en attendant que je vous remette les clés du palais lui-même.

Et, comme pour échapper à ses remerciemens, il la salua d'un geste gracieux et s'éloigna rapidement.

Elle n'avait pas eu le temps de se reconnaître, que la jeune camériste introduisait le maître de luth, qui venait avec ses conseils sur la musique, glisser ceux de sa diabolique expérience. La leçon se passa presque tout entière en éloges attendrissans sur les qualités en général, et particulièrement sur la générosité et sur la grandeur d'âme du procurateur. L'éloquence de Ferramola ne tarissait pas, surtout quand il venait à parler du bonheur d'une jeune fille distinguée par un tel personnage.

Plusieurs jours s'écoulèrent pendant lesquels eurent lieu à peu de chose près les mêmes incidens ; seulement, dans l'intervalle, la fille du Gastaldo avait reçu de splendides cadeaux, et sa retraite s'était embellie de fleurs, d'arbustes, de superfluités irrésistibles pour une jeune tête disposée à s'égarer hors de sa sphère modeste.

Sylvia n'avait jamais déployé plus de prévenances, et le signor Ferramola se montrait d'une excentricité qui arrachait parfois un sourire aux pensées sérieuses dont la captive était poursuivie.

Captive, en effet, car malgré les assurances de Morosini, sa prison n'avait fait que s'élargir un peu ; mais c'était toujours une prison. Néanmoins, cette concession jointe aux hommages dont elle se voyait l'objet, et aux soins délicats qui lui étaient prodigués, ne pouvait pas laisser indifférente sa nature généreuse. Rassurée sur les intentions de Morosini, elle le voyait maintenant venir avec plaisir, et elle le lui témoignait par son maintien, par la franchise de ses paroles.

Les limites de son appartement s'étendaient jusqu'à la rotonde où elle avait rencontré, dans sa détresse, la statue grecque ; en la contemplant avec plus de calme, elle avait été vivement frappée de son air divin, inspiré, et ses idées superstitieuses lui faisaient voir dans cette image une patronne, une protectrice, dont l'influence avait dirigé les évènemens en sa faveur. Aussi, lui voua-t-elle bientôt une dévotion intime, et elle alla chaque jour se prosterner devant cette sainte étrange, invoquée tour-à-tour par les cultes les plus divers, lui demandant de faire germer en elle, pour son époux futur, tout l'amour qu'il méritait et qu'elle était parfois étonnée de ne pas ressentir.

Le cœur de la femme, trésor d'amour, éprouve un souverain besoin de s'épancher, sa tendresse appelle la confiance, et peut-être aussi, la fille du Gastaldo, n'ayant auprès d'elle que des êtres dont elle subissait les services ou dont elle dédaignait l'esprit vulgaire, recourait-elle avec plus de ferveur qu'elle ne l'eût fait en d'autres circonstances, à la seule confidente que sa position lui fournît.

Hormis l'intendant Vicenzo, qu'elle entrevoyait à peine, et avec lequel elle n'avait aucun rapport, hormis Sylvia, Ferramola et le Procurateur, personne ne pouvait pénétrer dans les appartemens réservés, et nul n'était admis dans la rotonde pour en admirer le chef-d'œuvre, ainsi que cela avait lieu naguère. Morosini ne manquait point d'excellentes raisons pour justifier ces mesures, mais c'était aux poursuites supposées du vieux Bartolomeo Gamba qu'il les rattachait de préférence.

Les heures sont longues dans la solitude ; tout ce que nous venons de raconter ne durait, en réalité, que depuis peu de jours, quoique la tête ardente de Teresa eût entassé des siècles de méditations et de calculs.

Son pèlerinage quotidien à sa bien-aimée statue était l'une de ses distractions les plus chères. Pieusement agenouillée sur les degrés de son socle, elle lui apportait le tribut de ses prières, de ses confidences, et demeurait parfois convaincue dans la ferveur de ses extases, qu'une voix secrète la consolait ou l'inspirait. Elle retrempait dans cette croyance sa force morale, en même temps qu'elle y puisait une foi nouvelle en la vertu tutélaire de sa sainte patronne, qui pourtant, à en croire les traditions, ne s'était jamais manifestée que par le mal.

C'était généralement vers la fin du jour, à la suite de la visite du Procurateur et de la séance de son maître de luth, qu'elle se plaisait dans cette contemplation un peu mystique. La disposition du local, les tentures qui abritaient le marbre vénéré, donnaient à celui-ci un aspect mystérieux plein d'illusions et de prestiges, qu'augmentait encore le clair-obscur qui descendait de la coupole. Sous les reflets mouvans du ciel, l'image merveilleuse semblait s'animer ; entraînée par l'exaltation de ses rêves, la fille du Gastaldo, à force de fixer son œil attentif sur ces lèvres toujours entr'ouvertes, croyait les voir s'agiter, et elle se surprenait à écouter s'il ne s'en exhalait aucun son. Au degré qu'atteignaient alors les pulsations de son cœur et de son cerveau, le miracle pouvait se produire; elle l'attendait, elle avait la foi.

Telles étaient ses dispositions, lorsqu'un soir, ses yeux levés vers ce visage de marbre distinguèrent bien réellement un certain mouvement dans l'air ; un bruissement léger sussurra à son oreille, et un papier qui semblait se détacher des mains de la statue vint tomber à ses pieds sur les dalles.

Si bien préparée qu'elle fût aux événemens surnaturels, celui-ci lui causa une telle émotion qu'elle ne put retenir un cri, comprimé presqu'aussitôt, mais non assez vite, cependant, pour que la vigilante Sylvia, sans cesse aux écoutes, ne se montrât sur la porte, inquiète et curieuse.

Plus rapide qu'elle encore, par cet instinct naturel chez les femmes, Teresa avait fait disparaître le papier, et, prévenant les interrogations qu'elle lisait sur les traits de sa caмériste :

— Il vient, dit-elle, de me prendre une douleur aiguë à la tête... je souffre... conduismoi à ma chambre... j'ai besoin de repos.

Mais à peine se vit-elle seule, qu'elle ouvrit avec un empressement fiévreux le billet, dont elle parcourut d'un trait les quelques lignes ainsi conçues :

« Défiez-vous de tout ce qui vous entoure, » de votre servante, de vos paroles, de votre » ombre, de Morosini surtout, qui vous trompe. Du courage et de la prudence. On veille » sur vous. »

D'où peut venir cet avis?... Qui donc s'intéresse à elle ? qui connaît le secret de sa captivité, ses ennuis, ses craintes ? Quel mortel possède le privilége de pénétrer dans cet asile surveillé par la jalousie de Morosini?... Fautil attribuer cet écrit énigmatique à l'intervention de la divinité qui le lui a transmis?... Sa raison s'y refuse, quoique ses croyances l'en sollicitent. Dans cette perplexité, sa ferveur, sa dévotion redoublent, car il est certain au moins que la statue a servi d'intermédiaire à l'affection inconnue qui étend sur elle sa sollicitude.

La vigilance de la captive, éveillée de la sorte, s'appliqua dès-lors à l'examen constant, minutieux, des moindres détails de son entourage. Elle commença à étudier jusqu'aux gestes, jusqu'aux regards de Sylvia et de Morosini.

Parfois, elle croyait bien y surprendre des indices suspects; leur accent, leur sourire, ne lui offraient pas le caractère de franchise qu'elle eût voulu y trouver; certains signes vagues semblaient s'échanger entre Sylvia et le Procurateur. Mais tout cela était si peu sensible, qu'elle pouvait en accuser la seule influence de l'idée fixe qui la poursuivait, et d'ailleurs rien de spécial ne venait justifier ses soupçons.

Il lui en coûtait tant de se décider à croire à un complot ourdi contre elle, qu'elle était portée par instans à se persuader que l'auteur du billet mystérieux se trompait lui-même, ou cherchait à la tromper sur les intentions de cette jeune fille et de ce haut personnage, réputé pour sa droiture.

Dans cette confusion de ses idées, elle n'avait qu'une ressource invariable, celle de se prosterner aux pieds de la statue, et alors, était-ce un effet de son esprit mobile et impressionnable? Elle s'imaginait saisir comme des bruits confus. comme des accents éloignés, vagues et mystérieux!

Sa méfiance ne s'étendait pas, il importe de le constater, jusqu'au signor Ferramola, car il n'était pas question de lui dans le billet. Nous savons qu'elle le considérait surtout comme une distraction, un passe-temps, et rien dans ses manières ne donnait à penser qu'il eût d'autre désir que de l'amuser et de l'instruire, et qu'il fût d'intelligence avec ses ennemis, si elle en avait réellement.

Certes, nous le savons aussi déjà, ses propos n'étaient pas empreints d'une moralité irréprochable ; mais pouvait-on attendre des homélies de la part d'un impresario en contact perpétuel avec les artistes les plus légers de mœurs et de paroles qui fussent au monde? D'ailleurs, Teresa savait l'arrêter s'il s'aventurait au-delà de certaines bornes, et elle ne lui ménageait pas les interruptions les plus sévères.

Il prenait les choses de la meilleure grâce possible, se récriait sur l'interprétation donnée à ses paroles, et souvent sa justification était plus perfide que la cause qui l'avait amenée. Ce fourbe, avec son esprit florentin, était un démoralisateur habile, s'attaquant à toutes les fibres sensibles d'une jeune fille qui s'était laissée entraîner, par une première faute, dans une position périlleuse voisine de l'abîme.

Si, au lieu de ressentir pour Morosini plus de respect et d'appréhension que d'amour, la fille du Gastaldo eut seulement éprouvé le penchant encore indéfini qui ramenait si souvent à sa pensée l'image du jeune homme pâle, entrevu par elle le soir de la Regata, nous n'oserions affirmer que des piéges si adroitement tendus autour d'elle n'eussent pas fait chanceler sa vertu, trahie par la faiblesse de son cœur.

Par exception à ses habitudes, le signor Ferramola se présenta une fois plus tard que de coutume, et elle crut surprendre entre lui et Sylvia un coup d'œil d'intelligence des moins irrécusables. Ce soir-là, sous prétexte de lui raconter le poème d'une partition qu'il se proposait de faire exécuter sur son théâtre, il lui peignit, comme cela lui arrivait souvent, les aventures d'une jolie fille enlevée par un grand seigneur; mais il s'étudia à montrer le séducteur si tendre et si pressant, que la jeune fille n'avait pu lui résister, et qu'elle lui avait accordé son amour, qu'une union éclatante était venue bientôt après légitimer. Naturellement la confiance, l'abnégation de l'héroïne étaient l'objet d'une apologie chaleureuse, et les biens dont elle se trouvait comblée avaient d'autant plus de prix, qu'elle les devait à sa foi complète en la parole d'un gentilhomme.

Teresa prêta jusqu'au bout son attention à cette fiction ; puis, quand le narrateur eut achevé et qu'il chercha à discerner sur ses traits l'effet produit par ses paroles, elle dirigea vers lui sa prunelle ardente et fière:

— Signor, — dit-elle avec une dignité irrésistible, — qu'un pareil discours ne sorte pas
une seconde fois de votre bouche, ou la porte
de cet appartement vous restera fermée à tout
jamais.

Ferramola, décontenancé, voulut ramener
sur son visage son éternel sourire, qui, par
malheur, se transforma en une grimace fort
disgracieuse, dont son élève fut peu touchée. Il
se hâta de balbutier quelques formules inin-
telligibles, et opéra sa sortie, le moral et la
perruque également en désordre.

Cette conversation venait d'ouvrir à la fille
du Gastaldo une perspective nouvelle de considérations menaçantes. La lettre de la rotonde
revenait à sa mémoire comme l'avertissement
d'un péril urgent tout prêt à éclater... Mais
sous quelle forme allait-il se produire? comment l'éviter? à qui recourir dans sa détresse?...

Toute protection lui manquait, elle n'en devait attendre que du ciel ; aussi, dès l'aube du
lendemain, s'empressa-t-elle d'aller invoquer
sa patronne. Le retard survenu dans la leçon
de Ferramola, une certaine animation exceptionnelle dans les façons de Sylvia, une émotion plus accentuée dans la voix de Morosini,
ces indices qui eussent à peine attiré son attention, si elle n'eût pas été sur ses gardes,
contribuaient à accroître son anxiété.

Comme elle allait se mettre en oraisons,
elle souleva sa tête courbée sous le poids de
ses tristes pensées, et quel ne fut pas son sai-
sissement d'apercevoir un nouveau billet placé
entre les cordes de la lyre que tenait la statue !

Cette fois, du moins, elle parvint à se contenir, à étouffer jusqu'au bruit de sa respiration, et, après s'être appuyée contre le socle
pour reprendre ses sens qui commençaient à
l'abandonner, elle saisit avec un mélange
d'effroi, de respect et d'espoir ce nouveau
message, qui n'était guère fait cependant pour
dissiper ses craintes.

« Aujourd'hui, disait-il, vous êtes menacée
» d'un grand danger. Un piége infâme est
» tendu sous vos pas. Quelque mets, quelque
» boisson que vous offre votre servante, n'ac-
» ceptez rien, ou vous êtes perdue... »

Folle d'épouvante, Teresa n'eut pas la force
de faire disparaître le papier révélateur. Elle
le froissa par une étreinte convulsive, dans
sa main crispée, ses genoux tremblans se
plièrent d'eux-mêmes sur le pavé de marbre,
et sa tête alla porter contre la base de l'image
sculptée.

Elle était anéantie.... une sueur glacée
mouillait ses tempes, sa poitrine oppressée
battait à peine, un voile obscurcissait sa vue.
Elle eût voulu fuir que ses jambes lui eussent refusé leur secours. C'était la première
fois que cette nature bizarre, tout énergie ou
tout découragement, éprouvait une telle dé-
faillance.

Cependant, le froid du marbre la ranima
peu à peu ; elle retrouva par degrés la percep-
tion des choses extérieures et reconquit en
même temps le sentiment de sa position. L'a-
vis du danger lui venait de sa sainte, elle se
prit instinctivement à lui demander de le conjurer.

Tout à coup, une voix suave et douce pénétra jusqu'à elle, sans qu'elle pût reconnaître
si elle descendait du ciel, ou si elle sortait de
ce bloc inanimé.

Cette mystérieuse réponse à ses invocations
exalta, comme par enchantement, tout son
être. Elle se redressa plus forte et plus résolue qu'elle ne l'avait jamais été, car l'appui
dont elle désespérait, elle en avait la certitude, il lui arrivait enfin !

Etendant résolument la main dans la direction de la statue :

— Qui que vous soyez, s'écria-t-elle, puissance céleste ou mortel tutélaire..... sauvez-
moi !...

A cet appel, les draperies, immobiles jusqu'alors, s'écartèrent, et un homme apparut,
non pas un étranger, mais ce cavalier au
teint pâle et aux regards de feu dont elle avait
revu tant de fois l'image dans ses rêves.

— Lui !.... c'est lui!.... murmura-t-elle à
demi-voix, passant de l'extrême anéantisse-
ment à l'extrême bonheur.

Puis, embellie et poétisée encore par le désordre où l'avait jetée la scène que nous avons
décrite :

— Signor, lui dit-elle, vous avez l'air noble
et généreux, — vous ne voudriez pas me
tromper, vous qui m'apparaissez comme un
génie bienfaisant; — parlez, je m'abandonne
à vous.

Il était demeuré ébloui devant tant de charmes ; mais un bruit qui se fit, vers les extrémités de la rotonde, lui rappela le prix des
instans :

— Ce soir, répondit-il bas et vivement, à
l'heure de l'*Angelus,* au pied de votre balcon...

— Ce soir donc !...

Elle lui tendit sa main, mais il eut à peine
le temps de la serrer et de disparaître sous les
tentures qui avaient protégé sa venue. Les
deux portes de la rotonde placées en face
l'une de l'autre s'ouvraient à la fois, et li-
vraient passage à Sylvia et au signor Ferramola.

XIII.

Le Plat de frittoll.

La situation était décisive ; ce n'était que
par une énergie suprême qu'elle pouvait se
dénouer favorablement ; toute hésitation devenait irréparable.

Sans avoir les mêmes causes de méfiance
vis-à-vis de Ferramola, qu'à l'égard de sa camériste et de son redoutable protecteur, Teresa ne pouvait pardonner entièrement au
premier les propos de la veille ; et, quoi qu'elle
ne le regardât pas comme complice des ma-
chinations dont elle se sentait l'objet, elle
voyait en lui une créature de Morosini, ce qui
suffisait à le lui rendre répulsif.

La jeune servante et l'impresario s'appro-
chèrent d'elle en même temps, et, soutenue
par la confiance que lui inspirait l'auxiliaire
mystérieux qui venait de lui apparaître, Teresa trouva le courage de saluer son maître
de luth par un sourire.

Celui-ci s'inclinait déjà avec la souplesse
familière à son échine, lorsque son regard
rencontra les yeux de son élève, et que Sylvia, frappée comme lui de l'état dans lequel

elle voyait sa maîtresse, et de la pâleur de ses traits, traduisait leur impression commune en s'écriant :

— Bonté du ciel ! signora, qu'avez-vous ?...

C'est qu'en effet Teresa avait bien évoqué sa force morale, son sangfroid et sa présence d'esprit ; mais le désordre où l'avait jetée son évanouissement n'était pas réparé. Heureusement pour elle, c'était le moins important.

— Mais je n'ai rien, répondit-elle avec une grande apparence de calme ; si fait, j'ai éprouvé le désir de commencer ma journée par une station devant ma sainte, je me suis levée encore endormie, et pendant que je me tenais agenouillée sur les dalles, le froid m'a saisie.

— Vous avez la fièvre ?... dit Ferramola.

— N'en croyez rien, signor, fit-elle en souriant toujours ; c'est tout au plus un frisson. Quand Sylvia aura donné cinq minutes à ma coiffure et à ma toilette, vous n'en apercevrez plus de trace, et vous verrez que je suis tout à fait disposée à prendre ma leçon.

— C'est égal, objecta la camériste en secouant la tête et en dirigeant un regard mécontent vers le chef-d'œuvre de marbre, ce qu'on raconte de cette prétendue sainte me semble plus vrai que la signora ne veut le croire. C'est l'image d'un mauvais esprit. Voici la seconde fois que la signora est prise d'un mal subit en lui adressant sa prière.

— Je suis de cet avis, intervint l'impresario ; cette statue n'est pas une patronne digne de vous...

— Et moi, ajouta Sylvia, j'en suis si bien convaincue, que je ne souffrirai plus que la signora vienne seule dans cette rotonde maudite.

— Rassurez-vous, répliqua doucement la fille du Gastaldo, qui faisait sur elle-même un effort puissant, pour dissimuler et ses perplexités mortelles et sa trop juste colère. Je tiens la sainte pour une patronne vénérable, mais le lieu me paraît peu propice pour l'invoquer ; vous n'aurez pas la peine de m'y suivre, Sylvia, — je n'y veux plus revenir.

— Et vous avez raison ! fit la camériste, qui ne se doutait pas du double sens de ces paroles.

— C'est la sagesse qui parle par cette charmante bouche !... appuya le maître de luth. Procédez donc en paix à votre toilette, signora, moi, je vais vous attendre dans votre chambre.

Cette toilette ne fut pas longue, et si elle parvint à dissimuler les traces de la scène qui l'avait précédée, elle n'effaça pas néanmoins un cercle noir, qui accusait, sous la prunelle de Teresa, l'agitation d'une mauvaise nuit et la commotion produite par les événemens du matin. Avec un peu plus d'attention, on eût remarqué qu'un feu sombre couvait à l'abri de sa paupière ardente et s'infiltrait peu à peu dans ses veines.

Ces symptômes d'une disposition anormale n'échappaient pas à l'œil exercé de la servante, qui continuait à les attribuer à la fièvre, et en témoignait une préoccupation d'autant plus suspecte, que Teresa ne pouvait la rattacher à un intérêt bien cordial pour sa personne.

Le signor Ferramola, quand elle parut dans sa chambre, ne manqua pas de la proclamer la plus ravissante des belles, et de la proposer pour modèle à l'artiste qui voudrait s'immortaliser par la représentation peinte ou sculptée de la sérénissime République, qu'il portait, ainsi que nous le savons, dans son cœur. Il est permis de dire même qu'il n'avait jamais enveloppé notre héroïne d'un regard plus admiratif et plus voisin de la convoitise.

— Chantons-nous, ma divine élève ? lui demanda-t-il en lui présentant son luth, dans l'attitude d'un chevalier qui remet un nœud d'amour à sa dame.

Elle prit l'instrument et laissa s'exhaler de sa poitrine un éclat de rire, dont il ne distingua pas l'accent nerveux.

— Elle rit !... s'écria-t-il dans l'expansion de sa joie ; donc, elle est sauvée.

La leçon commença ; mais Teresa tremblait encore malgré elle, et sa voix refusait d'obéir à la mesure et au rythme.

— Non, dit le professeur attristé, vous n'êtes pas remise, comme je l'espérais. Ne forcez pas vos moyens précieux. Ce ne sont pas mes soins, mais ceux de votre servante, qu'il vous faut ; c'est du repos surtout, pour apaiser votre agitation, qui pourrait dégénérer en maladie. Notre illustrissime protecteur, le signor Morosini, tient à votre santé bien plus qu'à vos talens ; il ne me pardonnerait pas de vous avoir fatiguée par mes démonstrations... Nous réparerons cela demain...

Et là-dessus, ayant appelé Sylvia, il lui recommanda sa maîtresse, d'un ton si pressant, que Teresa en fut presque touchée.

Mais elle ne tenta pas de le retenir ; son obséquiosité lui était devenue à charge, et, dans sa situation, elle avait surtout besoin de solitude, pour réfléchir mûrement aux périls qui l'entouraient et aux moyens de les déjouer. Elle se retrouvait seule en face de Sylvia, son ennemie ; ce n'était pas trop de toute sa diplomatie et de toute sa pénétration pour soutenir ce duel étrange, désespéré, dont il fallait sortir victorieuse ou déshonorée, sinon morte, — car l'avis qu'elle avait reçu ne lui laissait entrevoir aucune autre issue.

L'empressement, la sollicitude de Sylvia se montraient incessans, inépuisables, et quoique sa maîtresse éprouvât, devant ce redoublement d'hypocrisie, un stimulant nouveau pour ses tourmens intérieurs, quoique sa présence et son contact lui serrassent le cœur comme l'eût fait l'approche d'un reptile, elle la subissait de peur d'éveiller ses soupçons par un congé trop brusque.

Lorsque la soubrette eut assez fatigué Teresa de ses prévenances perfides :

— Je n'offre pas à la signora son déjeuner ? dit-elle.

— Il me serait impossible de rien prendre.

— Je le pense ; mais si la signora voulait seulement un gâteau, un verre de ce vin d'Espagne, que le Procurateur lui a envoyé il y a quelques jours ?

— Merci, plus tard ; pour le moment, j'éprouve une espèce de somnolence... Si j'ai besoin de toi, j'appellerai. Et puis, j'ai là cette orangeade que tu as mise hier sur la crédence, et qui est délicieuse...

— La signora ne veut pas qu'on la renouvelle ? Dans mon trouble, j'ai négligé ce soin...

— C'est inutile... J'ai à peine touché au flacon... Va...

Et, enfin, elle demeura seule.

Il n'y avait guère qu'un homme qui pût venir troubler cette solitude et elle l'attendait, car il restait rarement un jour sans lui rendre visite ; cet homme était Morosini, qui cependant ne parut pas.

En lui permettant de donner un libre cours à ses réflexions, cette absence leva ses dernières hésitations, si elle en conservait encore. Il était évident pour elle, qu'au moment de commettre l'attentat qu'il méditait, Morosini, dont la passion n'avait pas entièrement étouffé la loyauté et la franchise renommées, n'osait braver les regards de sa victime, ni adresser des protestations de dévouement à celle qu'il songeait à trahir.

C'est ainsi que chaque circonstance, même la plus négative, confirmait les avertissemens de son protecteur mystérieux, et rendait la fuite plus urgente.

Cette persuasion, non moins que le recueillement dans lequel elle s'était retrempée, ranimèrent son énergie qui chancelait encore, tant qu'elle avait pu douter d'un forfait aussi odieux.

Quand elle quitta le lit de repos sur lequel elle s'était tenue jusqu'alors, elle ne tremblait plus ; elle envisageait avec sang-froid l'entreprise qu'elle allait tenter et ses conséquences.

La nuit approchait ; soutenue par une résolution qui ne devait plus se démentir, elle songea à pourvoir à tout, même aux plus mauvaises chances, car un pressentiment lui disait que l'heure de l'épreuve allait sonner. Profitant de ce que sa servante n'avait pas encore osé rentrer dans sa chambre, elle fit choix, parmi les objets rares et précieux étalés sur tous les meubles, d'un de ces stylets aigus et triangulaires comme une langue d'aspic, dans la confection desquels Venise excellait. Sous l'apparence d'un bijou charmant, c'était une arme qui pouvait frapper un coup mortel à travers une cuirasse. Elle le cacha sous son corsage, à portée de sa main et de son cœur.

Ainsi préparée, comme le soldat qui voit sans peur venir le péril, elle attendit de pied ferme sa camériste.

La clarté extérieure ne pénétrait plus que par quelques zones vagues, à travers les vitraux coloriés. On gratta légèrement à la porte ; elle réprima son émotion et se hâta d'adresser mentalement une dernière invocation à la patronne qu'elle avait adoptée.

Les rayons d'un flambeau se glissèrent sous la draperie de velours, qui se souleva, et la jeune servante s'avança avec précaution, en portant ses regards vers le divan où elle supposait sans doute que sa maîtresse reposait encore.

— Ne me cherche pas de ce côté, lui dit Teresa qui s'était levée pour la recevoir ; me voici.

— Debout ?...

— Tu le vois.

— La signora va donc mieux ?

— Bien, tout à fait bien !

— Quel bonheur !... fit Sylvia se laissant emporter par la satisfaction que lui causait cette assurance.

Mais, comme si elle eût craint de trahir une arrière-pensée en manifestant la joie qu'elle ressentait :

— L'indisposition de la signora m'avait tant inquiétée !... Je reconnais avec bonheur que la signora est plus calme et plus belle que jamais.

— Tu me flattes !

— Non, sur ma foi !... Ah ! je voudrais que le Procurateur vous pût admirer en ce moment, il n'aurait rien à vous refuser.

— Mais, comme il est tard, reprit Teresa en interrogeant les traits de Sylvia, il ne m'admirera que demain....

— Et comme il faut vivre jusqu'à demain, répliqua la servante en évitant une réponse directe, je rappellerai à la signora que voici l'heure du repas.

— Eh bien ! qu'on serve le souper.

L'empressement de la jeune fille redoubla à ce mot.

— A l'instant même, signora... vous devez avoir besoin, en effet, de réparer vos forces... cela achèvera de vous remettre... Votre indisposition m'a fait un devoir de tout surveiller moi-même... Vous allez voir... rien que des mets légers et délicats...

Teresa s'était laissée retomber indolemment sur ses carreaux, devant lesquels Sylvia s'empressa d'installer, tout en babillant, une petite table basse, découpée à l'orientale, qu'elle couvrit ensuite de quelques plats de vermeil abrités par des cloches de même métal. Le vin clair et limpide de Conegliano, que Teresa buvait de préférence à tout autre, était contenu dans une aiguière de cristal, au long col, tellement surchargée d'ornemens que l'œil pouvait à peine distinguer la couleur du liquide.

La captive se sentait en présence du danger ; mais où était-il ? Dans les mets ou dans la boisson ?...

Elle découvrit successivement chacun des plats, et, d'un ton d'indifférence extrême :

— Tout cela paraît excellent... dit-elle.

— N'est-ce pas, signora ?...

— Mais, fit-elle avec un soupir, — c'est toujours la même chose.

— Eh quoi ! signora, ces poissons appétissans, ces ragoûts exquis ?...

— Oui, j'en conviens, on ne saurait rien trouver de meilleur... mais on se lasse de la perfection même... Faut-il te l'avouer ? La vue, le fumet seul de ces mets m'enlève le désir de manger... Ah ! je sais bien ce que je goûterais avec plaisir !...

— Qu'est-ce donc ?... Ordonnez, signora... et vous serez obéie.

— Non... fit-elle en souriant ; dans ce palais... non, c'est une folie... J'y renonce.

— Mais au contraire, signora. J'ai l'ordre formel d'aller au-devant de vos demandes ; si le Procurateur apprenait que vous ayez formé un désir qui n'ait pas été exaucé, il ne me le pardonnerait pas.

— Eh bien ! je donnerais ces ragoûts, dignes de la table du doge, pour....

— Pour ?....

— Pour un plat de *frittoli*, rissolés et brûlans.

— Des frittoli !... répéta avec dédain la servante confondue.

Pour comprendre son indignation, il faut savoir que la fille du Gastaldo demandait une espèce de pâtisserie nationale, cuite dans de la graisse bouillante, comme nos beignets, et dont les gens du peuple se régalent aux jours de fête sur les places publiques, où les marchands installent leurs poêles.

— Assurément, vous voulez vous moquer de moi, signora?

— Je parle très sérieusement.

— Un mets grossier, bon pour les matelots et les ouvriers.

— Précisément, c'était mon régal autrefois, et j'ai une envie folle d'en retrouver la saveur, puisque je suis la fille d'un matelot, et un peu matelot moi-même!...

Sylvia se mordit les lèvres, et enveloppa sa maîtresse d'un regard inquisiteur; celle-ci ne paraissait mettre aucune idée de rancune dans son observation: elle reprit d'un ton amical :

— Ma bonne Sylvia, toi qui te dis si dévouée à ma personne... tu me le prouverais en satisfaisant ce caprice...

— Oh! signora, si vous parlez ainsi...

— Je t'en prie...

— Ne priez pas... Pour vous donner des témoignages de mon attachement, il n'est rien que je ne sois disposée à faire... Prenez seulement patience un instant, et je vais apporter les meilleurs frittoli qu'on puisse faire à Venise.

La servante sortit, et Teresa, en la voyant s'éloigner rapidement, soulagea, par un soupir tout à la fois de crainte et de triomphe, sa poitrine oppressée.

— Elle consent, dit-elle. Plus de doute, les mets sont innocens..... C'est là qu'est le danger...

Et sa main s'étendit vers l'aiguière.

Mais le temps pressait, et tandis que Sylvia, sans défiance, se hâtait de remplir le vœu bizarre de sa maîtresse, celle-ci, prenant l'aiguière, en versa le contenu dans une coupe d'agathe qui ornait une crédence, puis elle remplaça le liquide suspect par l'orangeade dont elle connaissait l'innocuité, et enfin, substitua à celle-ci dans le vase qui l'avait contenue, le prétendu vin de Conegliano qu'elle emprunta à la coupe d'agathe. Cette triple opération accomplie, elle remit chaque chose à sa place, et... attendit.

Sylvia ne tarda pas à revenir et la trouva dans l'attitude paresseuse où elle avait coutume de la voir.

— Signora, dit-elle, voici des frittoli de la meilleure fabrique.

En même temps, elle déposa sur la table un plat dont l'arôme légèrement âcre, contrastait avec les suaves parfums de cette chambre luxueuse. Puis elle fit disparaître, sans aucune observation, les mets précédemment servis.

— Oh! merci! merci!... s'écria la captive, en frappant avec joie dans ses mains comme un enfant à qui l'on offre des friandises ardemment convoitées. Ces frittoli sont excellens! l'appétit me revient en les savourant, mais je veux que tu partages mon régal, tu l'as bien mérité!...

A ces mots, elle fit glisser sur une assiette quelques-uns des beignets et les présenta à sa servante.

— La signora est trop bonne, répondit celle-ci, je n'oserai jamais...

— Allons, assieds-toi là, et dis-moi toi-même ton avis...

Sylvia approcha un siége; mais, avant de goûter aux frittoli, elle prit l'aiguière et versa à boire à sa maîtresse :

— La signora oublie que ces pâtisseries sont fort bonnes, sans doute, mais lourdes à étouffer.

— C'est vrai... buvons donc...

Teresa prit sa coupe, la vida et la replaça tranquillement devant elle. Mais, en buvant, elle avait saisi sur le visage de sa camériste une contraction involontaire et mal réprimée.

— Eh bien, lui dit-elle, et toi?... tu ne bois pas... Mais, à ton tour, ne crains-tu pas l'effet de ce mets indigeste?

A cette interpellation, empreinte d'une familiarité bienveillante, Sylvia ne put s'empêcher de tressaillir.

— Oh! merci, signora... moi, c'est différent... l'habitude... balbutia-t-elle.

Mais, malgré elle, son œil se dirigea avec une expression de frayeur du côté de l'aiguière.

— Il n'y a pas d'habitude qui puisse réduire les gens à suffoquer... reprit Teresa, et tu souffres déjà... je le vois bien à ton air embarrassé...

— Moi... signora... je vous assure... murmura la camériste de plus en plus troublée.

— Exiges-tu donc que je te verse à boire, comme je t'ai servi à manger?... Soit!...

Teresa, toujours souriante, avança la main pour saisir l'aiguière.

— Pardon... je vous rends grâces...; non, ne versez pas, signora... disait la servante d'une voix altérée par l'effroi.

— Si fait, tu boiras!... insista la captive.

Pour remplir son office d'échanson, en dépit de la résistance de Sylvia, elle se leva et allongea son bras, que la jeune servante voulut éloigner; mais son mouvement, dont elle ne fut pas maîtresse, fut si brusque, que l'aiguière échappa à la main qui la tenait et alla se briser sur le tapis.

— O mon Dieu, qu'ai-je fait!..., s'écria la servante jouant le désespoir, mais en réalité soulagée d'un grand poids.

— Bon! répondit Teresa, ce n'est rien... la seule chose à regretter, c'est que tu vas mourir de soif... Si encore il y avait ici...

— Voici qui me suffira!... cette orangeade, dit la camériste en montrant le vase qui se trouvait à côté de la coupe d'agate.

Et comme si cette découverte eût été pour elle le salut, elle courut vers la crédence, remplit son verre, et, dans son émotion, le vida d'un trait. Ce ne fut qu'à la dernière goutte qu'elle s'arrêta, étonnée du goût singulier de ce breuvage, bien différent de celui de l'orangeade.

Elle cherchait à s'en rendre compte, et demeurait immobile, son verre vide à la main, lorsque ses yeux s'étant portés vers sa maîtresse, l'expression de triomphe et de colère qu'elle lut sur ses traits la terrifia.

Elle comprit tout; le breuvage destiné à Teresa, c'était elle qui l'avait bu!...

— Trahison!... s'écria-t-elle.

Et dans son épouvante, elle prenait sa poitrine de ses deux mains contractées, comme si elle eût déjà ressenti l'influence de la potion maudite; puis, dirigeant un geste plein de menace vers Teresa, et cherchant à gagner la porte :

— Trahison !... trahison !... répétait sa voix haletante.

Mais avant qu'elle pût atteindre la tenture de velours, sa maîtresse était venue se dresser devant elle et la foudroyait de la parole et du regard :

— Trahison?... reprit-elle; me direz-vous, infâme, laquelle de nous deux s'en est rendue coupable !...

— Malheur !... malheur !... exclama la servante en cherchant à tourner l'obstacle que sa maîtresse opposait à sa sortie; mais ne pouvant y parvenir, ou craignant de s'approcher de celle qui semblait personnifier en ce moment la vengeance et le remords; — j'appellerai !... ajouta-t-elle, — à moi !... de l'aide !...

— Silence! misérable!... interrompit brusquement Teresa, en faisant luire la lame de son poignard.

Sylvia sentit une sueur froide comme celle de la tombe inonder ses tempes; elle fit en chancelant plusieurs pas en arrière, et sa voix se glaça dans son gosier.

— Oh! je sais, reprit Teresa avec une ironie poignante, je sais que votre complice est là, tout près sans doute, attendant votre signal; mais au premier cri que vous ferez entendre, vous êtes morte...

— Mon Dieu !... je suis perdue... que dirai-je à monseigneur?...

— Vous lui transmettrez mes adieux !... Vous lui direz que je le tiens pour le dernier des lâches, et qu'afin d'échapper à ses honteuses poursuites, j'ai invoqué le secours d'un homme de cœur...

— Ce secours viendra trop tard... fit la servante en secouant sa tête qu'elle sentait s'alourdir sous une influence irrésistible.

— Ce secours arrivera à temps! le ciel le permettra!

— Voici l'heure où le Procurateur doit entrer au palais... j'ai ma raison entière... il saura tout... je serai vengée...

— Voici l'instant où j'attends mon sauveur... Tiens !... écoute, là-bas... sur le canal...

— Entendez-vous... le bruit de ces portes...

Teresa, au signal parti des lagunes, s'était élancée pour ouvrir la fenêtre. La camériste voulut profiter de ce mouvement pour regagner la porte et s'enfuir; mais l'engourdissement qui depuis plusieurs minutes accablait son cerveau, commençait à envahir toute sa personne.

En vain elle se débattait contre la vertu du narcotique; elle avança deux pas et s'arrêta chancelante... De ses paupières, qu'elle dilatait péniblement, jaillissaient des éclairs sombres et livides. Elle voulut parler, sa voix ne produisit que des sons étouffés....

— Non! non! lui dit Teresa; tu n'iras pas plus loin... tes jambes vacillent... tes yeux se ferment... mais avant qu'ils aient cessé de voir tout à fait, regarde!...

Un coup sec, celui d'un objet lancé du dehors et tombant sur le tapis, retentit.

— Regarde bien !... continua Teresa; ceci est une échelle de cordes que m'envoie mon sauveur... je l'attache au balcon... il y monte... il vient me chercher... le voici !

Sylvia suivait de son regard éteint les indications de sa maîtresse; elle se débattait contre la puissance énervante de la potion soporifique...

Un homme s'élança par le balcon et s'abattit avec une souplesse magique au milieu de la chambre. Sa tête nue laissait flotter ses noirs cheveux roulés en boucles; un incarnat inaccoutumé colorait ses traits et rendait plus saillante la blancheur de son front.

— Tout est prêt !... venez, Teresa, venez... dit-il.

Et, comme celle-ci se précipitait au-devant de lui :

— Stradella!.... balbutia la camériste en s'affaissant sans connaissance et sans mouvement sur les carreaux.

La captive s'arrêta à ce nom :

— Stradella !... répéta-t-elle.

Le cri suprême de Sylvia vaincue était une révélation qui la pénétrait de trouble et de bonheur. Pour la première fois, elle apprenait que celui qu'elle aimait, celui qui venait la sauver, était le grand artiste dont la renommée remplissait Venise et l'Italie !

Cependant le Procurateur s'avançait, et bientôt ses pas s'arrêtèrent à la porte, dont la prisonnière avait tiré le verrou, pendant son débat avec sa camériste.

— C'est moi, dit-il; ouvrez, c'est moi; ne reconnaissez-vous pas ma voix?

Dans sa surprise de trouver cette porte fermée, il redoublait d'efforts pour l'ouvrir, et il appelait Sylvia avec impatience.

— Fuyons!... fuyons!... répétait Stradella, cherchant à entraîner la jeune fille.

Mais celle-ci, puisant une énergie héroïque dans la joie dont tout son être débordait, et voulant par son courage se montrer digne d'un si illustre défenseur :

— Adieu! Morosini, dit-elle en se rapprochant de la porte, dont les panneaux très minces fléchissaient sous les coups du dehors, — adieu, infâme! Je brave ta colère et tes poisons!...

Puis se tournant vers l'artiste :

— Stradella, me voici : je m'abandonne à vous !...

Celui-ci la saisit dans ses bras, la conduisit au balcon, et par un de ces miracles de l'amour, dont nul ne se rend jamais bien compte, sans savoir comment ils étaient descendus, ils sentirent bientôt sous leurs pieds le plancher mobile d'une gondole.

Un jeune homme était là, l'aviron en main, qui les attendait et qui poussa au large, au moment même où un craquement furieux annonçait que la porte du boudoir avait cédé.

Morosini s'élança dans la chambre. Un seul flambeau brûlait encore sur la table, agité par l'air de la croisée qui avait éteint les autres. En fouillant du regard tous les coins de l'appartement, il aperçut une femme étendue sur les carreaux. Prendre le flambeau et l'approcher de cette femme fut l'œuvre d'une seconde. Mais quand son œil ardent eut reconnu la camériste, la lumière échappa à sa main qui frémissait de rage; ses sourcils se contractèrent; il mordit jusqu'au sang ses lèvres crispées; son bras tremblant se dirigea vers la lagune, et secouant sa chevelure comme le lion irrité secoue sa crinière :

— Je suis joué!... dit-il. Mort et malheur sur cette femme et sur ceux qui me l'enlèvent!...

XIV.

Le Tailleur de Figurines.

Ce serait douter de la sagacité de nos lecteurs, que d'entrer dans de longues explications, pour leur montrer comment les derniers événemens auxquels ils viennent d'assister avaient été amenés par la révélation faite à Stradella dans son entrevue nocturne avec Danielo.

Il avait été facile à l'artiste de reconnaître, dans la victime de Morosini, la jeune fille entrevue déjà par lui en deux circonstances : le jour de la blessure reçue par Danielo, dans sa lutte avec les bravi, et le soir où elle chantait à sa fenêtre.

Ces deux rencontres lui avaient d'ailleurs laissé un souvenir si puissant et si doux, qu'à la pensée des piéges qui menaçaient cette jeune fille, il se sentit remué jusqu'au fond de l'âme. Surpris lui même d'une émotion qui se manifestait comme la révélation d'un état non encore soupçonné de son cœur, il s'interrogea scrupuleusement, et s'avoua que la belle prisonnière éveillait en lui un sentiment plus personnel et plus tendre que l'intérêt banal qu'elle aurait dû lui inspirer, eu égard à sa situation vis-à-vis du Procurateur.

Pour un caractère chevaleresque comme le sien, ce dernier motif eût certes suffi à le justifier de vouloir soustraire Teresa à de telles violences; mais ce désir avait pris tout d'abord la forme d'une résolution énergique et absolue sous l'aiguillon de son amour.

Cependant, il était trop sage et trop prudent pour se lancer à l'étourdie dans une méchante aventure, propre à compromettre à la fois sa protégée et ses espérances. De mûres réflexions lui montrèrent deux chemins à suivre : prévenir la famille de Teresa de sa retraite, de la position périlleuse où elle se trouvait, ou se déclarer personnellement son champion, garder son secret pour lui-même, agir avec ses propres ressources et suivant sa seule inspiration.

Quant au premier projet, il ne tarda pas à le juger à peu près impraticable, sous peine de précipiter celle qu'il voulait sauver, en des chagrins plus cuisans que sa captivité même. Tout ce qui se rattachait à la famille de Teresa, à son père, à son fiancé était tellement connu, que les rumeurs du quartier des Nicolotti lui apprirent bientôt, ainsi qu'à Danielo, qui le secondait dans ses explorations, que rendre la fugitive à ses parens, c'était la mettre en butte à la colère terrible de son père, et l'exposer à l'horreur d'épouser un homme qu'elle détestait.

Il avait aisément compris que l'effroi de ce mariage pouvait n'être pas étranger à la présence de Teresa dans le palais Morosini.

Le seul parti raisonnable était donc de ne se fier qu'à lui pour déjouer les trames odieuses du Procurateur.

Danielo, dont le zèle lui était acquis, s'offrait à le guider à travers les issues secrètes que le hasard lui avait fait découvrir, et qui conduisaient à la rotonde voisine des appartemens réservés; quelque chose de providentiel apparaissait en tout ceci, et, sans se dissimuler les dangers que cette entreprise assumait sur sa tête, Stradella n'hésita pas à arrêter son plan d'une façon définitive.

Voir Teresa, être aimé d'elle, devenir son sauveur, pour lui tout était là. Cet espoir illuminait son existence d'un rayonnement qui l'empêchait d'envisager aucun obstacle, et sa réalisation était désormais à ses yeux un but plus enviable que toutes les richesses, toutes les gloires de la terre.

En conséquence, il lui avait adressé, par l'entremise de la statue grecque, les deux avis qui la mettaient en garde contre les embûches de ses ennemis; puis enfin, il l'avait revue, sublime d'effroi et de résolution, aux pieds de ce marbre dont elle dépassait la beauté, et qu'elle devait rendre jalouse, si les traditions qui lui prêtaient une intelligence n'étaient pas menteuses. Cette minute, cet éclair avaient mis le comble à l'exaltation de Stradella. Tout ce qu'il y avait en lui de jeunesse, d'ardeur, de génie, cette chaleur généreuse, privilége exclusif de l'artiste, tout se confondait en un seul sentiment, en un seul désir, en un seul rêve.

A ce degré de détachement des choses matérielles, les âmes, quand elles se rencontrent, se comprennent vite et n'ont pas besoin de paroles. Stradella et la prisonnière, déjà entraînés l'un vers l'autre par un courant sympathique, semblaient s'être connus antérieurement, de telle sorte que leur confiance, leur tendresse, leur abandon, les invitaient à braver les mêmes périls, pour arriver au même but, celui de fondre leurs deux cœurs en un seul.

A l'heure où Teresa se disposait à la fuite, en prenant pour tout bagage le stylet oublié parmi ses bijoux, Stradella achevait à la hâte, lui aussi, ses préparatifs.

Absorbé par ses préoccupations, il réunissait machinalement les objets les plus indispensables, lorsqu'en levant les yeux, il aperçut Danielo, debout près de lui, immobile et pâle, suivant d'un regard atone chacun de ses mouvemens.

Une larme, qui tremblait à la pointe des cils du jeune apprenti, se détacha et roula lentement sur le duvet de sa joue, sans qu'il pensât à l'essuyer.

— Danielo!... s'écria l'artiste, tu étais là... Et tu pleures!...

L'enfant soupira, et répondit d'un ton de reproche :

— Vous partez, maître ?
— Ne le savais-tu pas?...
— Sans moi!...

Il y avait dans ce seul mot un tel accent de douleur, que Stradella en fut profondément ému; mais sa sollicitude paternelle n'y vit sans doute aucun remède possible.

— Est-ce la première fois que nous nous séparons? dit-il avec bonté; — je reviendrai.

Danielo secoua négativement la tête et pas

se la main sur ses paupières, comme pour arrêter dans leur source les pleurs qui menaçaient de s'échapper encore.

— Pourquoi douter aujourd'hui que je revienne comme je l'ai fait si souvent? demanda Stradella.

— Parce qu'aujourd'hui votre départ ne ressemble pas aux autres...

— Eloigne ces idées !...

— Oh ! non ; quelque chose me dit que vous ne rentrerez jamais à Venise, et que si j'y reste, je ne vous reverrai pas.

— Folie !... Tu recevras de mes nouvelles ; et si je ne reviens pas, je t'appellerai près de moi, quand je serai tranquille, heureux...

— Tranquille, heureux !... C'est cela !... vous n'êtes pas sûr de l'être... et vous ne me jugez pas digne de partager vos épreuves, vous me laissez ici... Ah ! maître, qu'ai-je donc fait, pour que vous me traitiez avec autant d'indifférence ?

— De l'indifférence !... reprit l'artiste ; jamais... tu me connais mal, cher enfant... Je ne désire que ton bonheur...

— Et vous croyez que je le trouverai loin de vous ?...

— Mais, enfin, que veux-tu ?

Danielo redressa vivement la tête, et donnant à sa voix une séduction irrésistible :

— Emmenez-moi ! dit-il.

— T'emmener !... tu n'y songes pas !... T'associer aux périls, aux incertitudes du sort qui commence pour moi... Je me le reprocherais toute ma vie.

— Vous vous reprocherez bien plus de m'avoir laissé à Venise...

— Mais ton art ?... mais ton avenir ?... objecta l'artiste ébranlé par cette insistance.

— Mon art, mon avenir !... Est-ce que je connais autre chose que vous !... Est-ce que je ne vous dois pas tout, ce que j'ai été dans le passé, ce que je suis, ce que je peux devenir ? Mon existence, qu'est-ce que j'en ferai, si vous n'en voulez pas, si elle ne vous est bonne à rien !... Maître, emmenez-moi... Je serai votre esclave... Il faut quelqu'un pour vous servir... il faut quelqu'un pour vous garder contre les embûches qui seront dressées autour de vos pas... Emmenez-moi ! je serai là pour tout voir, pour tout épier, pour me faire tuer s'il suffit de ma vie pour assurer votre salut... Emmenez-moi, emmenez-moi !

— Viens donc !... répondit Stradella en lui ouvrant ses bras, — viens, non pas comme un esclave, mais comme mon ami, comme mon fils.

Voilà comment Danielo se trouvait remplacer le gondolier qui aurait dû tenir l'aviron, quand Teresa quitta le palais Morosini, pour descendre sur la lagune.

Laissons maintenant s'écouler plusieurs mois, et pénétrons, au milieu de la soirée, c'est-à-dire sur les neuf heures, dans une maisonnette d'une excessive simplicité, cachée aux portes de la ville d'Urbino, sous un bouquet de grands mûriers blancs.

Urbino était, bien plus alors qu'à présent, l'une des cités les plus tristes des Etats pontificaux. Son principal titre de gloire était d'avoir donné naissance à Raphaël. Il y en a beaucoup qui ne valent pas celui-là, et les habitans se piquaient d'un certain amour des arts, qu'ils manifestaient surtout par un trafic assez actif, et qui n'a pas entièrement disparu de nos jours, d'objets curieux, de statues et de tableaux. La province dont cette ville est le chef-lieu, — on disait alors la capitale, — est si pauvre, si inféconde, que ce n'était pas trop de ce commerce pour y amener quelques étrangers et lui donner un peu d'animation.

La maisonnette où nous allons faire une station n'avait, comme la plupart de ses pareilles, qu'une rez-de-chaussée et un étage, celui-ci surmonté d'un toit plat, en forme de terrasse. Un jardinet très étroit séparait la maison de la route ou de la rue, car en ce lieu c'était tout un. Il n'y passait personne à cette heure ; aussi les habitans laissaient-ils leurs volets ouverts, se contentant de déplier les jalousies, dont les lames permettaient à l'air d'entrer et renvoyaient au dehors des filets lumineux.

Mais bientôt ce tableau silencieux s'anima. Le bruit d'un clavecin résonna, vaguement d'abord, puis en accords plus sûrs, plus suivis ; c'était un prélude, car l'harmonie ayant pris peu à peu une forme déterminée, une voix féminine, fraîche et gracieuse, ne tarda pas à s'y joindre. Après quelques phrases, un accent plus mâle attaqua, à son tour, le même motif ; puis on eût entendu un dialogue musical, un duo vif et brillant, dont la merveilleuse exécution dénotait une habileté peu ordinaire.

Tant de talent ne se trouvait pas, il faut le croire, absolument dépensé pour la solitude, car, à la fin du morceau, un troisième organe fit éclater son enthousiasme dans l'intérieur de l'habitation.

C'était celui d'un jeune homme, assis à une table, devant une lampe dont la clarté, dirigée par un réflecteur, frappait sur une bille de cèdre qui commençait à prendre, sous le ciseau, l'apparence d'un personnage biblique. Tout en écoutant et en applaudissant, la main du travailleur ne demeurait pas oisive ; il ne quittait pas même des yeux sa besogne.

Il lui fallut bien s'y décider pourtant, car un bras délicat vint s'appuyer sur son épaule, et l'une des voix qu'il avait saluées de ses acclamations lui dit à l'oreille :

— Vous êtes donc content de moi, signor Danielo ?...

— Content de vous, ma signora ! ma diva !... Pouvez-vous le demander ?...

La jeune femme lui sourit, puis se tournant vers son accompagnateur, qui était resté assis au clavecin, suivant d'un regard passionné jusqu'au moindre de ses mouvemens :

— Et vous, maëstro ?... fit-elle.

— Encore un peu, dit-il, et je veux que cette humble maison renferme la cantatrice la plus digne de faire l'admiration de l'Italie entière.

— Comme elle renferme déjà l'Orphée des temps modernes ! ajouta le sculpteur.

— Maître Danielo devient flatteur !... répondit, en allant vers son protégé, le chanteur, que l'on a déjà reconnu, et qui n'était autre en effet que Stradella, le fugitif de Venise.

Mais cet échange de paroles, pas plus que le concert qui venait de le précéder, n'avait eu la vertu de ralentir le ciseau de Danielo, l'adroit ornemaniste devenu en peu de temps un sculpteur non moins intelligent.

— A mon tour, dit Stradella qui l'observait depuis un moment, il faut que je te complimente; voilà un tronçon de bois qui, grâce à ta dextérité, prend tout à fait bon air et semble prêt à s'animer.

— C'est un Moïse descendant de la montagne avec le Décalogue, répondit Danielo, sans suspendre davantage son travail.

— J'en augure très bien; n'est-ce pas votre avis aussi, chère Teresa? demanda le maëstro à la jeune femme.

Celle-ci s'était laissée tout à coup absorber par une idée grave, en contemplant l'activité incessante de Danielo. Interpellée directement par Stradella, elle s'efforça néanmoins de donner à son accent une légéreté qui n'était pas dans sa pensée :

— L'ami Danielo, fit-elle, vous comparait à Orphée; c'est peut-être pour que nous le comparions à Phidias.

— Vous raillez, signora?... dit le jeune homme en riant, car vous seriez bien embarrassée de justifier la similitude?

— Pas tant peut-être!... et son œil attentif épiait les impressions de son interlocuteur; — j'ai ouï dire par mon cher professeur, auquel je dois le peu que je sais, que ces grands artistes de l'antiquité, quand ils avaient terminé un chef-d'œuvre, se hâtaient quelquefois de le dérober à la curiosité publique, et que, pour le faire désirer sans doute, ils l'enfouissaient, ainsi qu'un avare cache son trésor...

Danielo écoutait avec une attention inquiète; Stradella cherchait à comprendre cet apologue bizarre.

— Où voulez-vous en venir, chère âme? dit-il.

— A ceci, que je vois Phidias-Danielo tailler chaque jour de nouveaux sujets qui disparaissent tous les uns après les autres, sans laisser de trace, dès qu'ils sont achevés.

Le sculpteur avait tressailli.

— Mais c'est très juste, cette observation, appuya le maestro. Ami Danielo, thésauriserais-tu tes figurines?...

Un sourire un peu contraint effleura les lèvres du jeune homme.

— Signora, dit-il, permettez-moi de vous rappeler qu'à côté de ces grands génies qui dissimulaient leurs œuvres, pour les soustraire à la malignité de leurs contemporains, il en était d'autres qui, plus timides encore, moins confians en eux-mêmes, d'un talent plus médiocre et ayant conscience de cette médiocrité, détruisaient l'œuvre à peine finie, la jugeant indigne de subsister?

— Et vous marcheriez sur les traces de ces héros d'abnégation et de modestie? vous vous consumeriez avec une assiduité qui nous effraie parfois, votre tuteur et moi, à créer un monde de cèdre, de chêne et de mélèse, pour le condamner ensuite à un cruel auto-da-fé? Je n'en crois rien, signor Danielo; si bon courage que je vous suppose, je ne saurais vous juger parvenu à cette hauteur par trop sublime?...

— Non, mon fils, dit Stradella avec conviction, la modestie ne doit pas s'annihiler dans la stérilité. Produire pour le néant, c'est folie, sois-en sûr! L'artiste, quel que soit son genre de talent,

n'atteint pas du premier coup à la perfection, mais il est bon qu'il puise dans la comparaison de ses débuts la conscience de ses progrès. Ne fais donc plus disparaître tes productions, je ne te le permets pas ; et, pour commencer, je retiens ce Moïse...

Danielo tourna un regard embarrassé vers Stradella :

— C'est que, maître, ce Moïse...

— Eh bien? me le refuserais-tu ?

— Il n'est déjà plus à moi... je l'ai promis...

— Promis...

— A un jeune enfant du voisinage, pour s'en faire un jouet.

— C'est autre chose... tiens ta promesse...; mais à l'avenir...

— A l'avenir, maître, soyez tranquille, je ne brûlerai plus rien de ce que je ferai, j'en monterai un musée !

Quelque gaieté que Danielo eut essayé de mettre dans ces dernières paroles, Stradella crut y saisir une teinte de mélancolie qui lui fit impression. Mais, sans en rien manifester, il déclara que l'heure du repos était venue, et l'on ne tarda pas à se séparer.

Le résultat de cette soirée fut la conviction acquise par le maestro et par Teresa que Danielo leur cachait quelque chose; — mais quoi?... Il était si franc, si loyal, si dévoué, que la cause de ce secret ne pouvait avoir rien de honteux; seulement, par l'affection même qu'ils lui portaient, ils résolurent de chercher à la pénétrer.

Le hasard fit en un instant ce que n'avaient pu produire les conjectures les plus diverses et les plus persévérantes.

C'était presque exclusivement Danielo qui était leur messager et leur pourvoyeur; car ils se montraient fort rarement dans la ville, soit amour de leur douce retraite, soit sage précaution contre la curiosité des oisifs, dont ils avaient à redouter les fâcheuses conséquences.

Il était présumable, en effet, que Morosini, auquel la disparition de sa protégée infligeait un mécompte cruel pour sa passion et pour son amour-propre, n'était pas demeuré inactif, et que, blessé aussi profondément, il n'abandonnerait pas aisément sa vengeance.

Avec les moyens de toute nature dont il disposait, nos fugitifs avaient grandement lieu de se féliciter d'avoir échappé jusqu'alors à ses recherches. Il n'avait pas tardé, on le conçoit, à savoir à quoi s'en tenir sur leur départ sur la complicité de Stradella, car la camériste Sylvia, revenue de son sommeil factice, n'avait rien omis des détails propres à le renseigner. Néanmoins, ils étaient sortis sains et saufs des Etats de terre ferme de la République, et avaient gagné, sans être inquiétés, ceux du Pape, où la petite ville d'Urbino leur offrait un asile discret, à condition qu'ils seraient prudents.

Fidèles à cette loi, dont ils sentaient l'importance, ils s'en remettaient donc aux soins de leur jeune compagnon, qui leur servait en quelque sorte de factotum.

Ce jour-là, pourtant, le maëstro voulant se procurer divers objets relatifs à son art, sortit pour aller seul à ses affaires, non sans avoir reçu de Teresa la recommandation pressante autant qu'inutile de revenir bientôt.

Leur villa, si ce titre n'est pas trop pompeux pour désigner leur modeste maisonnette, était un nid d'amour, bien fait pour les retenir l'un et l'autre. L'artiste, qui ne comprenait et ne sentait rien à demi, éprouvait pour sa compagne une passion qui l'absorbait au point de lui faire oublier jusqu'au culte de son art, dont il ne s'occupait plus que pour en enseigner les principes à Teresa.

Sa tendresse, d'ailleurs, n'était pas tombée sur un terrain stérile; la fille du Gastaldo aimait l'homme qui l'avait soustraite aux poursuites du Procurateur; mais ce sentiment de reconnaissance, si vif qu'il fût, était bien faible encore auprès de l'admiration dont elle était de plus en plus pénétrée pour la beauté, pour les grandes qualités, pour le génie et le talent de Stradella.

Contrairement à ces affections mesquines et fugitives, qui, nées d'un caprice, s'effeuillent dans la satiété plus vite que les fleurs dont elles ont l'éphémère éclat, celle-ci, basée sur l'estime, le mérite et la générosité, se fortifiait sans cesse. Pour Stradella et pour Teresa, qui savaient se suffire à eux-mêmes, la vie était un perpétuel enchantement. Leur clavecin et Danielo, avec son intarissable gaieté, son naïf enthousiasme, son dévouement pour son père adoptif, leur tenaient lieu avec avantage de distractions et de famille.

Tout n'était pas régulier sans doute dans cette existence; Stradella le sentait, et il n'eût pas demandé mieux que de la légitimer; mais ils étaient astreints à un tel mystère, qu'ils ne pouvaient s'exposer à attirer sur eux l'attention par une démarche de cette nature. Et puis, il faut l'avouer, l'insouciance de l'artiste, l'abnégation de sa maîtresse éloignaient d'eux la pensée que leur amour fût une faute. Par un accord tacite, ils se croyaient aussi bien unis, que si la religion eût consacré leurs liens.

Ils s'efforçaient de ne pas voir cette ombre au tableau charmant de leur bonheur, ils y réussissaient; mais il en était une autre qui devait peu à peu se manifester à eux, si lumineux que fût l'Olympe au sein duquel ils planaient.

Stradella, comme tous les artistes de cette époque, voyageant à travers l'Italie, possédait peu d'économies. Généreusement payé partout où il s'arrêtait, il dépensait non moins généreusement. Son rare talent lui créait de magnifiques ressources; mais du moment que ce talent ne s'exerçait plus, la fortune cessait de lui prodiguer ses faveurs.

Teresa s'en aperçut la première, et, sans rien laisser paraître, elle vendit un à un ses bijoux, par l'entremise de Danielo; mais une légitime délicatesse l'avait dissuadée d'emporter, des riches présens du Procurateur, aucun autre que ceux qui se trouvaient sur elle au moment de sa fuite.

L'hiver se passait néanmoins, sans que la gêne se fît sentir et sans que Stradella eût encore soupçonné que la misère fût à sa porte. Teresa elle-même s'émerveillait de l'habileté de Danielo, qui, avec si peu de chose, avait réalisé le problème de faire ainsi illusion à leur ami commun. Elle ne savait pas, la pauvre fille, qu'elle-même s'abusait sur leur situation réelle.

Stradella fut moins longtemps dehors qu'on ne le présumait; Danielo et Teresa, agréablement surpris de son prompt retour, coururent ensemble à sa rencontre, sous les mûriers blancs; sa première caresse appartenait de droit à la jeune fille, et cependant il se tourna d'abord vers Danielo, qu'il regarda longuement d'un air attendri, et qu'il attira dans ses bras avec effusion.

Les rires avaient cessé, car on lisait sur le front de l'artiste une préoccupation qui ne lui était pas habituelle. Il détacha enfin sa main de celle du jeune homme, mais ce fut pour le pousser doucement vers Teresa, qui considérait cette scène sans en deviner la cause :

— Vous aussi, lui dit-il, embrassez ce noble enfant, car c'est un grand cœur...

— Maître, hasarda le jeune sculpteur tout confus, qu'ai-je donc fait pour mériter cet éloge et cette récompense?

— Ce que tu as fait, mon fils?... Ce n'est pas à toi, qui t'ignores toi-même, c'est à vous, ma bien-aimée Térésa, que je dois l'apprendre.

Danielo se rapprocha, timide comme un coupable, de celle-ci, et cherchant à l'entraîner ou à la distraire :

— Ne croyez pas... n'écoutez pas le maître, signorita, je vous en prie...

— Mon cher Danielo, répondit-elle, on ne me dira jamais de vous autant de bien que j'en pense...

Puis, s'appuyant avec une coquetterie câline au bras de Stradella :

— Parlez, ami, il me tarde de savoir ce secret.

— Ah ! commença-t-il, en menaçant amicalement Danielo du doigt, l'on sait à présent où vous enfouissez vos figurines !...

— Maître!... s'écria l'enfant en montrant Teresa et en joignant les mains, pas devant la signora, du moins !...

— Si fait..., devant elle précisément, je dois tout révéler, parce que le hasard vient de me faire tout connaître... Je me rendais, comme je vous l'avais annoncé, chez ce marchand qui demeure aux environs de la cathédrale, et qui me fournit mes cordes à musique et mon papier, lorsqu'en passant devant une boutique voisine, — celle d'un juif qui vend des objets d'art, — mon attention a été attirée par plusieurs figurines sculptées, qu'il me semblait avoir déjà vues ailleurs. Je m'approche pour les examiner de près... plus de doute ! c'étaient les dernières productions de Danielo !...

Celui-ci se tenait, durant ce récit, le dos tourné au maestro et à sa compagne, et comme accablé sous le poids de cette révélation.

— Impatient de vérifier mes soupçons, poursuivit le narrateur, j'entre et je marchande ces objets, dont l'honnête Israélite me demande un prix fort élevé... Je veux savoir quel est l'auteur d'œuvres cotées si cher, et je finis, sous les réticences du vieux drôle, par découvrir, que le Michel-Ange en herbe n'est autre que le signor Danielo, ici présent, et qui n'ose plus me regarder en face!...

— C'est vrai, maître, balbutia le jeune homme ; je cède, depuis quelque temps mes figurines à ce vieux mécréant... qui, tout à l'heure, ajouta-t-il entre ses dents, va me payer ses bavardages!...

— C'est fort bien, reprit le maëstro en affectant une certaine sévérité; mais pourquoi vends-tu tes productions? Pourquoi mets-tu à en exécuter un si grand nombre, cette ardeur que je ne parvenais point à m'expliquer?... Notre existence ne te suffit donc pas?... Tu as donc des goûts dispendieux, des nécessités mystérieuses, que tu ne peux avouer?...

— Justement!... se hâta de répondre Danielo.

Mais l'artiste le regardant avec une admiration mêlée d'attendrissement :

— Non, mon fils, lui dit-il; la feinte est inutile, car je connais le gouffre où s'engloutit ton travail. Ce n'est pas pour toi que tu passes les nuits, que tu uses ta jeunesse dans les veilles, que tu compromets ta force et ta santé... C'est pour moi!...

— N'êtes-vous pas mon père!...

— Quand un père est dans la vigueur de l'âge, c'est lui qui doit être le soutien de son fils, et j'ai honte de n'avoir pas ouvert les yeux plus tôt... Danielo, si tu ne veux pas me déshonorer dans ma propre estime, à compter d'aujourd'hui, tu cesseras de m'imposer tes bienfaits...

L'enfant n'osa pas répliquer et s'inclina silencieusement sur la main que lui tendait Teresa, trop émue pour traduire par la parole ce qui se passait dans son esprit.

Cependant, cet arrêt, c'était la misère, et par quel moyen l'éviter?...

XV.

Une ancienne connaissance.

Les artistes ne comptent guère ou comptent mal. Vivant dans des sphères éthérées, ils connaissent fort peu les réalités matérielles, et l'argent ne leur arrivant pas, comme aux gens de trafic, à l'aide de calculs mathématiques, ils ignorent ou agissent comme s'ils ignoraient sa valeur.

Stradella, qui avait conservé ses bijoux, tandis qu'à son insu Teresa se dépouillait des siens, les réunit en un lot, se réserva seulement un ou deux brimborions auxquels il attachait un prix moral par les souvenirs ou les époques qu'ils lui rappelaient, remit le tout à Danielo, et le chargea d'en tirer parti et de le prévenir quand leur produit serait dépensé.

Ces objets puisaient leur principale valeur dans leur mérite artistique, et les juifs qui en faisaient commerce, très habiles à exploiter cette circonstance lorsqu'il s'agissait de les céder à un chaland, n'en tenaient aucun compte quand ils les achetaient. Dans ce dernier cas, ils ne supputaient que le poids brut de l'or ou de l'argent, en sorte que Danielo n'en obtint qu'un prix presque dérisoire.

On peut croire cependant qu'il se garda avec soin de fatiguer les oreilles de son tuteur de pareilles misères, se réservant de déjouer sa délicatesse et sa susceptibilité, en redoublant d'ardeur dans son travail et de précautions dans l'écoulement de ses statuettes.

Ce n'était pas chose aisée. Stradella exerçait sur lui une surveillance continuelle, et pour lui soustraire une figurine, le jeune sculpteur était obligé de l'exécuter deux fois. Il en livrait de la sorte un exemplaire au maëstro, et allait vendre l'autre en cachette. Mais quels efforts, quelle activité, que de veilles clandestines pour réaliser cette double production! Quel tour de force continuel!...

C'était, au surplus, la seule modification survenue dans l'existence de notre petite colonie de fugitifs, car Stradella se complaisait dans sa retraite, et Teresa n'avait jamais manifesté le désir de franchir l'enceinte de l'étroit jardin qui entourait la villa. En réalité, elle n'avait fait que changer de prison; mais celle-ci, bien différente du palais Morosini, était embellie par l'amour.

Rien ne semblait devoir mettre une terme à cette existence doucement uniforme, si le hasard, qui aime à intervenir là où il a le moins à faire, n'avait eu la fantaisie de jeter sous les pas de Danielo une rencontre des plus inattendues.

Un jour que l'ex-apprenti venait de se glisser dans la boutique du brocanteur auquel il avait habitude de vendre furtivement, et sous promesse du secret le plus absolu, les produits de son ciseau, il demeura fort surpris de le voir en conversation avec un étranger, qui, tout en marchandant divers objets, essayait de tirer de lui des renseignemens sur les particularités de la ville, sur ses habitans et sur les voyageurs qui s'y arrêtaient ou ne faisaient qu'y passer.

Ce personnage possédait un de ces signalemens qu'il suffit d'avoir aperçus une fois pour les reconnaître toujours. Dans les courtes relations qu'il avait eues avec l'impresario Ferramola, à Venise, Danielo n'avait éprouvé à son endroit qu'une sympathie médiocre, quoiqu'il n'eût aucun motif particulier pour se défier de lui plutôt que d'un autre, mais uniquement à cause des recommandations de Stradella. Il fit soudain une mouvement de retraite, espérant que sa présence n'aurait pas été remarquée.

Il se trompait, le signor Ferramola, — c'était lui-même, — vêtu de son inusable habit râpé et coiffé de sa perruque fantastique, n'avait rien perdu de la vivacité de son coup d'œil; il venait de reconnaître l'ancien apprenti ornemaniste, et s'élançant vers lui :

— Par les vierges de Raphaël! s'écria-t-il, je ne m'abuse pas!... le fortuné hasard!... C'est le signor Danielo!...

Le jeune sculpteur vit l'instant où l'impresario allait l'embrasser.

Il évita l'accolade, mais il ne put esquiver de même l'épanchement, les protestations, l'explosion élogieuse de l'obséquieux Florentin.

— Vous ici, jeune homme!... Par quel jeu du sort!... Habiteriez-vous donc Urbino?... Seriez-vous venu vous échouer dans cette ville, dont je me garderai bien de rabaisser l'importance, puisqu'elle a déjà donné le jour au roi de la peinture moderne, mais qui, en réalité, et ce mérite à part, n'est qu'un indigne trou! Vous à Urbino, quand votre merveilleuse vocation vous appelle au milieu des chefs-d'œuvre d'une grande capitale!...

— Signor... balbutia Danielo étourdi de ce

bavardage, et cherchant un expédient pour s'y soustraire.

Mais quand Ferramola tenait quelqu'un, il le tenait ferme.

— Ne vous en défendez pas ! insista-t-il, on vous connaît !... vous êtes un véritable artiste... un grand artiste !... C'est le génie qui fait la grandeur !... ajouta-t-il en voyant un sourire moqueur se dessiner sur les lèvres de Danielo, qui faisait mine de mesurer sa taille.

Le marchand écoutait en ouvrant de grands yeux ; car Ferramola paraissait tellement de bonne foi que sa sincérité ne pouvait être mise en doute. Cet excellent israélite s'étonnait lui-même d'avoir traité jusqu'ici avec assez de sans-façon et fort mesquinement, quant au prix de ses productions, ce jeune homme devant qui un étranger, à coup sûr très expert en matière d'art, s'inclinait si respectueusement.

L'impresario, de ce coup-d'œil subtil qui lui avait fait reconnaître Danielo, avait parfaitement distingué l'aspect des objets ingénieusement enveloppés dont il était porteur, et s'adressant au marchand :

— Vous ne pouvez, signor, lui dit-il, comprendre ma joie, car vous ne connaissez pas comme moi, ce jeune artiste ! Cependant, croyez-en ma parole, il ira loin !... Il était bien connu à Venise !... Et si vous êtes assez heureux pour qu'il vous apporte des spécimens de son talent, je déclare que vous ne les paierez jamais ce qu'ils valent !

— Assez, signor, fit enfin Danielo, qui n'avait pas eu le loisir de placer un seul mot ; n'exagérez pas ainsi mon savoir-faire ; vous me nuiriez au lieu de me servir.

— O modestie !... vertu précieuse dans ce siècle de fer !... rare apanage des belles âmes !... s'écria l'impresario. — Vous l'entendez, signor ! il ne veut pas même qu'on lui rende justice...

— C'en est trop ! interrompit Danielo, permettez que je prenne congé... des affaires me réclament.

Mais le marchand, qui avait déjà réalisé de beaux bénéfices en cédant à des amateurs les statuettes de Danielo, qu'il attribuait sans vergogne à des artistes fameux, joignit ses instances à celles du Florentin.

— Eh ! vraiment, qui vous talonne, mon jeune ami ?... Ne veniez-vous pas pour traiter avec moi ? ou bien êtes-vous mécontent de nos précédentes relations ?...

— Ah ! dit l'impresario, vous avez déjà acheté des figurines au signor Danielo ? Et vous en reste-t-il encore ?...

— Une seule ; cette bacchante que vous voyez à mon étalage.

— Une merveille !... Je l'achète !... fit impétueusement Ferramola.

Et joignant l'action à la parole, il délia sa bourse, dont la rondeur contrastait avec son habit râpé, et, sans marchander, paya la statuette quatre fois plus cher que Danielo ne l'avait vendue.

Ce fut un coup du sort pour celui-ci ; le marchand, par un calcul adroit, désirant se l'attacher, et comptant bien se rattraper à la prochaine occasion, lui acheta à son tour bien plus généreusement que de coutume les objets nouveaux qu'il avait apportés.

En songeant à la somme de bien-être que cet argent allait amener dans l'intérieur de ses amis, Danielo ne put se défendre d'un sentiment de reconnaissance pour l'impresario auquel il devait ce surcroît de richesse. Sous cette influence, il éprouvait presqu'un regret de l'accueil qu'il lui avait fait d'abord, et en prenant congé il lui envoya un remerciement affectueux.

Ferramola tenait évidemment à consolider la bonne opinion qu'il avait donnée au juif sur son sculpteur, car il marchandait déjà une des dernières statuettes vendues par celui-ci, et la payant à la hâte, il le rejoignait à quelques pas dans la rue.

— Eh bien ! lui dit-il, avez-vous donc des ailes comme vos figurines, que vous vous envolez si vite !... Tant pis pour vous, mon très cher artiste, je suis trop votre admirateur et j'ai trop de satisfaction de vous avoir retrouvé pour vous quitter de cette façon... Vous me direz ce que vous faites dans ce pays, pourquoi et depuis quand vous avez laissé là le grand, l'illustre, le divin maëstro Stradella, votre cher patron, que Venise regrette. A l'heure qu'il est, j'en suis sûr, il parcourt l'Italie en triomphateur !...

Danielo fixa un regard pénétrant sur son interlocuteur, et quoiqu'il ne découvrît en lui aucun symptôme propre à justifier sa méfiance :

— Je le suppose aussi, dit-il ; je l'ai perdu de vue.

— Par le ciseau de Michel-Ange !... je donnerais beaucoup pour savoir l'heureuse ville qui le possède en ce moment, car je suis en mesure de lui faire des propositions magnifiques.

— Vous, signor Ferramola ?...

— Moi-même, mon très gracieux ami ; — cela vous surprend ?...

— Un peu, j'en conviens...

— En effet, vous m'avez connu fort embarrassé au théâtre de San-Cassiano ; mais depuis quelque temps, des changemens favorables se sont opérés dans ma position...

Il frappa sur son escarcelle, qui rendit un son délié :

— J'ai de l'or, maintenant, je puis en répandre partout où je passe ; je suis à même d'encourager et de rémunérer le mérite... Mes affaires sont en voie de prospérité... C'est la destinée des artistes, sur cette terre ingrate ! aujourd'hui en bas, demain en haut... Tel que vous me voyez, je me rends à Rome, pour y prendre à la fois la direction du théâtre et celle de la musique de Saint-Jean-de-Latran. La semaine sainte approche, voici l'instant de frapper un grand coup... Ah ! si j'avais sous la main l'incomparable maëstro, sa fortune serait faite... et la mienne aussi !...

Danielo, à qui le discours de l'impresario n'offrait rien que de très simple et de très naturel, sentait naître en lui le désir de rendre à son cher protecteur le bonheur, la richesse, la gloire, ces biens sans lesquels il n'y a pas d'existence pour un artiste, et que l'amour est impuissant à remplacer longtemps. Cependant sa circonspection l'empêchait de livrer son secret ; il hésitait à s'ouvrir à Ferramola.

— Le maëstro, j'en suis persuadé, répondit-il, serait heureux des témoignages d'admiration dont vous le comblez... et, sans doute, s'il pouvait souscrire à vos propositions...

— Et qui l'en empêche?...

— Qui sait?... la prudence, peut-être... Il s'est créé, j'en ai peur, un ennemi redoutable, par suite de circonstances inutiles à vous raconter, et il doit se soustraire à sa rancune...

Le teint bistré de l'impresario s'était coloré d'une animation soudaine, mais son accent conservait toute sa bonhomie caressante :

— Quoi !... n'est-ce que cela?... fit-il en riant, et ne voulez-vous point parler de certaine escapade galante, dont on s'est occupé à Venise pendant la moitié d'une semaine?... Une maîtresse enlevée, par un balcon, au Procurateur Morosini !... Ah !... ah !.. ah !... laissez-moi rire tout à mon aise !...

— Vous ne trouvez pas cela assez sérieux ?....

— Vos airs tragiques m'amusent, en vérité !... Eh ! mon bien estimé jeune homme, la sérénissime République.... que je portais dans mon cœur, quand j'étais à son service, et qui m'en a petitement récompensé, a bien autre chose à faire qu'à s'occuper de semblables vétilles !... Par le livre de Saint-Marc ! il y a beau temps que le Procurateur lui-même en a pris son parti... Un seigneur comme lui est-il donc à cela près d'une beauté !... Celle-là convenait à l'excellentissime signor Stradella, il l'a prise... et peut-être bien qu'en la prenant, il en a, fort à point, débarrassé le magnifique Procurateur...

La vigilance de Danielo n'était pas facile à mettre en défaut; mais il avait beau étudier la voix, le sourire, les manières de l'impresario, ils ne lui offraient rien de suspect.

— Etes-vous bien sûr, se hasarda-t-il à demander, de ce que vous dites là?.

— Il y a quinze jours à peine que je quitte Venise.

— Mais le Procurateur?...

— Vous vous faites de lui une idée complétement fausse... Vous n'ignorez peut-être pas qu'il m'honorait de quelque estime... Oui, pour l'ordonnance de ses fêtes, car c'est un seigneur plein de magnificence. J'ai été ainsi à même de le voir, de l'entendre, de l'apprécier enfin, et je puis vous assurer, sur ma conscience, que rien en lui ne m'a révélé un seul instant l'homme offensé, ni surtout l'homme vindicatif.

Danielo devenait pensif; ils marchèrent quelques pas en silence; Ferramola l'observait, se gardant bien d'interrompre ses réflexions.

— Il est fâcheux, dit enfin le jeune homme avec une gravité qui sortait de ses habitudes, que le maëstro ne soit pas là pour recevoir ces assurances de votre bouche.

— L'inconvénient est facile à réparer, si vous savez où il se trouve... car il ne tient qu'à vous de lui en faire part.

— Oui, peut-être, il y aurait moyen...

— Si vous l'aimez, vous tiendrez à le tranquilliser; mais, en même temps, faites quelque chose pour moi, mon bien cher ami, transmettez-lui mes propositions. Je souscris d'avance à ce qu'il exigera pour venir chanter à Rome pendant la semaine sainte. J'aime la rondeur en affaires... Tenez, voici mon auberge; je compte rester encore deux jours à Urbino; si vous avez, d'ici là, quelque chose à m'apprendre, vous serez le bien venu... Sans adieu, mon jeune ami.

Danielo, tout à fait convaincu des bonnes intentions du signor Ferramola, ne put refuser de mettre sa main dans celle qu'il lui tendait, et il s'éloigna en proie à une hésitation aisée à concevoir. Il marchait la tête en feu, s'efforçant de rétablir l'ordre dans ses idées, et ce ne fut qu'après avoir fait plusieurs fois le tour de la ville qu'il se décida à regagner la maison et à confier au maëstro les détails de cette rencontre et de la conversation qui en avait été la suite.

Stradella l'écouta jusqu'au bout sans l'interrompre et avec une profonde attention.

Teresa suivait avec une anxiété secrète les impressions qui se trahissaient successivement sur son large front, à mesure que le jeune sculpteur calmait ses appréhensions et réveillait involontairement dans son cœur ces désirs de triomphe et cette soif de gloire, dont le sommeil ne demandait qu'à être troublé.

Ces propositions si larges flattaient son juste orgueil, mais elles lui rappelaient en outre un devoir impérieux, qu'il n'avait que trop négligé; il se devait à la famille que le dévouement et l'amour lui avaient donnée; et cette considération surtout était décisive.

Lorsque Danielo lui eut tout dit, il redressa sa tête fière et rayonnante déjà, et porta un regard de bonheur autour de lui; il sentait revenir la fortune pour ceux qu'il aimait, il resaisissait la renommée pour lui-même. Etonné de rencontrer un nuage sur le front de sa maîtresse :

— Vous ne partagez pas ma satisfaction, Teresa? lui dit-il.

— Pardonnez-moi, ami, répondit-elle avec un mélancolique sourire, — mon amour est plus égoïste que le vôtre : je ne devrais songer qu'à votre gloire, et mon cœur, malgré moi, s'attache au souvenir de cette retraite isolée; il se serre dans ma poitrine à l'idée de quitter un lieu, de renoncer à une existence où je me suis sentie si tendrement aimée...

— O femmes ! dit l'artiste en l'attirant vers lui pour déposer un long baiser sur son front, — vous valez mieux que nous, car vous vous ensevelissez dans votre tendresse !... Ainsi mon projet vous chagrine?...

— Ami, je viens de vous avouer ma première impression; mais je comprends les nécessités d'un nom illustre comme le vôtre... Je ne hasarderai plus qu'une observation... Ce Ferramola, vous le savez, a été mon maître de luth, pendant mon séjour au palais du Procurateur, et j'ai toujours ressenti pour lui un mépris involontaire... Si vous devez reprendre la carrière du théâtre, je regretterai que ce ne soit pas sous d'autres auspices...

Ces argumens personnels à l'impresario ne reposaient sur rien de très précis; Teresa convenait qu'elle n'avait pas de motif de lui attribuer aucune complicité dans la trame ourdie contre elle et tentée par l'entremise de Sylvia. Le maëstro lui expliqua quels gens c'étaient presque toujours que les entrepreneurs dramatiques de l'époque; et comme elle vit, par-dessus tout, qu'il avait un grand désir de la convaincre, elle se montra convaincue et cessa toute objection.

Arrivées à ce point, les choses marchèrent vite. Le lendemain, Danielo se présenta chez l'impresario, qui l'accueillit sans se montrer surpris de sa visite.

— Eh bien, messager de ma providence, fit-il dès qu'il l'aperçut, avez-vous plaidé ma cause? M'apportez-vous de bonnes nouvelles? Que décide notre illustrissime maëstro?...

— Ma foi! répondit Danielo qui s'affranchissait volontiers de toute diplomatie, et qui avait retrouvé sa bonne humeur en présence du contentement de son protecteur, puisque vous êtes si habile à comprendre à demi-mot, venez avec moi, il vous le dira lui-même.

— O jeune homme, espoir de l'Italie!... Il faut que je vous embrasse!... s'écria l'impresario au comble de l'attendrissement.

Et cette fois, Danielo fut obligé de subir son accolade.

Dans la disposition où étaient tous nos personnages, le résultat de l'entrevue de Ferramola et du chanteur ne pouvait être douteux. L'adroit Florentin passa le reste de la journée à la villa jusqu'alors interdite si soigneusement à tout profane. Il fut si caressant, si attentif, si généreux dans ses promesses, qu'il conquit sans peine le premier sujet qui devait faire la fortune de sa nouvelle entreprise.

En même temps, il se montra, pour son ancienne élève, rempli de tant de petits soins et de respect qu'il la disposa à l'idulgence.

Une modeste collation, fournie par les soins de Danielo, fit faire un pas nouveau à la confiance mutuelle des convives. Lorsque vint le moment de se quitter, nos fugitifs ne conservaient plus aucune crainte. L'impresario exigea d'ailleurs, à titre de ratification des engagemens réciproques qu'il venait de contracter avec le maëstro, que celui-ci acceptât une somme très convenable pour payer ses frais de voyage.

On se sépara en se donnant rendez-vous à Rome, pour la Semaine Sainte, où Ferramola devait devancer son nouveau pensionnaire et proclamer sa prochaine arrivée, ce qui ne pouvait manquer de produire un effet immense.

Tandis que Stradella et ses amis bénissaient le hasard qui avait amené ces événemens, le Florentin regagnait avec une vitesse peu habituelle à ses jarrets, d'ordinaire lents et flexibles comme son caractère, l'auberge où il avait pris gîte. Une animation singulière jaillissait de ses prunelles grises; ses narines se dilataient, et il aspirait l'air à pleins poumons, comme un homme chez qui les sensations débordent. Le sourire stéréotypé sur ses lèvres flétries avait pris tout à coup une expression diabolique.

Il escalada quatre à quatre l'escalier de sa chambre, et quand il s'y fut enfermé, il traça d'une main fiévreuse un billet qu'il scella soigneusement et qu'il remit avec de pressantes recommandations à un individu de mauvaise mine, qui lui servait de domestique et d'affidé.

Cet homme se fit donner un cheval et s'éloigna en toute hâte d'Urbino, mais la direction qu'il prit ne fut pas celle de Rome, ce fut celle de Venise.

Or, voici le contenu de la lettre dont il était porteur :

« Illustre et magnifique patron,

» J'ai enfin découvert notre homme. Je le » tiens, et dans quinze jours, il sera à votre » discrétion, dans la capitale du monde chré- » tien. »

Nous n'avons pas besoin de nommer le haut dignitaire de la sublime République à qui s'adressait ce message.

XVI.

L'Hymne des Ténèbres.

Rome, la ville par excellence pour les solennités religieuses, déployait toutes ses pompes durant la Semaine-Sainte.

Des sept basiliques privilégiées qui attiraient alors l'affluence des fidèles, il n'en était pas de plus fréquentée que San-Giovanni Laterano, ou Saint-Jean-de-Latran, la plus ancienne des églises du monde chrétien, et la plus digne de célébrer la passion du Sauveur, car elle en possédait les instrumens principaux, et les exposait à la vénération des fidèles, ainsi que d'autres reliques, parmi lesquelles nous citerons : la table sur laquelle se fit la Cène; le linge dont le Sauveur se servit pour essuyer les pieds des apôtres; un fragment de sa tunique pourpre, encore teint de son sang; la plus grande partie de la vraie croix; la véritable image du Christ, peinte d'après celle qui avait appartenu au peuple romain, quand saint Sylvestre consacra cette église; sans compter la verge de Moïse, le bâton pastoral et la tunique d'Aaron, la robe de la Vierge-Marie et celle de saint Jean-l'Evangéliste, l'autel où saint Pierre célébrait la messe, etc.

Il faut dire que ce n'était guère qu'à cette époque de l'année que l'on voyait un tel empressement vers ce sanctuaire, car, depuis longtemps déjà, les papes avaient dû renoncer à habiter le palais construit pour eux près de Saint-Jean, et les chrétiens fuyaient comme les pontifes devant la *mal' aria* qui envahissait le mont Cœlio, sur lequel s'élevait le pieux édifice.

Mais aux approches de Pâques, les chanoines qui le desservaient déployaient un zèle extraordinaire et toujours récompensé par le concours immense de la population romaine et des pèlerins étrangers. Ceux-ci y trouvaient des tribunaux de pénitence où l'on recevait leur confession, quelque langue qu'ils parlassent, et où on leur donnait l'absolution, quelque crime qu'ils eussent commis.

Le clergé de Saint-Jean, désireux, cette année-là, de rivaliser avec Sainte-Marie-Majeure, qui se mettait en frais exceptionnels pour solenniser ses offices, s'était adressé au signor Ferramola, afin de composer une chapelle avec les meilleurs artistes de l'Italie.

Cette demande ne pouvait venir plus à propos. L'impresario, on le sait, avait fait à Venise une mauvaise campagne, et sans l'aide du procurateur Morosini, il se fût trouvé dans un embarras cruel. Réparer par l'Eglise les torts du théâtre, pour un esprit souple comme le sien, c'était un coup de maître.

La rencontre de Stradella s'offrait, en outre, à lui, comme une double fortune. Tout en prouvant, par l'annonce de cette découverte, son zèle à la cause de Morosini, il n'était pas fâché d'utiliser le grand chanteur à son profit particulier. Ces transactions de conscience et ces calculs se combinaient de la façon la plus naturelle du monde dans son cerveau florentin.

Il avait donc parfaitement tenu ses engagemens envers son illustre patron, qui connaissait, grâce à lui, la présence de son rival à Rome, et quant au surplus, il s'en lavait les mains; incapable, pour son compte, d'aucune méchante action contre l'artiste devant lequel il continuait à se confondre en protestations de dévouement et de zèle admiratif.

L'apparition de Stradella, son début, s'il est permis d'appliquer ce terme profane en cette circonstance, devait s'opérer aux ténèbres du vendredi-saint, dans une hymne de sa composition. On ne parlait plus d'autre chose dans la ville; il régnait une émulation inexprimable chez le clergé et l'aristocratie aussi bien que chez le peuple, pour ne pas perdre cette occasion peut-être unique d'apprécier le talent multiple du compositeur, du poète et du chanteur. Le Saint-Père lui-même, dérogeant à l'usage traditionnel, au lieu d'officier à la chapelle Sixtine, avait annoncé qu'il assisterait aux cérémonies religieuses de Saint-Jean-de-Latran.

Dès le milieu de la journée, toutes les avenues du mont Cœlio étaient envahies par la foule. Les cinq portes de la basilique, sans en excepter celle qui communiquait avec le cloître voisin, et qui était abandonnée exclusivement aux chanoines et au service particulier de l'église, regorgeaient de fidèles ou de curieux. La garde pontificale suffisait à peine à maintenir l'ordre aux abords du temple et à sauvegarder intérieurement la majesté du lieu saint.

Teresa, heureuse et fière de cette manifestation, qui élevait si haut l'homme auquel elle avait consacré sa vie, occupait, par les soins de l'impresario, une des places réservées, près des grilles du chœur, de manière à voir et à entendre le chanteur, sans perdre un de ses gestes ni un de ses accens. Abritée sous un voile épais, elle cherchait à dérober son émotion à ses voisins, trop impatiens eux-mêmes pour la remarquer.

Danielo, dans son intérêt anxieux, ne tenait pas en place; il lui fallait le mouvement, le flot de la masse pour correspondre à son agitation, et, en même temps, pour juger des impressions de l'assistance et mieux triompher du triomphe de son maëstro chéri.

En sa qualité de maître de chapelle, le signor Ferramola tenait l'orgue.

Chacun, enfin, en accordant une attention distraite aux chanteurs ordinaires, attendait que le tour de Stradella fût venu.

Cependant les ténèbres étaient commencées, l'église était pleine, et les curieux maladroits ou malheureux qui n'avaient pu parvenir à y entrer s'écoulaient lentement à travers les avenues sombres de cette partie désolée de la cité. Peu à peu, le silence et la solitude se faisaient autour de la basilique.

Dans la rue voisine du cloître dont nous avons parlé, se trouvaient les débris d'un ancien cirque et d'antiques monumens romains qui tranchaient, surtout à cette époque, par leur désordre, sur la régularité d'une ville moderne, et contribuaient à la physionomie étrange et un peu sinistre de ce quartier.

Or, précisément à l'heure de la cérémonie qui nous occupe, deux hommes de mine au moins suspecte devisaient tranquillement, assis au milieu de ces ruines. Ils étaient de ceux qui se mettent à l'aise partout; on les eût cru chez eux à les voir installés, tête nue, et se livrant à leurs petites affaires.

L'un vidait sa bourse peu garnie sur le fût de marbre d'une colonne; l'autre aiguisait son stylet sur la pierre d'un tombeau.

— Un... deux... trois sequins et quelque menue monnaie... disait le premier... voilà notre richesse.... cela mangé, plus rien dans l'escarcelle.

— Le chiffre n'est pas gros!... répondit paisiblement l'autre.

— Tu es vraiment trop bon de le reconnaître...

— Moi, je me rends toujours volontiers à l'évidence, riposta son compagnon.

— Et moi, j'aime à aller au fait! dit le premier d'un ton plus sombre.

— Eh bien?...

— Je conclus qu'il est plus que temps d'en finir!

— Finissons-en, je ne demande pas mieux; et il me semble que je me dispose pour cela.

— Oui, s'il suffit d'une lame bien affilée. Mais si tranchante qu'elle soit, elle ne saurait faire sa besogne sans l'aide d'un bras résolu.

— Le mien ne te paraît-il donc plus assez solide?

— Hum! il n'en faudrait pas juger par tes derniers exploits... A qui la faute, si nous avons laissé déjà deux fois échapper l'occasion... l'autre soir au Colysée, et l'autre jour à cette promenade de Frascati ?...

— Je te conseille d'en parler, comme si tu n'avais pas été alors de mon avis !... Bon pour des commençans d'aller attaquer un homme accompagné d'un cortége de gens empressés, dans un lieu fréquenté où l'on risque vingt-fois de manquer son coup et de se faire prendre !... Notre mission exige de la prudence, ne l'oublie donc pas... Ce n'est pas tout de faire les choses, il faut les faire convenablement.

Sur cette belle réflexion, le signor Orio Barbarigo, — car ce ton dégagé et cette philosophie appartenaient à notre vieille connaissance de la taverne du Bucentaure, — se mit à rire en homme assez content de lui.

— Enfin, la chose te paraît plus facile aujourd'hui ?... répliqua notre autre connaissance, le signor Jacopo Schiavone.

— Cela tombe sous le sens. Tout nous favorise : la nuit, ce quartier solitaire, l'obligation où est notre homme de sortir par le cloître et de traverser ces ruines pour regagner son logis... Va! va! nous le tenons bien cette fois; le maître sera content de nous et les séquins vont revenir.

— En effet... murmura Jacopo, avec un effort, et en dirigeant lentement ses regards vers le cloître et la basilique.

— Aurais-tu des doutes?... hésiterais-tu, par hasard, à ton tour?...

— Ce n'est pas cela?...

— Qu'est-ce donc, alors?...

— Tiens, j'aime mieux te l'avouer, fit-il en se rapprochant de son complice;—je me crois aussi brave qu'un autre, et quand il s'agit de porter un coup sûr, qui donne la mort sans laisser à la victime le temps d'articuler un cri, je ne crains pas de concurrent... Mais on fait son métier, en tout bien tout honneur; cela n'empêche pas d'avoir de la religion, au contraire...

— Ah! tu as de la religion?... répéta l'autre d'un air narquois.

— Cela te va bien de te moquer! riposta Jacopo, quand je t'ai vu t'agenouiller et mettre un cierge devant la madone de la Piazzetta, il y a un mois à peine.

— Eh! mon Dieu! dit Orio avec une placide conviction, c'est que j'avais une entreprise malaisée à mener à bien... Je ne dis pas, on a ses heures; il y a temps pour tout, mais tu prends singulièrement le tien pour avoir des scrupules.

— C'est plus fort que moi, vois-tu... à cause du lieu où nous sommes... J'ai pas mal de peccadilles sur la conscience, mais, en vérité, je n'ai jamais frappé personne en lieu saint, ni à la porte d'une église!

— Per Bacco! il y a commencement à tout. .

— Et puis, nous allons tuer un homme en état de grâce...

— Tant mieux! il n'ira pas en enfer, nous n'aurons pas sa damnation à nous reprocher!...

— Cet homme est sanctifié par cette cérémonie à laquelle il prend part... c'est presque un sacrilége...

— Tuons-le d'abord, et si c'est un saint, neus lui ferons des neuvaines ensuite.

— Ecoute donc, je ne voudrais pas, non plus, pousser la soumission envers notre maître, jusqu'à me brouiller avec l'Eglise... ah! mais non!

— Diavolo! moi non plus, mon très cher! et s'il fallait seulement toucher à un cheveu d'un prêtre ou d'un religieux, j'ébrécherais plutôt mon stylet sur ce marbre; mais un païen, un chanteur, un comédien... c'est gibier d'enfer, quoi que tu en dises, et je me ferai un titre d'avoir déconfit celui-là, lorsque je me retirerai des affaires, pour songer à mon salut...

— Ainsi soit-il!... fit hypocritement Jacopo, qui ne cherchait qu'une bonne raison pour se laisser convaincre, et dont celle-ci rassurait entièrement la conscience si facile à satisfaire.

Un son harmonieux, apporté par le vent qui soufflait à travers les ruines, arrêta un nouveau sarcasme sur les lèvres d'Orio.

C'était l'orgue de la basilique, qui préludait au chant religieux de Stradella.

La distance, la solitude, l'obscurité, prêtaient à ces accords une poésie que nos deux bandits étaient trop lazzarones et trop Italiens pour ne pas comprendre.

— C'est fort joli, cela!... dit Orio Barbarigo.

— Charmant!... répondit Jacopo, qui venait de se signer en cachette.

— Une idée!... la nuit est fraîche en diable, nous sommes capables de gagner des rhumatismes, au milieu de ces pierres et de ces tombeaux... Cette cérémonie est interminable... Au lieu de nous morfondre ici comme des mécréans, que nous ne sommes pas, que n'entrons-nous dans l'église, comme des chrétiens que nous sommes?

— Au fait, pourquoi pas?

— Je t'avoue aussi que je ne serais pas fâché d'entendre au moins une fois cet habile homme, avant de mettre une sourdine à son gosier.

— J'y pensais...

— Viens donc, et surtout cachons bien nos bijoux d'acier!...

Ils passèrent leurs stylets sous leurs pourpoints, tout en conservant la poignée à portée de la main, franchirent le cloître dont les portes étaient ouvertes, et, se glissant dans l'église avec leur habileté connue en semblable occurrence, ils parvinrent jusqu'à l'une des innombrables colonnes qui entourent le chœur.

L'orgue avait insensiblement modéré ses accords, il ne laissait plus entendre à l'intérieur du temple qu'une mélodie vague et vaporeuse comme celle qu'il envoyait un moment auparavant dans le lointain. Une voix suave, distincte et pure se détacha alors sur cet accompagnement, avec la netteté saisissante d'une création de Raphaël sur un ciel limpide.

Dans la musique, dans les paroles, dans l'accent de l'artiste, rien de tourmenté, de prétentieux : c'était une éloquence majestueuse et simple, si profondément empreinte du sentiment divin, qu'elle ne se rattachait par aucune analogie terrestre à tout ce qu'on avait entendu jusque-là.

Au sein du recueillement, nous dirions volontiers de l'extase, où l'assistance était plongée, Orio et Jacopo trouvaient seuls moyen de se communiquer leurs impressions.

— Quelle voix merveilleuse!...

— Elle me ravit l'âme!...

— Et dire que c'est le chant du cygne...

— Tais-toi donc!...

Les strophes composées et exécutées par Stradella exprimaient d'une façon dramatique les diverses phases de la passion du Sauveur.

« O mon père bien-aimé, source de toute miséricorde, disait Jésus, quand vous m'avez permis d'accomplir mon pénible voyage, vous saviez les douleurs qui abreuveraient mon âme; je ne reculerai pas devant la coupe amère; que mon sang soit versé, que les méchans aiguisent contre moi leurs couteaux; mais que sur moi, seigneur, que sur moi seul retombent leurs iniquités. Ils ne savent ce qu'ils font; laissez-moi succomber, mais pardonnez-leur. »

Jacopo, à mesure que la poésie sacrée se déroulait sous l'interprétation du chanteur, s'inclinait vers les dalles du temple, comme si ces paroles se fussent adressées à sa conscience.

— Entends-tu?... dit-il en frissonnant à Orio qui luttait contre sa propre émotion.

— Une larme, je crois!... fit celui-ci, en voyant les yeux de son compagnon humides.

— C'est vrai... il m'attendrit.

— Comédie!... voulut ricaner Orio.

Mais le blasphème hésita sur ses lèvres. Stradella avait repris la strophe suivante où le Christ exhalait le cri de ses angoisses, tout en manifestant sa bonté incommensurable:

« Les miens m'ont délaissé et trahi, ceux en qui j'avais placé mon amour m'ont renié, et mon disciple le plus fidèle m'a méconnu. On m'a traîné de prétoire en prétoire comme un criminel, et cependant, Seigneur, je n'ai fait que chanter vos louanges et bénir votre nom. Ils ont éteint, en moi, la voix qui célébrait votre gloire et qui la publiait à la face du peuple. Au lieu de prier avec moi, ils m'ont condamné et ils ont marché dans mon sang ; mais soyez miséricordieux, ô mon Père, et pardonnez, quand la victime elle-même vous en supplie. »

Tous les fronts s'étaient inclinés ; le chanteur, transformé en prophète, puisait une persuasion nouvelle dans les derniers tableaux du récit touchant de la Passion ; tous les yeux laissaient échapper des larmes, toutes les poitrines sentaient passer en elles le froid mortel du Jardin des Oliviers.

Orio lui-même était vaincu ; il s'agenouilla, en se raidissant encore, à côté de son complice.

L'orgue fit entendre une modulation éclatante, et, après un prélude pareil à la tempête qui précédait sur le Sinaï la voix de l'Eternel dictant ses lois à la terre, le chant recommença, mais non plus tendre et plaintif. L'artiste, transfiguré, déployait une énergie foudroyante, pour transmettre la réponse du Dieu de souveraine justice à son fils opprimé :

« N'essayez pas de fléchir ma rigueur. J'ai pardonné au repentir l'erreur et le blasphème; mais ils ont versé votre sang, à vous qui m'avez aimé et qui avez mis votre zèle à célébrer mon nom. Ils ont empêché le peuple de répéter vos cantiques, et au lieu d'un parfum précieux, c'est votre sang qu'ils ont fait fumer au pied de mes autels. Ni grâce ni miséricorde !... Que la géhenne s'ouvre à jamais pour eux, que ses flammes les plus ardentes les dévorent sans les consumer; qu'ils apprennent, dans l'éternelle douleur de leurs tortures, qu'il n'a pas été écrit en vain : « Celui qui frappe par le fer, périra par le fer... Anathème et malheur sur le meurtrier ! »

A ces paroles solennelles et terribles, un frisson circula sous la voûte des cinq nefs de la basilique; ses colonnes et ses pilastres, empruntés à des temples païens, tremblèrent sur leur base; les plus pieux d'entre les fidèles se frappèrent la poitrine en interrogeant avec effroi les plus secrets replis de leur cœur.

Quant aux deux bravi vénitiens, pour lesquels il semblait que cette hymne eût été tracée, ils avaient peu à peu courbé leurs fronts pâlis par l'épouvante, jusque sur le pavé de l'église, et au moment où, Stradella, semblable à l'ange du dernier jour, dévoua l'homicide aux supplices de l'enfer :

— Non... non... Miséricorde !... nous ne le frapperons pas ! murmurèrent-ils d'une voix éteinte et haletante.

La Confession des Bravi.

Le grand chanteur avait exécuté sa dernière strophe; le dernier des cierges du triangle symbolique des ténèbres était éteint. La basilique de Saint-Jean-de-Latran venait de retomber dans cette obscurité religieuse que signalent seulement les veilleuses brûlant devant les tabernacles qui servent, dans la semaine sainte, de sépulcre au Saint-des-Saints. La foule, encore impressionnée par les accents du maëstro, s'écoulait avec recueillement par les diverses issues du temple.

Cependant nos deux bravi, prosternés sur la pierre, immobiles comme des statues mortuaires, priaient et tremblaient, loin de songer à suivre le courant des fidèles. C'était de l'effroi, des remords, de l'admiration.

Il semblait qu'ils se fussent identifiés avec le marbre, et qu'ils ne dussent plus quitter cette position humiliée et repentante. La solitude paraissait complète autour d'eux, lorsqu'enfin ils se relevèrent et firent un mouvement pour se retirer.

Mais soudain un jeune homme, sortant de derrière un pilier, se dressa devant eux si terrible et si menaçant qu'ils reculèrent involontairement. On eût dit David enfant, bravant et provoquant le colosse dont le souffle pouvait le renverser.

Ce jeune homme c'était l'infatigable protégé de Stradella, Danielo, qui, dans ses évolutions à travers la foule, avait reconnu ses deux assassins de la taverne du Bucentaure. La présence de pareils scélérats dans une église l'avait surpris d'abord, puis alarmé. Moins facile à tranquilliser que son cher maëstro, sa vigilance pour lui ne s'endormait jamais. Ces gens étaient de ceux qui ne se déplaçaient pas gratuitement; quel que fût l'objet de leur voyage à Rome, ce but devait cacher une méchante entreprise.

Dans cette conviction, il s'était glissé jusqu'auprès d'eux et s'était dérobé à leur vue, grâce au pilier voisin, sans rien perdre de leurs gestes ni de leurs paroles, prononcées pourtant à voix basse.

Dès le premier mot, il avait tout deviné et nous ne pouvons dire les projets insensés qui fermentaient dans sa jeune tête pour détourner les stylets qu'il voyait déjà briller sur la poitrine de Stradella, quand il avait été témoin de la merveilleuse transformation de ces deux hyènes en deux agneaux, sous l'éloquence foudroyante de l'hymne des Ténèbres.

Mais ce résultat ne lui offrait pas une sécurité complète. Un bon mouvement pouvait suffire pour désarmer les deux bravi; mais il était possible aussi qu'une fois hors du temple, leurs instincts se réveillassent avec une nouvelle férocité, à mesure que l'influence du lieu saint et le prestige de la voix de l'artiste se dissiperaient.

Danielo songeait en outre à convaincre Stradella de la réalité du péril auquel il venait d'échapper, non pour troubler sa tranquillité, mais pour l'amener à s'entourer de quelques précautions. En effet, depuis son arrivée à Rome, il refusait de prendre aucune mesure pour sa sûreté personnelle. Aussi confiant qu'il avait été prudent d'abord, il rejetait la possibilité d'une mauvaise rencontre, et ne croyait plus à la persistance de la rancune chez son puissant ennemi. Il se montrait partout avec Teresa, parcourant les promenades, visitant les monumens, les curiosités, avec une insouciance qui faisait frémir son pupille.

En ce moment, il ne s'agissait plus, comme l'intrépide enfant était prêt à le faire quelques minutes plus tôt, d'arrêter les bravi, fût-ce en se plaçant comme un bouclier ou une victime entre eux et le maëstro; mais il fallait profiter de leur émotion, de leur hésitation, et ne pas les laisser partir sans avoir affermi la victoire en les démasquant entièrement, en leur arrachant un aveu qui les tînt en bride pour l'avenir et qui fournît à Stradella un enseignement irrécusable.

L'occasion ne pouvait être plus favorable; car, en se trouvant face à face avec le pupille de l'illustre artiste, avec son fils, son protégé, un autre lui-même, et aussi l'une des victimes de leurs stylets, leur épouvante redoubla, et pour le coup, ils crurent ressentir déjà les effets de la vengeance divine, dont une voix menaçante venait d'emprunter les accens.

— Non !... leur dit Danielo en étendant la main vers eux et en se plaçant résolument sur le chemin du cloître; — non, vous ne partirez pas ainsi !...

— Que nous voulez-vous? que prétendez-vous?... hasarda Jacopo, dompté ainsi que son compagnon par cette attitude et ce ton d'autorité.

— Je sais tout... Ce qui vous amène à Rome, ce que vous méditez... Ce n'est pas la foi, c'est le crime qui vous a guidés vers cette sainte demeure !... Eh bien !... sur mon âme, vous n'en sortirez qu'après avoir confessé et détesté vos projets ?...

Mais Orio venait de sentir sous la main qu'il avait portée sur sa poitrine, pour en réprimer l'émotion, le manche de son arme, et cette impression avait tout à coup ranimé chez lui la soif du sang.

— Arrière toi-même !... imprudent !... murmura-t-il.

Et prenant à son tour le ton de la menace, il avait déjà tiré à moitié la lame homicide.

— Y penses-tu !... s'écria Jacopo, dans une église ! auprès du tabernacle !...

— C'est vrai !... dit-il, en cédant malgré lui à cette remontrance, comme une bête fauve, contrainte de renoncer à sa proie.

Durant ce débat, ils n'étaient pas demeurés en place, mais peu à peu, tout en reculant, ils s'étaient rapprochés de la chapelle où se trouve le sarcophage de porphyre qui servit de cercueil à sainte Hélène.

Cette chapelle était celle que visitaient de préférence les pèlerins; elle jouissait d'un renom miraculeux; on citait de nombreux prodiges opérés dans son enceinte; il n'était pas à Rome un vrai croyant qui ne se fît un devoir d'y venir prier à certains jours. En cet instant, si elle paraissait isolée et sombre, c'est que le Saint-Sépulcre seul avait, le Vendredi-Saint, le privilége d'attirer les stations et les cierges.

Elle n'était pas complétement déserte, néanmoins, car un homme qui s'y tenait agenouillé depuis la fin de l'office, se relevant avec calme et portant sur son front radieux le témoignage de la paix de sa conscience, en descendait lentement les degrés.

Au bruit mesuré de ses pas les deux bravi levèrent la tête, et ils demeurèrent frappés de stupeur en reconnaissant Stradella.

Cette seconde rencontre, non moins inattendue et plus providentielle encore que celle du jeune sculpteur, mit le comble à leur confusion. Agités comme ils l'étaient, troublés jusqu'au fond de l'âme par cette suite d'événemens que grossissait leur superstition innée, ils crurent voir l'archange vengeur du dernier jour, et pour ne pas affronter son regard, ils courbèrent la tête, attendant qu'il répétât contre eux la sentence qui tout à l'heure les avait glacés dans leurs fibres les plus intimes:

— Grâce !... grâce !... s'écrièrent-ils en tombant à genoux.

L'artiste s'arrêta, dominant ce groupe des degrés qu'il lui restait à franchir, grave et solennel comme le théâtre de cette scène :

— Quels sont ces hommes, et que signifie cela ?... demanda-t-il.

— Maître, répondit Danielo, dont l'exaltation était au niveau de ce drame, c'est ici la manifestation de la main de Dieu. Vous n'avez pas proclamé en vain sa volonté et sa justice ! Ceux que vous voyez à vos pieds étaient venus pour vous assassiner, mais le repentir est entré dans leur âme, et le cri qui s'en est échappé dit assez qu'ils détestent leur crime.

On eût vu luire alors, sur les traits du chanteur, quelque chose du feu sublime qui animait le Christ opposant sa placidité suprême aux emportemens furieux de la populace :

— Que vous avais-je fait, mes amis? dit-il avec douceur à ses deux meurtriers. Pourquoi en vouliez-vous à ma vie ?... Oh ! non, c'est impossible.... et Danielo se trompe, n'est-ce pas ?...

Cet accent, cette question leur rappelaient les paroles sacrées; ils n'étaient pas éloignés de croire que ce fût le fils de Dieu lui même qui se manifestât à eux sous cette forme humaine. Prosternés sur la pierre, ils n'osaient répondre.

— Maître, reprit Danielo, exigez-vous qu'ils déclarent eux-mêmes leurs desseins?

— Parlez donc, ordonna l'artiste. — Est-il vrai que vous aviez résolu de me frapper ?...

— C'est vrai... firent-ils d'une voix étouffée.

— Mon Dieu ! dit Stradella se rappelant involontairement l'hymne qu'il avait exécutée, — mon Dieu ! pardonnez-leur, puisqu'ils se repentent.

— Voulez-vous, continua Danielo, qu'ils déposent à vos pieds les poignards avec lesquels ils comptaient vous égorger ?...

— Les voilà !... répondirent ensemble Orio et Jacopo.

Et sans attendre que le chanteur les leur demandât, ils jetèrent sur les degrés les instrumens de meurtre, qui rendirent un son strident.

— Doutez-vous encore ?... dit Danielo.

Stradella croyait rêver; mais on sait que son courage et sa générosité ne restaient jamais au-dessous des situations, si difficiles qu'elles fussent :

— Relevez-vous, dit-il à ses assassins, et parlez avec franchise.

Ils étaient déjà debout, dans l'attitude de deux accusés devant leur juge :

— Vous reniez donc vos projets sanguinaires ?

Ils étendirent la main vers lui en forme de serment.

— Mais, reprit-il, vous devez renier aussi celui qui vous les a inspirés... car vous n'agissiez pas pour votre propre compte... Celui-là, quel est-il ?

Jacopo, dont nous avons constaté les scrupules religieux, ouvrait la bouche pour répondre. Orio lui coupa la parole :

— Ne nous interrogez pas, signor. Nous pouvons nous accuser nous-même, et vous avouer que nous devions vous frapper au sortir de cette église; mais nous sommes liés par d'autres sermens envers ceux auxquels nous engageons nos bras et nos stylets, et si, par un miracle, car c'en est un, il nous arrive de ne pas leur tenir parole, jamais du moins il ne nous arrivera de les trahir en livrant à personne le secret de leurs noms.

— Mais ce miracle, enfin?...

— C'est votre voix qui l'a produit...

— Nous sommes des bravi, c'est vrai, ajouta Orio, mais nous ne sommes pas des barbares... Priver le monde d'un talent comme le vôtre, non pas!...

— On me donnerait, quant à moi, poursuivit Jacopo, dix fois la somme promise, on me garantirait la sérénité et le calme de mes vieux jours, que je refuserais de causer à mon pays un tort aussi immense... et à ce point irréparable...

— Moi de même, c'est sûr!...

— Merci donc à Dieu, qui m'a fait ce que je suis! exclama l'artiste en se tournant vers l'autel.

Mais Danielo toujours occupé de l'avenir :

— Ce que vous dites là, le jureriez-vous ? demanda-t-il aux deux bandits.

— Sur le champ.

— Eh bien!... reprit-il en montrant le sarcophage de sainte Hélène, par ce monument vénéré, jurez!...

— Par ce monument vénéré, reprirent-ils ensemble, nous jurons de ne jamais attenter aux jours du signor Stradella, et de les protéger, si besoin est, aux dépens des nôtres...

— A la bonne heure! s'écria le jeune sculpteur, je me déclare satisfait... Allez donc... et que le ciel vous maintienne dans la bonne voie!...

Un cri perçant, un appel désespéré retentit en ce moment sous les voûtes de la basilique, et le nom de Stradella, répercuté par l'écho de la nef déserte, vint mettre le comble à l'étrangeté de cette scène.

Puis une femme pâle, défaite, en délire, fouillant les chapelles silencieuses de son œil dilaté par l'effroi, vint tomber dans les bras de l'artiste.

— Vivant! vivant!... s'écria-t-elle, hors d'état d'articuler d'autres syllabes.

— Teresa!... dit le maëstro très surpris.

C'était elle en effet; mais à quel motif attribuer son trouble, son épouvante et l'expression de joie suprême qui les avait remplacés à l'aspect de Stradella?... C'est qu'elle retrouvait vivant celui qu'elle avait cru à tout jamais perdu pour elle.

A la fin de la cérémonie, et tandis qu'il recevait les félicitations dues à son talent, l'habile chanteur, ne pouvant s'éloigner encore de l'église et désirant d'ailleurs faire une station au sarcophage de Sainte-Hélène, avait prié le signor Ferramola de veiller sur sa compagne et de la reconduire chez elle.

Le bon impresario, dont il nous faut encore ici admirer la diplomatie profonde et les merveilleuses transactions de conscience, avait accédé avec empressement ce désir. Engagé comme il l'était envers son généreux protecteur de Venise, il n'ignorait probablement pas la présence, à Rome, des émissaires de celui-ci, ni les projets de ces misérables, — il fallait bien qu'il gagnât son argent, — mais il était directeur de théâtre aussi, et le talent de Stradella était une poule aux œufs d'or, qu'il ne devait pas dédaigner. Comment donc réaliser le problème de faire couler ce double Pactole dans sa caisse ?...

En vérité, l'embarras du pauvre homme était à faire peine! Il avait, pour concilier son intérêt et sa philanthropie, invité paternellement le maëstro à ne pas brusquer sa sortie, à attendre, pour regagner sa demeure que la foule fût écoulée; — il y a souvent, disait-il, des embarras dangereux ; dans ces grandes affluences, un malheur est si vite arrivé!...

Puis, il lui avait indiqué le chemin du cloître, comme plus court et plus commode, mais cela par manière d'acquit, et sans y mettre la moindre insistance.

Bref, l'honnête Florentin jouait à peu près la tête de Stradella à croix ou pile, mais encore désirait-il que ce fût Stradella qui gagnât; car, en résumé, sa mort devait être pour lui une grosse perte, et, de l'humeur que nous lui connaissons, un chagrin non moins gros. Ah! s'il eût pu gagner les séquins du Procurateur sans tremper dans cette vilaine intrigue, avec quelle joie il s'y fût résigné! Mais les sequins étaient à ce prix, et c'est si bon d'avoir une escarcelle bien garnie!...

Teresa n'avait pas osé refuser de se laisser conduire par ce malencontreux cavalier, mais elle en avait éprouvé une espèce de gêne indéfinissable. Le respect exagéré que l'impresario ne cessait de lui témoigner, lui rappelait malgré elle les propos plus que légers dont il s'était rendu coupable durant ses séances au palais Morosini, et sa compagnie lui était à charge.

Il n'avait cependant à la bouche que sourires et paroles flatteuses. S'il hasardait des allusions, elles étaient entièrement consacrées à assurer la paix dans laquelle vivait la fille du Gastaldo, qui croyait tout sauvé du moment que rien n'altérait la limpidité de son existence de dévouément et de tendresse.

Éh bien! c'était un pressentiment sans doute, ce jour-là, dans cet entretien forcé avec Ferramola, elle éprouvait, pour la première fois, une contrainte, une anxiété vagues et assez semblables à celles qui avaient suivi les premiers jours de sa fuite, et qu'elle n'avait plus ressenties, depuis que sa vie enchantée de la cité romaine, avait succédé au séjour difficile d'Urbino.

La gaîté de l'impresario, loin d'être communicative, s'émoussait sur le malaise qui l'étreignait, ainsi qu'une cuirasse d'airain ; ce rire perpétuel choquait son oreille; le tour léger qu'il tâchait de donner à ses paroles la laissait triste et glacée; dans la disposition où elle était, elle retournait contre lui ses phrases les plus insignifiantes.

Il possédait trop de finesse pour ne pas pénétrer ce qui se passait chez son ancienne élève; mais il avait trop d'habileté aussi pour s'en montrer blessé. Il soutenait la conversation, absolument comme si ses saillies eussent obtenu un plein succès, et que la confiance de la jeune femme lui eût été acquise.

La distance de Saint-Jean-de-Latran au logis que Teresa habitait avec Stradella et Danielo, bien qu'assez courte en réalité, lui parut d'une longueur désespérante; elle arriva pourtant, mais elle ne put se débarrasser de la présence du signor Ferromola, qui manifesta le désir d'attendre le grand chanteur pour lui témoigner encore une fois son enthousiasme.

A mesure que les instans s'écoulaient, elle croyait remarquer, sur le visage plutôt grimaçant que souriant du Florentin, une préoccupation involontaire. Il tressaillait au moindre bruit; à chaque instant, il portait ses regards vers la porte, comme s'il eût attendu qu'elle s'ouvrît. A son tour, il trouvait le temps trop long.

Cette situation dura peu néanmoins, dix minutes peut-être; puis elle fut interrompue par un bruit de pas et de voix qui retenta dans les pièces voisines, et par l'arrivée d'un jeune homme tout couvert de poussière, qui s'élança vers Teresa, en écartant le valet qui lui servait de guide.

Ferramola avait perdu son invariable sécurité; il était devenu blême. Mais nul ne songeait plus à étudier sa physonomie.

— Danielo!... où est Danielo, signora!... dit l'étranger hors d'haleine.

— Il n'est pas encore rentré... répondit-elle; mais peut-on savoir ?...

— C'est une affaire urgente, capitare, qui n'admet pas de retard... une minute peut causer un malheur irréparable!...

Teresa sentit un froid mortel envahir tout son cœur.

— De grâce, signor, reprit-elle en tremblant, que lui voulez-vous? Parlez, ne me cachez rien.

Le jeune homme hésita un instant, puis se décidant à parler :

— Je viens de Venise...

— De Venise, répétèrent à la fois la jeune femme et l'impresario.

— Je n'ai pas perdu une heure en route... Je suis envoyé par un compagnon de Danielo, par un peintre nommé Torelli, notre ami commun...

— Je le connais..., dit Ferramola à demi-voix.

— J'apporte cette lettre, que j'ai promis de rendre à tout prix, avant de songer à aucun autre soin.

— Cette lettre?... dit Teresa en la saisissant d'une main fiévreuse.

La prunelle de Ferramola dardait sur le message des éclairs fauves, et ses mains se crispaient sous ses longues manches, impatientes de tenir aussi cette proie.

— Si votre mission est si pressante, harsarda enfin la fille du Gastaldo, s'il y va de si puissans intérêts, il doit être permis à mon amitié pour Danielo de rompre ce cachet?...

— Certes, signora... lisez cet écrit, car j'ai tout lieu de croire qu'il vous intéresse également.

Enhardie par cette adhésion, elle se hâta de la mettre à profit.

C'était, en effet, une lettre de Torelli.

Un coup-d'œil lui suffit pour en dévorer le contenu :

« Ami, disait le peintre à Danielo, — que viens-tu faire à Rome ? Qu'y vient faire surtout le maëstro Stradella ? Croit-il donc que la vengeance italienne ne soit qu'un vain jouet, qu'une menace futile ?

» Si tu tiens à sa vie, dis-lui de fuir à l'instant, sans prendre ni sommeil, ni repos, qu'il n'ait trouvé un asile sûr. Chaque homme, chaque maison, chaque arbre, chaque pierre recèlent un danger. Morosini ne pardonne pas, et ses bravi atteindront Stradella, fût-ce aux pieds des autels. »

Ce dernier mot éclata à l'esprit de la jeune fille comme un trait de lumière.

— Ils l'ont assassiné!... s'écria-t-elle.

Et sans répondre aux questions, aux instances, aux offres de service de Ferramola et du jeune voyageur, éperdue de douleur, d'épouvante, elle sortit en courant, et, suivie par eux à distance, elle se dirigea vers la basilique, qu'elle n'avait quittée qu'à regret et où elle tremblait de revenir trop tard.

Ainsi, ce cri qui, dès le seuil avait évoqué sous la voûte sonore le nom de Stradella, c'était elle qui l'avait poussé!

C'était elle encore qui tombait dans ses bras, joyeuse de le retrouver vivant et radieux, dominant ses bourreaux inclinés devant lui.

La surprise de ses deux compagnons fut grande aussi sans doute, mais non moins diverse que l'intérêt qui les guidait. Chez le jeune voyageur, c'était une admiration sans réserve, pour le grand artiste qui lui apparaissait rayonnant d'un éclat surhumain ; pour l'impresario, il se demandait avec stupeur de quel talisman disposait l'homme qui avait pu, sans en être atteint, mettre sa tête dans la gueule des tigres.

— D'où vient votre émotion, Teresa? demanda le maëstro, lorsqu'il sentit s'apaiser les palpitations de sa compagne.

— Lisez !... lui dit-elle.

Il saisit le papier, qu'il parcourut lentement, puis il le passa à Danielo, qui laissa échapper un cri d'horreur et ne put s'empêcher de lancer à l'impresario un regard de méfiance, sous lequel il lui sembla le voir abaisser son regard douteux et vacillant.

Chacun cependant interrogeait l'attitude de Stradella. Il prit dans ses mains celles de sa maîtresse et de son pupille, et se tournant avec reconnaissance vers le tombeau devant lequel il venait de prier :

— Amis, dit-il, Dieu a fait un miracle, mais il serait téméraire d'en attendre un second... Dès demain nous chercherons un asile, s'il en est un qui puisse nous protéger contre la vengeance du Procurateur.

FIN DE LA PREMIÈRE PARTIE.

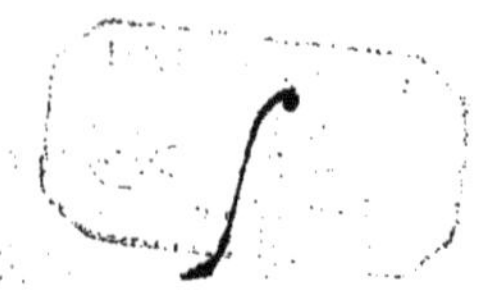

SECONDE PARTIE

La Chambre de Réflexion.

La conversion d'Orio Barbarigo et de Jacopo Schiavone avait été si sincère et si soudaine, que les deux estimables coquins n'avaient même pas songé à la situation embarrassée de leurs finances. On se rappelle que le bilan de leurs capitaux, dressé par eux, dans certain colloque, au milieu des ruines du Cirque, rendait cependant fort urgents alors de nouveaux subsides.

Au reste, ils étaient trop gens de ressources pour prendre grand souci d'une pénurie qu'ils avaient connue et bravée tant de fois. En quittant Stradella, ils allèrent philosophiquement vider dans une auberge le fond de leur bourse, remettant, en véritables épicuriens, les affaires sérieuses au lendemain.

Lequel lendemain arriva sans les surprendre ni les inquiéter davantage.

— Holà ! camarade, cria Orio réveillé au premier son de l'*Angelus*, par les cloches que la solennité du samedi-saint mettait toutes en branle, ce n'est plus l'heure de dormir ; c'est celle d'exécuter les bonnes inspirations que le sommeil a dû te procurer, comme à moi.

— Ma foi ! répondit messer Jacopo, tout en mâchonnant quelques mots latins, relatifs sans doute à la prière qui sonnait, — le ciel a béni ma belle action ; j'ai dormi tout d'un trait, et quant aux idées, il ne m'en est pas venu la plus petite.

— Pas même celle qu'il fallait déjeuner aujourd'hui ?

— Diavolo !... fit le drôle, réveillé tout à fait par cet appel à son estomac, c'est vrai !... Mais, reprit-il en retombant dans son attitude somnolente, — ce n'est pas nécessaire... c'est aujourd'hui grande abstinence.

— A merveille ! la grâce te soutient... Mais je ne suis pas aussi heureux, pour mon compte.... Et puis, sais-tu que le carême sera fini demain ?

— C'est vrai, dit mélancoliquement Jacopo, en se levant ; mais demain est bien loin...

— Juste ce que nous disions hier.

— Ah ! çà, toi qui demandes des idées aux autres, n'en as-tu donc aucune ?

— Si fait, répliqua vivement Orio en riant, j'en ai une, et que je crois excellente !

— Je m'en doutais !... Développe ton idée.

— Tu ne tiens plus beaucoup, je présume, au service de notre très illustre patron Francesco Morosini ?

Jacopo fit une grimace significative ; ce nom seul équivalait pour lui à une perspective formidable de *carcere duro*.

— Le Procurateur est un grand homme, affirma-t-il, mais je le crois un peu brutal et rancunier.

— Un peu !... tu y mets de la retenue ; je passe l'euphonisme à ta reconnaissance pour un ancien maître. Moi, je le tiens pour capable de fort vilaines choses, dont nos épaules, sinon notre cou, pourraient très bien faire l'épreuve. Or, comme je ne me soucie d'entrer en connaissance ni avec les appartements du palais ducal, que l'on appelle les Plombs et les Puits, ni avec les triques des gens de sa seigneurie ou les cordes de quelque potence, je me fixe décidément dans les Etats du Saint-Père ; le climat me plaît, la police ne me paraît pas trop méticuleuse, et je suis sûr qu'en s'y prenant bien, des particuliers de notre mérite peuvent y faire leurs petites affaires.

— Je ne dis pas, ce parti me sourirait assez.... si j'avais déjeuné ; mais ce diable d'appétit me tracasse, et je cherche... Sang de la Madone !... s'écria-t-il en se signant très sérieusement, les meilleures idées viennent toujours les dernières !...

— Qu'as-tu trouvé ?

— Suis bien mon raisonnement.

— Je n'en perds pas un mot.

— Nous avons rendu un service au maëstro Stradella...

— Certes, je le crois.

— Mais nous lui avons fait une promesse aussi.

— Celle de le protéger, de le défendre.

— Il s'agit de la tenir.

— Parle, je suis tout prêt et mon stylet aussi ; quelque nouveau danger le menace-t-il ?...

— Je n'en sais rien, mais c'est possible ; à juger du caractère que nous nous plaisons à reconnaître au procureur, il n'est pas supposable qu'il se tienne pour battu par une tentative inutile ?...

— Par la croix du Christ, si je soupçonnais rien de pareil!... murmura avec véhémence Orio, dont le fanatisme pour le maëstro se réveillait plus bouillant à cette pensée.

— Eh bien! voici mon plan, interrompit son compagnon. Nous ne devons pas nous contenter d'avoir sauvé le maëstro, nous devons parfaire notre œuvre en garantissant la vie que nous lui avons conservée; nous devons nous attacher à sa personne, à ses pas, devenir ses gardiens, ses satellites, si bien que, répondant de lui corps pour corps, nous fassions partie de sa maison.

— Bravo! bravissimo! s'écria Orio Barbarigo, au comble de l'enthousiasme. Ton plan est digne de gens comme nous; si j'ai quelquefois blâmé tes hésitations, Jacopo, je te les pardonne en faveur de ce que tu me dis là! Et comme les bonnes choses gagnent surtout à être accomplies promptement, debout! Allons vite chez le maëstro!

Dix minutes après, ils frappaient à sa porte. En les reconnaissant, Teresa n'hésita pas à les laisser pénétrer jusqu'au grand artiste.

Ce fut presqu'en renouvelant leurs génuflexions de la veille qu'ils s'avancèrent vers lui. Et, sans lever les yeux sur son visage, où ils appréhendaient de voir encore luire les éclairs du courroux céleste, ils ne trouvaient pas d'expressions pour faire connaître le but de leur étrange visite.

Il fallut que Stradella leur adressât des paroles bienveillantes, et les engageât instamment à s'expliquer, pour qu'ils se décidassent à obéir.

Il les écouta avec attention, se montra touché d'un dévouement qui se traduisait d'une façon si naïve et si imprévue; mais bientôt, souriant avec quelque amertume :

— Vous le voyez, mes amis, dit-il, j'apprécie votre bon vouloir, je vous en sais gré comme si déjà je l'eusse mis à l'épreuve; mais il n'est pas à ma disposition de l'accepter; je mène une vie aventureuse et quelque peu errante; je suis comme les oiseaux qui ne chantent bien qu'en liberté. La seule idée que j'exerce mon art sous la tutelle de deux bras vaillants comme les vôtres, me rappellerait sans cesse que je vis entouré de périls et d'embûches... La précaution serait plus funeste à mon talent que le mal. Pour continuer à ignorer celui-ci, permettez-moi de me passer de celle-là. Il n'arrive après tout, votre conduite en est un gage éloquent, que ce qu'il plaît à Dieu; ce serait manquer de reconnaissance pour ce qu'il a fait, que de ne plus espérer qu'il le fera une seconde fois.

— Vous refusez, Maëstro ? conclut Orio avec regret.

— Je refuse.

— Pensez-y à deux fois, Signor, intervint Jacopo Schiavone, qui se piquait d'érudition pour avoir épelé jadis quelques formules dans les livres d'un bénédictin; la sagesse a dit : Aide-toi, le ciel t'aidera.

— Merci, encore une fois, je ne saurais accepter. Mais, reprit-il, en allant à un meuble dans lequel il serrait son argent,—vous me permettrez, vous aussi, de vous donner quelque signe de ma gratitude. Voici un sac de pistoles que j'ai trop de plaisir à vous offrir pour que vous ne le receviez pas de bon cœur.

— Nous les prenons, Signor, répondit Jacopo, mais en espérant que vous vous rappellerez que nous ne vous les avons pas demandés, et surtout que vous nous trouverez toujours prêts à les gagner.

— Je vous le promets, fit Stradella.

— Je prends avec plaisir le même engagement que mon camarade, dit Orio ; et je compte comme lui, Signor, que quelque part que vous soyez, s'il vous faut le concours de quatre bras solides pour vous aider à affronter un péril, ou à châtier un ennemi, par saint Marc! vous n'aurez pas recours à d'autres, et vous serez sûr d'être bien servi, sauf pourtant en ce qui concerne la vie du procurateur Francesco Morosini...

Stradella ne put comprimer un sourire à cette singulière restriction. Le bandit s'en aperçut, mais, loin de s'en offenser, il compléta sa pensée :

— On a des principes, Signor. Nous avons longtemps mangé le pain du Procurateur, et si nous avons, par une circonstance inattendue, trompé son désir, nous n'en sommes pas moins incapables de rien tenter contre sa personne.

Stradella ne partageait pas les théories de cette étrange loyauté ; et, comme il était bien loin de son esprit de répondre par la peine du talion à la conduite odieuse de son ennemi, il assura sans hésiter ses deux visiteurs de sa ferme résolution de ne jamais violenter leur conscience de ce côté, puis il les congédia, pour s'occuper sérieusement de son départ, ou plutôt de sa fuite.

Grâce à la libéralité de cet adieu, les deux camarades n'éprouvèrent pas une trop grande mortification du congé qu'ils venaient de recevoir. Ils n'étaient pas dans la rue, qu'ils envisageaient déjà la chose à son point de vue philosophique.

— La sagesse a toujours raison, disait le moraliste Jacopo : Un bienfait n'est jamais perdu. Nous voilà aussi riches pour avoir sauvé la vie du maëstro que si nous eussions commis un sacrilège à l'idée duquel je frémis encore!

— Bon! répliqua l'autre, encore les images des ténèbres qui commencent à obscurcir ton visage.... Tu as décidément le jeûne triste, mon très-cher. Gageons qu'un bon repas, raisonnablement arrosé d'un généreux vin des coteaux du Vésuve, ranimerait ton humeur délabrée comme ton estomac.

— Mais c'est jour de grande abstinence..... objecta faiblement Jacopo.

— Bah! ne te souvient-il plus de ce que nous disions ce matin? Le carême finit aujourd'hui, et aujourd'hui est si près de demain!... Il ne saurait y avoir péché mortel dans une si mince anticipation; car enfin, qu'est-ce qui sépare aujourd'hui de demain? l'aiguille du cadran. Suppose que l'aiguille avance ou retarde, nous voilà donc, par le caprice d'une machine détraquée, exposés à périr d'inanition ou à enfreindre les commandements de l'Eglise? Voyons, toi qui es un peu casuiste, tire-toi de ce raisonnement.

— Au fait.... balbutia Jacopo, évidemment ébranlé.

— Et puis, ne sommes-nous pas dans la ville des indulgences, et les prêtres de cette belle église, où nous étions hier soir, n'ont-ils pas le pouvoir de remettre toute espèce de péchés ?....

— J'ai grand' faim, répondit tout simplement cette fois le bandit.

— A la bonne heure ! exclama Orio en faisant raisonner dans sa large main le sac d'écus serré sous son pourpoint — Je connais un certain logis, dans les environs de Ghetto, un quartier que ne fatigue pas la police du saint-Père, où je prétends célébrer la quinzaine de Pâques dans un festival splendide.

Et les deux drôles s'installèrent bientôt dans une espèce de repaire vermineux et impur, disposé tout exprès pour l'ébattement et la satisfaction des individus de leur acabit.

Ils y menèrent si bien la vie, qu'au bout de deux semaines d'orgies et de débauches, juste le terme qu'ils avaient fixé eux-mêmes, il ne leur restait plus une baïoque des pistoles de Stradella.

Cette situation financière dûment constatée, l'hôtesse de ce bouge les engagea poliment, mais péremptoirement, à aller remplir de nouveau leur escarcelle, s'ils voulaient recommencer sur nouveaux frais une si belle existence.

Jacopo prit fort mal l'invitation, mais Orio prononça, sans aucune arrière-pensée, l'oraison funèbre de leurs plaisirs sardanapalesques.

— *Corpo di Bacco* ! dit-il en lançant en l'air son feutre déformé, — il faut que tout finisse, l'amour et la bouteille !....

— En pareil cas, le plus tard est le mieux, objecta l'autre avec tristesse.

— Tu n'entends décidément rien à la vie, mon pauvre Jacopo ! Regarde-moi : est-ce qu'il y a quelque chose au monde qui puisse altérer ma belle humeur ?.... Tu ne suivras donc jamais mon exemple !... Le moyen d'être heureux, c'est de rire de tout.

— Tu as peut-être raison.

— Tiens, on nous chasse d'ici, n'est-ce pas ?.... gracieusement, c'est vrai, avec les formes dues à des personnages de notre importance, — crois-tu que je vais pour si peu me mettre l'esprit à l'envers et secouer la poussière de mes souliers, — qui sont en très mauvais état, soit dit en passant, — contre les volets de notre hôtesse ! Fi donc ! je laisse ces manières à des *facchini* ! Ce congé arrive fort à point. Je commençais à bâiller déplorablement au milieu de cet antre immonde ; j'y ressentais une espèce d'ennui, de malaise.... Bref, j'avais le mal du pays !

— Tu prétends retourner à Venise !... s'écria son compagnon confondu.

— Et pourquoi pas ?.... A Venise ou dans les environs.... je ne tiens pas précisément, pour le quart d'heure, à la métropole ; j'avouerai même que la rencontre du signor Francesco ne m'offrirait aucun charme,... Mais la patrie ! Le sol vénète !... L'air de l'Adriatique !... Ah ! sangodémi ! c'est là qu'est la félicité !

— C'est vrai, soupira le bandit mélancolique, il n'y a qu'une Venise au monde !...

— Je savais bien que tu te rangerais à mon opinion. Eh bien, mon très cher ami, crois-moi jusqu'au bout, le parti le plus sage, —

d'autant mieux que je n'en aperçois guère d'autre, serait de regagner à petit bruit, sans négliger les occasions qui peuvent s'offrir en chemin, — il faut bien vivre ! — de regagner, disais-je, le territoire hospitalier de la Sublime-République, et de nous installer provisoirement dans quelque localité de la Terre-Ferme, à Padoue, à Dolo ou à Mirano, par exemple, des villes charmantes à portée de la Brenta, une rivière que j'aime, parce qu'elle mène également aux îles Vénètes, si les affaires l'exigent, et sur le territoire de Milan, où le conseil des Dix perd ses droits.

— Padoue me sourit assez... acquiesça Jacopo ; je ne serais pas fâché de cette occasion de faire une neuvaine à la Chiesa del Santo, où l'on vénère la langue du bienheureux patron Antonio.

— Tiens ! l'idée est bonne, où il y a pèlerinage, il y a nécessairement foule ; pendant que tu prieras pour moi, je travaillerai pour nous deux.

Ce beau dessein n'effaroucha en aucune sorte la conscience élastique de Jacopo ; il savait, par suite de son éducation et de ses habitudes de piété, qu'il suffisait de prier devant la bienheureuse châsse pour mériter l'*Indulgenza plenaria* inscrite en lettres d'or au fronton de l'édifice, et il se mit en route, avec la ferveur d'un homme qui accomplit un vœu, sans préjudice de l'instinct sauvage du bandit qui guette sa proie.

Grâce à quelques coups de main hardis, nos deux pèlerins gagnèrent sans trop de peine le but de leur voyage, et leurs affaires, comme ils l'avaient espéré, ne tardèrent pas à marcher plantureusement. Pour eux se réalisait de tout point le mot de Constantin Paléologue, qui avait coutume de dire que si le Paradis terrestre n'eût été en Asie, il n'aurait pu se trouver ailleurs que dans le voisinage de Padoue.

Cette ville était administrée alors par un podesta débonnaire, beaucoup plus soucieux de servir la police politique du gouvernement métropolitain, que de veiller aux minces intérêts de la sécurité urbaine.

Les bravi s'épanouissaient au grand soleil, et les nôtres, moyennant leur concours dans quelques méchantes entreprises, telles que rapts, enlèvements, coups de stylet ou guet-à-pens, jouissaient dans une sécurité parfaite, des délices du climat, de la bonne chère et du vin supportable que fournit le pays.

Un soir qu'ils prenaient tranquillement le frais sur la belle promenade du Prato, se mêlant sans façon à la file des signori les plus distingués, dont ce lieu était le rendez-vous de prédilection, un homme aux allures discrètes, sorti de derrière une des statues des papes qui décorent les abords d'un des ponts voisins, les accosta mystérieusement :

— J'ai à vous parler, leur dit-il d'un ton bref.

Puis il se mit à marcher devant eux dans la direction du canal, qui communique avec la Brenta, cette rivière charmante, dont les poètes de tous les âges ont chanté les rives.

Une telle rencontre était d'ordinaire le début d'une bonne aubaine ; ils suivirent avec empressement leur laconique conducteur.

Celui-ci s'arrêta sur le bord du canal, dans

un endroit absolument désert, où ils le rejoignirent.

— Qu'y a-t-il pour votre service, Signor? demandèrent-ils.

— Une importante affaire, répondit-il à voix basse. On vous cite comme deux camarades intrépides autant qu'adroits; ceux qui m'envoient sauront vous payer suivant votre mérite.

— Parlez; qu'attend-on de nous?

— D'abord que vous acceptiez ce léger àcompte.

Il leur mit à chacun dans la main une bourse arrondie.

Ce procédé lui gagna leur confiance; ils se déclarèrent prêts à le suivre jusqu'au bout du monde.

— Pour l'instant, répondit-il, il s'agit simplement de descendre dans cette gondole, que vous voyez amarrée là, au bas des degrés. Notre entreprise exige des précautions; les gens que nous voulons surprendre sont sur leurs gardes; on peut nous épier… Nous causerons avec plus de sécurité sur l'eau, loin de toute oreille étrangère; et, d'ailleurs, tout en dressant nos batteries, mes rameurs, que vous ne pouvez distinguer, cachés qu'ils sont dans l'ombre du felze, nous achemineront vers notre destination.

— Vous payez trop bien, Signor, pour qu'on vous refuse quoi que ce soit. Les aventures vulgaires ne sont pas notre fait; celle-ci se présente convenablement : où il y a mystère il y a danger, et où il y a danger….

— Il y a profit, ajouta l'inconnu. Venez, vous serez récompensés, je vous le certifie, selon votre mérite.

Sur ce mot, il donna l'exemple et sauta légèrement dans la gondole, où le suivirent Orio et Jacopo.

— Holà, mes barcaroli, ordonna l'inconnu, ramez au large, et que chacun soit à son poste. Vous, messers, entrez sous le felze.

Il souleva d'un coin la draperie, et les deux associés se disposaient à profiter de l'autorisation, lorsque soudain de vigoureux gaillards s'élancèrent sur eux, les saisirent au cou et aux bras, s'emparèrent de leurs stylets, les bâillonnèrent solidement, leur attachèrent les mains derrière le dos, et les jetèrent comme deux colis inertes au plat fond de l'embarcation.

Tout cela était si adroitement combiné, qu'ils se sentirent réduits et garottés avant d'avoir pu se reconnaître ni proférer un cri.

Leurs adversaires se mirent ensuite à ramer avec vélocité et sans échanger une seule parole, ce qui donnait à l'aventure une fort triste apparence.

La gondole suivit le canal pour entrer dans la Brenta, dont elle se mit à remonter le courant paisible, avec une ardeur prodigieuse. Évidemment, on se dirigeait vers Venise, et l'on tenait à y arriver avant le jour. Le trajet exigeait une durée moyenne de huit à neuf heures, mais les barcaroli qui conduisaient nos deux prisonniers étant d'une force exceptionnelle, les deux tiers de ce temps devaient leur suffire.

Ils s'entendaient à merveille dans leurs mouvements. La largeur de la rivière permettait d'employer la double rame, ce que rend impossible la dimension des lagunes, et, comme ils étaient quatre, y compris l'inconnu, qui paraissait le chef, mais ne dédaignait pas de mettre la main à l'aviron, tandis que les uns ramaient, les autres se reposaient, et réciproquement.

Le discret équipage passa en pleine nuit devant les coteaux semés de bois et de villas qui bordent les deux rives de la Brenta, jusqu'à son embouchure.

Le temps avait été parfaitement calculé; lorsqu'ils débouchèrent dans la grande étendue d'eau, qui forme comme un lac, entre le rivage de la Terre-Ferme et Venise, l'aube commençait à peine à laisser poindre ses blanches vapeurs à l'horizon.

Venise enveloppée dans sa tunique brumeuse, dormait profondément. Mais, nos barcaroli, stimulés par l'approche du lever du soleil, redoublèrent d'efforts pour entrer dans les lagunes et, réduits dès lors à se servir d'un seul aviron, ils en firent si bon usage, que l'embarcation parvint bientôt au terme de sa course.

Lorsqu'elle s'arrêta, les deux bandits, au milieu du supplice que leur causaient leurs bâillons et leurs liens, entendirent une voix brève, qu'ils crurent reconnaître, et qui donnait quelques ordres rapides.

Leurs conducteurs pénétrèrent sous le felze, les invitèrent à se lever, et les poussèrent vers une petite porte, percée dans une muraille, à fleur d'eau, sur un canal isolé.

On y voyait assez clair déjà pour qu'ils la reconnussent. Ils échangèrent un regard d'épouvante. Cette porte était celle par laquelle ils avaient introduit, un soir, la fille du Gastaldo, qu'ils venaient d'enlever à son père et à son fiancé.

Le seul homme qui eût la clé de cette issue au sinistre aspect était le procurateur Morosini, — ils étaient chez lui, en son pouvoir. Eux, les habiles et les forts, on les avait joués comme des écoliers!… Cette idée seule les humiliait si singulièrement, qu'ils se laissaient mener, la tête courbée, anéantis et vaincus.

On les conduisit par une galerie voûtée, jusqu'à une cellule de rez-de-chaussée, dont l'étroite fenêtre en œil de bœuf, garnie de larges bandes de fer, donnait sur une cour intérieure d'aspect lugubre.

Leurs bâillons ainsi que leurs liens tombèrent; on les abandonna à eux-mêmes, après toutefois qu'une voix sourde leur eût crié à travers le guichet, percé au milieu de la porte:

— Ceci est la chambre de réflexion. — Réfléchissez!

C'était, bon gré, mal gré, la seule chose qu'ils eussent à faire, mais non sans avoir épanché leur bile avec une énergie d'expressions que nous ne tenterons pas de reproduire, contre les traîtres, les faux-frères et les bandits stipendiés. Bien entendu qu'ils se jugeaient d'une autre catégorie que ces misérables, objets de leur mépris.

Un peu soulagés par cette tempête d'indignation, ils songèrent à suivre le conseil du guichet, mais ils eurent beau se creuser le cerveau, aucun indice ne les mit sur la trace du complot dont ils étaient victimes, non plus que sur les desseins dont ils pouvaient en ce moment même être le sujet.

Un rapprochement bien simple eût pourtant suffi pour leur faire saisir ce fil essentiel. Depuis une huitaine de jours, une compagnie de comédiens et de chanteurs desservait le théâtre de Padoue, et l'impresario qui la dirigeait n'était autre que l'inévitable Ferramola.

Dévoué au Procurateur, en raison de la générosité de celui-ci, Ferramola avait à peu près suivi le même itinéraire que les deux associés, sans rien risquer contre eux, tant qu'ils se trouvaient en pays étranger. Mais dès qu'il avait pu constater leur présence à Padoue, il n'avait eu rien de plus pressé que d'en écrire à Morosini, et l'on a vu le résultat de cet avis.

C'est que la tournure qu'avaient prise les choses, les échecs infligés avec tant de persistance à son amour d'abord, à son orgueil ensuite, avaient excité chez le Procurateur une insatiable soif de vengeance.

Nous l'avons laissé précédemment, à l'heure où, brisant la porte du boudoir de Teresa, il arrivait pour entendre les adieux menaçants de celle-ci et pour saisir sur la lagune le sillage de la barque qui la lui enlevait.

Un témoin de sa défaite restait en son pouvoir, c'était la jeune servante, dont il avait fait sa complice, mais que son zèle avait trahie, et qui était tombée dans le piége tendu à sa maîtresse.

Dès que Sylvia eut repris ses sens, il lui fit subir un interrogatoire minutieux, entremêlé de menaces furieuses, qui ne réussirent qu'à l'intimider et à embrouiller ses explications. Il en comprit assez, néanmoins, pour reconnaître qu'il avait été trahi de longue main par Stradella, dont il ne se défiait pas, quoi qu'il ne l'eût pas revu depuis la fête des Procuraties.

La première victime de cette colère fut Sylvia elle-même, dont il refusa d'admettre la justification, et qu'il chassa impitoyablement, pour n'avoir pas mieux veillé sur celle dont elle était constituée gardienne. Elle rejeta en vain la faute sur la liberté trop grande accordée par lui à Teresa, en lui permettant de sortir de son appartement privé pour aller prier aux pieds de cette maudite statue de marbre; il lui fallut quitter le palais.

Cependant ces observations de Sylvia avaient frappé Morosini. En se rappelant le secours que Teresa avait trouvé dans cette statue, le jour où il avait voulu triompher de ses scrupules, il en était venu à la prendre en aversion. Ce que n'avaient pu faire tous les événements funestes dont il avait été témoin, dans son expédition de Morée, la fuite de Teresa le produisit.

La statue grecque revêtit à ses yeux l'apparence d'un mauvais génie; obsédé par cette idée, il résolut de s'en défaire.

L'ambassadeur de France à Venise était alors l'abbé d'Estrade, politique adroit, mais surtout excellent courtisan. Louis XIV poursuivait avec une obstination toute royale l'achèvement de Versailles, où il avait la prétention de réunir les plus incontestables chefs-d'œuvre de la statuaire. Informé des intentions de Morosini, l'abbé diplomate n'eut bientôt plus d'autre désir que de devenir, au meilleur compte possible, possesseur de la *Chanteuse de Marbre*, ainsi que la tradition appelait la statue, afin d'en faire hommage à son souverain.

Le marché se conclut, en effet, et la Sainte païenne fut expédiée vers la France.

Mais ce sacrifice ne suffisait pas pour éteindre la colère du Procurateur. Le sang de l'homme qui l'avait outragé pouvait seul l'assouvir, car c'était peut-être moins à Teresa qu'il s'en prenait maintenant qu'à Stradella; d'autant mieux qu'en atteignant le maëstro, il punissait du même coup sa maîtresse.

Restait ce problème : Où trouver Stradella?

L'impresario, l'ordonnateur des soupers des Procuraties, l'homme des mauvais conseils soufflés à Teresa, devenait encore un auxiliaire utile. Il le manda pour l'envoyer à la recherche des fugitifs.

Ce n'était pas une entreprise aisée. Ferramola parcourut bien des villes et dépensa bien du temps, mais enfin il les découvrit à Urbino, où nous avons fait assister le lecteur au terme de ses investigations et au triomphe de sa diplomatie.

Le reste se devine. Au premier avis qu'il reçut de son agent, Francesco Morosini fit venir ses fidèles Orio Barbarigo et Jacopo Schiavone, leur donna ses instructions, et les fit partir pour Rome, avec une bourse copieusement garnie, et promesse d'une récompense autrement importante, quand ils l'auraient délivré du supplice perpétuel de penser que son ennemi était vivant, qu'il possédait les faveurs de la femme qui l'avait dédaigné, lui le grand seigneur tout-puissant, et que tous deux, l'amant et la maîtresse, se riaient de son dépit et de sa haine.

Les deux bravi étaient donc partis pleins d'ardeur, impatients de gagner le salaire dont la séduisante amorce irritait leur convoitise, mais on a vu ce qui advint de cette tentative, et comment l'hymne de Stradella produisit la conversion invraisemblable de ses meurtriers.

La cellule où on les avait jetés justifiait parfaitement son épithète de chambre de réflexion, car ils ne tardèrent pas, dès qu'ils s'y sentirent enfermés, à en faire et des plus tristes.

On leur passa par le guichet une mince ration d'eau et de riz cuit sans autre assaisonnement qu'un peu de sel, en leur renouvelant, pour tout renseignement sur leur sort, la sentence du matin :

— Vous êtes dans la chambre de réflexion; réfléchissez!

Les choses tournaient au noir.

Dans l'après-midi, un bruit de pioches frappa leur oreille. Ils coururent à la fenêtre; des hommes creusaient deux fosses dans la cour isolée. Mais ce qui acheva de les terrifier, ce fut l'arrivée, près de ces fosses, d'une machine hideuse, bien connue à Venise : La machine strangulatoire.

Ils savaient *de visu* comment on s'en servait. Le creux pratiqué en terre avait la demi-hauteur seulement du condamné; on l'y faisait descendre, puis on le couvrait de la machine, qui, le comprimant de toutes part, lui rendait épouvantables les derniers moments de l'existence.

En dépit du métier qu'ils exerçaient, ils ne

s'étaient jamais crus destinés à ce supplice. La vue de ces préparatifs leur causa un indicible frisson. Ils se rej-tèrent au fond de la cellule avec un cri d'horreur.

Un grincement de serrure et de verroux les avertit presqu'aussitôt d'une visite; ils pensèrent que c'en était fait, et n'osèrent lever les yeux.

— Eh bien! coquins, dit une voix déjà entendue lors de leur introduction dans le palais, avez-vous fait votre prière?

— Grâce! grâce! signor!... s'écrièrent-ils en se jetant aux pieds de l'arrivant.

Il les considéra dans cette posture, avec un sourire plein d'amertume et de mépris :

— Osez-vous implorer ma pitié, après votre trahison!

— Ne considérez pas notre faute, mais nos services passés, signor; s'écria Jacopo. — Que de fois n'avons-nous pas risqué, pour vous être agréable, cette vie que vous voulez nous enlever.

— Scélérats fieffés!... murmura Morosini.

— Signor, implora Orio en essuyant deux ou trois larmes de crocodile au coin de sa joue, — nous sommes de pauvres pères de famille; pour nos femmes et pour nos enfants, si ce n'est pour nous..... montrez-vous miséricordieux.

— Ma chère moitié!... sanglotta Jacopo, qui de sa vie n'avait été marié.

— Que je vous pardonne, serpents, pour que vous recommenciez ensuite...

— Jamais! jamais! illustrissime signor.

— Seriez-vous gens à me jurer de réparer votre félonie de Rome?

Jacopo se gratta le front, mais Orio répondit sans hésiter :

— Cela seulement est impossible, signor....

— Comment! impossible, misérables bandits!

— Nous avons juré à ce chanteur de respecter ses jours, et notre salut éternel nous impose l'obligation de tenir notre serment.

— A merveille! alors vous mourrez!...

Et le Procurateur se tourna tranquillement vers la sortie, comme pour se retirer.

Jacopo le retint par le pan de sa robe :

— Mais, dit-il d'un ton insinuant, si nous ne pouvons le frapper nous-mêmes, nous n'avons pas juré de ne pas le faire frapper par d'autres...

La distinction parut bien manquer de délicatesse à Orio Barbarigo, mais ce n'était pas le moment de faire des façons; il se rangea à l'opinion du casuiste Jacopo, et confirma sa déclaration.

— A la bonne heure! répondit Morosini. Je savais bien que nous nous entendrions à la fin. Je vous accorde la vie ainsi que la liberté, à cette condition... et je vous ajourne à un mois... D'ici là, dressez vos batteries, et n'espérez pas m'échapper... J'aurai les yeux sur vous.

<h2 style="text-align:center">II.</h2>

<h3 style="text-align:center">L'enfant trouvé.</h3>

Tandis que Francesco Morosini, poussé par un besoin impitoyable de vengeance, recourait aux expédients les plus extrêmes pour arriver à frapper son ennemi, Stradella se renfermait dans une conduite bien opposée.

Sa nature généreuse lui faisait négliger les satellites qui s'offraient à lui pour le protéger dans les périls qui l'entouraient, et, loin de chercher à prévenir, en usant des mêmes armes, les méchants desseins dont il se sentait menacé, il songeait seulement à se mettre à l'abri.

Mais où trouver cet asile que la solitude d'Urbino ne lui avait pas même offert ? La main du Procurateur, cette main pleine d'or, s'étendait loin. Le hasard qui avait mis le signor Ferramola en présence de Danielo en était malheureusement la preuve. — Nous disons le hasard, car le rôle de l'impresario avait été si habilement joué, que, malgré les pressentiments de Teresa, la droiture du maëstro se refusait à admettre la complicité de cet homme. Le silence calculé de Morosini, dans le banquet des Procuraties, où avait commencé leur pacte honteux, avait dû égarer l'opinion de Stradella, qui l'avait suivi sans difficulté comme sans méfiance à Rome.

D'un autre côté, la coupe de gloire et de succès à laquelle l'illustre chanteur venait de nouveau de tremper ses lèvres, avait ravivé en lui les idées, le besoin de triomphe, d'émotions, de mouvement, qui sont comme l'essence inséparable du caractère de l'artiste. Il faut bien le dire, puisque, après tout, c'est l'histoire des faiblesses humaines, le temps n'était plus où l'amour de Teresa remplaçait toutes les sensations dans son cœur.

Il n'aimait pas moins pour cela une maîtresse qui lui coûtait si cher, mais son amour moins exclusif s'accommodait de la rivalité de l'art, qui, refoulé pendant longtemps, avait reconquis ses droits et partageait l'empire avec Teresa.

La question à résoudre était donc celle-ci : comment donner satisfaction à la fois à ces deux passions, sans que l'une nuisît à l'autre? Ce problème était difficile; le temps pressait, car le nouvel échec éprouvé par le Procurateur devait le rendre plus terrible et lui inspirer des trames mieux ourdies.

Il songeait à toutes ces choses, et s'inquiétait surtout pour sa bien-aimée Teresa d'une situation si perplexe, lorsque son regard tombant par hasard sur Danielo, qui se tenait lui-même pensif, non loin de lui, il se ranima comme frappé d'une inspiration soudaine :

— Danielo! dit-il.

Le jeune homme accourut, étonné de l'animation qui renaissait sur les traits de son protecteur.

— Que vous plaît-il, maître?

— Nous partons aujourd'hui... à l'instant... veille aux préparatifs....

— Quoi !.... auriez-vous découvert ?...

— J'ai découvert un asile sûr, et c'est à toi que je le devrai.

— A moi! s'écria Danielo incrédule, mais déjà souriant, rien qu'à voir la confiance qu'exprimait le visage du maëstro.

— Hâte-toi, je t'expliquerai cela en route; tu ne seras pas fâché non plus de me suivre où je veux te mener.

— Avant un quart d'heure tout sera disposé! Si le bonheur est au bout de notre voyage, soyons polis avec lui, ne le faisons pas attendre !

Le départ s'effectua bientôt, et la sérénité du chef avait si complétement gagné ses compagnons, qu'on eût dit qu'ils partaient pour une excursion de plaisir, lorsqu'en réalité c'était la crainte d'un danger mortel qui les conduisait. Nous ne dirons pas que cet acheminement fût celui de l'exil, l'artiste est chez lui partout où il peut exercer son art, et la femme partout où elle peut aimer.

Stradella avait raison, d'ailleurs, il avait trouvé une idée de salut. La vue de Danielo lui avait rappelé le nom d'une grande dame, dont nous n'avons dit que deux mots, au début de cette histoire, mais que le moment est venu de présenter d'une manière plus explicite à nos lecteurs.

Cette dame illustre occupait une position assez haute pour servir utilement de protectrice à Stradella, et elle ne pouvait lui refuser son appui, car elle avait contracté naguères avec le grand artiste une de ces alliances morales qui, de loin comme de près, établissent une solidarité entre ceux qu'elles rapprochent.

Quinze ans avant l'époque de notre récit, Stradella n'avait pas encore conquis sa célébrité ; sa carrière s'ouvrait à peine, et cependant son mérite, qui commençait à se révéler, présageait son avenir et donnait d'assez beaux résultats.

Il parcourait l'Italie en chantant, s'arrêtant là où on voulait bien le retenir, passant vite, si l'on ne l'accueillait pas à son gré, ou si l'on semblait se défier de sa grande jeunesse.

Pauvre d'argent, mais riche d'espérance, il cheminait un soir, à travers la partie des Apennins qui avoisine Florence ; et les sites sublimes, la nature féconde et plantureuse qui a fait donner à la capitale de la Toscane le nom de la déesse des fleurs, s'harmonisaient avec la chaleur de sa splendide organisation. Il laissait flotter sur le cou de son cheval les brides inactives, s'en remettant à l'instinct de sa monture pour le guider, et se complaisant dans les visions magiques à travers lesquelles il se voyait déjà le plus grand compositeur et le premier chanteur du monde.

Le son lointain d'une cloche interrompit sa rêverie. C'était l'*Angelus* qui tintait à la tourelle d'une humble église de campagne, enfouie au fond d'une vallée. Cette voix mélancolique et harmonieuse apportait avec elle, en traversant les monts, un sentiment religieux et doux en quelque sorte irrésistible.

Stradella n'était pas d'une piété rigoureuse, mais aucune des pensées qui naissent du ciel n'était étrangère à son intelligence. Cette modeste cloche qui invitait les fidèles à élever ensemble leurs prières vers Dieu, cette révélation d'un temple chrétien, dans ces solitudes bénies, les intervalles calculés de ces tintements, si souvent entendus pendant son enfance, toutes ces impressions parlaient à la fois à son âme. Il s'arrêta, mit pied à terre, et tenant la bride de son cheval, il s'agenouilla sur le chemin, se signa et récita l'oraison à laquelle la cloche le conviait.

Après un regard d'admiration donné au site qu'il avait devant lui, aux splendeurs du ciel des montagnes, illuminé par le soleil couchant, il remettait le pied à l'étrier, lorsqu'il lui sembla entendre non loin de là un bruit étrange, qui le frappa vivement, sans qu'il s'en rendît compte.

Il suspendit jusqu'à sa respiration pour mieux écouter. Au bout de quelques secondes, le bruit se renouvela, tout pareil aux vagissements d'un enfant.

Saisi d'une anxiété involontaire, il attacha son cheval au tronc d'un mélèze, qui s'inclinait vers le chemin, et se mit à chercher d'où venaient les cris.

En tournant un talus planté de buissons épais, il aperçut, sur le bord d'un sentier, un tout petit enfant, criant et pleurant sur le corps d'une pauvre femme, évanouie, morte peut-être, car elle ne faisait aucun mouvement.

Ses habits sordides attestaient une indigence extrême ; elle avait pu être belle, elle n'était pas âgée, mais ses traits hâves, amaigris, ses yeux caves, ses mains décharnées, ne laissaient aucun doute sur la cause de son épuisement. Le besoin l'avait arrêtée dans sa marche, alors que son sein tari n'offrait plus de lait à son enfant, et que sa faiblesse ne lui permettait plus d'atteindre jusqu'au village prochain, pour y implorer la charité.

Stradella se précipita vers l'infortunée, et partagea entre elle et son enfant l'eau qui restait dans sa gourde de voyage.

Ce léger secours suffit pour calmer les cris de l'un et pour rendre le sentiment à l'autre. Celle-ci ouvrit les yeux et les promena lentement autour d'elle, étonnée de vivre encore ; car il est clair qu'elle se sentait, malgré cette dernière étincelle d'existence, à bout de ses forces.

Cependant elle fit un geste de la main et parvint à toucher son enfant, qu'elle attira sur sa poitrine, comme pour lui donner les derniers battements de ce cœur déjà glacé.

La conscience de sa situation s'offrit alors à elle dans toute son horreur. Un sombre désespoir se dessina sur ses traits ; elle fixa ses regards mourants sur le cher petit être qu'elle allait quitter, et réunissant toute son énergie, elle voulut parler. Ses lèvres pâles et flétries s'agitèrent, sans que sa gorge, étranglée par le râle qui commençait, réussît d'abord à articuler aucune syllabe. Enfin elle y parvint, mais elle ne prononça qu'un seul mot, un seul nom :

— Danielo !... mon Danielo !...

Puis, étreignant encore de son bras convulsif l'enfant sur son sein, elle retomba tout à fait, le visage tourné vers Stradella, à qui elle semblait, dans un dernier effort, adresser une prière muette.

L'artiste était de ceux qui comprennent ce langage.

Il renouvela, bien que sans espoir, ses tentatives pour rappeler la vie dans ce corps épuisé, et quand il fut bien convaincu que la nature avait perdu ses droits, et que la tombe réclamait sa victime :

— Mourez en paix, pauvre femme, lui dit-il, votre enfant aura un père.

L'agonisante eut un instant de bonheur, elle sourit à ces mots, puis ses yeux se fermèrent, un soupir suprême s'exhala de son gosier. Mais une expression de douce joie était restée gravée sur ses traits, désormais immobiles, comme un temoignage de la confiance qu'elle emportait avec elle, dans un monde meilleur.

Le jeune homme prit dans ses bras l'enfant, qui pleurait de nouveau, et chercha à l'apaiser. Mais le besoin était pour beaucoup dans ces plaintes, et l'artiste était fort embarrassé de ce surcroît de bagage, plus délicat et plus difficile à porter que celui de sa valise.

Il fallait pourtant prendre un parti; le plus sage était de se mettre sur-le-champ à la recherche d'un endroit habité, avec ce fardeau sur les bras, si toutefois le cheval, jusque-là d'humeur débonnaire, et devenu tout à coup rétif, consentait à le recevoir.

La chose n'était pas aisée, et nous ne saurions dire quelle eût été l'issue de cette lutte entre l'homme et la bête, lorsqu'elle fut suspendue par un nouvel incident.

Le roulement d'un lourd carrosse et la marche de plusieurs chevaux se firent entendre sur la route, et l'artiste distingua, au milieu d'un nuage de poussière, un équipage somptueux, en avant et en arrière duquel marchaient des cavaliers.

Il s'apprêtait à leur demander un peu d'aide, quand la cavalcade s'arrêta d'elle-même, à la voix d'une femme encore jeune et belle qui occupait le fond de la voiture.

Dans cette même voiture se trouvaient avec elle une autre dame, un homme à cheveux grisonnants et un ecclésiastique.

Les cavaliers qui formaient l'escorte étaient des valets armés et des personnages de façons distinguées, richement vêtus, quoique en tenue de voyage.

La dame inconnue, à laquelle son entourage témoignait un respect profond, commanda qu'on ouvrît la portière et s'élança vers l'artiste, qui, la bride de son cheval passée au bras, tenait toujours l'enfant, et se trouvait alors près du cadavre de la mère.

— Qu'arrive-t-il? demanda-t-elle avec une vivacité pleine de bienveillance; car elle devinait un malheur. Quel est cet enfant? Quelle est cette femme évanouie?

— Une aventure douloureuse, Madame, répondit le jeune homme. Cette pauvre femme vient de mourir sous mes yeux, de misère, je le crois bien, et, sans le hasard qui m'a fait m'arrêter ici, cet enfant aurait eu le même sort.

— Morte!... répéta la dame; en êtes-vous bien sûr?

Et, sans attendre qu'il répondît, s'adressant à l'homme à cheveux gris qui était descendu aussi du carrosse.

— Docteur, ordonna-t-elle d'un ton pressant, que faites-vous ici, près de moi? C'est là qu'est votre place, à côté de cette malheureuse; voyez donc, peut-être y a-t-il moyen de la rappeler à la vie... Faites vite; ne négligez rien!

Ce vieillard était en effet un médecin, qui obéit sur-le-champ, pendant que Stradella achevait, en deux mots, de raconter les détails que nous connaissons.

Si rapide qu'eût été son récit, il avait fallu moins de temps encore à l'homme de l'art pour constater que la mort n'était que trop réelle.

— Puisque la science est impuissante, Signor, dit alors la dame à l'ecclésiastique, que cette pauvre dépouille ne reste pas du moins sans bénédictions et sans sépulture.

L'ecclésiastique se découvrit, se signa et s'approcha à son tour du cadavre, près duquel il se tint debout, tandis que les cavaliers de l'escorte mettaient gravement pied à terre et s'agenouillaient, sauf deux valets, qui creusaient un fosse en s'aidant de leurs armes de ceinture.

La dame elle-même avait donné l'exemple en pliant le genou sur l'herbe qui bordait la route et en s'associant dévotement aux prières du prêtre.

Ce fut une cérémonie solennelle et émouvante, que ce service funèbre, ayant pour luminaire les zônes empourprées de l'horizon, pour tentures les glacis des montagnes avec leurs reflets mystérieux et profonds à cette heure de la véprée, pour accompagnement les voix du soir qui courent à travers les bois et les collines, et pour assistance cette cavalcade somptueuse, qui ne craignait pas de gâter ses dorures et ses velours sur la poussière d'une route.

On étendit pieusement un voile sur le visage de la morte, et on la déposa avec soin dans la fosse, sur laquelle on fit rouler, pour la soustraire à toute profanation, un énorme bloc de rocher, qui lui servit de monument.

Ces devoirs accomplis, chacun se tourna vers la dame, qui les avait indiqués, attendant qu'elle donnât le signal du départ. Mais elle n'avait pas encore terminé sa tâche; car sa sollicitude n'était pas de celles qui laissent inachevée une bonne action.

Elle fit signe à Stradella, qui s'était écarté pour faire place à son entourage, de se rapprocher:

— Ainsi, lui dit-elle, cet enfant est orphelin?

— Non, Madame, répondit Stradella d'un ton pénétré, — il a un père; — je l'adopte.

L'inconnue le regarda avec une émotion bienveillante.

— Vous?... si jeune!...

— Je l'ai promis à sa mère; je ne l'abandonnerai jamais.

La dame eut un de ces sourires affectueux et approbatifs que l'on prête aux bonnes fées dans les contes de l'enfance.

— Vous êtes donc riche? demanda-t-elle, d'un accent si doux, que cette question perdait ce qu'elle aurait eu de blessant dans une autre bouche.

— La Providence est féconde et l'avenir est vaste... Ce que je gagne, je le partagerai avec l'enfant.

— Enfin, vous avez une position lucrative?

— Je suis artiste; je suis musicien.

La dame aimait les arts sans doute, car cette réponse sembla augmenter sa sympathie pour le jeune voyageur.

— Un cœur d'artiste est un cœur généreux, je le sais, dit-elle, mais ce ne doit pas être un cœur égoïste. Vous devenez le père de cet orphelin, c'est bien; mais un père, cela ne suffit pas pour composer une famille; vous ne refuserez pas de m'admettre pour moitié dans votre bonne œuvre. Je veux donc qu'il ait aussi une mère, pour remplacer celle qu'il a perdue.

— Quoi! Madame...

Stradella hésita.

— Eh bien, ne voudriez-vous pas de cette association?... Oh! soyez sans crainte, je suis d'assez bonne maison pour mériter votre confiance... Demandez plutôt à ces messieurs.

L'entourage de la dame s'inclina avec les signes d'une adhésion respectueuse.

— Je n'ai besoin, Signora, dit l'artiste en s'inclinant à son tour, que de vous entendre et de voir la bonté qui se manifeste dans vos moindres paroles, pour être convaincu que votre protection vaut mieux que la mienne sans doute. Mais autour de vous éclate aussi le témoignage de la fortune et de la considération. Si j'hésite, lo'n que ce soit l'effet d'un doute, c'est au contraire par la crainte qu'il n'y ait entre vous et moi une trop grande distance.

— Rassurez-vous, la charité est un lien qui les rapproche toutes.

— Je songerais à refuser que ce serait un acte d'ingratitude, dont je ne suis pas capable, et que je n'ai pas le droit de commettre. Il est évident, Madame, que c'est le bon ange de ce pauvre enfant qui vous a envoyée vers lui.

— A la bonne heure... Mais votre protégé n'a peut-être pas reçu le baptême; il est dans un état de faiblesse très grande... Avant d'aller plus avant, n'êtes-vous pas d'avis, Signor, dit-elle à l'ecclésiastique, qu'il faille pourvoir à ce gage de salut?

Pendant ce dialogue, la dame qui accompagnait l'inconnue avait recueilli l'orphelin, et, grâce aux provisions dont le coffre du carrosse était copieusement garni, elle lui avait donné des aliments proportionnés à ses forces.

On trouva également dans ce coffre une aiguière remplie d'eau; car cette partie de la montagne en paraissait dépourvue; de telle sorte que l'enfant fut béni et ondoyé sur la tombe de sa mère.

— Quel sera le nom du nouveau chrétien? demanda le prêtre.

— Celui que sa mère lui a donné, — se hâta de dire l'artiste; — elle l'a appelé à deux reprises Danielo.

— Le nom du parrain? continua l'ecclésiastique, qui écrivait à mesure les réponses sur ses tablettes.

— Alessandro Stradella.

— Celui de la marraine?

— Vous le savez, répondit la dame.

— Alors, reprit le prêtre, j'inscris : Son Altesse Royale Jeanne-Baptiste de Nemours, duchesse de Savoie et reine de Chypre (1).

La duchesse sentit la main du jeune parrain tressaillir dans la sienne à l'énonciation de ces titres; mais elle conçut de lui une opinion d'autant meilleure, qu'il ne donna pas d'autre marque de surprise, ne se troubla nullement et ne devint ni plus obséquieux, ni plus courtisan qu'auparavant.

(1) Le titre de Majesté ne fut pris par les princes régnants de Savoie que dans le siècle suivant, lors de l'érection du Piémont en royaume, sous Victor-Amédée II.

Il est vrai que cette princesse était digne de le comprendre; car son âme était grande et magnanime, ainsi que l'atteste l'histoire de son règne, et ainsi que nous aurons sans doute occasion de le voir par la suite.

La nuit était venue quand le cortége, auquel s'était joint Stradella, fit son entrée dans Florence.

La duchesse, qui avait gardé l'enfant avec elle dans son carrosse, consentit alors à s'en séparer et à le remettre à son parrain, dont elle eût craint de froisser la délicatesse en lui refusant la tutelle immédiate de leur filleul commun.

Seulement, elle accompagna cette remise de paroles encourageantes :

— Je vous le confie, dit-elle; mais, quel que soit son destin, rappelez-vous que j'ai sur l'enfant les mêmes droits que vous. Si vous ou lui avez jamais besoin de moi, n'hésitez pas à venir me trouver.

Elle tendit la main à l'artiste, qui y posa respectueusement ses lèvres, et elle lui adressa du geste et du regard le plus bieveillant adieu.

Stradella s'éloigna, chargé de son précieux fardeau, et quand il écarta les dentelles que l'on avait substituées à ses humbles langes, il y trouva cachée une bourse très riche, brodée aux armes de Savoie.

III.

Dans la montagne.

Ce fut donc à la duchesse de Savoie que le maëstro pensa naturellement, dans la nécessité qu'il éprouvait de se mettre sous une protection puissante.

La Savoie était d'ailleurs, à cette époque, la seule contrée de l'Italie où le meurtre ne marchât pas le front levé, où les assassins ne trouvassent pas dans les gouvernements une protection tacite, où la profession de bravo fût considérée comme synonyme de celle de brigand et traitée de même. Quelque étrange que cela paraisse, ce que nous disons là est parfaitement authentique. Il n'y avait en Italie qu'une capitale où l'ordre et la justice s'exerçassent sincèrement, c'était Turin.

Entraîné par les hasards de sa carrière, Stradella n'avait pas revu la princesse depuis la rencontre de l'enfant. Leur association n'en avait pas moins suivi scrupuleusement son cours. L'artiste n'avait pas perdu de vue un seul jour la tâche qu'il s'était imposée, et la duchesse, malgré les tracas de la politique, à laquelle elle prenait une part active, et sous prétexte de coopérer aux frais d'éducation de son filleul, avait, de temps en temps, envoyé à Stradella, dont la renommée lui apportait de fréquentes nouvelles, des cadeaux tout à fait princiers.

Néanmoins, dans ces derniers temps, la mort de Charles-Emmanuel II, son mari, avait entraîné pour elle de si graves conséquences, qu'elle n'avait pu songer à ses deux protégés. Elle avait pris en main la direction des affaires, en qualité de régente et de tutrice de Victor-Amédée II, son fils.

Deux partis s'agitaient à la cour : le sien, et celui de l'opposition, qui cherchait déjà à circonvenir le jeune souverain et à lui inspirer des idées de rébellion contre sa mère. Celle-ci, heureusement, n'était pas une femme ordinaire. Chez elle, la générosité et la mansuétude s'alliaient à une volonté énergique, à une grande sûreté de décision, et l'époque de sa régence est citée aujourd'hui encore comme l'une des plus brillantes de la monarchie savoisienne.

Stradella n'ignorait aucune de ces circonstances ; il savait que c'était à elles et non à l'oubli qu'il fallait attribuer le silence de la princesse, et il était convaincu qu'il lui suffirait de se présenter à sa cour pour retrouver la bienveillance dont elle lui avait donné tant de preuves.

Il calcula que la Savoie pesait d'un certain poids dans les conseils de l'Italie, et qu'un procurateur de Venise y regarderait à deux fois avant de rien tenter contre la vie d'un homme hautement protégé par la maison de Carignan.

Plein de confiance, il quitta Rome à la hâte, en compagnie de Teresa et de Danielo, congédiant ses domestiques et gardant pour tout le monde le secret le plus complet sur le but de son voyage.

Arrivés à Civita-Vecchia, à quinze lieues de Rome, nos fugitifs n'eurent que peu de jours à attendre pour trouver un navire qui se rendait à Savone, dans le golfe de Gênes. La route de mer était, en effet, la plus sûre pour eux, et, après une traversée assez rapide, ils mirent pied en Savoie, sur le territoire soumis aux lois de leur protectrice.

Certains d'avoir, au moins pour un temps, dépisté leurs ennemis, ils ne s'arrêtèrent cependant à Savone que le laps de temps indispensable pour se refaire des fatigues du voyage. Leurs stations jusqu'à Turin étaient courtes et tout indiquées : c'étaient Coni et Savigliano. Deux ou trois jours eussent suffi pour franchir cette distance sans l'état difficile des routes et les détours qu'exigeait la traversée des Apennins.

Ce pays, fécond en contrastes, leur offrit d'abord, quand ils quittèrent Savone, un aspect florissant et une végétation luxuriante. Mais presqu'aussitôt, et sans transition, dès qu'ils atteignirent le pied des montagnes et le voisinage des Alpes maritimes, la nature changea d'aspect, la verdure disparut, faisant place à de maigres buissons, à des plantes épineuses, à des bruyères sombres, et l'horizon se découpa en sommets granitiques ou schisteux dominés eux-mêmes par les neiges éternelles.

Lorsque leur modeste voiturin pénétra dans le labyrinthe abrupte de ces chemins âpres et lugubres, Danielo surprit sur les traits de Teresa l'empreinte d'une préoccupation dont il devina aisément la cause. Depuis la soirée du vendredi-saint, la fille du Gastaldo tombait fréquemment dans une mélancolie profonde. Superstitieuse et tendre comme nous la connaissons, elle s'alarmait au plus léger prétexte. Tout devenait à ses yeux présentiment ou présage ; la disposition de son esprit multipliait autour d'elle les signes funestes.

Les preuves incessantes de l'amour de Stradella, l'affection fraternelle de Danielo, la confiance qui les animait, avaient suffi jusque là à dissiper ces nuages, mais cette fois l'accès semblait plus grave.

Le maëstro, pensif lui-même, admirait en silence la beauté sauvage de ces monts sans issue ; emporté par sa contemplation, il ne se doutait pas de la tristesse de sa compagne. Danielo seul tenta par son babil d'opérer la distraction accoutumée, mais comme s'il régnait en ces solitudes une influence répulsive à la gaîté, le rire expirait sur ses lèvres, les saillies s'émoussaient en arrivant à sa bouche, et lui-même se sentait froid au cœur.

Il voulut avoir raison de ce phénomène, car c'en était un inexplicable pour sa nature si heureusement douée. Il essaya d'engager la conversation avec le guide qui conduisait l'attelage.

— Hé ! compère, lui dit-il, en serons-nous réduits jusqu'à la fin de notre voyage, à n'avoir pour toute musique que le grelot fêlé de vos mules ? Ne nous régalerez-vous d'aucune des chansons de votre pays ? Nous voici justement dans un chemin parfaitement propice, et qui doit offrir des échos délicieux.

Le conducteur était un paysan à la mise plus pittoresque qu'attrayante. Il aurait fait un excellent repoussoir, dans un tableau de genre, où l'on aurait voulu l'utiliser à l'avantage de personnages sympathiques. Une épaisse barbe d'un gris sale lui cachait les deux tiers du visage ; ses sourcils hérissés et croisés lui barraient le bas du front ; son regard avait quelque chose de sournois et de dur ; quant à son teint, il était du bistre le plus foncé.

Jusque-là, il n'avait encore desserré les dents, que pour adresser à ses bêtes des interjections indispensables, fréquemment appuyées de coups de fouet.

Son habitude n'était sans doute pas d'entrer en conversation avec ses voyageurs, bien que l'hôtellier qui l'avait présenté à Stradella, le lui eût recommandé comme le plus honnête et le plus adroit du canton. Il est vrai que ces qualités essentielles n'emportaient pas forcément l'obligation d'être expansif et causeur. Il se retourna donc tout d'une pièce vers le sculpteur et lui répondit très froidement :

— Si vous étiez du pays, mon jeune signor, vous sauriez qu'on ne chante pas en traversant la *strada a doccia* (la cavée).

— Hum ! fit Danielo sans se décontenancer, cette strada me semble pourtant magnifique.

Le vetturino poussa un léger sifflement, qui eut pour résultat d'activer la marche de ses mules, mais il ne tourna même plus la tête vers son interlocuteur.

— Laissez ce brave homme tranquille, Danielo, murmura doucement Teresa à l'oreille du jeune garçon.

— Non pas, répliqua-t-il, je soupçonne chez ce guide, plus têtu que ses mules boiteuses, un parti pris de m'être désagréable. Il ne veut pas chanter, c'est évident ; eh bien ! tout au moins, il parlera.

— À votre aise ; mais cela pourra troubler le maëstro ; voyez donc comme il est sérieux.

— Trop sérieux ! fit Danielo, et je suis sûr que cet ours savoisien est une outre gonflée d'histoires curieuses sur ces montagnes, aussi mal peignées que sa barbe.

Le chemin prenait alors des aspects menaçants et fantastiques. Ce que le guide appelait la *strada a doccia*, était une sorte de galerie profondément taillée à pic entre deux
parois de marbre micacé. De place en place,
cette voie était entièrement percée dans la
masse qui formait voûte au-dessus d'elle,
puis elle reprenait à ciel ouvert à travers des
pitons anguleux, ou bien elle glissait, ainsi
qu'un serpent, dans des blocs gigantesques,
tout prêts à quitter leur attache ante-dilu-
vienne.

— Holà! mon camarade, reprit le sculpteur,
vous assurez, et je vous crois, que l'on ne
chante pas dans ce joli chemin, mais est-il
également défendu d'y faire la conversation?
A en juger par celle que vous entretenez avec
votre charmant attelage, depuis une heure,
votre entretien doit être farci d'agréments;
parlez donc un peu à des oreilles qui vous
comprennent.

— J'ai connu Pietro le muletier, prononça
lentement et sans se détourner le conducteur,
— c'était un garçon vaillant et de belle humeur; il avait l'habitude lui, de chanter et de
rire dans la cavée; son idée était que plus les
endroits sont tristes, plus la gaîté y est indispensable.

— Ce garçon était un sage.

Le guide allongea le bras vers un bloc
énorme, qui encombrait une partie de la
route tracée et obligeait à faire un coude pour
le contourner :

— Un jour que Pietro passait là, en fredon-
nant une chanson païenne, ce quartier de roc,
qui était sur sa tête, se détacha tout à coup,
roula avec la rapidité de la pensée, et le corps
de Pietro est resté enseveli dessous.

— L'aventure manque de charme, conclut
Danielo.

— Cette route m'effraie, murmura Teresa.

Stradella entendit ces derniers mots. Il prit
et serra la main de sa maîtresse, qu'il trouva
tremblante, et la regardant avec cette tendresse ineffable, qui était pour elle comme
une rosée bienfaisante sur l'herbe courbée
par la sécheresse :

— Tous les chemins me paraissent beaux
à moi, quand je vous sens près de mon cœur.

— Mais enfin, mon brave, demanda-t-il au
guide, d'où vient la mauvaise renommée de
ce passage?

— De ce que ces entailles que nous traver-
sons ont été en partie pratiquées à main
d'hommes, et de ce que les plus beaux blocs
qui en sont sortis, — il y a des siècles de cela,
— ont devenus des statues de faux dieux.

Fatigué d'en avoir tant dit, le vetturino se
remit à fouetter ses mules d'un air qui indiquait son désir de n'être plus dérangé.

Danielo, que rien ne rebutait, et qui prenait
goût à la chose, allait renouveler ses provo-
cations narquoises; mais un regard de Teresa
le retint :

— Ne détournez pas cet homme de son attelage, dit-elle; nous avançons déjà bien lentement et il me tarde de sortir de ce sentier.

— Vous ne connaissez pas ces vetturini,
signora; les drôles se plaisent à effrayer les
voyageurs, pour se donner de l'importance.
Je gagerais que celui-ci réclamera une double
gratification, en raison des périls qu'il aura

affrontés pour nous, quand nous serons à
Turin.

Ce mot de Turin arracha un soupir à la
jeune femme. Son cœur se serrait à l'entendre; plus on avançait vers ce but, moins elle
partageait la sécurité de ses deux amis. Elle
était secrètement convaincue que des dangers
nouveaux, inconnus, y attendaient Stradella.

Danielo suspendit à regret ses questions.
Quant au maëstro, toujours clairvoyant en ce
qui intéressait sa compagne :

— Chère âme, lui dit-il, les difficultés de
cette route, les secousses de cette voiture vous
fatiguent, n'est-ce pas? mais prenez patience,
une fois sortis de ce chemin montagneux,
nous n'aurons plus à parcourir qu'un jardin
enchanté; Danielo pourra recommencer son
bavardage, notre guide chantera, s'il se sent
de la voix, et vos beaux yeux pourront se réjouir, car ils ne verront que de riants spectacles.

— Vous êtes indulgent pour moi, mon ami;
je suis ennuyée, maussade, et vous ne me
croyez que fatiguée..... Eh bien, non, reprit-
elle, je suis triste, c'est vrai.

— Je le vois bien, dit-il, et ce qu'il y a de
pis, c'est que vous ne voulez pas qu'on vous
égaie.

— Regardez cependant, signora, intervint
Danielo avec enthousiasme, — quel aspect
grandiose!... quelles magnifiques perspectives! Comme ces montagnes se perdent dans
les nuages, qui se déchirent aux arêtes de
leurs pitons!

— Oui, répondit mélancoliquement la Vénitienne, ce spectacle est fort intéressant, mais
il donne le frisson.

Durant ce dialogue plusieurs fois renoué,
plusieurs fois interrompu, le voiturin, si lentement qu'il fût conduit avait marché, mais
le temps avait fait comme lui, et avec plus de
rapidité.

Il devenait évident que loin de gagner Coni
avant la nuit, on aurait beaucoup de peine à
atteindre un village dont le guide accusait
l'existence au-delà du défilé que l'on traversait en ce moment, sur le versant de la montagne.

Enfin, l'on sortit de la cavée; la route prenant un autre aspect, dominait d'un côté, une
vallée lointaine couverte de verdure, et était
dominée de l'autre par un pan de grands rochers escarpés. Il n'existait aucune espèce de
rampe pour garantir les voyageurs ou les
équipages d'un faux pas, qui les eût précipités dans l'un des abîmes béants ou des ravins
profonds, qui se creusaient au côté de la
vallée.

Ce sentier offrait l'apparence d'un ruban,
attaché aux flancs sinueux de la montagne.
Il se repliait sans cesse sur lui même, en sor e
qu'il fallait marcher beaucoup et se résigner
à n'avancer que très peu.

Sans qu'il y eût signe de pluie au ciel, l'air
devenait lourd et orageux. Les mules che-
minaient d'un pas pénible, la tête basse, res-
pirant avec effort. La physionomie du guide
devenait soucieuse, il était plus muet encore
que le matin, et son regard anxieux interrogeait sans cesse l'horizon. Les trois voyageurs
n'échappaient point à l'influence atmosphé-
rique qui pesait sur la terre. Un orage était

imminent, un de ces orages si redoutables dans les montagnes ; or ils craignaient qu'il n'éclatât avant qu'ils n'eussent atteint le village qu'on leur avait annoncé.

Pour comble de contrariété, en tournant l'un des angles du chemin, ils aperçurent à cinquante pas, précisément à l'endroit le moins large, un charriot, à quatre roues, véhicule rustique, grossièrement façonné pour transporter de lourds fardeaux, tels que les marbres du pays, et qui était arrêté, de façon à obstruer entièrement le passage.

L'objet dont il était chargé ne semblait pas d'un volume très considérable eu égard à la contenance de la voiture, mais, à vrai dire, on ne distinguait que très vaguement sa forme, qui était celle d'une cage ou d'une caisse, recouverte d'une bâche. L'ombre descendait d'ailleurs rapidement de la partie haute des monts, et tout s'obscurcissait.

Le conducteur du charriot se morfondait en tentatives stériles, pour faire avancer son attelage de bœufs. Il poussait à la roue, il aiguillonnait ses bêtes de la voix et du geste, il invoquait les saints du ciel et les puissances de l'enfer, dans des imprécations plus qu'énergiques, rien n'y faisait. Une roue de devant engagée dans une ornière profonde, refusait d'en sortir.

Arrivé près de là, le vetturino s'arrêtant à son tour, l'obstacle semblait infranchissable au premier abord. Il ne restait entre le charriot et le bord de la route, du côté des précipices, qu'un espace trop resserré ; c'eût été risquer sa vie que d'y pousser le voiturin.

La position devenait critique ; et à tout prix il fallait trouver un gîte, avant que la tempête éclatât, car elle allait indubitablement déchaîner des cataractes, qui transformeraient le chemin en un torrent furieux.

Danielo, impatient, mit pied à terre, pour juger des choses par lui-même.

— Voyons, l'ami, dit-il au conducteur des bœufs, — jurons un peu moins et réfléchissons un peu plus. Vous n'avez pas l'intention de prendre racine sur ce roc, où les meilleures plantes réussissent très mal. Nous ne serions pas fâchés, non plus, mes compagnons et moi, que vous nous fissiez de la place.

— Sang du Christ ! exclama le charretier, je voudrais bien vous y voir ! Trouvez donc le moyen de me tirer de là, vous qui jasez si à votre aise.

— Pour trouver, il faut chercher, camarade, c'est l'usage. Je ne demande pas mieux, cherchons ensemble... Ce que vous portez là est-il précieux ?

— D'un prix énorme ; à ce que prétendent ceux qui m'emploient.

— Raison de plus pour ne pas le laisser exposé à l'orage qui menace. Voyons, si au lieu de vous obstiner à tirer vos bœufs en avant, vous les faisiez reculer... c'est cela... à présent, évitez de retomber dans cette ornière, obliquez à droite... encore un peu... A merveille... attendez maintenant...

Grâce au jeune sculpteur, il y eut alors assez d'espace pour que le voiturin se glissât le long du rocher, parallèlement au charriot, et celui-ci, dégagé, se trouva en état de continuer également sa route.

Après avoir adroitement rasé le gênant véhicule, le voiturin gagna devant, tandis que le charretier se mit en devoir de reprendre son allure nécessairement beaucoup plus lente.

En cet instant, un roulement formidable, répercuté par les voix caverneuses des montagnes annonça l'approche du tonnerre.

Les mules du voiturin firent bonne contenance, mais l'homme aux bœufs s'étant emporté de nouveau contre ses bêtes, les piqua en renouvelant ses plus outrageants blasphèmes.

Les bœufs, effrayés par la foudre, mordus jusqu'au sang par l'aiguillon, firent un bond de côté, mais un bond tellement désordonné, qu'il imprima une secousse au charriot, déjà si malaisé à retenir sur le plan incliné de la route. L'un-d'eux, pour comble de malheur, glissa, perdit pied et roula sous un éboulement du glacis, vers le ravin.

Le rustre voulut au moins maintenir le second, en pesant de tout son poids sur les lanères qui servaient de guides, mais elles n'étaient pas de force à supporter cette pression, elles se rompirent, et, dans le soubresaut qu'il éprouva, le second bœuf suivit son compagnon ; une des roues s'engagea dans la fente de l'éboulement, le fardeau fit la bascule ; un cri épouvantable, arraché par un péril suprême à une poitrine humaine, glaça de terreur l'écho de la solitude, un beuglement effroyable lui répondit, puis un bruit sourd, terrible, sans nom.... Et les voyageurs du voiturin, en se détournant, n'aperçurent plus que la place où ils avaient laissé le charretier et le charriot.

L'infortuné se trouvait du côté du précipice, au moment de la chute de ses bêtes. Il avait roulé avec elles, broyé sous les débris de sa voiture et sous le poids de l'objet confié à ses soins.

Un silence plus sinistre encore que ce bruit, car il annonçait que la catastrophe était consommée, lui succéda ; les éclairs brûlaient toujours le ciel, mais la foudre suspendait ses éclats.

Mû par un sentiment d'humanité, le maëstro fit arrêter le voiturin, afin de s'assurer s'il ne restait réellement plus d'espoir de secourir la victime. Teresa et Danielo s'avancèrent avec lui jusqu'au bord du ravin, et cherchèrent à pénétrer du regard ses mystérieuses profondeurs.

Ils ne distinguèrent rien d'abord, mais une suite de larges éclairs illuminant l'abîme, ils aperçurent les fragments du charriot, les débris de l'attelage, le cadavre défiguré du guide, amoncelés pêle-mêle, comme les trophées funèbres d'un mauvais génie, tout au fond de la vallée.

Le doute, l'espoir n'étaient plus permis....

— Venez, Teresa, venez ! dit le maëstro en cherchant à éloigner la jeune femme de ce lugubre spectacle.

Mais elle lui opposait une résistance muette, et son regard obstiné s'efforçait de discerner une forme vague qui dominait le lieu du sinistre.

De nouveaux éclairs étant venus à sillonner l'espace :

— Là !... là !... voyez.... c'est elle !...

Et en prononçant ces mots avec exaltation,

Teresa désignait à Stradella cette forme blanche repoussée par le fond noir du ravin.

— La Chanteuse de marbre !... s'écrièrent le maëstro et le sculpteur, en reconnaissant la merveilleuse statue grecque du Palais-Morosini.

C'était elle en effet ; couchée sur le charriot, elle avait roulé avec lui, — maître Vicenzo n'aurait pas manqué de dire qu'elle avait imprimé le mouvement de bascule, cause première de l'accident, — ses enveloppes s'étaient brisées dans la chute, et, seule, elle apparaissait intacte, quand tout était détruit autour d'elle,

Teresa était tombé à genoux. Les épouvantables détails de cet événement disparaissaient à ses yeux ; elle ne voyait que la statue, — la statue victorieuse, et sa foi dans la vertu divine de ce marbre était si vive, qu'en se retrouvant devant lui, elle sentit la joie rentrer dans son cœur.

Au milieu de son extase, elle prêta l'oreille : un chant doux et mélancolique s'élevait du vallon ; c'était peut-être celui d'un pâtre, qui se hâtait de ramener ses chèvres vers sa cabane, — elle préféra l'attribuer à sa patronne d'adoption, et détournant enfin ses yeux du ravin, elle les reporta avec un sourire d'ange sur son Stradella bien-aimé.

— Le ciel a parlé, lui dit-elle. Cette rencontre fatale pour d'autres est un avertissement heureux pour moi.... Allons à Turin !

L'orage grondait ; tout secours était inutile pour le malheureux conducteur ; on remonta dans le modeste équipage.

—Eh bien, mon jeune signor, demanda le vetturino à Danielo, croyez-vous maintenant à la méchante influence de ces parages ?

Danielo ne répondit rien. Il n'était pas tellement esprit fort, que la rencontre de la Sainte-Maudite, au milieu de telles péripéties, ne lui donnât profondément à réfléchir.

Mais, sans doute, elle jugeait son œuvre de destruction assez complète pour cette fois, elle avait son chiffre voulu de victimes, ou, réellement, elle protégeait Teresa, car le voyage s'acheva sans accident.

IV.

La régente de Savoie.

Une fois la terreur superstitieuse de Teresa vaincue, et les chemins arides des montagnes maritimes franchis, le voyage devenait une affaire d'agrément. Nous laisserons donc nos trois amis traverser presque joyeusement les plaines fécondes qui s'étendent de Coni à Savigliano, et suivre parfois le cours des ruisseaux limpides, qui aboutissent à la Stuve et au Gesso. Ce pays offrait, surtout à cette époque de l'année, les splendeurs de ses champs, où croissent à l'envi le blé, le maïs, le sarrazin et le mil, et des vergers immenses qui alimentent de fruits les contrées voisines.

Ils firent une halte d'une demi-journée à Savigliano, qu'ils quittèrent pour parcourir avec une tranquillité d'esprit suffisamment justifiée par leurs précédentes épreuves, les collines et les nappes de verdure, qui tour à tour se disputent les rives du Pô. Ils donnèrent un regard à Raconigi, à Montcaglieri et à son royal palais, et à la Loggia, d'où l'on aperçoit encore la chaîne des Alpes, aux blancs pitons, dominés par la cime neigeuse du Monte-Viso.

La Loggia était la dernière localité de quelque importance avant la capitale, qu'ils aperçurent bientôt après, elle-même, assise de cette façon pittoresque qui la rend l'une des plus agréables cités de la péninsule, dans l'encaissement formé au nord par le mont Genèvre, les monts Cenis et Saint-Bernard, et à l'ouest par ceux qui confinent aux Alpes maritimes. Ouverte vers le midi, aux prairies arrosées par le Pô, elle n'a pour limites au levant qu'un rideau de coteaux délicieux ornés de maisons de plaisance.

L'aspect de ses rues larges, régulières et propres, ses ruisseaux disposés avec un art ingénieux, pour y entretenir la fraîcheur et la salubrité, ses places nombreuses et monumentales, ne démentirent pas la bonne impression produite sur nos voyageurs par ses abords ; il leur sembla qu'ils entraient enfin dans un asile inviolable, tant leurs regards étaient rassérénés par tout ce qu'ils voyaient.

Après une très-courte halte à l'auberge, le maëstro choisit un logement dans la rue Santa-Teresa, dont le nom lui paraissait de bon augure, et qui était, comme elle l'est toujours, l'une des plus belles et des plus longues de la ville. Il était convaincu que, confondus tous les trois dans leur modeste logement, parmi la multitude d'habitations et d'habitants qui occupaient cette vaste voie, il serait au moins difficile de les découvrir, à supposer, ce qui n'était pas probable, qu'ils n'obtinssent pas le patronage efficace qu'il était venu chercher de si loin.

Toutefois, il ne perdit pas de temps, et, à peine installé, il s'occupa de demander une audience à la régente.

La réponse ne tarda pas ; il la reçut le lendemain ; elle était favorable ; on l'invitait à passer au palais le jour même.

Décidément, le mauvais sort était conjuré. Tout allait à souhait, et, suivant son habitude, Teresa, disposée à voir du surnaturel partout, ne se lassait pas d'attribuer cette nouvelle faveur à sa protectrice mystérieuse, la sainte de l'archipel grec.

Le maëtro, un peu ému à l'idée de revoir la puissante alliée que le sort lui avait envoyée jadis, prit la direction de la place *del Castello*, où se trouvait l'entrée du palais, élevé depuis peu d'années seulement par le souverain défunt, Charles-Emmanuel II, et dans lequel sa veuve continuait de résider, de préférence à tout autre, par respect pour la mémoire d'un mari qu'elle avait beaucoup aimé.

Stradella ne songeait guère à contempler les beautés monumentales de la place qu'il traversait avec une vive agitation. Il n'eût pas manqué, en d'autres circonstances, de remarquer son étendue immense et régulière, les portiques à arcades qui formaient ses côtés ; l'ancien palais d'Aoste, de construction gothique, séjour consacré aux enfants de la couronne.

Il ne voyait, au milieu de tant d'objets dignes d'attention, que la façade en briques du palais royal, son toit massif en tuiles courbes, et encore ce n'était pas l'apparence assez modeste de cette demeure qui l'occupait, mais l'idée que tout à l'heure, entre ces murs d'aspect bizarre, allait se décider sa destinée.

Il présenta à un officier, qui se tenait à la grille, le pli qu'il avait reçu, et cet officier ayant appelé un huissier, lui remit le soin de conduire l'artiste, ce qui n'eut lieu qu'avec des formes lentes et cérémonieuses, malgré la célérité avec laquelle sa requête avait été accueillie. Là, comme partout, les subalternes étaient plus formalistes et moins abordables que les maîtres.

Si l'extérieur du palais était fort simple, par contre, la magnificence du dedans égalait, si elle ne la dépassait, la splendeur des plus fières habitations d'Italie. Après avoir traversé un grand vestibule, sur les côtés duquel quatre niches renfermaient des statues admirables, le visiteur arriva à un portique carré, soutenant deux étages et contournant une cour de même forme. On lui fit gravir un escalier, qui le conduisit à une salle dite des Cent-Suisses, revêtue d'une tapisserie antique et dont le plafond peint à fresque était le chef-d'œuvre de l'un des maîtres italiens de l'époque. Il lui fallut ensuite passer par la salle des Gardes du corps, tendue de cuir doré et ornée de tableaux; par la salle des Valets de pied, dont la tapisserie représentait l'histoire de Didon et d'Énée; par la salle des Pages, dont une série de tableaux, consacrés aux victoires d'Alexandre, garnissait les murs; enfin, il entra dans la salle du Trône, remarquable par ses peintures et ses devises allégoriques, par ses panneaux sculptés et ses tentures splendides.

Ce pèlerinage au sein des somptuosités royales lui semblait plus long que celui qu'il avait accompli de Rome à Turin.

Son guide lui indiqua une portière de velours :

— C'est ici le cabinet d'audience de Son Altesse Royale, lui dit-il.

Puis il souleva la tenture et annonça :

— Le signor Alessandro Stradella.

La portière retomba sur l'artiste, qui resta un moment immobile.

— Stradella !... venez, mon ami, lui dit une voix pleine de bonté.

Il était habitué au contact des grands de ce monde ; il avait eu accès dans les palais les plus orgueilleux; il avait entendu les princes lui adresser des éloges et jusqu'à des prières, mais il n'avait jamais ressenti l'émotion que lui apportait cette parole, qu'il n'avait pas entendue depuis quinze ans, et dont l'accent le reportait à une époque si jeune, si insoucieuse et si remplie d'illusions.

— Venez, donc ! répéta doucement la Duchesse, qui voyant son hésitation, fit un mouvement pour aller elle-même au-devant de lui.

Il la prévint, et ce fut presque à genoux qu'il posa ses lèvres sur la main qu'elle lui tendait.

Jeanne-Baptiste de Savoie-Nemours, que l'on désignait le plus habituellement, depuis la mort de son mari, sous le titre de Madame Royale, était alors une femme d'environ quarante-cinq ans. Elle conservait les traces d'une beauté qui avait été fort admirée, mais sa physionomie était si pâle, si amaigrie, que Stradella y chercha involontairement l'éclat qu'il lui avait trouvé naguère, et qu'il ne fut pas maître de la sensation pénible que lui causait cette métamorphose inattendue.

La Régente était assise, devant une table surchargée de papiers; elle indiqua un tabouret en face d'elle au maëstro, qui sur une seconde invitation muette, y prit place. Elle lui adressa alors un sourire mélancolique, qui le pénétra d'une sympathique commisération. Il sentit qu'en venant chercher une consolation dans ce palais, il se rencontrait avec une affliction plus douloureuse et moins aisée à guérir que la sienne.

La princesse suivait, comme dans un livre, les impressions qui se traduisaient sur les traits de l'artiste.

— Mon ami, reprit-elle après une pause, — votre regard me dit assez ce qu'il faut que je pense des flatteries de mon entourage.... Je suis bien changée, n'est-ce pas?

— Que Votre Altesse daigne m'excuser..... balbutia le maëstro en rougissant de se voir deviné.

— Oh ! ne cherchez pas à dissimuler avec moi.... Rien ne vous y oblige.... Vous n'êtes pas de la cour.... Ah ! si vous ne m'aviez pas fait attendre aussi longtemps votre visite à Turin, vous n'eussiez pas éprouvé cette triste surprise..... Combien y a-t-il donc que nous nous sommes rencontrés dans ces montagnes de Toscane ?....

— Quinze ans, Altesse.

La Régente répéta avec un gros soupir ces deux mots :

— Quinze ans !...,

Elle appuya son coude sur le tapis de velours de la table, posa sa tête dans sa main, et garda de nouveau le silence. Son esprit, à elle aussi, passait en revue ce laps déjà si loin et si vite écoulé.

— Votre présence me fait du bien et me rajeunit..... reprit-elle avec une simplicité touchante.... Non, vous n'êtes pas un courtisan, vous !.... Cette audience est la première chose que vous m'ayez demandée, — et j'éprouve à vous entretenir la joie qu'on a à rencontrer un cœur ami et loyal!.... Le chagrin rend bien égoïste; votre lettre m'a fait comprendre que c'était un malheur qui vous amenait à Turin ; eh bien ! j'en suis à me féliciter de ce malheur, moins peut-être parce que je veux le réparer, que parce que je retrouve en vous une âme d'élite, où je pourrai épancher la mienne sans crainte d'être trahie !

— Quoi ! Madame, s'écria le maëstro, dont cette confiance augmentait le trouble, — n'êtes-vous pas heureuse, et se peut-il qu'un humble artiste vous soit bon à quelque chose?

— Heureuse !.... murmura la princesse; voilà cinq ans que la douleur a frappé au seuil de ce palais, en m'enlevant mon glorieux époux, et depuis cinq ans elle en a si bien gardé les issues, que votre visite est le premier rayon de soleil qui s'y glisse.

— Veuillez m'excuser, Altesse, mais votre bienveillance, en dépassant mon attente, me fait sentir le poids de mon indignité. Oui, certes, si vous avez besoin d'un dévouement aveugle, d'un cœur reconnaissant, disposez de moi, — je n'acquitterai jamais la dette que je contracte envers vous; — mais, plus j'y songe, et moins je conçois vos ennuis. N'êtes-vous pas la maîtresse de cet État puissant et prospère?.... N'êtes-vous pas la mère et la tutrice de son jeune souverain, le duc Victor-Amédée?

— Oui, je suis la Régente, la souveraine passagère de ce pays!.... Et vous ne savez pas, vous, les anxiétés, les intrigues, les jalousies qui entourent cette grandeur. Avant d'être la maîtresse, je n'avais pas un seul ennemi.... Il m'a suffi de monter au pouvoir, et je n'ai aperçu autour de moi que des cœurs envieux, insatiables, désaffectionnés.... La majorité de mon fils est venue, et cet enfant si frêle et si souffreteux, que je tremble à chaque instant pour ses jours, cet enfant est déjà le point de mire de mille entreprises dirigées contre moi. Je vis au milieu de gens qui n'ont d'autre occupation, d'autre but, que de chercher à me dérober sa confiance, sa tendresse, à s'assurer d'avance les faveurs d'un nouveau règne.... Ce n'est pas seulement la Régente, c'est la mère qui souffre. Comprenez-vous la cause du changement qui vous a frappé en moi!

— Je comprends, Altesse, que vous avez protégé des ingrats, enrichi des âmes viles, élevé aux grandes fonctions des ambitieux sans pudeur... Mais, encore une fois, — vous régnez, vous tenez en vos mains le pouvoir.

Madame Royale secoua pensivement la tête:

— Un pouvoir chaque jour contesté par les ministres, par les États de Savoie et par ceux du Piémont... Ignorez-vous donc que cette lutte longtemps contenue dans de sourdes limites, vient tout récemment d'éclater à l'occasion d'un mariage que j'espérais faire contracter à mon fils, dans l'intérêt de sa couronne?... Mais je vous entretiens là d'objets...

— Auxquels je prends un vif intérêt, Altesse, puisqu'ils en ont un si palpitant pour vous-même.

— Mon cher maëstro, dit la régente avec une inflexion plus gracieuse encore s'il était possible, — prenez garde de vous laisser influencer par l'air qu'on respire dans ces murs.

— Que Votre Altesse se tranquillise, répondit Stradella avec une dignité respectueuse, — si ma fortune n'est pas plus brillante, c'est que j'ai constamment dit la vérité aux oreilles qui n'avaient pas l'habitude de l'entendre. Je ne serais venu, à aucun prix, solliciter la générosité de Votre Altesse, si je n'eusse porté à votre personne et à votre caractère l'admiration et l'estime dont je l'ai vue entourée dans tous les États de l'Italie que j'ai parcourus.

— Merci; j'accepte votre profession de foi et j'achève mes confidences. Puisque vous venez à moi, il est bon que vous me connaissiez.

« La politique des règnes précédents m'a appris que notre alliée naturelle était la France, et que nous n'avions que des hostilités à attendre de l'Espagne. J'aurais souhaité donner à mon fils une Française pour femme; mais aucune occasion ne s'offrant de ce côté, j'ai jeté les yeux sur ma nièce, l'Infante de Portugal; et ce projet a obtenu les sympathies du roi Louis XIV. Dans mes prévisions, la couronne de Portugal pourrait un jour devenir, par succession, l'apanage de Victor-Amédée.

» Mais l'Espagne n'a pas eu plus tôt le soupçon de ce plan, qu'elle s'y est déclarée hostile, et que ses intrigues ont tendu à l'entraver. Un parti nombreux, suscité par la cour de Madrid, s'est formé dans mes États pour ruiner mes espérances. A la tête de ce parti se sont placés deux ministres, mes ennemis, le marquis de Simiane de la Pianezza et le marquis de Parela. Que vous dirai-je? ces hommes politiques aux vues étroites, ou plutôt aux ténébreux desseins, ont réussi à opérer sur l'esprit de mon fils une pression qui donne un commencement de succès à leurs manœuvres. Victor-Amédée montre un grand éloignement pour l'alliance portugaise, et semble aujourd'hui supporter avec peine mes conseils.

» Certes, j'ai un parti puissant; plus que cela, j'ai l'autorité, je pourrais risquer un coup d'État; mais je vous le disais tout à l'heure, la majorité légale de mon fils est arrivée de fait, quoique la débilité de son tempérament s'oppose à ce que le pouvoir lui soit remis encore. Je tiens donc, dans l'intérêt futur de sa dignité, à lui témoigner des ménagements dont j'étais dispensée, lorsque, par l'effet de son jeune âge, il ne comprenait rien aux affaires. De là des tiraillemens, des luttes perpétuelles qui usent ma santé, qui avancent le terme de ma vie... Perdre la puissance, je suis faite à cette idée; ce ne serait rien... mais perdre en même temps l'amour de mon fils!... »

— Je vous comprends, madame, et je vous plains.

— Oui, je sais que vous avez des sentiments nobles et élevés, vous!... Et c'est là ce qui rend plus vif mon désir de vous être utile... Parlez donc, qu'attendez-vous de moi? Quel est le but de l'entretien que vous avez désiré? Ce but doit être grave, pour qu'il vous ait amené à Turin, dans ce palais, vous dont je me croyais oubliée.

— Hélas! madame, que sont mes chagrins auprès des vôtres!... Pardonnez-moi d'avoir pensé que votre bienveillance me serait une égide contre les dangers qui me menacent... J'ignorais que vous fussiez plus à plaindre que moi.

— Des dangers, Stradella! Parlez, parlez! Et quand bien même il ne me resterait qu'une parcelle d'autorité, je l'emploierais à les éloigner de vous.

Ainsi pressé par la sollicitude de sa protectrice, Stradella lui raconta à son tour les événements dont il était victime. Il mit dans son récit la sincérité qu'il aurait eue vis-à-vis d'un confesseur, ne dissimulant rien sur sa conduite à Venise, ni sur ses relations avec Teresa. Il insista naturellement sur l'attentat auquel il n'avait échappé à Rome que par un miracle, et dont les suites restaient suspendues sur sa tête, du moins jusqu'à ce qu'une main plus puissante que celle de Morosini s'étendît entre lui et son persécuteur.

La princesse, touchée de cette franchise, et comprenant tout ce qu'il y avait d'honneur et de droiture dans le cœur de l'artiste, s'engagea à ne rien négliger pour arriver au résultat souhaité par lui, et elle le congédia avec bonté, en lui promettant qu'il la reverrait bientôt.

Ce n'était pas un vain témoignage; il reçut le brevet de maître de la chapelle de Madame Royale, brevet qui lui assurait un logement au palais, dans le pavillon consacré aux bibliothèques et aux arts.

Danielo ne fut pas oublié dans les faveurs de la régente. Elle le fit venir devant elle, voulut l'interroger elle-même, pour s'assurer qu'il était digne de la protection qu'elle lui avait promise, en devenant sa marraine.

Le jeune sculpteur, un peu effarouché par cette faveur à laquelle il ne s'attendait guère, ne perdit cependant rien de ses avantages en présence de sa bienfaitrice. Ses qualités heureuses perçaient dans son embarras; son succès ne laissa rien à désirer.

Après lui avoir adressé ses félicitations et ses encouragements, la princesse lui tendit une bourse pleine, comme gage des travaux dont elle entendait le charger, dans sa villa royale de Stupinigi, à quatre milles de la capitale, villa située délicieusement, mais jusqu'alors fort négligée, et qu'elle entendait embellir, peut-être dans l'idée de s'en faire un jour une retraite.

A sa grande surprise, le jeune homme, au lieu de prendre cette bourse, s'inclina avec un geste de respectueux refus :

— Croyez à ma gratitude, madame, lui dit-il; elle est vive et profonde; mais excusez-moi, et permettez-moi de ne pas accepter cet argent.

— Vous refusez mes bienfaits?... Vous oubliez, mon enfant, que j'ai le droit de vous les imposer; autrement, je cesserais d'être votre seconde mère.

— Ne me jugez pas avec cette sévérité, madame; cette sollicitude, qui dépasse toute mon ambition, je ne la mériterais plus si je ne lui résistais en cette circonstance.

— Expliquez-vous donc!

— Stradella est mon véritable père, madame. Vous ne sauriez concevoir ce qu'il a déployé d'efforts, de sacrifices pour m'élever, pour m'amener à l'âge et à l'état d'homme et d'artiste. Et je le quitterais quand ma présence, quand ma vigilance peuvent le garantir des périls que je pressens autour de lui!... Plutôt la perte de mon avenir, et celle plus douloureuse de vos bonnes grâces.

La régente arrêta quelques secondes avec complaisance son regard sur le front pur, sur les traits heureux de son filleul :

— Bien, mon enfant; vous êtes digne de celui qui vous a, lui aussi, consacré tant d'affection... Vous habiterez dans l'enceinte royale, à côté de votre père adoptif; je ne veux ni vous séparer de lui, ni le priver d'un gardien tel que vous... et pour le surplus, n'ayez aucun souci, nous aviserons.

Et comme il baisait la main de la princesse, celle-ci se pencha vers lui, et posant ses lèvres royales sur son front :

— Ta mère est contente de toi, lui dit-elle d'une voix qui partait du cœur; c'est elle qui t'embrasse.

—Ma mère! s'écria-t-il en retenant la main de la princesse et en y laissant couler une larme,—oh! oui, je sens qu'elle m'est rendue. Soyez bénie, princesse, soyez bénie! grâce à vous, je ne suis plus orphelin...

V.

Le concert à la cour.

Le sort semblait donc se lasser de poursuivre Stradella et ceux qui lui étaient chers. La bienveillance de Madame Royale, quelque contrarié que fût son pouvoir par les intrigues de la cour, leur promettait un avenir meilleur.

Leur installation dans la partie du palais affectée aux arts et aux études, s'opéra avec une simplicité et dans un incognito qui ne devaient éveiller aucune susceptibilité parmi les familiers du lieu.

Stradella et sa compagne se sentaient renaître en cet asile; l'idée des périls passés et de ceux que l'avenir leur réservait peut-être, s'émoussait aisément dans leur imagination ardente et mobile, sous le charme de la sécurité présente.

Ils pouvaient d'ailleurs se dispenser de veiller, d'autres s'acquittaient pour eux de ce soin et s'en acquittaient bien. Danielo s'était constitué le gardien de son père adoptif, et nul ne fût parvenu jusqu'à lui sans sa permission préalable. Toutefois, comme sa jeune fierté ne lui permettait pas d'accepter de Madame Royale d'autres bienfaits que son hospitalité princière, et qu'il se sentait en état de se suffire à lui-même, il lui fallut chercher du travail auprès des artistes ou des architectes de la capitale, qui pouvaient avoir besoin de ses services. Il était assez habile pour ne pas solliciter vainement, et, en effet, il ne tarda pas à trouver des occupations qui le mirent tout naturellement en contact avec les jeunes artistes de Turin, de même qu'il l'avait été naguères avec ceux de Venise.

Comme à Venise aussi, et comme dans la plupart des grandes villes d'Italie, il existait à Turin une taverne affectée au rendez-vous de tout ce qui touchait à l'art par un côté quelconque. Le jeune sculpteur y prit ses habitudes, et son caractère aimable l'en eût aisément rendu le héros, s'il n'eût mis une grande discrétion dans les liaisons qu'il contractait. Nul ne savait la haute protection dont il jouissait, l'illustre demeure qu'il habitait, ni l'intimité qui le rattachait à l'une des gloires de l'Italie.

On ne voyait en lui qu'un charmant compagnon, ardent à la besogne, fort adroit aux travaux de sa spécialité et promettant pour l'avenir bien mieux encore. Il causait volontiers des nouvelles du jour au cabaret, et entretenait son agilité et sa vigueur dans les salles d'escrime, où il déployait beaucoup d'adresse, sans en faire jamais parade.

Cependant, le sort de Stradella restait précaire, tant que, de gré ou de force, Morosini n'aurait pas renoncé à le rechercher et à le poursuivre de sa vengeance. Si Danielo pensait ainsi, la duchesse, qui connaissait les mœurs vénitiennes, en avait bien plus encore la conviction. Elle sentait que l'hospitalité donnée par elle au maëstro n'était qu'un premier pas dans la voie du salut. Il fallait compléter son œuvre en interposant sa royale influence pour obtenir que le Procurateur abandonnât d'une façon sérieuse, et qui ne laissât aucune issue à l'équivoque, ses terribles desseins.

Ici, tout était péril. La régente avait voulu, nous venons de le dire, que le maëstro et Teresa gardassent, jusqu'à nouvel ordre, un incognito scrupuleux. Si elle risquait directement près de Morosini une démarche officieuse, et que cette démarche ne réussît pas, non-seulement, elle compromettait sa dignité, mais elle donnait en outre au vindicatif Vénitien l'éveil sur la retraite de Stradella, et dévouait peut-être celui-ci aux poignards des bravi de son puissant adversaire.

Une démarche officielle d'État à État semblait donc seule possible et efficace. Il ne faut pas perdre de vue l'importance des fonctions occupées par Morosini, fonctions qui le faisaient le premier après le doge, et qui devaient le conduire un jour à posséder la dignité suprême. Mais pour que cette démarche eût lieu, il fallait intéresser à la cause du maëstro les membres du conseil de régence, et nous savons qu'une partie d'entre eux ne cherchaient que les occasions de déployer leur hostilité.

Dans ce moment même, la mésintelligence faisait des progrès rapides, grâce à ce dessein politique dont la régente avait dit un mot à Stradella, et qui tendait à donner au jeune duc une princesse portugaise pour épouse.

Nous sommes obligés, pour l'intelligence de l'histoire de ces négociations, et surtout pour la clarté et l'exactitude de notre récit, de fournir à nos lecteurs quelques détails plus explicites que ceux auxquels Madame Royale s'était bornée, et de révéler qu'il entrait dans ses plans un peu du désir de conserver le plus longtemps possible entre ses mains ce pouvoir dont on se détache toujours si difficilement, et dont elle faisait d'ailleurs un si noble usage.

Elle avait donc cherché les moyens de paralyser les projets des ambitieux qui attendaient impatiemment la prochaine émancipation de Victor-Amédée, pour inaugurer leur influence sur le nouveau règne. Elle se rappelait que la régence s'était prolongée durant une partie du règne de son mari à elle, et elle se demandait pourquoi elle ne réaliserait pas ce qu'avait obtenu avec un succès constant la mère de Charles-Emmanuel.

En conséquence, elle avait supposé qu'en donnant à son fils une épouse de son choix, elle se l'attacherait ainsi que la jeune duchesse par les liens de la reconnaissance, et, dans ce but, elle avait jeté les yeux sur l'Infante de Portugal. Ajoutons qu'en tout ceci, elle faisait preuve d'une prévoyance et d'une dextérité qui n'eussent pas été désavoués par les plus habiles diplomates.

La reine de Portugal était la sœur de la régente, ce qui facilitait les projets de celle-ci. L'infante Isabelle, cousine-germaine du jeune duc, était fille unique et, par conséquent, héritière directe du trône de Portugal. Mais une difficulté énorme naissait de cette situation; la loi portugaise appelée l'*amego*, défendant

formellement qu'une princesse héréditaire épousât un prince étranger.

Les deux sœurs avaient forcé les États de Portugal à lever cet obstacle, en établissant que Victor-Amédée ne devait pas être réputé étranger, attendu qu'il descendait, par sa quatrième aïeule, du grand roi Emmanuel, dont les Portugais vénéraient la mémoire.

Une compétition des plus imposantes se manifesta sur ces entrefaites, ce fut celle du roi d'Espagne, Charles II, qui recherchait la main d'Isabelle. La duchesse-régente fit si bien intervenir la prépondérance de la France, qui eût vu cette dernière union avec regret, que les choses tournèrent encore suivant ses idées et que, Louis XIV aidant, Charles II fut distancé par le duc de Savoie.

C'étaient certes là d'assez beaux débuts, mais, par cela même, ils excitèrent l'activité des antagonistes de Madame Royale. L'Espagne, qui ne consentait pas à se tenir pour battue, tant que le mariage ne serait pas signé, n'avait pas eu de peine à gagner à sa cause les conseillers hostiles à la régente. De façon que la cour était partagée en un parti français, à la tête duquel était la princesse, et en un parti espagnol, qui avait pour chef le marquis Carlo de Simiane della Pianezza, grand chambellan, ennemi avéré de Madame Royale; ce parti comptait encore dans le conseil de régence, le chancelier Buschetti, l'abbé d'Aglié, don Gabriel, bâtard de Savoie; et parmi les autres personnages considérables de la cour : le marquis Emilio de Parela, le prince de Cisterne, et surtout un homme qui exerçait, en vertu de ses fonctions, une grande influence sur l'esprit du jeune duc; nous voulons parler du comte Provana de Bruin, son gouverneur.

De sourdes menées travaillaient de longue main le conseil, lorsque la régente aborda pour la première fois, d'une façon incidente et sommaire, l'exposé du service qu'elle attendait de lui auprès du gouvernement de Venise, en faveur d'un protégé qu'elle ne nommait pas.

Cette simple ouverture suffit pour donner carrière à l'opposition. Elle se dessina nettement, sans même connaître le favori de la princesse. Dans la disposition où elle vit ses ennemis, celle-ci n'eut garde de leur livrer le secret de Stradella; mais elle ne put empêcher les esprits de se mettre en campagne, pour pénétrer ce qu'on ne voulait pas leur dire.

Un soir, Danielo, dont les habitudes étaient fort régulières, rentra au palais beaucoup plus tard que de coutume. Un jeune homme sur le bras duquel il semblait s'appuyer, l'avait conduit jusqu'à une rue voisine, où il avait exigé qu'on le laissât seul achever son chemin, ne voulant pas trahir l'incognito de sa demeure. Mais il n'avait gagné qu'avec beaucoup de peine la royale résidence, et ses jambes fléchissaient sous lui en gravissant l'escalier du pavillon habité par le maëstro.

Arrivé en haut des degrés, il se retint à l'appui, et continua à avancer péniblement dans la galerie, en s'étayant contre la muraille de sa main gauche, car il avait le bras droit en écharpe.

Deux seigneurs, qu'il ne remarqua pas d'a-

bord, se tenaient sur le seuil de la bibliothè-
que devant laquelle il devait passer, très at-
tentifs à ses moindres mouvements. L'un
d'eux portait un costume splendide, indiquant
une haute dignité ; si le jeune sculpteur eût
été plus initié aux choses d'étiquette, il eût
reconnu le grand chambellan, marquis de Simiane ; l'autre, au contraire, grave de visage
et austère dans sa mise, ne pouvait être que
le gouverneur de Victor-Amédée, le comte
Provana de Bruin.

Le premier tenait un papier qu'il communiquait à son interlocuteur, et tous deux
semblaient confronter un signalement porté
sur cet écrit, et qui coïncidait sans doute
avec celui du sculpteur.

Celui-ci les ayant vus enfin, au moment de
passer devant eux, s'empressa de les saluer,
et fut soudainement frappé de la singulière
expression de leurs regards. Ils souriaient,
mais d'un sourire qui lui fit l'effet d'une menace.

Surmontant cette impression, qui s'ajoutait
intempestivement à d'autres souffrances, il
pénétra dans l'appartement dont il occupait
une des premières pièces, et dont ses amis
habitaient le surplus.

Il était temps ; il eut à peine la force d'atteindre un siége sur lequel il s'affaissa sans
connaissance.

Au bruit qu'il avait fait, Stradella était accouru.

— Danielo !... mon enfant !... que t'arrive-
t-il ?... reviens à toi !... Blessé ! s'écria-t-il en
découvrant son bras en écharpe.

L'évanouissement du jeune homme céda
bientôt aux soins empressés du maëstro.

— Rien... ce n'est rien... dit-il en rouvrant
les yeux.

— Mais encore ?...

Danielo sourit à travers sa pâleur.

— Un profit de mon métier... Je suis tombé
d'un échafaudage, et j'ai l'épaule contusion-
née... Il n'y paraîtra plus dans deux jours.

— Contusionné ?... j'aperçois du sang.

— Tant mieux ! une bonne blessure vaut
mieux qu'un coup sournois.

— Je vais faire appeler un médecin...

— Gardez-vous-en, cher maître... je vous
jure que ce n'est presque rien, et qu'une compresse d'eau suffira pour me guérir... La vue
seule d'un docteur me donnerait la fièvre que
je n'ai pas.

Sans se rendre précisément à ces objections
faites avec une insouciance dont il n'était pas
dupe, le maëstro aida son protégé à se mettre au lit, et voulut remplacer de ses mains
l'appareil grossier appliqué sur son bras.

— Danielo, dit-il alors, avec une sévérité
qui n'était pas dans son caractère, — vous
vous êtes battu, ceci n'est pas une contusion,
c'est une blessure d'épée ou de stylet.

Danielo ne savait pas mentir, il ne répondit rien.

Stradella, malgré sa rigueur apparente,
constata avec joie que le fer avait très légèrement entamé le haut du bras, et que le sang
perdu, et non la gravité du coup, avait causé
la faiblesse de son pupille.

— N'avez-vous rien à me dire ? demanda-
t-il.

— Maître, répondit le jeune homme, n'at-

tachez pas d'importance à une affaire qui
n'en a aucune, et n'augmentez pas la confusion que me cause cette folie, par celle de
vous en faire l'aveu.

— Soit, répondit le maëstro en plongeant
son regard jusqu'au fond de celui du blessé,
— je ne réclamerai pas une confession que tu
me refuses ; mais je te connais mieux que tu
ne crois, enfant, et sous ce que tu appelles tes
folies, j'aperçois souvent des choses graves.

— Sur mon honneur, maître, vous me jugez
trop bien ; mais puisqu'il en est ainsi, promet-
tez-moi de ne rien dire de ceci à la signora, et,
de mon côté, je promets de vous raconter mon
aventure dès que les circonstances qui l'ont
occasionnée seront assez loin pour me le permettre sans inconvénient.

Ce dernier mot fit croire à Stradella qu'il
ne s'agissait peut-être, en fin de compte, que
d'une équipée amoureuse, et il n'insista pas.

Il se trouvait, par hasard, que cet incident
se passait la veille d'une réunion du conseil,
dans laquelle la régente devait, pour la seconde fois, malgré le peu de réussite de ses
premières tentatives, ramener l'affaire à laquelle elle s'intéressait. Le jeune duc, qui
n'assistait que rarement aux séances, se rendit à celle-ci, accompagné, jusqu'à la salle
des délibérations, par le comte de Bruin, et
il alla s'asseoir auprès du marquis de Simiane,
avec lequel il échangea en entrant quelques
mots à voix basse.

La figure du vieux courtisan était rayonnante à ce point, que Madame Royale ne put
se défendre d'en faire la remarque en répondant aux salutations qui accueillaient son entrée.

La liste des affaires d'État à l'ordre du jour
se trouvant épuisée, la régente exposa, avec
la même discrétion que la première fois, les
motifs qui lui faisaient désirer l'envoi d'un
délégué à Venise.

Dès le premier mot, le parti hostile décéla,
par son attitude, la résistance à laquelle il
était résolu, et ce qu'il y eut de plus grave,
c'est que le jeune duc encouragea cette manifestation par la froideur extrême qu'il affecta
tant que parla sa mère.

— Quelqu'un de vous, signori, dit la princesse en finissant, aurait-il des observations à
présenter ?

— Permettez-moi, madame, fit le marquis
de Simiane, d'en soumettre quelques-unes à
Votre Altesse et à mes collègues.

— Parlez, marquis.

Tous les membres étaient dans une attente
pleine d'émotion, chacun sentait que le résultat de cette épreuve, allait être la déclaration
explicite des hostilités jusque-là dissimulées
sous les formes diplomatiques. Les deux partis en présence s'observaient, se comptaient,
mesuraient leurs moyens, calculaient leurs
chances d'avenir.

— La générosité du cœur de Votre Altesse,
reprit le grand chambellan, se révèle dans
l'autorisation qu'elle sollicite du conseil. Protéger les jours d'un innocent, empêcher une
persécution injuste, prévenir une vengeance
qui menace d'aboutir à un assassinat, c'est
un acte magnanime. Mais, je le répète avec
conviction, de la part de Votre Altesse, de
semblables traits ne surprennent plus per-

sonne. Pour moi, je m'estimerais heureux de m'associer, dans la faible mesure de mon concours, à cette œuvre, si j'étais sûr qu'elle eût bien la portée que je viens d'indiquer, et que Votre Altesse n'eût pas été amenée par sa clémence même, à exagérer l'intérêt que mérite son protégé.

— Je ne protége que des gens dont je connais l'honorabilité et le mérite, interrompit sèchement la régente.

— J'en suis convaincu, et je me plais à le proclamer, répondit doucereusement le marquis ; mais, Votre Altesse souffrira que je lui fasse observer, que sa religion peut être parfois surprise ; les grandes âmes sont celles dont les intrigants triomphent le plus aisément, parce qu'elles ne soupçonnent pas leurs manœuvres.

La régente adressa au marquis un regard sévère et dédaigneux, qui ne le déconcerta pas. Il continua sur le même ton de déférence exagérée :

— Le conseil aurait donc pu concevoir quelques craintes de ce genre, en même temps que la réserve extrême apportée par Votre Altesse, dans la désignation de son protégé, eût été de nature à laisser croire à une certaine méfiance de votre part, si chacun de nous n'eût su déjà que ce protégé porte un nom célèbre, et que, comme artiste tout au moins, chacun doit s'intéresser au maëstro Stradella.

La duchesse contint parfaitement sa surprise ; mais tandis que ses adversaires confirmaient par leurs sourires la déclaration du grand chambellan, ses partisans, qui n'avaient pas été admis à la confidence de cette découverte, ne purent s'empêcher de laisser voir leur étonnement, et répétèrent à la fois :

— Stradella !... le chanteur !...

L'archevêque de Turin, qui était l'un des plus sincères amis de Madame Royale, imita ses collègues, et, par son attitude, sembla interroger la princesse.

Ce fut donc à lui surtout qu'elle crut devoir adresser sa réplique :

— Le signor de Simiane est parfaitement renseigné. Je vois seulement avec regret, que chez lui l'homme d'État domine l'homme naturellement généreux, autrement, je ne me verrais pas forcée de lui rappeler qu'un bienfait n'a de valeur que par la façon dont il est accordé. Pensez-vous, monsignor de Turin, que j'aie failli à mes devoirs envers le conseil, en pratiquant le précepte de l'Évangile, qui veut que notre main droite ignore le bien que fait la gauche ?

— Chacun connaît et apprécie la droiture et les vertus de Votre Altesse, répondit le prélat ; nul d'entre nous, je m'en porte garant, n'oserait les mettre un seul instant en doute.

— Votre opinion me flatte et me console, monsignor ; mais je crains que ce ne soit pas celle de tout le monde. — Et vous, mon fils, ajouta-t-elle en dirigeant ses yeux sur le jeune duc, que ce regard embarrassa, sans dissiper la froideur de son attitude, — vous voyez qu'on ose suspecter les intentions de votre mère et que ses actions sont l'objet d'une surveillance blessante.

— Je proteste contre votre accusation, Altesse, répondit à son tour très vivement et du ton d'un serviteur froissé dans son dévouement, le marquis de Simiane, — le secret de Votre Altesse est arrivé à mes collègues et à moi de la manière la plus naturelle, sans que nous ayons rien fait pour aller au-devant...

Il tira de son pourpoint un papier, celui-là que Danielo lui avait vu communiquer la veille au comte de Bruin, — et le montra au conseil.

— Voilà le vrai coupable, et un coupable fort innocent. C'est un rapport de police, qui m'est arrivé hier dans l'après-midi, et qui constate qu'un jeune homme, un sculpteur nommé Danielo, a eu une querelle dans un cabaret, au sujet du maëstro Stradella. Quelqu'un, un autre artiste, s'était avisé de répéter certains bruits venus de Venise et de Rome, et de les commenter en termes défavorables au maëstro, ce jeune homme a tiré sa rapière et en a demandé raison, à l'extrême stupéfaction des assistants, qui ignoraient d'où venait cet excès de susceptibilité. Le duel a eu lieu sur-le-champ.

— Un duel !... murmura la duchesse, qui cette fois ne songeait plus à dissimuler son agitation.

— Que Votre Altesse se tranquillise, — poursuivit l'insidieux chambellan, — l'agresseur seul, emporté par sa fougue, a été blessé, et encore sa blessure est-elle insignifiante... Votre Altesse pourra facilement s'en assurer, puisque, si j'en crois le rapport, on a vu ce jeune homme pénétrer dans le palais à la tombée du jour.

— Je remercie le signor grand-chambellan de ces nouvelles rassurantes, dit avec une fière sérénité la duchesse ; — je ne le cache pas, l'idée que ce jeune homme pût être coupable ou qu'il eût été blessé sérieusement, m'a inquiétée. Vous le comprendrez aisément, mon fils, en vous rappelant ce que je vous ai raconté plusieurs fois d'un orphelin, rencontré par moi naguères dans les environs de Florence, et dont je devins la marraine. Danielo est cet enfant, mon filleul, et c'est à ce titre que je l'ai admis, comme c'est mon droit, comme c'était mon bon plaisir, à demeurer auprès de moi...

— Et de Stradella... murmura à demi-voix, mais de façon à être entendu de tous, le perfide marquis.

— Et de Stradella... répéta avec autorité Madame Royale. Monsignor de Turin se plaignait dernièrement de l'insuffisance de la chapelle du palais. Pour déférer aux vœux de Sa Grandeur, j'ai voulu prendre pour maître de cette chapelle le plus illustre chanteur de l'Italie.

— Son Altesse a des réponses triomphantes pour toutes les objections, insinua avec un peu d'ironie un membre de l'opposition, l'abbé d'Aglié, qui entretenait une infatigable envie contre l'archevêque.

Le prélat dédaignait ces impuissantes attaques. Il se contenta de sourire et de répondre lui-même :

— Je vois avec une grande satisfaction que le signor abbé rend hommage à une vérité incontestable et qui demeure, grâce à lui, incontestée. Je remercie de plus hautement Son Altesse Royale de ce qu'elle daigne faire pour les pompes de la religion. Je compren que, l'ayant emporté sur toutes les cours d'Italie qui se disputent le maëstro Stradella, elle veuille préserver un si éminent artiste de tout péril, et j'espère que Monsignor le duc sera, lui aussi, de mon avis.

Le jeune prince, peu façonné à ces tournois de ruses, interrogea de l'œil son voisin et conseiller, le grand chambellan, qui lui répondit par un signe imperceptible, convenu sans doute à l'avance.

— Ces discussions sont très graves, Signori. Je n'ai pas ici voix délibérative. Il me semble que rien ne presse, et que la question peut être ajournée.

La séance se termina, suivant cette réponse, par un ajournement indéfini. L'opposition ne demandait pas davantage ; c'était un succès assez marqué remporté sur l'influence de la régente.

Grâce à ces intrigues, au besoin qu'éprouvait le parti espagnol de prendre position et de signaler son importance, une affaire d'une nature tout à fait secondaire s'élevait à l'intérêt d'une question d'Etat et devenait le pivot de la politique d'une des premières cours de la Péninsule.

Cependant Madame Royale, non plus que ses alliés, ne pouvaient rester sous ce coup. L'ajournement prononcé par le conseil, à la majorité d'une voix, offrait l'apparence d'un échec pour la dignité de la régente et rendait plus critique la position de Stradella.

Ce malencontreux duel de la taverne avait donné l'éveil ; la police n'était plus seule à connaître la présence du maëstro à Turin ; la discussion du conseil s'ébruitait ; les agents que Venise entretenait dans cette capitale, comme partout, n'allaient pas manquer d'avertir leur gouvernement, dont Morosini était un des membres. Il fallait agir, et surtout se rendre le jeune duc favorable, afin qu'il exerçât lui-même une pression sur son parti.

L'archevêque de Turin crut avoir découvert un expédient de nature à modifier la situation dans ce sens, et, dès les premiers mots qu'il en communiqua à la régente, celle-ci partagea son avis.

Il y avait un moyen bien simple de gagner Victor-Amédée à leur cause. Ce jeune prince révélait un goût intelligent et prononcé pour les arts. Il suffisait de lui faire entendre Stradella. Le talent irrésistible du maëstro serait le plus éloquent des plaidoyers. L'incognito devenait impossible ; on ne risquait rien et l'on pouvait tout gagner à le rompre de cette façon.

Le prélat ne dédaigna pas de se rendre de sa personne chez le chanteur pour lui donner connaissance de ce dessein.

Il n'eut pas de peine à le convaincre et à le décider. La célébrité est une coupe à laquelle on ne porte pas impunément les lèvres. Elle ne désaltère pas ceux qui y puisent ; — loin de là ! son contenu ne sert qu'à rendre leur soif plus dévorante. Chez Stradella, ce besoin était devenu plus fort que la prudence. Les ménagements dont il se voyait l'objet lui étaient profondément antipathiques. Il étouffait dans son incognito. L'oiseau, ne pouvant plus chanter dans sa cage dorée, invoquait le grand air qui devait lui rendre ses terreurs, mais aussi la liberté de ses accents.

Non-seulement donc il consentit à se faire entendre devant la cour, mais il offrit, pour augmenter les attraits de cette audition, le concours d'une jeune artiste, son élève, dont il garantit le talent.

Au jour fixé, la partie du palais alors consacrée à ces solennités, et désignée sous le titre de galerie de Daniel, du nom de l'artiste habile qui en avait décoré la voûte, reçut l'appropriation et l'ornementation nécessaires. La régente fut magnifiquement secondée ; jamais cette enceinte, où brillaient en tous temps les merveilles des arts, n'avait offert aux yeux éblouis un pareil éclat.

Un dais, surmontant deux sièges dorés, avait été dressé dans le haut de la galerie, à l'endroit le plus favorable et près de l'estrade destinée aux musiciens. La duchesse y prit place, en ayant l'attention d'offrir à son fils le siège de droite.

On entendit d'abord un morceau d'instruments, puis un chœur exécuté par la chapelle du palais. Stradella se montra enfin. Il était impatiemment attendu, et cependant son entrée fut accueillie avec une réserve qui frappa sa protectrice.

Il chanta avec sa perfection accoutumée un de ses oratorios favoris. La duchesse donna le signal des applaudissements, et, malgré cet auguste exemple, les applaudissements restèrent isolés et rares. Elle sentit qu'il y avait là quelque chose d'extraordinaire et voulut s'en rendre compte. Elle étudia les traits de Victor-Amédée : ils n'exprimaient qu'une indifférence dédaigneuse : mais elle surprit un regard échangé entre lui et le marquis de Simiane, qui occupait, avec ses collègues du conseil, quelques-unes des places d'honneur.

Plus de doute, il y avait un complot. Mais à quoi tenait-il ? Comment le conjurer ?...

Le maëstro reparut. Cette fois il donnait la main à Teresa, qu'il conduisit jusqu'au bord de l'estrade, où ils saluèrent les deux altesses, mais sans que le jeune duc daignât répondre, suivant l'usage, par une inclinaison ou par un geste, à cette marque de respect.

En ce moment, la Régente remarqua que le grand chambellan, assis à côté de l'archevêque de Turin, se penchait à l'oreille du prélat et lui adressait quelques mots, en désignant d'un signe qui lui parut assez dédaigneux la cantatrice, qui commençait un duo avec Stradella.

A partir de cet instant, la physionomie bienveillante du prélat se rembrunit pour ne plus s'éclaircir, jusqu'à la fin du concert.

Décidément, il y avait une conspiration, et elle gagnait jusqu'aux amis les plus fidèles de Madame Royale.

Teresa, qui possédait, on l'a vu dès le début de cette histoire, une voix assez belle, avait énormément gagné depuis qu'elle était sortie des mains du signor Ferramola, pour suivre les leçons de Stradella. Celui-ci, excellent maître et juge impartial malgré son affection, — on sait qu'il avait refusé de faire un chanteur de Danielo, — comptait sur un triomphe pour sa maîtresse. Le duo qu'ils chantèrent ensemble avait été composé par lui avec un soin tout particulier. Ils y firent preuve d'une rare perfection ; aussi, qu'on juge de leur déception et de leur désespoir, lorsque, au lieu des applaudissements auxquels ils avaient droit, ils ne recueillirent qu'un silence plus blessant que des marques d'improbation, et virent une expression de mépris passer des lèvres de Victor-Amédée sur celles de toute l'assistance.

La Régente se leva pour faire comprendre que la séance était terminée. Elle rentra chez elle, dans une agitation inaccoutumée, fit mander son secrétaire, et lui enjoignit de convoquer le conseil pour le lendemain.

Le jeune Duc fut également prié de se rendre à cette réunion, mais il fit répondre par son gouverneur, le comte Provana de Bruin, qu'il était trop fatigué par la fête, pour accéder à ce désir de son auguste mère.

Evidemment, c'était encore là une manœuvre des mauvais conseillers qui le dirigeaient, et cette abstention laissait prévoir des débats orageux, dont on n'avait pas jugé à propos de rendre le prince témoin.

Toutes ces hostilités, loin d'abattre l'énergie de Madame Royale, lui donnaient un stimulant nouveau. Elle défendait à la fois son autorité et son affection maternelle. Elle ne recourut donc à aucun détour, et demanda nettement une explication.

Ce ne fut pas, comme d'ordinaire, le marquis de Simiane qui ouvrit le feu. Les rôles étaient fort adroitement distribués dans cette comédie politique. C'était à l'abbé d'Aglié d'entrer en scène.

— Mes collègues et moi, dit-il, n'attendions que les ordres de Votre Altesse pour déposer à ses pieds nos humbles observations. Monsignor le grand-chambellan n'avait que trop raison, il y a quelques jours, de prémunir Votre Altesse contre les entraînements généreux de son cœur. Elle a été abusée par un de ces piéges dont il lui parlait, et en croyant offrir à la cour une fête, elle l'a fait assister, — qu'elle me pardonne l'excès de ma franchise, c'est celle d'un loyal sujet, — à une exhibition qui a froissé les consciences les plus tolérantes.

— Vous me ferez plaisir de me prouver cela, Signor, interrompit sévèrement la prinsesse.

— Malheureusement les preuves s'offrent d'elles-mêmes, et c'est pour cela que notre auguste souverain, Son Altesse Victor-Amédée, a jugé ne pas devoir assister à des explications qui pouvaient être pénibles pour une mère ou une tutrice qu'il chérit et respecte.

— De grâce, Signor, abrégez ces formules, et arrivez au fait. Depuis quelque temps, il se passe dans ce conseil des choses assez étranges pour que je ne doive plus m'étonner de rien. Parlez donc, mais n'oubliez pas que, pour l'honneur même de mon fils, je ne suis pas disposée à tolérer le moindre oubli du respect dû à sa mère.

L'abbé s'inclina avec humilité, puis il continua :

— Toute la cour est affligée, mais Son Altesse Royale est mortellement offensée, elle dont on connaît les sentiments éminemment religieux, d'avoir vu se produire publiquement dans son palais une femme perdue, au bras d'un artiste dont elle est la maîtresse....

La Régente pâlit. Dans la chaleur de sa générosité, elle n'avait jamais pensé qu'il se trouverait des gens assez pervers pour se faire contre elle une arme de cette circonstance.

L'abbé s'était rassis ; son rôle de défenseur de la morale était rempli ; celui du grand-chambellan recommençait. Ce fut lui qui poursuivit :

— Ce que vient de dire notre collègue est d'une gravité qui n'échappera à aucun de vous, signori, et je juge d'après le silence de notre vénéré prélat, que lui aussi le comprend autant que personne. C'est en effet une chose délicate que de voir ce palais, résidence inviolable de la vertu et de la morale, servir d'asile à un douloureux scandale. Votre Altesse Royale sentira elle-même que ni son auguste fils, ni le conseil ne sauraient prendre sur eux d'en assumer la responsabilité, en appuyant les prétentions du signor Stradella auprès du gouvernement de Venise.

— Il suffit, dit Madame Royale en se redressant avec indignation, j'aviserai.

Et, sans remettre au lendemain la suite de cette affaire, elle se rendit chez son fils, qui était en grand entretien avec l'inévitable comte de Bruin, le marquis de Parela et plusieurs autres de ses courtisans. Elle n'obtint qu'en insistant une entrevue particulière, à laquelle le Prince assista dans les dispositions qu'on devine.

Cependant, Victor-Amédée, bien que circonvenu par ses flatteurs, conservait une rectitude de jugement qui lui faisait apprécier le grand caractère de sa mère. Celle-ci apporta dans la conversation qu'ils eurent alors une franchise et une tendresse qui lui rendirent une part d'influence sur l'esprit du prince. Elle essaya de lui faire comprendre qu'il n'était qu'un instrument entre les mains d'un entourage ambitieux, avide et trompeur.

On ne dit pas souvent de si rudes vérités aux princes ; Victor-Amédée se sentit rougir, et probablement il ne méconnut pas l'exactitude du portrait de ses courtisans. Mais il était sincèrement dévot, et les conjurés n'avaient pas vainement mis leur confiance dans ces dispositions de leur souverain.

— Madame, répondit-il, vous savez que je ne possède aucune autorité ; elle est toute dans vos mains. Vous appréciez mes amis d'une façon rigoureuse, à laquelle je ne saurais répondre non plus. Cependant, soyez persuadée que ma conclusion est dictée non par eux, mais par ma seule conscience. Si j'étais le maître, je n'accorderais ma protection qu'à des gens qui s'en rendraient dignes par leur piété et par la régularité de leur conduite.

La Régente le quitta sur cette déclaration.

Le soir même, elle manda le maëstro, et sans récriminer, sans entrer dans aucun détail, avec une bienveillance qui témoignait de sa constante estime pour lui :

— Mon ami, lui dit-elle, quand on produit une jeune femme dans le monde, c'est qu'on est son fiancé ou son mari. Il faut que vous épousiez celle que vous nous avez présentée comme votre élève.... L'aimez-vous assez pour cela ?....

— Les circonstances seules m'ont empêché jusqu'ici d'accomplir cette formalité, Altesse.

— C'est bien.... Dès demain, vous vous séparerez d'elle; je la prendrai publiquement sous ma protection; je la ferai entrer au couvent des Carmélites, et elle n'en sortira que le jour où vous la conduirez à l'autel avec le consentement de sa famille.

VI.

La politique de Venise.

Francesco Morosini n'était plus le héros des fêtes brillantes de Venise. Le palais du campo San-Stefano, depuis qu'il s'était fermé sur le chariot qui enlevait la statue de la divinité maudite, ne s'était plus rouvert à aucun des artistes qui animaient naguères ses galeries. Peut-être, quelquefois encore, par une des issues détournées du canal, des personnages à la mine mystérieuse y abordaient-ils, mais sa façade demeurait obstinément close, ses jalousies et ses stores baissés, ses balcons déserts. A l'aspect de cet édifice silencieux et morne, on se fût volontiers demandé si ce n'était pas un de ces établissements consacrés à la Quarantaine, ou vidés par la peste, que l'on rencontrait encore çà et là, le long des rives de l'Adriatique, et que les passants évitaient par de grands détours.

Pas une voix ne s'élevait de cette masse de marbre triste et lugubre comme une tombe.

L'aspect des Procuraties n'était pas moins sinistre. Ce n'était plus le temps où les promeneurs émerveillés s'arrêtaient sur la piazza, attirés par l'écho des joyeux concerts, ou éblouis par les feux diamantaux qui transformaient cette résidence en un palais fantastique.

Le maître et ses serviteurs l'habitaient toujours cependant. Mais avec le premier, y siégeait une préoccupation ténébreuse, absorbante, qui s'étendait sur son entourage. Tous les fronts étaient assombris par les nuages qui obscurcissaient le sien. On ne se parlait plus qu'à voix basse; on marchait avec précaution, on étouffait tout bruit; on proscrivait jusqu'au sourire dans ces galeries qui, peu de temps auparavant, ne suffisaient pas à contenir les éclats des chansons et des joyeux propos.

L'expédition des affaires importantes dépendant des attributions du Procurateur, s'opérait avec les mêmes formes. Les employés, les secrétaires éprouvaient le contre-coup de l'humeur noire du chef; les gens qui allaient et venaient, qui entraient dans le palais ou en sortaient, avaient plutôt l'apparence d'ombres que de créatures vivantes, tant ils étaient sérieux et muets.

Ce n'était sans doute pas seulement le regret d'avoir perdu une maîtresse charmante, d'autant plus enviée qu'elle ne s'était pas rendue encore, mais c'était aussi l'humiliation, tranchons le mot, — la honte de s'être vu préférer un rival, qui plongeait le vainqueur de la Morée dans cette misanthropie.

L'aventure avait eu un tel retentissement, que le superbe patricien se sentait, avec un insurmontable dépit, l'objet d'un ridicule qui ne pouvait s'effacer que sous une lave de sang.

Les mœurs de ce siècle, les mœurs de la magnifique Venise, déjà bien éloignées de nous, justifiaient cette opinion. Morosini n'exagérait que de très peu l'impression produite sur les esprits par son échec, car il était à un âge où de telles offenses sont d'autant plus sensibles, que la revanche est plus malaisée à prendre, et que la malignité y trouve un aliment dont elle se montre très friande.

Au dix-neuvième siècle, avec notre humeur sociable et légère, nous comprendrions difficilement la persistance d'une idée implacable et montée à un si haut diapason, à propos d'une escapade amoureuse, accomplie, après tout, sur une fille de rien comme Teresa, par un généralissime, par un magistrat puissant. Mais en Italie, dans la cité des amours mystérieuses, des stylets et des assassins gagés, c'est le contraire qui n'eût pas été compris.

Stradella vivant était un déshonneur perpétuel pour Morosini.

Qu'on juge donc de l'irritation fiévreuse de ce héros auquel des armées et des nations n'avaient pas résisté, et qui voyait ses plans les mieux ourdis échouer contre un ennemi sans influence et sans valeur. Ses émissaires semblaient frappés de cécité, son or se perdait en flots stériles, et quand ses plus fidèles spadassins allaient atteindre ce rival exécré, leur fer s'émoussai sur sa poitrine!

On ne saurait imaginer les insomnies cuisantes amenées par ces réflexions, ni les entreprises terribles rêvées alors par le procurateur de Saint-Marc. Tout lui devenait insupportable, tout lui paraissait hostilités, perfidie, trahison. Il dévouait le genre humain à l'enfer.

Dans ces instants de délire, c'était à qui de ses serviteurs ne l'approcherait pas; il demeurait des journées entières isolé au fond de ses appartements. Un jour, qu'il éprouvait un de ces accès, il fut distrait, contre l'ordinaire, par un valet qui pénétra en tremblant jusqu'à lui.

Cet homme portait un plat de vermeil sur lequel le procurateur prit avec un geste de colère un pli, dont le cachet tout frais céda à sa première pression.

Un seul mot, un nom propre y était inscrit :

Ferramola!..

Le valet s'était éloigné de quelques pas.

— Qu'il vienne!... murmura son maître, dont la main crispée froissa le papier.

Nous connaissons notre impresario; son visage obséquieux et souriant, son œil gris, son visage maigre et sensuel, étaient immuables comme son costume râpé et sa perruque pelée. Il allait se répandre en salutations révérencieuses, mais le procurateur lui coupa la parole :

— Vous voilà, messer! je suis enchanté de vous voir!

Ferramola eut un tressaillement involontaire, dont il se remit bien vite.

— Votre Seigneurie le sera bien davantage, je l'espère, quand elle saura ce qui m'amène!... répondit-il assez bravement.

— En vérité!... J'en doute.

— Et moi j'en suis sûr.

Le sourire diabolique qui accompagnait ces mots opéra une réaction dans l'esprit du procurateur. Il se radoucit tout à coup, et d'un œil étincelant comme celui d'une panthère :

— Vous venez me parler de...

Il ne prononça pas ce nom qui lui eût éraillé la gorge au passage. Ferramola s'inclina affirmativement.

— Où est-il? que fait-il? par quel moyen l'atteindre? reprit Morosini

— Calmez-vous, signor illustrissime, tout marche à souhait.

— Vous le tenez?...

— C'est tout comme; et ce n'a pas été sans peine !... Ah ! que de mal ! que d'argent surtout !

— Servez moi bien, et je vous ouvrirai ma caisse !

— Ce ne sera pas de refus; la mienne est complètement à sec... le service de Votre Seigneurie n'est pas tout plaisir...

— Au fait; parlez moi de... de cet homme ! Où? comment l'avez-vous retrouvé?

Notre Florentin, on nous croira sans peine, se garda bien de révéler à son généreux patron, que le hasard l'avait mieux servi dans cette occurrence que sa perspicacité. Il fit grandement valoir ses soins, ses pas et ses démarches. Mais la vérité est qu'il avait, comme tout le monde, entièrement perdu les traces du maëstro quand celui-ci avait quitté Rome, et que, pas plus que les émissaires de Morosini, il n'avait eu l'idée de diriger ses investigations du côté de Turin.

Ainsi désorienté, il ne savait plus vers quel point cardinal se tourner, lorsqu'il rencontra fortuitement un de ses anciens pensionnaires, — il en avait dans les quatre parties du monde, — un acteur ou un chanteur, qui lui apprit, sans se douter du service qu'il lui rendait, la présence de l'illustre artiste dans la capitale de la Savoie, où l'aventure de Danielo et le concert à la cour défrayaient toutes les conversations.

Le signor Ferramola ne manqua pas d'arranger les choses de façon à rendre bien éclatant le dévouement dont il donnait en tout ceci des preuves au procurateur.

— C'est un vrai sacrifice que je m'impose, pour être agréable à Votre Seigneurie, ajouta-t-il, car ce Stradella est toujours mon sujet, je possède un bon traité, parfaitement en règle, par lequel il s'est engagé à chanter sous ma direction pendant un an. Or, il ne l'a encore exécuté que pour une seule quinzaine, c'est onze mois et quinze jours qu'il me reste à lui réclamer, et quelles recettes je puis réaliser avec un tel phénix !.. car il ne faudrait pas croire, signor procurateur, que ce facchino eût perdu ses moyens au milieu de tant de méchantes aventures !.. Au contraire, le scélérat est arrivé à une vigueur de talent, qu'il n'a jamais déployée, même au service de la sublime République, que je porte dans mon cœur... A ce concert, où il s'est révélé à la cour de Savoie, on a cru que les plus grands seigneurs allaient le porter en triomphe, tant il les a ravis .. Il n'y a pas d'exemple d'un succès pareil dans les fastes de la musique !...

Il s'arrêta pour reprendre haleine, poussa un énorme soupir et continua :

— Certes, je ferais une grosse perte si ce cygne enchanté venait à disparaître par quelque cas fortuit, par un malheur ou par un accident... Et cette perte serait d'autant plus considérable, cher et très révéré signor, qu'il ne chante plus seul, et que, du même coup, en le réintégrant dans ma compagnie d'artistes, je pourrais m'attacher un autre sujet, une prima donna...

Il avait scandé cette dernière phrase avec beaucoup d'art; mais en cherchant à constater l'effet produit par elle sur son auditeur, il s'aperçut que celui-ci ne l'écoutait plus depuis longtemps.

Une seule chose au monde importait à Morosini, c'était sa vengeance, et la fatalité l'ayant remis sur la piste de son ennemi, il se croyait déjà sûr de le ressaisir et savourait le bonheur d'en finir avec lui.

— Je vous rappellerai, dit-il au Florentin en le congédiant. Nous aurons à causer... Ne quittez pas d'ailleurs ce palais; ma générosité ne demeurera pas au-dessous de vos services.

Ferramola comprit qu'il ne fallait point insister; sa journée était assez bien remplie; il s'éloigna à reculons, en accomplissant les plus humbles révérences.

Le procurateur se vit à peine seul, qu'il frappa un coup violent sur le timbre placé à sa portée :

— Ma gondole, ordonna-t-il, à l'instant au traguetto de la Piazzetta.

Le valet courut, tandis que lui-même, s'enveloppant d'un manteau et se couvrant le visage d'un loup, traversait les galeries des Procuraties, qui aboutissaient à deux pas du traguetto désigné.

Dix minutes après, il arrivait à la lagune isolée sur laquelle s'ouvrait la porte secrète de son palais patrimonial.

Notre ancienne connaissance, le signor Vicenzo, fidèle gardien de ce palais abandonné, étant venu au-devant de lui :

— Amène-moi, lui dit-il, à l'instant, les deux coquins que tu sais...

L'invalide s'inclina, et poussa peu de temps après, dans le cabinet où se tenait son maître, deux personnages que nous connaissons aussi, Orio Barbarigo et Jacopo Schiavone.

Ces honnêtes gens, après la scène qui avait amené leur transaction de conscience, n'avaient pas dédaigné d'accepter l'hospitalité de leur ancien patron, se tenant, comme par le passé, à son service, pour les affaires de leur compétence, sauf le cas exceptionnel posé par eux, et relatif à Stradella.

Avec de l'or, et Morosini en possédait de reste, rien de facile comme de se procurer à Venise des bravi intrépides et discrets. Mais, comme le procurateur n'avait pas autrement à se plaindre de ceux-ci, et qu'il comptait de leur part sur un dévouement d'autant plus absolu, qu'ils avaient à mériter leur pardon, il ne les avait pas remplacés. A quoi bon d'ailleurs, puisqu'eux-mêmes offraient de se choisir des aides qui les suppléeraient au besoin. Notre casuiste Jacopo justifiait cette décision par d'excellents paradoxes. Ils avaient fait serment de ne pas tuer le maëstro, mais ils n'avaient pas promis de ne jamais diriger contre lui d'autres bras que les leurs. Nous n'irions même pas jusqu'à jurer que, dans leurs calculs, ils ne fissent pas entrer la possibilité de profiter du meurtre commis par les confrères à qui ils auraient procuré cette aubaine.

Morosini était donc sûr de mettre en campagne, dès qu'il leur en donnerait l'ordre, plus de gens de bonne volonté qu'il ne lui en fallait.

— Çà, mes drôles, leur dit-il, puisque vos scrupules vous lient les mains, il s'agit de me montrer si, par procuration, vous êtes encore bons à quelque chose.

— Parlez, signor, vous verrez si nous avons dégénéré !

— Arrangez-vous pour m'amener ici, demain, à pareille heure, deux de vos meilleurs amis... vous entendez... des gens qui n'aient pas la conscience aussi délicate que vous, par exemple...

— Tout le monde n'a pas le bonheur d'avoir reçu une éducation chrétienne, marmota Jacopo avec onction.

— Hypocrite ! lui jeta le procurateur... — Vous comprenez bien ; deux hommes solides, résolus... Je leur donnerai mes instructions ; ils devront partir aussitôt après... Vous savez comment je paie ?...

— Oh ! Signor !..,

Il leur tendit sa bourse, remit son masque et regagna sa gondole.

Ses projets étaient en bonne voie. Il pouvait s'en remettre à ses deux complices du soin de lui découvrir des meurtriers qui ne craindraient pas d'affronter a police sévère de Savoie et qui iraient à la rigueur frapper son ennemi jusque dans le palais ducal. Il s'apprêtait à faire mander Ferramola pour lui donner une part de direction dans ce nouveau complot ; mais, en rentrant aux Procuraties, il trouva son secrétaire qui l'attendait avec une impatience extrême et qui lui remit une lettre qu'on venait d'apporter, avec injonction de la lui faire tenir sur-le-champ.

Le secrétaire tremblait en la lui tendant, et lui-même pâlit en jetant les yeux sur l'enveloppe.

Il venait d'appercevoir, imprimées en rouge, ces trois lettres qui portaient le trouble dans les esprits les plus résolus et dans les consciences les plus intègres : C. D. X.

C'est-à-dire : Conseil des Dix.

A Venise, le Conseil des Dix était le plus terrible des pouvoirs de l'État. Tribunal inexorable ; il tenait, avec les inquisiteurs d'État, pris d'ailleurs dans son sein, le droit de tout voir, de tout apprécier, de tout juger. Au-dessus des patriciens, des procurateurs, du doge lui même, il s'entourait d'un appareil redoutable ; il disposait d'une force mystérieuse qui lui donnait entrée partout. Nul, parmi les plus puissants, ne pouvait répondre qu'il n'y eût pas un agent du conseil dans son entourage, dans sa maison, et cependant aucun n'eût osé s'affranchir de cet espionnage domestique.

Avec ces trois lettres magiques C. D. X, on se faisait ouvrir toutes les portes, on pénétrait dans le sanctuaire des familles, et aussi dans celui de Dieu ; car l'Eglise était autant, sinon plus que la politique, l'objet de la surveillance des Dix.

Abrités sous leurs masques, des membres du conseil ne dédaignaient pas, quand il s'agissait des affaires d'Etat, d'intervenir de leur personne. Ils frappaient au seuil des plus arrogants, et, écartant leur robe noire, ils montraient, brodés dans leur poitrine, les initiales fulgurantes devant lesquelles tout cédait.

Si élevé que fût Morosini, quelque naturel qu'il fût de penser à la nécessité soudaine d'une entrevue entre lui et ce pouvoir supérieur pour un des mille objets de son ressort, il ne lut pas sans un redoublement d'émotion l'ordre — les Dix ne donnaient pas d'invitations — de se rendre immédiatement au Palais ducal, à la salle du Conseil.

Certes, le vainqueur de la Morée était doué d'un cœur ferme et inaccessible aux vaines épouvantes ; eh bien ! en pénétrant dans la salle de la Bussola, qui servait d'antichambre à celle où se réunissaient les Dix, il éprouvait toujours une anxiété que l'approche d'une bataille ne lui avait jamais causée.

Mais il parvint cette fois à conserver la dignité de son maintien, car il était devant des témoins qui l'observaient : c'étaient les six secrétaires du conseil, assis gravement à leurs bureaux, placés le long du mur de gauche ; tandis que sur les bancs du pourtour des citoyens de diverses classes attendaient, soit comme accusés, soit comme témoins, qu'on les appelât.

Morosini n'était sans doute pas de ceux qu'on laissait dans la foule, ou plutôt on le faisait venir pour une question urgente, car, aussitôt qu'il se montra, l'huissier de service l'invita à le suivre.

La pièce où siégeait le conseil avait l'aspect et la solennité d'un tribunal. Elle formait un hémicycle, au fond duquel s'élevaient dix-sept siéges destinés aux dix membres du conseil, au doge et aux six conseillers dont il avait le droit de se faire accompager quand il assistait aux délibérations.

Cette salle était pleine de terribles souvenirs. C'était là qu'on avait condamné Marino Faliero. Dans cette salle aussi, Morosini avait déjà comparu une fois sous le poids d'une accusation de péculat ; il en était sorti réhabilité ; mais que lui voulait-on encore, et pourquoi l'y rappeler ?

Le doge et ses assesseurs ne s'y trouvaient pas ; car ils ne venaient qu'en certaines occasions solennelles, où s'agitaient les intérêts de la République, et non lorsqu'il s'agissait d'affaires privées ou judiciaires.

Le procurateur s'avança avec un calme apparent et salua les membres du conseil, qui conservèrent l'impassibilité dont ils ne se départaient jamais.

Le président prit la parole :

— Si Votre Seigneurie, dit-il, se fût trouvée aux Procuraties et non dans le palais où elle entretient, pour un motif que nous éclaircirons tout à l'heure, deux bravi qui lui sont dévoués, elle n'eût pas fait a tendre le conseil.

Les mains du procurateur se crispèrent sous ses longues manches en découvrant la minutieuse inquisition dont ses démarches étaient l'objet minute par minute.

— Je suis accouru, répondit-il, dès que j'ai eu l'ordre du conseil, et je suis tout entier à sa disposition.

— C'est ce dont le conseil va juger, repartit le président. — Votre Seigneurie, après avoir enlevé à ses parents une fille du peuple, l'a fait enfermer dans son palais. Un tel attentat à la morale et aux droits des citoyens pourrait être puni d'une peine sévère ; mais la chose est demeurée secrète ; nous seuls en avons su les détails ; nous fermerons les yeux.

— Signor, voulut dire Morosini, de faux rapports...

— Ne niez pas ; vous aggraveriez vos torts. Cette femme a été emmenée ensuite par un chanteur napolitain, le maëstro Stradella, qu'un de vos agents a découvert à Urbino et que vous avez voulu faire assassiner à Rome.

— Je proteste de toutes mes forces contre les délateurs qui ont osé surprendre la religion du conseil...

— Le conseil sait tout, Signor. Il discerne le vrai du faux, de même qu'il récompense les bons serviteurs de l'Etat et qu'il punit les mauvais citoyens, si haut qu'ils soient placés. — Le maëstro Stradella est à Turin, auprès de la régente de Savoie, qui lui porte un intérêt tout particulier ; et, dans ce moment, vous vous disposez à envoyer de nouveaux assassins pour la satisfaction de votre haine et de votre jalousie.

Morosini, frappé d'effroi en présence de ce tribunal qui lisait dans sa vie privée et jusque dans sa pensée, n'essaya plus de répondre.

— La politique de Venise, reprit le président, s'oppose à ce que vous poursuiviez vos desseins. Nous vivons en paix avec tout le monde ; nous avons conclu il y a peu de temps un traité qui a donné pleine satisfaction à notre dignité (1), et nous n'avons aucune raison de nous brouiller avec le duché, qui est protégé par la France. Or, le gouvernement du duché nous envoie la prière de respecter cet homme. La moindre atteinte à sa vie, si elle pouvait remonter jusqu'à vous, et par conséquent jusqu'à nous, qui avons promis en votre nom, serait une raison de rupture, et nous ne le voulons pas. Vous allez jurer sur ce Christ de renoncer à vos projets et de ne plus solder aucune créature pour accomplir votre vengeance.

Une pause solennelle succéda à cette injonction catégorique.

Morosini porta involontairement les yeux sur une draperie qui retombait devant la porte sinistre par laquelle on sortait souvent de cette salle pour être renfermé aux *Pozzi* ou aux *Piombi*. Il se rappela les illustres prédécesseurs qui de sa charge avaient passé dans ces lieux de supplice et d'oubli, ou qui, même, avaient disparu sans laisser de traces. Il fallait obéir ou se résigner à leur sort.

— Signori, dit-il d'une voix ferme, vous n'avez pas trop présumé de mon civisme en vous engageant en mon nom. Second magistrat de la Sublime République, je lui sacrifierai mon juste ressentiment, comme je lui ai sacrifié mon existence quand j'étais généralissime de ses armées... Je dois l'exemple de la soumission, je le donnerai... J'atteste cette image sainte que je renonce à venger les outrages que j'ai subis dans ma personne ;

je jure de ne plus solder aucun assassin pour attenter à la vie d'un homme que protége la duchesse de Savoie et que vous daignez couvrir de votre égide toute puissante.

— Nous n'attendions pas moins de votre soumission, répondit le président ; — Votre Seigneurie est libre et peut aller en paix.

Morosini s'éloigna sans rien laisser paraître des orages qui grondaient dans son cœur ; mais aussitôt qu'il se trouva seul dans son palais des Procuraties, il s'affaissa sur un siége comme un homme brisé : son visage revêtit une teinte livide et terreuse, et sa prunelle dilatée semblait poursuivre dans un espace invisible une idée irréalisable.

VII.

Le Respect du Serment.

Morosini restait écrasé sous l'énormité de l'événement qui venait de l'atteindre. Il en croyait à peine la réalité qui l'enserrait de toutes parts.

Cet ennemi infime, que sa bonne étoile avait jusqu'ici soustrait à ses coups, était devenu le protégé d'une Altesse souveraine, celui de la République même ! Du haut du socle inaccessible où le plaçait une garantie inouïe jusque-là, il se riait des rancunes et des menaces du vainqueur de l'Orient !

Cet histrion, cet aventurier, lui aurait enlevé une femme aimée, et jouirait avec celle-ci d'un insolent bonheur que rien ne pourrait plus troubler. Le conseil, par une prévision habile, avait rendu le procurateur, l'homme outragé dans sa dignité, flagellé dans ses affections, solidaire de la sécurité de son insolent adversaire, en le faisant responsable de toute tentative dirigée contre celui-ci. On avait limé les griffes et émoussé les dents du terrible lion.

Résister aux volontés des Dix, le doge même ne l'eût pas fait, et pourtant Morosini l'eût tenté peut-être, quitte à être puni de son audace, pourvu qu'il emportât dans son désastre la satisfaction de s'être vengé. Mais, ce cœur intraitable, accoutumé à affronter les périls d'ici-bas, se sentait engagé dans un réseau qu'il ne pouvait rompre de même. La vengeance, la désobéissance aux lois, le meurtre même, — les mœurs du temps les autorisaient, les glorifiaient dans certains cas : — ce qu'elles flétrissaient, ce qu'il était incapable de commettre, ce qui était incompatible avec le nom glorieux de Morosini, synonyme de loyauté et de noblesse, c'était un parjure.

Francesco avait juré sur le Christ ; ce serment offrait une garantie plus sûre que toutes les injonctions du conseil, que les tourments des *Pozzi*, que l'ignominie du gibet ou le sang de la hache. Vraisemblablement le conseil en avait lui-même jugé ainsi.

Le jour commençait à tomber qu'il était encore anéanti sous le sentiment de son impuissance. Personne n'avait osé pénétrer jusqu'à lui ; sa porte était restée infranchissable. Ses gens, habitués à lire sur ses traits, avaient compris, sans qu'il leur eût adressé un mot, qu'il voulait être seul.

Mais tout à coup son corps, affaissé comme

(1) Venise contestait au duc de Savoie le droit de prendre le titre de roi de Chypre ; après de longues négociations, il fut convenu que les souverains de Savoie s'abstiendraient de cette qualification dans leurs relations avec la Sublime République, qui avait elle-même des prétentions à la couronne de Chypre.

une masse inerte, tressaillit sous une étincelle, éclair rapide et lumineux. Il se leva
avec une vitalité nouvelle ; sa tête se redressa
énergiquement ; il regarda le ciel, dont sa
croisée à lozanges reflétait les zones enflam-
mées : on eût dit qu'il menaçait Dieu.

Pour la seconde fois de la journée, il prit
le masque et le manteau noirs, qni se trouvaient encore sur le meuble où il les avait
jetés le matin ; mais, cette fois, usant d'un escalier détourné, il sortit sans prévenir personne, traversa la piazzetta, se glissa dans
l'ombre par les rues étroites du voisinage
en affectant de donner à sa marche une allure brisée qui déroutât tout espionnage, et
alla prendre une gondole au traguetto le
plus isolé du quartier.

Bien qu'on ne dût guère l'attendre à son
palais, le discret et fidèle Vicenzo se trouva là,
pour le recevoir, dès que l'éperon de la barque heurta la porte basse qui donnait sur la
lagune.

L'invalide ne lui adressa aucune question
sur ce retour fortuit, mais il demeura frappé
de l'expression de sa physionomie. Il y avait
du feu dans ses yeux ; ses narines s'ouvraient
pour laisser passer le souffle puissant qui
soulevait ses poumons. On lisait sur son large
front une énergie et une joie à la fois sai-
sissantes et terribles. Le vieux bombardier
crut le voir tel qu'il l'avait connu aux moments de ses grands coups d'état ; il se demanda intérieurement si l'ennemi était aux
portes de Venise, si le canon allait gronder?

C'était en effet une lutte formidable qui
fermentait dans la tête du procurateur. Son
plan bouillonnait en lui comme la lave in-
candescente au fond d'un volcan. Il s'agissait
de combattre pour lui-même une fois dans sa
vie, après avoir tant combattu pour les autres ; il fallait vaincre à tout prix ; et, en
effet, la victoire lui apparaissait certaine, im-
perdable.

— Où sont mes deux serviteurs? demanda-t-il.

— Sortis depuis leur entrevue avec Votre
Seigneurie.

— N'importe... Il faut que je parle à cette
vieille qui vend des cierges à san Nicolo.

— La signora Cargonta?...

— Envoie quelqu'un ; vas-y toi-même ;
mais qu'elle ne tarde pas ; j'attends.

On comprend, sans explication de notre
part, l'absence des deux compagnons, partis
à la recherche de fripons capables de toute
espèce de méfaits. Quant à la Cargonta, depuis qu'ils l'avaient mise en rapport avec leur
maître, à propos de la fille du Gastaldo, Morosini avait apprécié ses services, et il y avait
eu recours en plus d'une circonstance. Son
dévouement et son zèle étant toujours proportionnés à la générosité des gens qui l'em-
ployaient, et le superbe patricien payant en
roi, la vieille était prête à entamer pour lui
les entreprises les plus chanceuses.

Elle ne se faisait donc jamais prier pour
venir au palais Morosini, et, cette fois comme
les autres, elle quitta tout : san Nicolo, son
prie-Dieu et son commerce de cierges.

— La personne que demande Votre Seigneurie arrive à l'instant, annonça Vicenzo, et les
deux hommes en question viennent également de rentrer.

— Dis à ceux-ci de ne pas bouger avant de
m'avoir vu, et introduis la Cargonta.

Pendant que l'invalide exécutait ces ordres,
le procurateur semait une ou deux poignées
de sequins tout neufs sur le guéridon où brûlait sa lampe. La flamme se reflétant sur le
métal fauve, donnait à ce tapis l'aspect d'un
lac d'or.

La vieille, éblouie par cet appât, s'arrêta
au milieu de sa révérence ; son œil de hibou
ne pouvait s'arracher à cette fascination.

Morosini suivait toutes ses impressions :

— Approche, dit-il, et réponds brièvement
et surtout sans détour,... si c'est possible..

La sorcière croisa ses mains sèches avec
ferveur, en témoignage de sa sincérité. Elle
voulut protester aussi en paroles, mais il l'arrêta.

— Si je suis content de toi, — il lui montra les sequins tentateurs, — tu recevras ta
récompense...

— Que faut-il faire, Signor?... répondit-
elle en s'inclinant, ne sachant si elle devait se
mettre à genoux devant l'or ou devant celui
qui le lui promettait.

— Tu te rappelles cette fille qui demeurait
chez les Nicolotti et qu'on nommait Teresa?...

Ce nom, sorti péniblement de la gorge du
patricien, avait en même temps opéré cette
contraction de sourcils si redoutable à son entourage.

— Parfaitement, Signor, répondit la vieille ;
à preuve que c'est moi qui me suis em-
ployée...

— C'est bien ; assez...

Morosini frappa sur la table un coup de
poing si violent que les sequins tressautèrent
en résonnant, et quelques-uns roulèrent sur
le parquet.

La Cargonta se courbait déjà pour les relever.

— Laisse cela ! reprit le procurateur d'une
force qui la fit trembler ; — écoute-moi. —
Cette fille avait un père, qui était chef de son
quartier, — une sorte de maniaque, très orgueilleux de sa fille et de sa dgnité.

— Oui, signor ; un butor, d'une fierté ridicule, extravagante... Les préjugés d'un vieux
marin, c'est tout dire.

— Ne m'as-tu pas assuré, ou bien est-ce une
confusion de ma mémoire, que s'il avait pu
connaître l'homme qui avait enlevé sa fille,
il l'aurait tué?

— Il le tuerait encore!

La sorcière frissonna à cette seule idée ;
car elle savait bien que si Bartolomeo Gamba
avait connu la trame qui lui avait enlevé
Teresa, il ne se fût pas contenté de punir un
des coupables, — sa fureur se fût exercée
contre tous les complices.

— Il faut que je voie cet homme... Tu vas
me conduire près de lui.

Cette fois, la Cargonta devint de la couleur
du métal qu'elle convoitait. Elle se sentit
prise d'un effroi indicible.

— Hésiterais-tu? demanda le procurateur.

— Non, certes, Signor... ce serait même
avec plaisir... Mais la chose est impossible.

— Impossible ! Tu demandes donc bien de
l'argent !

— Oh! le prix n'y fait rien... quoique, en conscience, j'aie une peur raisonnable que cette brute ne finisse par découvrir la vérité... Mais c'est que Bartolomeo Gamba a disparu un beau jour sans laisser de traces.

— Disparu!

— Oui, Signor... Après la mort de sa belle-sœur, une vieille femme qui avait élevé cette petite Teresa, et qui, sans s'en douter, m'avait servie à souhait pour la faire tomber dans la gueule de... du loup... Cette femme n'était, d'ailleurs, qu'une sotte... Quand elle a vu le résultat de son système d'éducation, le chagrin a mis le grapin sur elle, et elle a eu la faiblesse de se laisser mourir. Quelque temps après, Bartolomeo, devenu sombre et nébuleux comme un jour d'orage, est parti pour ne plus rentrer.

Le cynisme de ce récit, qui devait éveiller chez celui qui l'entendait de si cruelles pensées, ne contribua pas à éclaircir son front. Mais une seule considération remplaçant bientôt les remords et les regrets :

— Et l'on ne sait où il se cache? demanda-t-il avec anxiété.

— On le saura, Signor..., si vous y tenez.

— Voyez donc, dit-il d'un ton dégagé, je crois décidément que quelques pièces sont tombées par terre.

La Cargonta les releva avec la prestesse d'un chat qui saisit une souris.

— Les voilà, Signor.

— Bien, mettez-les dans votre poche... Ah! débarrassez-moi donc aussi cette table de toute cette monnaie qui l'encombre.

Les sequins disparurent par une rafle soudaine dans les cavités du sac à *agnus* de la sorcière.

— Vous dites, reprit négligemment le procurateur, que vous m'apporterez ce renseignement demain, ici, vers cette même heure!

— Demain, à cette même heure!...

Elle s'échappa en saluant à reculons et en étreignant sur sa poitrine son cher trésor.

Rendons-lui cette justice, elle fut exacte. A l'heure voulue, le lendemain, elle revint au palais et resta un moment en entretien avec le procurateur.

Peu après, quand la nuit fut complète, l'illustre patricien échangea son imposant costume noir à bordure rouge contre une robe des plus simples, un grand feutre et un manteau de laine brune.

Escorté de ses dignes affidés Orio et Jacopo, il monta sur une barque de l'aspect le moins voyant. L'un des bravi prit l'aviron, et tous trois se dirigèrent, à travers mille détours, au delà de Murano, vers un îlot d'apparence abjecte, rejeté en dehors de la fréquentation des gondoles du beau monde, et servant de repaire à une population misérable, dévouée aux métiers les plus vils et les plus pénibles, exutoire honteux du trop plein de la population ouvrière et mendiante.

Morosini entra, suivi de ses fidèles acolytes dans une ruelle humide, inégale, fétide, et commença à examiner attentivement, aidé du clair-obscur de la nuit, chacune des habitations boiteuses qui s'y disputaient la place.

Orio et Jacopo, qui connaissaient ce cloaque et les mœurs peu hospitalières de ses hôtes, serraient de près leur patron, moins occupé quant à lui de sa sûreté personnelle que de ses recherches. Ils avaient l'un et l'autre la main passée sous leur pourpoint, attitude indiquant éloquemment qu'ils étaient en mesure de repousser toute attaque.

Le patricien s'arrêta à quelques pas d'une masure, dont les ais mal joints tamisaient une lumière blafarde et vacillante. D'un geste, il la désigna aux bandits, qui, comprenant ce langage muet, s'avancèrent avec effronterie, et sans façon ouvrirent brusquement la porte, fermée simplement par un loquet.

Ils laissèrent leur maître passer devant eux, entrèrent après lui, et, tandis qu'il s'avançait dans le logis, ils se postèrent de chaque côté de la sortie.

C'était un bouge sans nom, sans description possible. Les murs crevassés s'émiettaient de toutes parts; il n'y avait pas de plancher entre le rez-de-chaussée et le grenier; mais de méchantes poutres non dégrossies, auxquelles étaient suspendus les objets les plus disparates : des filets, des rames, des vêtements et du linge en guenilles, des débris de bannières, des fragments d'armes étrangères, et des paquets de plantes aromatiques desséchées.

Des billots de bois, des planches vermoulues arrachées à des gondoles hors de service, servaient de siéges et de tables.

Sur une méchante natte, un vieillard était accroupi, dans un état complet d'insensibilité. A côté de lui, sur un des billots, un jeune homme, éclairé par une lampe de terre cuite, exprimait dans un vase ébréché le jus de certaines herbes, dont la senteur âpre dominait les émanations même de l'huile et du goudron, imprégnées à tous les autres objets.

Au bruit de l'entrée des trois visiteurs mystérieux, il se leva brusquement et commença une interjection violente, qu'il n'acheva pas, car, en dépit de son déguisement, il venait de reconnaître Francesco Morosini.

La présence chez lui d'un si grand personnage était un événement pour ainsi dire invraisemblable. Il s'inclina en silence, attendant qu'il plût au procurateur de lui en donner l'explication.

— N'est-ce pas ici, demanda le patricien, que je trouverai l'ex-gastaldo Bartolomeo Gamba?

Le jeune homme s'effaça un peu, et, montrant le vieillard, sur lequel portait la clarté de la lampe :

— Le voici... répondit-il.

Morosini s'approcha et dit :

— N'aviez-vous pas une fille?

Le vieillard leva lentement sa tête chauve; sa prunelle sans rayon visuel, sur laquelle retombaient de longs sourcils blancs, se dirigea non sur celui qui lui parlait, mais vers l'endroit d'où venait la voix, car il ne distinguait rien :

— Une fille? répéta-t-il lentement, comme un écho qui redit les mots sans les comprendre.

— Une jeune fille qui avait gagné le prix de la joûte, et qui s'appelait Teresa.

Le vieillard répéta encore le dernier mot, mais avec un effort semblable à un gémissement. Il le prononça trois fois de suite sans s'arrêter, et à la troisième le gémissement formait un sanglot :

— Teresa !... Teresa !... Teresa !...

C'était une gamme douloureuse, qui déchirait son cœur et tourmentait en lui une fibre dont il n'avait plus conscience.

Le procurateur reprit :

— Un jour, elle a disparu, et vous avez longtemps cherché de ses nouvelles et de celles de l'homme qui l'avait séduite et enlevée... Eh bien ! je vous en apporte.

— Aucune émotion ne se peignit sur les traits du vieillard. Mais le jeune homme fit un pas dans l'ombre et ses muscles se tendirent.

— Cet homme s'appelle Stradella, poursuivit Morosini ; il est avec Teresa à Turin, et il habite le palais de la régente, la princesse Jeanne-Baptiste de Savoie.

Le vieillard se taisait ; il avait épuisé toute sa force dans l'écho de ce nom de Teresa. Mais, à son défaut, le jeune homme répéta entre ses dents serrées :

— Stradella !.., Turin !...

Morosini ne comprenant rien à ce mutisme, frappa du pied et s'écria avec impatience :

— Ne m'entendez-vous pas !... Votre fille Teresa est la maîtresse de Stradella le chanteur !

Cet accent de menace agit sur le vieillard.

— Teresa, fit-il tout à coup, ranimé et l'œil étincelant : — Teresa, ma fille !... Qui dit cela ?... Je n'ai pas de fille !... Je n'en ai jamais eu... Si j'en avais jamais une, elle ne déshonorerait pas son père !... Celle-là n'est pas ma fille, vous dis-je, dont vous venez de prononcer le nom !... Mais lui !... lui, l'infâme !... il mourra !... Un stylet ! un stylet...

Il s'était levé debout ; on eût cru voir un spectre évoqué dans son cercueil par une incantation magique. Ses grands doigts décharnés rendaient le bruit sec des ossements d'un squelette, et ses membres hâves et desséchés n'avaient rien à envier à la tombe.

La lampe venait de faire briller la poignée d'une arme passée à la ceinture de Morosini. Il s'élança vers ce point lumineux avec la souplesse d'un tigre, s'en empara, et brandit en l'air la lame effilée.

Le jeune homme s'approcha, lui saisit le bras à son tour, le désarma sans qu'il essayât de résister, et tendit le stylet à Morosini.

— Que faites-vous ? demanda celui-ci.

— Ne voyez-vous donc pas, Signor, que cet homme est fou ?

— Malheur !.,. murmura sourdement le patricien.

Quant à Bartolomeo, il s'était remis sur sa litière, les reins courbés, l'œil atone, un masque d'immobilité navrante sur le visage. L'étincelle passagère jaillie de son cerveau s'était complétement éteinte.

Morosini pourtant hésitait à quitter la place. Perdre ainsi, sans compensation, tout le fruit d'une combinaison qui satisfaisait sa haine sans entamer la foi de ses serments, c'était une épreuve par trop dure.

Retiré dans le coin le plus sombre de la cabane, entouré de ses acolytes qui cherchaient à deviner ses intentions dans son maintien, il se demandait s'il fallait partir sans essayer une nouvelle tentative sur cette organisation brisée.

Le fidèle et taciturne compagnon du vieux marin demeurait lui-même silencieux, dans son attitude froide quoique respectueuse, prêt à recevoir les ordres que son noble visiteur jugerait à propos de lui donner.

Une péripétie imprévue modifia subitement la situation. Des pas et un bruit d'armure retentirent au dehors. On entendit sur le seuil de la hutte le choc que font en s'appuyant les hampes de hallebardes garnies de fer.

Un officier d'arsenaloti, suivi de plusieurs soldats, entra d'un pas résolu, guidé par la lueur de la lampe, qui ne lui permettait de distinguer que le maître du lieu et le vieillard et marcha droit vers celui-ci :

— Bartolomeo Gambo, ordonna-t-il, debout !

Le pauvre homme ne comprenait pas. Son gardien lui fit signe de se lever, et il se dressa pour la seconde fois sur ses jambes, qui ployaient.

— Au nom du Conseil des Dix, reprit l'officier, — suivez-moi.

Son compagnon lui fit encore un signe, et il alla machinalement se placer entre deux soldats, qui, prenant sans doute pitié de son état, le soutinrent chacun d'un côté.

Il se laissa emmener sans articuler une syllabe, sans tourner un regard vers l'homme qu'il quittait, sans manifester d'émotion pour la démarche dont il était l'objet, et qui eût fait pâlir plus d'un grand de Venise. Quant à son hôte, les mains croisées, la tête penchée sur sa large poitrine, l'œil fixé vers la porte que venait de franchir le père de Teresa, il avait oublié ses visiteurs, qui sortirent eux-mêmes sans essayer de le tirer de ses réflexions.

Dans cette salle du Conseil, dont nous connaissons la disposition imposante, l'ex-gastaldo fut amené par deux huissiers, qui le reçurent des mains des arsenaloti.

Le président essaya de l'interroger, de se faire comprendre de lui ; mais, à son silence ou à l'incohérence de ses paroles, quand il se décidait à en proférer quelqu'une, à son attitude hébétée, le tribunal ne tarda pas à se convaincre de la maladie morale dont il était victime, et, sans recourir à d'autres essais, on le fit reconduire à son logis.

En même temps, la toute-puissante assemblée décida que, se substituant aux droits paternels de cet infortuné, elle donnait, au nom de la République, le consentement demandé pour le mariage du maëstro Stradella et de Teresa.

Les arsenaloti, suivant leurs instructions, reconduisirent Bartolomeo à sa chétive demeure, mais quand il y rentra elle était vide ; l'homme qui l'y avait recueilli avait disparu.

VIII.

Une crise mystérieuse.

Pour Stradella comme pour sa maîtresse, une tristesse amère avait succédé aux derniers rayons de l'espoir. Jusqu'alors, au sein de leurs plus terribles épreuves, ils avaient du moins vécu ensemble, cœur à cœur, et quand on s'aime à ce point, il n'y a pas de souffrance ni de misère capables de primer un tel bonheur.

Maintenant, au contraire, impitoyablement séparés, ils sentaient l'un et l'autre la réalité critique de leur condition ; et, comme le rapprochement avait longtemps amoindri leurs maux, la séparation donnait à ces maux d'effrayantes proportions.

La règle du couvent des Carmélites était rigoureuse, même pour les personnes séculières qui y prenaient simplement pension. Si c'était un asile sûr, c'était aussi un asile inflexible. La recommandation de la Régente n'aurait pas eu la vertu de forcer les religieuses à garder chez elles la jeune Vénitienne, si celle-ci eût laissé percer, par une imprudence quelconque, la vérité sur ses relations avec le maître de chapelle du palais.

Elle était acceptée comme une fiancée qui attendait, pour la célébration d'une union légitime, la fin de certaines formalités de famille. Elle ne recevait des nouvelles du dehors que par des billets, qu'on lui remettait ouverts, après avoir été lus par la supérieure, et qui ne pouvaient en conséquence renfermer que des choses irréprochables au point de vue des convenances.

Il est vrai que son imagination rendait aux mots leur sens et leur valeur ; l'estime devenait de la passion, le respect du dévouement, les formules vides ou insignifiantes l'expansion d'un cœur exalté. Elle portait vingt fois ses lèvres sur la place ou se lisait le nom chéri d'Alessandro, et pour tromper son impatience, elle passait de longues heures à lui répondre, — mais en tremblant que son secret ne se trahît par une expression irréfléchie, par une phrase imprudente. Il ne fallait pas que les larmes tombées de ses yeux laissassent de trace. Sa sécurité, non moins que celle de Stradella, la dignité de leur bienfaitrice étaient au prix de ces sacrifices, et comme le temps se traînait en ces épreuves, dont rien ne présageait le terme, le découragement de nos deux fiancés s'aggravait chaque jour.

L'existence de Stradella n'était pas moins une captivité rigoureuse que celle de Teresa. Pouvait-on même prétendre qu'il existât encore, séparé de son âme, de la partie la plus chère de son être, de son intelligence, de son génie?.... Retiré dans la solitude de son appartement, il ne se lassait pas de regretter sa maîtresse et de maudire l'implacable haine qui les poursuivait tous deux. S'il n'eût été retenu par la crainte de compromettre la vie et le bonheur de celle qu'il aimait, il eût fait bon marché de son propre salut, et, sans calculer le danger, il eût continué sa carrière d'aventures, de voyages, d'émotions, quitte à se garder lui-même et à se défendre à l'occasion.

Mais son amour pour Teresa lui imposait des efforts de prudence et de circonspection dont il n'eût pas été capable pour son compte. Il s'était constitué sa famille, son protecteur ; pour lui, elle avait renoncé à la patrie, à la fortune ; pour lui, elle aussi avait bravé une rancune toute-puissante et mortelle. Il lui devait jusqu'à son dernier souffle ; ce sont là de ces dettes qu'un homme de cœur ne récuse jamais.

Plus heureux néanmoins que Teresa, qu'il savait entourée de visages austères et séparée de toute affection terrestre, il conservait près de lui un ami. Danielo, fidèle, discret, ingénieux dans son attachement, mettait tout en jeu pour atténuer les tourments de son père adoptif, et quand ses peines étaient récompensées par un sourire, il se croyait assez payé.

Le goût du maëstro pour la retraite venant en aide à son plan de surveillance, lui permettait de ne laisser pénétrer jusqu'à lui que des gens soumis à l'examen le plus scrupuleux. Il aurait fallu littéralement passer sur son corps pour atteindre la poitrine de Stradella.

Nous l'avons fait pressentir, rien n'indiquait le terme de cette situation pénible, surtout peut-être par son incertitude. Les choses traînaient en longueur, aucune nouvelle satisfaisante n'arrivait de Venise, et, pour mettre le comble aux ennuis de la Régente et de ses protégés, l'audace du parti espagnol gagnait du terrain dans le conseil. Un incident inattendu allait même ébranler plus que jamais la position de la Duchesse, et miner en même temps les espérances de Stradella.

Cet événement tenait encore à l'épineuse affaire du mariage du jeune Duc.

Jeanne-Baptiste ne pouvait se décider à battre en retraite devant une opposition qui n'avait que l'apparence de l'intérêt national. Fermement convaincue des grandes destinées qui attendaient son fils par suite de son mariage avec l'infante, il lui semblait trop cruel de permettre à d'infâmes courtisans, dévoués à une cour ennemie, d'entraver une politique si féconde.

L'instant de la majorité était venu, elle ne conservait plus le pouvoir que par une sorte de traité tacite entre elle et le jeune souverain, que sa constitution toujours chancelante éloignait du tracas des affaires. Elle voulait que l'union projetée fût accomplie avant que l'heure de renoncer de fait au gouvernement eût sonné pour elle. Cette union, avouons-le, était en outre un moyen de conserver une influence qui ne lui était que trop contestée.

Le représentant de l'Espagne, tenu au courant de ce qui se passait dans le conseil, avait ourdi avec les principaux ennemis de Madame Royale une trame subtile pour tenir en échec le Portugal et la France.

La propagande la plus active, pratiquée à force d'argent et de promesses dans le peuple et dans la bourgeoisie, ralliait des partisans à la cause *nationale*, car c'est de ce nom que les adversaires de Jeanne-Baptiste s'efforçaient de qualifier leur faction, pour affermir la croyance que l'alliance portugaise était le prix de l'humiliante et antipatriotique protection du roi Louis XIV.

Sans égards pour son état de débilité, les seigneurs dont le grand chambellan, le marquis de Parela et le comte de Bruin étaient les chefs, ne cessaient d'assiéger le jeune prince, le sollicitant de prendre le pouvoir, qu'il se reconnaissait avec franchise incapable de tenir. Assailli de toutes parts, circonvenu par les prétentions les plus contraires, le royal enfant flottait indécis entre sa tendresse, son respect pour sa mère et l'amour de son peuple, que l'on invoquait pour l'éloigner de son union avec l'Infante.

Ses perplexités étaient telles qu'elles finirent par réagir sur ses facultés et par atteindre profondément sa santé. Il devint inquiet, nerveux, irascible ; à des accès de colère succédaient des prostrations de plus en plus fréquentes et prolongées. Sa mère reconnut avec douleur et avec effroi que son état devenait alarmant, et que son affection pour elle diminuait.

Elle résolut de frapper un grand coup, convaincue, non sans raison, qu'une fois le résultat acquis, elle regagnerait plus aisément la confiance de son fils ; elle prit le parti d'agir avant de s'être laissé dépouiller de l'influence qu'elle possédait encore.

S'étant entendue, par des dépêches secrètes, avec sa sœur, elle réunit extraordinairement le conseil, où le jeune Duc fut expressément invité à se rendre, et la séance étant ouverte, on introduisit l'envoyé du Portugal.

Cette apparition inopinée jeta un moment l'émoi au sein de l'opposition, qui entrevit l'imminence du coup d'État.

Madame Royale, qui présidait la séance, accueillit l'envoyé par des paroles flatteuses, et l'engagea à faire connaître l'état des négociations d'une alliance vivement recherchée, selon elle, par la Savoie.

—Le Portugal, répondit l'ambassadeur, n'est pas moins sympathique à la Savoie et à ses augustes maîtres. Je viens donc annoncer à Votre Altesse, à Monseigneur le Duc, et au très honoré conseil, que pour témoigner de leur empressement à cimenter cette alliance, LL. MM. Don Pedro et Dona Maria Francesca. més maîtres, viennent d'expédier à Nice douze navires de la marine royale, sous les ordres de Son Excellence le duc de Codoval, afin de recevoir à leur bord et de conduire à Lisbonne Son Altesse Royale Victor-Amédée.

Le fait était exact, l'histoire ajoute que les navires et le duc de Codoval étaient déjà débarqués à Nice, lorsque le conseil de régence reçut avis de cette démarche.

La déclaration de l'ambassadeur était de celles qui portent avec elles la paix ou la guerre. Le marquis de Simiane n'y était pas préparé ; il envisageait les conséquences d'une manifestation hostile, c'était sa ruine à lui peut-être, et à coup sûr, une affaire dont les conséquences devenaient incalculables. Ses amis sentaient son embarras et le partageaient.

Victor-Amédée, entrevoyant dans le mariage un moyen d'en finir avec une partie des tiraillements qui l'obsédaient, et flatté de l'honneur que lui faisait la cour de Portugal, s'entretenait à voix basse avec sa mère, qui réunissait ses efforts pour triompher de ses dernières irrésolutions, — il allait céder.

Depuis un moment, sa pâleur habituelle avait fait des progrès qui indiquaient une crise ; la lutte qui se livrait en lui se peignait sur ses traits ; il fit signe qu'il voulait parler.

Les membres de l'opposition se sentirent perdus ; et le marquis de Simiane porta un regard désespéré vers les fenêtres de la salle donnant sur la place du palais.

Le salut lui venait-il de là ?... On dut le croire, car il se leva soudain.

— Alerte ! s'écria-t-il ; la place est envahie par une foule armée, l'émeute gronde au pied du palais ; sauvons le prince !

Comme si sa voix eût été entendue, de formidables clameurs arrivèrent jusqu'à l'illustre réunion, orage confus et menaçant, mêlé de cris de mort.

Le comte de Bruin, sans se faire annoncer, entra dans la salle, où il n'avait pas droit de siéger ; tête nue, les vêtements déchirés, l'épée à la main :

— Turin est en feu ! dit-il.

La régente seule conservait son sang-froid.

— Qu'on envoie des troupes, dit-elle ; que la garnison du palais garde les issues, et que des parlementaires sachent la cause de ce désordre.

C'était le plus sage ; mais le jeune Duc déjà souffrant, avait cédé à une commotion trop violente, on l'emportait évanoui.

Le conseil se sépara dans le plus grand trouble.

On reconduisit l'envoyé portugais avec une escorte chargée de le protéger ; l'émeute fut dissipée sans trop d'efforts ; mais toute solution se trouva ajournée. C'était ce qu'il fallait pour l'instant au parti espagnol, car l'on devine que l'ambassadeur de Sa Majesté très catholique et le comte de Bruin, prévenus au dernier moment de ce qui se passait au palais, avaient improvisé cette démonstration, pour venir en aide à leurs amis du conseil.

Ce que les ennemis de la régente n'avaient ni prévu, ni voulu, — nous le croyons pour leur honneur, — c'est que les symptômes d'une maladie grave se déclarèrent immédiatement sur la personne du jeune Duc.

Appelés à la hâte, les médecins ordinaires du palais pérorèrent beaucoup, diagnostiquèrent encore plus, se querellèrent acrimonieusement, mais ne parvinrent pas à donner un avis raisonnable. On envoya ces dignes Esculapes argumenter à leur aise dans l'antichambre, et l'on manda le plus fameux médecin du Piémont et de l'Italie, Louis de la Breuille, le seul de son époque dont les historiens savoisiens aient cru devoir conserver le nom.

Alarmée des rumeurs qui circulaient autour d'elle, la régente se transporta chez son fils ; mais sous prétexte d'un ordre formel du docteur, elle ne put parvenir jusqu'à lui, et en se retirant, elle s'aperçut qu'elle était l'objet d'une surveillance étroite et injurieuse.

Deux jours s'écoulèrent ainsi, pendant lesquels la maladie de Victor-Amédée ne fit qu'empirer. Louis de la Breuille, arbitre suprême en cette circonstance, n'avait pas de confrères avec lesquels il pût se quereller, mais son savoir n'en était pas moins pour cela tout à fait à bout de ressources. Toutes ses combinaisons restaient sans effet contre ce mal mystérieux dont la nature échappait à la science.

On ne se le dissimulait plus, une catastrophe devenait imminente ; la mort n'était pas loin.

Cette éventualité, confirmée par les réponses évasives du docteur, par sa physionomie soucieuse, ne laissait pas de jeter l'alarme au sein du parti espagnol. Les ennemis de Madame Royale tremblaient sur le sort qui les attendait, dans le cas où elle viendrait, par la mort de son fils, à ressaisir le pouvoir. A tout prix il fallait conjurer le péril, et pour cela mettre la princesse hors d'état de profiter des premiers moments qui suivraient la catastrophe prévue.

Le comte de Bruin, grâce à son titre de gouverneur, ne quittait pas le chevet de son royal élève. D'accord avec le grand chambellan, il épia un des rares éclairs de lucidité du malade, et faisant valoir des raisons d'État, grossissant aux yeux de son esprit enfiévré les prétendus torts de sa mère, il lui persuada que celle-ci, dévorée d'ambition, n'attendait qu'une heure propice pour le sacrifier lui-même à sa soif d'autorité. Des mesures sévères pouvaient seules arrêter dans son germe cette odieuse trahison. La faiblesse serait sa perte et celle du duché.

Le jeune Duc, nous lui rendrons ce témoignage, se débattit longtemps contre ces obsessions. Bien que privé de la vue de sa mère, livré exclusivement à son perfide entourage, travaillé par un mal sourd et cruel qui ravageait son corps et éteignait son intelligence, il gardait le sentiment instinctif du respect filial. Mais ces hommes, qu'il considérait depuis son enfance comme de fidèles amis, de loyaux serviteurs, étaient là sans cesse, il ne voyait qu'eux, n'entendait qu'eux; dans ses crises, la raison s'éclipsait sous un voile épais... On profita du retour de ces ténèbres pour lui mettre une plume dans la main, et ses doigts, agités par la fièvre, tracèrent sa signature royale au bas du mandat qui contenait l'ordre d'arrêter sa mère!...

IX.

L'ordre d'arrestation.

La nouvelle de la maladie du jeune Duc n'était pas restée circonscrite dans l'enceinte du palais. Elle avait circulé par la ville avec la rapidité particulière aux méchants bruits. Si encore ceux qui la colportaient se fussent tenus dans les limites de la vérité, ce n'eût été que demi-mal ; mais une diplomatie diabolique y joignait ses commentaires.

A leur début, ces réflexions avaient trait seulement au caractère, à la personne du prince que l'État était menacé de perdre. On ne tarissait pas en éloges sur son humeur, sur son esprit : on lui forgeait des mots, des reparties qui témoignaient de sa sollicitude pour le peuple, de son amour-propre national. On exaltait sa générosité, sa grandeur d'âme, et malgré sa jeunesse, on lui attribuait la sagesse de Salomon, la clémence de Titus.

Grâce à ces manœuvres, Victor-Amédée gagnait dans sa capitale une popularité gratuite et merveilleuse, tandis que la foule stupide et ingrate, brisant l'idole de la veille, oubliant les bienfaits de la régente, se livrait contre cette princesse à des propos peu respectueux, et qui, dans le cas de la mort du jeune prince, rendaient sa chute inévitable.

On ne s'entretenait plus que des phases du mal mystérieux de Victor-Amédée. Les citadins, arrêtés sur la place, les gens du peuple désertant leurs travaux, pour formuler leurs regrets et leurs vœux, interrogeaient avidement les moindres indices, accueillaient toutes les rumeurs ; des groupes inquiets et attristés stationnaient jusque sous les fenêtres du palais. Un propos, parti on ne sait d'où, ayant insinué que le grand docteur de la Breuille avait été mis en défaut par la maladie du prince, on épia sa sortie, et quand il parut, assailli par des huées et par des projectiles, il eût été lapidé sur sa mule, sans l'arrivée d'un détachement des gardes, qui l'arracha aux violences de la multitude.

La taverne fréquentée par les artistes n'était pas, on le pense bien, la dernière à s'occuper de la situation désespérée du souverain, et Danielo venait chaque jour, non pas y chercher des nouvelles, puisqu'il était à la source des plus authentiques, mais y scruter l'opinion de la multitude.

Il constatait avec désespoir les progrès de la désaffection qui fermentait dans le peuple contre sa protectrice. Il frémissait de colère en écoutant les mensonges inventés par l'esprit de parti, pour noircir l'âme la plus magnanime, et son indignation, qu'il devait contenir, pour rester fidèle aux promesses faites à Stradella, à la suite de sa première incartade, l'eût parfois suffoqué, s'il n'eût encore trouvé moyen de mêler à ses raisonnements une pointe de sarcasme qui mettait souvent les sympathies de son côté. Il sentait d'ailleurs qu'en se compromettant par excès de fougue, il priverait son maître chéri d'un zélé défenseur, et le laisserait exposé à la rage de ses ennemis.

Le jour même où le comte de Bruin et le grand chambellan tentaient un effort auprès du jeune duc, pour le décider à signer l'arrestation de Madame Royale, la malignité contre elle atteignait ses plus hautes proportions. De partout surgissaient des calomnies affreuses, rasant la terre, comme dit Basile, et grossissant peu à peu en attendant qu'elles éclatassent comme une tempête.

Danielo eût de bon cœur sauté à la gorge des méchants et des niais qui murmuraient ces infamies autour de lui ; mais il se contint comme un dogue enchaîné qui étouffe sa rage ; les poings serrés, la tête basse, il traversa la foule et entra à la taverne.

Mais là comme au dehors, les insinuations hostiles ne faisaient guères défaut. Accoudé sur sa table, il n'en perdait pas une syllabe. Nous essaierons, quant à nous, de donner seulement une idée de celles qui dominaient au milieu de ce concert de malédictions :

— Corps de la Madone ! s'écriait l'un des assistants ; il n'y a pas d'exemple d'un pareil crime dans les annales de la Savoie !

— Il est un commencement à tout, reprenait sentencieusement un individu aux allures suspectes, probablement l'un des affidés du parti espagnol. Si le fait est encore inconnu en Savoie, il est bien des États où les exemples en fourmillent.

— Le démon de l'ambition peut-il s'emparer à ce point d'un cœur humain !

— C'est donc une chose bien séduisante que le pouvoir, pour que la soif de le garder ne recule pas devant un forfait monstrueux ?

— Qui eût dit cela d'une femme qui paraissait si bonne !.... dont on célébrait partout la
sagesse et la générosité !....
— Sa bonté n'était qu'hypocrisie ; voilà
tout.
Danielo fit résonner la table d'un coup strident de son gobelet, qui vola en éclats.
Les buveurs les plus rapprochés le regardèrent avec une surprise mêlée de méfiance.
— Nous avons le poing bien irritable ce
matin, messer Danielo, fit un jeune homme
de sa connaissance.
— Et vous avez la langue bien aiguisée,
Ottavio !....
— Ah ! vous savez, langue agile, main
adroite, c'est un adage.
— Certes, si la main marche chez vous
comme le reste, Ottavio, vous devez faire de
rude besogne.
— On fait ce qu'on peut, mon très-cher.
— Peut-être vaudrait-il mieux faire ce
qu'on doit.
— Hum ! Je le disais bien, vous êtes dans
vos humeurs noires. Heureusement qu'entre
nous cela ne tire pas à conséquence.... Votre
maîtresse vous aura chagriné ; avalez-moi
une bonne rasade, et n'y pensez plus.
— Ma maîtresse se nomme Vérité ; quand
on l'offense, je ne bois pas avec l'offenseur...
Je.....
— *Per Bacco !* intervint fort à point un ami
commun, dont la parole arrêta la provocation,
qui errait sur les lèvres du jeune sculpteur, —
vous avez manqué votre vocation, mon cher
Danielo. Vous n'étiez pas né artiste, mais
bretteur. Si l'on n'y mettait du sien, on aurait
toujours l'épée à la main, avec vous !..... Çà,
faites-nous raison, à Ottavio et à moi ! Voici
un gobelet tout neuf.
Ce reproche rappelait notre jeune ami à la
prudence.
— Diavolo !.... fit-il en prenant sur lui-
même de sourire, convenez aussi que la partie n'est plus tenable !... On vient à la taverne
pour se distraire et l'on se trouve noyé en
pleine politique.... et quelle politique !...
— Vous n'avez peut-être pas tort, mais les
temps ne sont pas aux plaisirs !
— Allons, oublions tout cela, et buvons !
Ils élevèrent tous les trois leurs gobelets.
— Oui, oui, buvez, répéta un voisin ; le
vin qu'on boit chez maître Pacuvio n'est pas
comme celui que l'on verse à la cour ... il ne
donne pas la mort.....
Le bras de Danielo s'arrêta dans le trajet de
la table à ses lèvres ; son œil demeura fixe,
égaré par l'effroi ; ses traits devinrent livides.
— Qu'avez-vous ?.... s'écrièrent ses compagnons en s'empressant autour de lui.
Il les repoussa silencieusement, laissa
tomber sa tête dans ses deux mains, et ceux
qui l'eussent bien observé eussent pu surprendre une grosse larme filtrant à travers
ses doigts.
— Pauvre garçon, fit Ottavio d'un ton léger, laissons-le ; je connais cela ; quand j'é-
tais bien épris de ma maîtresse et qu'il survenait une brouille dans notre ménage, j'é-
tais ainsi.
Sur ce docte propos, on ne prit plus garde
à Danielo, et la conversation recommença de
plus belle dans les mêmes termes. C'est-à-dire
qu'on ne se fit pas scrupule d'imputer la maladie mystérieuse de Victor-Amédée à un
poison lent, administré.... par sa mère !
Le jeune sculpteur n'avait pas changé
d'attitude, mais il cherchait à comprimer son
émotion et à tenir tête par le raisonnement
à la calomnie qu'il lui était interdit de combattre au prix de son sang.
C'était là qu'en était venue la trame venimeuse ourdie par le parti espagnol : on accusait presque tout haut Jeanne-Baptiste.
Danielo croyait être, au sein de cette foule,
le seul qui fût convaincu de l'innocence de
sa bienfaitrice, lorsqu'une voix sourde murmura derrière lui quelques syllabes, entre
lesquelles il saisit celles-ci :
— Malheureuse femme !... Cette populace
est stupide et féroce....
Notre jeune ami se retourna brusquement,
et aperçut tout près de lui, assis isolé à une
table, un individu d'aspect assez singulier,
gros et court de taille, vêtu d'habits noirs assez mesquins. et évidemment étranger à la
ville. Un sourire dédaigneux se dessinait sur
ses traits pâles. Son extérieur n'offrait rien
de sympathique, mais, pour Danielo, ses paroles venaient de démentir ces dehors ré-
pulsifs.
N'ayant autour de lui que des gens hostiles,
cet inconnu, qui se montrait partisan de la
Régente, lui apparut comme un ami. Porté
vers lui d'un intérêt puissant, il se rapprocha
de sa table :
— Vous venez de parler en homme de
cœur, signor, lui dit-il. Je rencontre donc,
grâce à vous, une âme sen-ée qui ne partage
pas les préjugés de cette foule haineuse. Me
ferez-vous l'honneur de boire avec moi à la
santé du jeune Duc et de son auguste mère,
Madame Royale ?
Sans attendre la réponse, il avait adressé
un signe à un valet, qui déposa devant eux
un flacon et deux verres.
Mais l'inconnu repoussa celui qu'il lui présenta.
— Je ne bois jamais de liqueurs, dit-il. Ne
le prenez pas en mauvaise part.... car je ne
m'associe pas moins de tous mes vœux à
ceux que vous venez d'exprimer.
Et pour confirmer ces dispositions, il tourna
son escabelle en face de celle de Danielo.
— Ainsi, demanda celui-ci, vous ne croyez
pas au crime qu'on ose imputer à la Régente?
L'inconnu haussa les épaules, et d'un ton
si simple, qu'il entraînait avec lui la conviction :
— Non-seulement, je n'y crois pas, mais si
je pouvais approcher du jeune Duc, je voudrais qu'il ne fût bientôt plus permis à personne d'y croire.
L'œil de Danielo se ralluma, comme si on
faisait luire devant lui l'étoile du salut.
— Vous, Signor.... vous ?
— Moi....
— Mais comment?
— Le monde est peuplé d'imbéciles et d'i-
gnorants, répondit avec sa grimace mépri-
sante cet homme bizarre ; — les plus habiles
parlent sans savoir. Pour moi j'ai recueilli
tout ce qui s'est dit sur la maladie du jeune

prince, sur son tempérament, sur son état de santé habituel. Ou je m'abuse étrangement, ou je tiens la vérité. Ce que les médecins n'ont pu faire, je le ferais, moi, j'en suis sûr.

Cette déclaration acheva de bouleverser Danielo. Il se demanda s'il avait affaire à un insensé ou à un sage ; mais l'attitude de son interlocuteur décelait un grand calme.

— Vous êtes donc docteur ? lui demanda-t-il.

— J'ai étudié quelque peu ; mais la nature m'en a appris plus long que les maîtres de la science. Elle m'a livré des secrets souverains. Que l'on me confie la guérison du prince, je le guérirai.... Mais je demande l'impossible... nul ne me connaît ici, et si je frappais à la porte du premier ministre, on me reconduirait comme un fou ou un charlatan.... Tant pis pour eux.

Il y eut un instant de silence. L'étranger ne paraissait plus penser à une cure qu'il regardait comme irréalisable ; Danielo réfléchissait.

— Cependant, dit-il en renouant le fil de l'entretien, — si vous ne réussissiez pas ?

— J'engage ma tête, si le prince succombe.

— C'est parler comme n'oserait le faire aucun médecin !.... Signor, vous ne connaissez personne à Turin, dites-vous ?

— Personne, à qui je puisse m'adresser du moins....

— Eh bien !.... fit le sculpteur en lui prenant le bras ; — c'est moi qui vous servirai de guide et d'introducteur !....

— Vous, Signor !.... demanda l'inconnu en témoignant à son tour une certaine méfiance.

— Venez, et songez seulement à tenir vos promesses, comme j'aurai tenu les miennes.

— Mes promesses.... murmura sourdement l'inconnu en se conformant à la marche rapide de son guide, qui n'entendit pas ces dernières syllabes énigmatiques, — je les tiens toutes.... et toujours !

En ce moment même, le palais était en proie au tumulte. On ne voyait que visages renversés, groupes mystérieux, allées et venues de courtisans, de membres du conseil, d'officiers supérieurs. Un sentiment de vanité satisfaite se peignait dans l'allure des uns, un abattement profond dans celle des autres. Mais les vainqueurs semblaient effrayés d'un triomphe que leur conscience leur reprochait, et qui ne tenait qu'au dernier souffle d'un agonisant.

Un officier du palais venait d'entrer chez Madame Royale, à laquelle il présentait en tremblant l'ordre signé de Victor-Amédée.

Le grand chambellan n'avait pas osé pousser les choses jusqu'à envoyer des gardes ; une commission de sénateurs, choisis parmi ses créatures, avait mission de prêter son appui à l'officier chargé de l'arrestation.

La princesse comprit d'un coup d'œil le motif de cette visite. Elle éprouva une angoisse cruelle à la vue de la signature de son fils ; mais aussitôt, soutenue par sa dignité, elle rendit le papier à celui qui venait de le lui remettre :

— Lisez, Signor, dit-elle, et lisez haut, il faut au moins que je sache de quoi l'on m'accuse.

Elle s'assit fièrement, comme si elle siégeait encore sur son trône, et écouta.

L'officier intimidé n'en était qu'au protocole, lorsqu'une rumeur retentit aux abords de l'appartement, et Danielo, profitant du désordre de la demeure royale, fendit les rangs des sénateurs et vint se jeter aux pieds de la princesse.

— Sauvé ! le Duc est sauvé !.... s'écria-t-il ; Altesse, je vous apporte la délivrance et le triomphe !...

— Madame.... essaya de dire l'officier.....

— Vous êtes bien pressé, Signor !. . répondit avec hauteur la Régente ; — et s'adressant à son filleul : — Parle, mon enfant..... Qui t'amène ?

— Le salut du Prince, Madame !.... sa vie, votre justification....

— Explique-toi clairement et vite ; tu vois qu'on a hâte d'en finir avec moi.

Et son regard fit baisser celui des commissaires, anciens courtisans qui devaient tout à ses bontés.

— J'amène avec moi un homme qui se fait fort de guérir son Altesse royale, dit Danielo ; il a des remèdes inconnus, des secrets que lui seul possède.... Il engage sa tête contre la guérison du Prince.... Madame, ordonnez que cet homme soit conduit auprès de votre auguste fils !...

L'exaltation, l'enthousiasme de ces paroles, l'animation de Danielo avaient passé dans l'âme de la Princesse. Se redressant de toute sa hauteur et s'adressant à l'officier, qui attendait toujours qu'elle se remît à lui :

— Signor, dit-elle, la Régente doit obéissance au prince qui lui succède légalement et régulièrement ; or, aucun acte n'a proclamé ma déchéance ; je gouverne encore ; cet écrit est entaché de nullité. Mais, après avoir commandé, je veux montrer à tous que je sais obéir aussi.... La veuve du duc Charles-Emmanuel se soumettra à l'ordre du duc Victor-Amédée, mais non pas avant que la mère, dont les droits sont imprescriptibles, ait pourvu au salut de son fils. — Est-ce trop exiger, Signori, reprit-elle en foudroyant de nouveau de son regard la commission du sénat, — et croyez-vous que si j'en appelais aux États de Savoie et à ceux du Piémont de la violence que des dignitaires de la couronne se permettent aujourd'hui, justice me fût refusée !...

— Donc, un homme est là, qui prétend posséder les moyens de rendre mon fils, votre souverain, à la vie, à la santé..... Que cet homme soit conduit au lit de mon fils, — je l'ordonne ; aucun de vous, je l'espère, n'acceptera la responsabilité d'un refus... Quant à moi, j'attendrai ici, sous telle garde qu'il vous plaira de placer à ma porte, le résultat de cette épreuve... Allez donc ; le salut de votre Duc est peut-être en vos mains.

L'officier, forcé de s'incliner en présence d'une volonté ainsi formulée et d'une complication si peu prévue, se retira avec les sénateurs, et, après avoir établi une surveillance préalable autour des appartements de la Régente, il introduisit l'inconnu chez le jeune Duc.

X.

Un empirique.

Tous les chefs du parti espagnol se trouvaient réunis dans les appartements de Victor-Amédée, attendant qu'on leur apprît l'exécution du mandat arraché par d'indignes moyens à son agonie.

Mais ce n'était pas leur unique souci; les renseignements fournis de quart d'heure en quart d'heure par le docteur de la Breuille, qui ne quittait plus le chevet du jeune Duc, signalaient une extinction presque complète de toutes les facultés, et ne laissaient aucun espoir.

On venait d'annoncer qu'un accès de délire, qui semblait le précurseur du dernier période de son mal, s'était déclaré à l'instant, en sorte que chacun s'agitait dans un désarroi affreux, lorsqu'on informa le grand-chambellan et les autres membres du conseil, ses alliés, de la présence de l'empirique inconnu.

En ce qui concernait une détention plus étroite de la Régente, chacun la désirait, mais nul n'osa en assumer la responsabilité; l'hésitation commençait à se glisser dans les rangs des coalisés, à mesure que la situation s'aggravait de péripéties critiques.

D'autre part, la main qui appuyait le guérisseur étranger était sans doute une mauvaise recommandation, et le premier mouvement de l'entourage du malade fut de l'éloigner. Mais c'était une grosse affaire, que de se charger, dans un pareil moment, d'une telle détermination. Le marquis de Simiane, grand directeur du complot, avait été très fort tant qu'il avait pu compter sur la faveur du prince; mais, plus le dénoûment approchait, plus il se disait que sa faction ne se composait pas de tout le conseil, et que ses adversaires, rigoureusement tenus à l'écart du coup d'Etat préparé par lui, étaient aussi des gens de quelque importance, avec lesquels il faudrait finir par compter.

Déjà l'archevêque de Turin, invoquant son titre ecclésiastique, avait insisté à deux reprises pour être admis chez l'auguste malade. Ce prélat était un homme persévérant, et les arguments qu'on lui opposait pour l'éloigner ne devaient plus suffire, du moment qu'il se présentait comme confesseur. On ne pouvait pas laisser mourir le Prince sans sacrements, et, à la faveur d'un éclair suprême de raison, le prélat, ami de la Régente, était capable d'opérer un rapprochement entre le fils et la mère.

Dans cette perplexité, on décida de s'en rapporter au médecin principal.

Louis de la Breuille justifiait, surtout par sa sagesse, la célébrité dont il était en possession. A bout de ressources, reconnaissant l'impuissance de ses efforts scientifiques, il n'était pas homme, comme tant d'autres, à repousser l'aide de la nature et du hasard. C'était un de ces philosophes qui ne croient pas que l'infaillibilité réside dans les limites assignées à l'art médical par quelque Faculté, ni que Dieu ait refusé à des adeptes obscurs des secrets inconnus aux praticiens brevetés.

On en était, d'ailleurs, à ce point qu'aucune tentative ne pouvait être rejetée sous peine d'encourir le reproche d'avoir peut-être négligé le seul moyen de sauver le prince. Le peuple assiégeait les abords du palais; il roulait comme une trombe sur la place del Castello, attendant, grondant, menaçant, prêt à faire un mauvais parti aux conseillers et au médecin qui eussent laissé échapper une chance de salut, sous quelque forme qu'elle se présentât.

Le docteur intervint donc par l'autorité de sa parole, et le protégé de la duchesse fut introduit dans la chambre du malade, ou plutôt du mourant, car il ne lui restait à opérer que sur un cadavre.

Les dignitaires l'avaient suivi.

Le médecin officiel jeta sur cet homme un regard investigateur, mais qui ne fit pas baisser le sien, et, d'un geste muet, il lui indiqua le lit du moribond.

Sans s'émouvoir du silence quasi menaçant qui régnait autour de lui, sans s'inquiéter de la méfiance malveillante empreinte sur tous les fronts, l'étranger suivit le geste du docteur et s'approcha du jeune Duc.

La façon dont il l'aborda frappa Louis de la Breuille, qui reconnut intérieurement que cet homme n'en devait pas être à son coup d'essai, et que, charlatan, barbier ou chirurgien, il possédait l'habitude des malades.

Son attitude résolue, un certain feu répandu sur ses traits, avaient fini par imposer aux assistants; ils ne se montraient plus dédaigneux; la curiosité, l'attente, une sorte d'anxiété respectueuse, conséquence du prestige exercé par les manières de ce personnage, gagnaient les plus sceptiques.

A la suite d'un examen minutieux, l'étranger posa la main sur la poitrine du malade; puis, l'enveloppa des pieds à la tête dans un regard rapide et profond, sans doute pour résumer son impression, et tout à coup, un souffle étouffé s'échappa avec bruit de ses poumons, tandis qu'un sourire presque ironique éclairait ses traits.

Toujours silencieux et calme, il attira à lui un guéridon, et y déposa une boîte de fer qu'il tira de sa casaque.

A voir la tranquillité avec laquelle il procédait, on eût juré qu'il se croyait seul, chez lui, ou bien en présence d'un malade vulgaire, et non pas qu'il jouait sa tête contre la vie d'un prince souverain, sous l'attention des hommes les plus élevés et les plus puissants de l'État.

Il choisit dans sa cassette diverses plantes dont il composa, aux regards étonnés de l'assistance, une sorte d'emplâtre, qu'il appliqua, un peu au-dessous du cœur du malade. Ayant suffisamment assujetti cette compresse par des bandelettes, il revint au guéridon, fit infuser d'autres herbes soigneusement triées et hachées, dans une aiguière pleine d'eau, et introduisit lui-même une cuillerée de cette potion dans la bouche du jeune Duc, dont les mâchoires contractées rendaient cette simple opération fort difficile.

Cela fait, il s'assit près du lit, et la main sur le pouls de Victor-Amédée, l'œil fixé sur son visage, il attendit.

Louis de la Breuille se tenait immobile,

mais non moins sérieux, appuyé sur le pied du lit ; les autres témoins de cette scène, debout, groupés au fond de la chambre, osaient à peine respirer.

Une demi-heure ne s'était pas écoulée, que l'empirique se leva, fit aux membres du conseil le signe impérieux de se contenir, et se retira lui-même un peu en arrière du chevet du malade.

Celui-ci, dont on avait depuis quelque temps cessé d'entendre la respiration, soupira comme soulagé d'un grand poids ; ses paupières s'entr'ouvrirent sans effort, et il promena les yeux autour de lui, sans manifester aucun égarement. Il semblait rappeler ses esprits, et ne parlait pas encore.

L'inconnu, qui avait saisi les premiers symptômes de ce réveil, se dirigea alors vers les courtisans, et d'un ton et d'un air qu'on n'eût pas soupçonné possibles chez lui :

— Signori, leur dit-il, l'état du prince exige qu'il ne reste ici que son médecin et moi. Veuillez donc vous retirer ; si votre présence devenait nécessaire, je vous ferais avertir.

Nul n'éleva la voix ; le grand chambellan et le comte de Bruin donnèrent l'exemple de l'obéissance. La placidité, l'autorité de l'inconnu les avaient vaincus.

Le docteur de la Breuille, reconnaissant par les résultats l'efficacité des secrets de son singulier rival, se bornait à observer, sans se permettre d'intervenir dans les soins qu'il donnait au moribond.

Nous ne saurions définir nous-mêmes ce qui eut lieu ensuite entre cet homme et Victor-Amédée, durant la nuit qu'il passa entière auprès de lui, sans perdre rien de sa tranquillité, tandis que l'agitation régnait à la cour et dans la ville. Une seule chose expliquera tout. Dès le premier instant, cet homme avait saisi la véritable cause de la maladie. En raison peut-être de sa simplicité, personne avant lui ne l'avait reconnue.

Nous avons dit que la santé du jeune Duc n'avait jamais été très solide, et c'est dans cette atonie normale que les médecins avaient cherché l'origine de la crise qui menaçait de l'emporter, — sans se rappeler que, quelques mois avant cette crise, il avait fait une chute de cheval, dont il avait paru remis si promptement, que nul n'y avait attaché d'importance. Cependant, il s'était formé à la suite de cet accident, une lésion intérieure, qui, faute de soins, devait nécessairement entraîner la mort. En sorte que ce mal exerçait des ravages profonds, pendant qu'on cherchait partout ailleurs son siége et sa raison d'être.

D'un coup d'œil prompt et sûr, le nouveau venu, exercé à la chirurgie pratique, avait pénétré la vérité, et les sucs généreux de ses plantes avaient arrêté les effets de la maladie et préparé la guérison absolue du malade.

Après un sommeil fort calme de plusieurs heures, le prince se sentit soulagé et revivifié. Son cœur battait faiblement encore, mais avec régularité ; une sensation de bien-être, depuis longtemps oubliée, circulait dans ses veines ; le cercle de fer qui avait si péniblement enserré son front s'était détendu : il avait le cerveau libre et lucide.

Il parvint à se mouvoir dans son lit, sans éprouver les douleurs lancinantes sous lesquelles il lui semblait que ses organes vitaux se déchiraient. A la clarté de sa lampe, il distingua l'inconnu, et surpris de sa présence, il voulut avoir quelques explications qui lui furent données avec empressement par le docteur de la Breuille.

La valeur personnelle de ce praticien illustre l'élevait au-dessus d'une mesquine jalousie, aussi bien qu'elle le tenait en dehors des intrigues politiques. N'était-ce pas à sa décision, d'ailleurs, que le prince devait les soins de l'étranger ? Mais gardant pour lui le témoignage de sa conscience :

— Mon prince, dit-il, l'homme que vous voyez n'est pas un indifférent pour vous ; envoyé par votre auguste mère, comme un sauveur, il a justifié sa confiance ; il vous a rendu à sa tendresse et à notre dévouement, quand nous commencions à trembler pour vos jours.

— Approchez, signor... dit le jeune prince à l'inconnu. Si j'en crois le docteur, c'est vous qui m'avez rendu la vie...

L'étranger fit un pas, et s'inclina sans se départir de son mutisme ordinaire.

— Vous pouvez m'en croire, Altesse, insista le docteur ; vous êtes sauvé, et c'est à cet homme seul que vous le devez.

— Ainsi, c'est ma mère qui vous a envoyé ? demanda Victor-Amédée, chez lequel une idée d'un autre ordre primait la joie de sa guérison.

Un signe affirmatif lui répondit.

— Ma mère !... répéta le prince. Et soudain se levant sur son séant : — Les traîtres !... Elle seule m'aimait... Au moment où je la condamnais, elle ne songeait qu'à me faire vivre !... Mais, je me rappelle tout... cet ordre... Ma mère, docteur, — je veux voir ma mère !...

En présence de cette exaltation, l'effroi reparut sur les traits du médecin officiel ; il entrevit le retour du délire et la menace d'une catastrophe, et ne songea pour sa part qu'à calmer le malade.

Mais l'empirique, parfaitement maître de lui, et comprenant que le seul moyen de prévenir une rechute, qui eût été mortelle, était de satisfaire aux vœux du prince, alla entr'ouvrir la porte de la pièce où les courtisans éplorés se tenaient depuis la veille au soir, et d'un ton impératif :

— Signori, Son Altesse est sauvée !... Qu'on appelle Madame Royale !

Il y eut un frémissement de surprise, une velléité de désobéissance... Personne ne bougea.

— C'est l'ordre de votre souverain ! dit l'empirique avec un accent et une attitude qui n'admettaient pas de résistance.

— Oui, ma mère !... je veux voir ma mère !... répétait avec persistance le jeune prince, dont la voix cette fois arriva jusqu'à ses courtisans.

Alors, ce fut comme une réaction subite chez tous ces hommes, ennemis jurés de leur souveraine. Le marquis de Simiane, le marquis Emilio de Parela, le comte de Provana de Bruin, coururent vers l'officier qu'ils avaient choisi la veille pour opérer son arrestation, et qui attendait toujours leurs instructions dans la salle des gardes, et tous ensemble ils le chargèrent de la ramener près de son fils.

Il retourna donc, avec les signes d'une profonde humilité, dans cette partie du palais où il avait dû, vingt-quatre heures auparavant, accomplir un si différent message, et ce fut littéralement à genoux qu'il supplia la princesse de se rendre au désir du jeune Duc.

— Vous me dites qu'il est sauvé ! s'écria Madame Royale, et qu'il me demande !... Mon bonheur dépasse mes espérances !... Marchons, signor; ne perdons pas une seconde !

Un changement radical s'était opéré avec la rapidité de l'éclair dans tout le palais; la Régente ne trouvait sur son passage que des hommages empressés ; mais aucun ne le fut plus que celui des chefs de l'opposition, lorsqu'elle traversa la salle où ils avaient voulu l'attendre afin d'avoir occasion de s'incliner devant elle.

Elle traversa leurs rangs sans accorder l'aumône d'un regard à un seul d'entre eux. La porte de la chambre ducale s'ouvrit à deux battants et se referma lentement sur elle. Le médecin et l'empirique furent seuls admis à cette entrevue, dont le secret a été soupçonné d'après les événements qui suivirent, c'est-à-dire par la prolongation de la régence, bien au delà du terme légal, — mais dont les particularités n'ont jamais été divulguées.

L'entretien se prolongea pendant près de deux heures ; quand les portes se rouvrirent, Jeanne-Baptiste, fière et triomphante, présenta au capitaine des gardes l'ordre, signé d'elle et du duc, d'arrêter ses ennemis et de les conduire dans une forteresse.

C'était répondre par une révolution à un coup d'État. Le moment était décisif; le parti espagnol, qui était parvenu à reléguer à l'écart les membres du conseil favorables à la régente, avait la force sous la main ; il pouvait en profiter pour faire résistance ; mais il était surpris par l'imprévu , et complétement démoralisé; et puis , tel est l'esprit des courtisans, qu'à l'instant même ceux qu'on avait adroitement épargnés, ou qui louvoyaient entre deux eaux, se rangèrent autour de la régente.

L'archevêque de Turin et ses amis accoururent avec des recrues; les gardes ne songèrent pas un instant à refuser leurs services; les marquis de Parela, de Simiane et le comte de Bruin, chefs du complot, furent entourés et désarmés avant d'avoir pu se reconnaître.

Le peuple, en apprenant la guérison miraculeuse du jeune Duc, ne se préoccupa plus que de cet heureux événement. Quand les ennemis de la Régente traversèrent la ville pour être conduits au lieu de leur détention, les fanatiques de la veille les virent passer sans témoigner le moindre intérêt pour leur sort.

Madame Royale ressaisit, pour quelque temps du moins, une autorité plus absolue et plus solide, et la seule concession qu'elle fit se borna à ne plus remettre sur le tapis la question du mariage de l'infante avec son fils, dont la convalescence fut rapide.

Les douze vaisseaux portugais, leur amiral et le délégué de don Pedro, regagnèrent Lisbonne comme ils étaient venus, ou plutôt avec une extrême mortification, qui pourtant n'entraîna pas la rupture des bons rapports existants entre Jeanne-Baptiste et sa sœur, et refroidit seulement un peu ceux d'État à État.

XI.

Il Vendicatore.

Le premier soin de la Régente, rendue à sa puissance souveraine , fut de faire venir l'homme qui avait sauvé son fils, afin de lui témoigner sa gratitude.

Il se présenta tel que nous le connaissons ; si simple, si indifférent, qu'il semblait au-dessus de tout ce qu'on pouvait lui offrir. Si rien n'abaisse comme l'ambition , rien n'élève comme le mépris des honneurs et de la richesse. Les grands détiennent leur titre, surtout parce qu'il dispense les faveurs convoitées par le vulgaire ; l'homme indépendant, satisfait de sa médiocrité, peut traiter avec eux d'égal à égal; il a même de plus qu'eux sa fierté et sa philosophie.

Le guérisseur inconnu s'avança donc à quelques pas de Madame Royale, dans une attitude respectueuse, mais digne, qui atténuait un peu la rudesse et la disgrâce de son extérieur.

— Venez, signor, lui dit-elle, en l'invitant à s'approcher encore ; j'ai grand plaisir à vous recevoir. La vie de mon fils m'est plus chère que la mienne, et c'est à vous que je la dois. Il ne tiendra pas à moi de reconnaître un tel service... Et d'abord, je veux savoir votre nom.

— Mon nom, Altesse, est obscur ainsi que ma naissance; il ne vous apprendrait rien.

— Eh bien! j'entends le rendre illustre, pour qu'il rappelle à tous ce que vous avez fait.

— Pardonnez-moi, Madame ; je ne me sens pas prédestiné à la gloire; si, en effet, vous me voulez du bien, et que vous me permettiez de former un vœu, c'est celui de demeurer dans mon obscurité.

— C'est pour nous une loi de respecter vos volontés, vos caprices même... Gardez donc votre secret, et qu'à l'avenir vous ne soyez connu que sous une qualification inspirée par notre reconnaissance....,. C'est moi qui vous baptise du titre de *Salvatore* (Sauveur).

Les sourcils épais et rudes de l'inconnu se croisèrent dans une sombre contraction de son front.

— Que Votre Altesse m'excuse encore, prononça-t-il avec une expression concentrée, — Salvatore n'est pas le nom qui me convient. Si vous tenez absolument à m'en donner un, appelez-moi *Il Vendicatore*.

— Le Vengeur !... fit la régente étonnée.

— Ne vous ai-je pas vengée de vos ennemis?... reprit l'inconnu avec une sorte d'ironie.

— Soit !... Devenez donc pour moi seule Salvatore, et pour les autres soyez *Il Vendicatore*, pourvu que dans nos États il n'y ait pas un nom plus honorable ni plus respecté... Puis-je vous demander si vous connaissiez Turin, et si vous y demeuriez depuis longtemps, lorsque ce jeune sculpteur vous y a rencontré ?

— J'y arrivais, Altesse.

— J'entends que l'on vous y traite de façon que vous ne songiez plus à le quitter.

L'inconnu secoua imperceptiblement la tête :

— L'homme va où la fatalité le pousse... La sagesse des Orientaux a dit : « Nul ne peut savoir le lieu de sa mort. »

L'amertume de cette réponse frappa Madame Royale.

— Vous qui faites vivre les autres, vous ne songez pas à mourir, je pense ? Et comme j'entends que vous viviez, et que vous viviez content, sous ce rapport rien ne vous manquera, je le jure !

— Je n'ai pas agi par un sentiment d'intérêt ni d'avidité, Altesse. A un homme comme moi, l'existence est facile ; je suis sans habitudes et sans besoins.

— Que votre susceptibilité se tranquillise, reprit sur un ton qui tenait de la prière, Madame Royale, — l'appui que je vous offre, quel qu'il soit, restera toujours au-dessous du service que vous m'avez rendu.

Puis d'un geste bienveillant, elle le congédia, en donnant ordre devant lui, à l'huissier de ses appartements, de l'introduire chaque fois qu'il se présenterait.

La fantaisie de l'empirique ne surprit personne. On était accoutumé en Italie à ces surnoms donnés à des savants, à des artistes, ou pris par eux, et empruntés à diverses circonstances, à l'état de leur père, au lieu de leur naissance, à un événement dans lequel ils avaient figuré. C'est ainsi qu'on disait et qu'on dit encore *il Tintoretto*, au lieu de Jacopo Robusti ; *il Peruggio*, pour Pietro Vanuci ; *il Zingaro*, pour Antonio Solario ; *il Tiziano*, pour Vecelli, et un si grand nombre d'autres, que les noms réels formaient et forment l'exception.

Une des conséquences de la satisfaction qu'éprouva Danielo, d'avoir contribué à la guérison du prince et à la justification de sa bienfaitrice, fut de rendre, sans qu'il s'en aperçût d'abord, ses relations avec le praticien inconnu plus intimes.

Il ne les poussa pas toutefois jusqu'au point de le recevoir dans la demeure qui lui avait été assignée au palais. Sur ce chapitre, il était inflexible, le seuil de cette demeure était infranchissable. Il se considérait comme le cerbère de Stradella, et plus incorruptible encore que ce type fabuleux, aucune considération ne lui eût fait transgresser sa résolution de ne laisser personne parvenir jusqu'à son cher maëstro.

Ce dernier, d'ailleurs, se fût peu prêté à aucune fréquentation. Depuis qu'on l'avait privé de Teresa, il n'existait plus. L'art avait lui-même perdu son prestige à ses yeux. Son génie semblait sommeiller ; son cœur battait encore, mais c'était pour s'isoler douloureusement, loin de toute société, de tout visage humain. Anachorète de l'amour, il s'était créé, à force de s'absorber dans cette sensation unique, une Thébaïde au sein de ce palais animé et brillant.

Teresa ! Teresa ! ce nom résumait tout son être. Vivre avec elle, vivre pour elle, ou ne pas vivre, — le monde et l'éternité étaient là.

L'étranger n'avait jamais, du reste, manifesté le désir indiscret d'être introduit chez le jeune sculpteur ; nous croyons même que le nom de Stradella n'était pas une seule fois sorti de ses lèvres. Cependant, il s'attachait avec persistance aux pas de Danielo, ne voyait que lui à Turin, et n'adressait la parole qu'à lui. Taciturne, sauvage, il semblait obsédé de la curiosité qui s'attachait à ses démarches, depuis sa cure merveilleuse ; il refusait le prix que les malades riches faisaient offrir pour être soignés par lui ; enfin, il se dérobait avec obstination aux avances importunes qui lui arrivaient de toutes parts.

Danielo s'accommodait médiocrement des airs nébuleux de ce compagnon. Il se sentait mal à son aise dans sa société. Il la subissait comme un devoir, par reconnaissance, puisque cet homme, en sauvant Victor-Amédée, avait sauvé Madame Jeanne-Baptiste, service qui avait nécessairement rejailli sur lui et sur Stradella.

Le temps qui lui restait en dehors de son travail devenait donc le partage inévitable de l'étranger, sans que Danielo trouvât moyen d'échapper à cette servitude. Allait-il à la promenade, — l'étranger se mettait sans façon de la partie, il marchait tant qu'il plaisait à Danielo, se montrait complétement indifférent sur la direction à prendre, et leurs longues courses s'accomplissaient presque toujours dans un mutisme absolu de part et d'autre. L'artiste rêvait comme s'il eût été seul ; son compagnon, renfermé en lui-même, ne manifestait ni plaisir ni admiration à l'aspect des sites qui se déroulaient devant lui ; tout au plus cueillait-il çà et là quelques plantes à lui connues.

Danielo préférait-il entrer à la taverne ? l'inconnu s'accoudait auprès de lui, sans se mettre en frais pour animer la conversation ; et le jeune homme, soumis à une contrainte indéfinissable, sentait sa verve s'émousser rien qu'en rencontrant ce visage noir et velu, ce front bombé et ces yeux sombres en face de lui.

Il avait pensé secouer cette importunité, qui ne se rebutait ni de sa mauvaise humeur ni de certaines allusions modérées, mais suffisamment transparentes, en redoublant d'assiduité à la salle d'armes. Cet espoir avait tourné contre lui.

— Nous ne passerons pas l'après-dînée ensemble, avait-il imaginé de dire un matin à son inséparable.

Les traits de celui-ci s'étaient obscurcis au delà de leur degré habituel.

— Que comptez-vous donc faire ? avait-il demandé.

— Votre entretien est varié et attachant, cher messer ; mais à force de m'y complaire, je néglige des exercices indispensables à un artiste et à un cavalier, comme je veux le devenir. Cela n'est pas de votre compétence ; vous excellez à manier le scalpel et la lancette ; moi, c'est une autre spécialité, je tiens à me servir mieux que le plus adroit, d'une épée,—je ne veux plus m'absenter de la salle d'armes.

— La salle d'armes !... répéta l'inconnu avec un tressaillement qui étonna Daniel.

— Connaîtriez-vous l'escrime, par hasard ?

— Non, et je m'en accuse... Vous avez raison, mon jeune ami, l'épée est la première des sciences ! Je rougis de moi, qui n'ai de ma vie tenu un fleuret...

— Eh quoi ! vous songez ?...

— Je songe à prendre leçon, et vous ne refuserez pas de me présenter à votre maître d'armes, pour qu'il m'admette aussi parmi ses élèves.

Ainsi forcé dans ses retranchements, le jeune artiste, toujours sous l'impulsion du souvenir des obligations contractées par ses bienfaiteurs vis-à-vis de cet homme, n'osa pas écarter sa proposition ; il se résigna à l'introduire à son gymnase.

Une fois là, ce fut une nouvelle exigence. Ayant vu Danielo à l'œuvre dans les assauts, dont il était devenu l'un des champions les plus brillants, il voulut lui aussi y prendre part. Ce désir excita la gaieté railleuse des habitués ; mais l'étranger ne s'en aperçut même pas, et revint avec insistance sur sa proposition.

Le jeune homme qui, dans la bonté de son âme, n'avait eu d'autre but que de lui épargner un échec, en évitant de mettre le comble au ridicule que ses allures singulières, ses façons d'agir et de parler, — quand il parlait, — soulevaient déjà contre lui, finit, comme toujours, par adhérer.

La cohorte des rapins, des apprentis et des jeunes artistes, gent essentiellement sarcastique, accourut à l'annonce de ce spectacle ; car l'étranger, se piquant d'honneur, avait déclaré que, décidé à mesurer ses forces pour s'en rendre compte, il entendait que son adversaire ne le ménageât pas plus qu'il ne le ménagerait lui-même.

'La partie, — partie à armes courtoises, bien entendu, c'est-à-dire à fleurets boutonnés, — s'engagea donc expressément sur cette base ; et l'on eût juré, tant l'empirique y apportait d'importance, qu'il s'agissait pour lui d'un engagement mortel.

Dès les premières passes, son inexpérience se révéla ; il savait à peine tenir une épée selon les règles de l'escrime ; mais ce qui fit cesser les rires et naître l'étonnement, ce fut la vigueur prodigieuse de son poignet. L'épée la plus lourde n'était qu'un jouet pour ses muscles d'acier ; il eût lassé, rien qu'en se tenant en garde, les habitués les plus adroits, l'un après l'autre, sans se reposer.

Le prévôt, en déclarant la séance terminée, ne put se dispenser de lui adresser un compliment :

— Avec un peu d'études, lui dit-il, vous deviendriez, signor, le plus fort tireur d'Italie.

— J'étudierai... répondit-il avec son laconisme ordinaire.

En effet, il revint le lendemain, le surlendemain, tous les jours. On ne souriait plus à son arrivée ; on suivait ses progrès avec une surprise croissante. Ils étaient rapides ; son intelligence, en apparence épaisse, parce qu'elle gisait sous une enveloppe massive, et ne se révélait par aucune saillie, son intelligence, disons-nous, saisissait et retenait sans effort les démonstrations les plus subtiles.

Il devint rapidement habile à ce jeu, et ne tarda pas à croiser le fer avec Danielo sans trop de désavantage. Il est vrai que dans ces circonstances, le jeune sculpteur, qui n'avait jamais vu l'œil de l'empirique que voilé sous un nuage d'indifférence et enfoncé sous les arcades saillantes de ses sourcils, s'étonnait de sentir son bras paralysé, moins par l'adresse de son adversaire que par l'animation inattendue de cette prunelle noire, allumée comme un charbon ardent. Il subissait, sans se l'expliquer, une influence magnétique quand ce regard jaillissait sur lui. Cette physionomie, âpre et sauvage, revêtait une expression de haine et de méchanceté qui le troublait et lui causait une sorte de malaise.

En cherchant à analyser ses impressions, Danielo finit par conclure que cet homme était une nature éprouvée par l'adversité, chez laquelle des malheurs cuisants avaient enraciné la misanthropie. Il le prit alors en pitié, et tâcha, pour le consoler, de provoquer sa confiance. Mais toutes ses avances échouèrent contre cette écorce grossière et rude.

Ayant essayé de le presser, en dépit de sa mauvaise grâce, il arriva plusieurs fois que cet homme, en proie à une irritation soudaine, loin de lui savoir gré de l'intérêt par lequel il était guidé, éclatait en emportements qu'il n'était pas maître de contenir, quelque évidents que fussent ses efforts pour y arriver.

Un jour, au milieu de la campagne, il venait de cueillir et de serrer dans son herbier des feuilles détachées d'une plante fleurie à l'abri d'un vieux mur. Danielo, qui observait son front triste et pensif, crut l'instant propice pour renouveler ses avances.

— Signor, dit-il, je vous ai secondé dans vos exercices d'escrime ; en revanche, vous devriez me rendre un service ?

— Êtes-vous malade ? faut-il vous guérir ?

— Merci ; je me suis passé de médecin jusqu'ici, et j'espère faire longtemps de même ; ce que je désirerais, ce serait d'être initié à la connaissance des herbes médicinales.

— Où cela vous mènerait-il ?

— Pèr Bacco ! à en chercher une qui chasse les ennuis et fasse perdre le souvenir. .

Danielo n'avait pas cessé de sourire, l'empirique avait pâli.

— Et à qui destineriez-vous cette trouvaille ? demanda ce dernier avec un frémissement assez pareil à un grincement de dents.

— Eh mais ! à vous, signor, pour éloigner les nuages de votre front et pour effacer des réminiscences qui vous sont à charge...

— C'est par trop d'insolence !... exclama l'étranger, l'écume aux lèvres, le sang aux yeux.

— Est-ce à moi que ce mot s'adresse !... demanda le sculpteur d'un ton ferme.

— Insolent !... oui ! je le répète, répliqua son compagnon dont les doigts se crispaient sur la poignée de son épée. — Ce ne sont pas les ennuis que vous voulez chasser, ce sont les ennuyeux, — et pour vous, il n'en est qu'un... c'est moi !.,. Les souvenirs... les réminiscences... Qui vous a rendu si hardi ou si impudent de vouloir pénétrer dans mon existence ?... La plante qui efface la mémoire ?... la voici !... s'écria-t-il au comble de l'exaspération, en tirant le fer du fourreau.

Danielo confondu, mais voyant la pointe de l'épée de ce fou furieux menacer sa poitrine, n'eut que le temps de dégaîner aussi et de parer un coup qui lui eût traversé le cœur.

Le cliquetis des rapières dissipa subitement l'exaltation de l'agresseur. Il s'arrêta net, comme honteux de son action, et replaça son arme à son côté.

Danielo l'imita, et reprit sur-le-champ la direction de la ville.

Son compagnon fit également volte-face et marcha près de lui en conformant son pas au sien. Ils arrivèrent à Turin, sans avoir échangé aucune explication ; mais Danielo était bien résolu, à part lui, de décliner dorénavant toute intimité avec ce terrible maniaque.

Sur ces entrefaites, la régente ayant reçu des nouvelles de Venise, qui l'informaient des actes du Conseil des Dix, fit aussitôt mander Stradella.

Il était si loin de s'attendre à quelque chose d'heureux, que son abattement émut sa protectrice.

— Quelle désolation sur vos traits, mon ami ? lui dit-elle. En vérité, vous me rendez honteuse... Ma bonne volonté pour vous a été longtemps entravée par des obstacles qu'il n'est pas besoin de vous rappeler... Mais je ne soupçonnais pas qu'elle fût inefficace pour vous rendre plus malheureux et plus brisé qu'au moment où vous l'avez invoquée.

— Ce n'est pas à votre hospitalité qu'il faut attribuer mes maux. Altesse. Votre bonté envers moi a dépassé mon attente et mes vœux, — ce qu'il faut accuser, c'est ma mauvaise étoile, ma destinée fatale ; je suis de ceux auxquels rien ne réussit, et qui sont funestes à qui leur veut du bien.

— Imagination d'artiste !... La Providence est comme le soleil, mon ami, elle étend ses bienfaits sur tous... c'est quand nous nous croyons sur le penchant de l'abîme, qu'elle aime à se manifester... — J'en sais quelque chose !...

— Quoi ! madame, il s'agirait...

— Il s'agit d'éloigner vos noires pensées et de rassembler tout votre courage... pour recevoir une bonne nouvelle.

— Teresa ?... balbutia le maëstro pour lequel tout le bonheur se résumait dans ce nom.

La duchesse sourit :

— O les cœurs amoureux !... dit-elle, que les voilà bien !... Allons, je ne vous ferai pas languir... Oui, elle va vous être rendue.

Un long soupir sortit de la poitrine de l'artiste, comme une action de grâces.

— Nous avons réussi, continua Madame Royale, — votre ennemi est désarmé.

— Que daignez-vous m'apprendre là ?... s'écria le maëstro, dont l'organisation impressionnable justifiait déjà, par un retour soudain à la joie, ce que venait de lui dire sa bienfaitrice.

— Francesco Morosini s'est engagé sur le Christ, en présence du conseil souverain de la sublime République, à renoncer à vous poursuivre de sa vengeance, par la main de ses bravi. Désormais, allez donc partout où bon vous semblera, tête levée, sans craindre aucune embûche. — Quant à la famille de cette jeune fille, on n'a retrouvé que son père, — un vieillard privé de sa raison, — auquel on n'a pu arracher une parole favorable.

— Mais ce consentement que Votre Altesse jugeait nécessaire ?...

— Le conseil, dans sa toute-puissance, a pris sur lui de se substituer à ce pauvre homme, incapable d'exercer son autorité ; il permet votre union avec Teresa...

— O madame ! comment m'acquitter jamais ?...

— En me prouvant assidûment que j'ai fait deux heureux. Et, comme le bonheur est un trésor difficile à saisir, je ne veux pas lui laisser la plus légère issue pour s'échapper. Votre mariage aura lieu dès demain ; ne vous mettez en peine de rien, je me charge de tout. La cérémonie sera célébrée dans ma villa de Stupinigi. Tenez-vous prêt à y recevoir votre femme de ma main.

— Laissez-moi, d'abord, vous remercier à genoux, s'écria-t-il avec un attendrissement si sincère qu'il pénétra doucement jusqu'au cœur de la duchesse, — laissez-moi baiser cette main généreuse, et la couvrir de mes larmes de reconnaissance, elle à qui je devrai plus que la vie !...

— Allons, bien, dit Madame Royale avec un gracieux sourire, je me réconcilie avec mon hospitalité ; je vois qu'elle n'a pas creusé dans votre âme des sillons aussi profonds et aussi noirs que les apparences l'auraient fait supposer... Relevez-vous, mon ami ; vous achèverez de me remercier demain, — si la présence de Teresa vous en laisse le loisir.

XII.

Le jour du mariage.

Nous avons déjà eu occasion de placer dans notre récit le nom de cette résidence de Stupinigi, villa royale à laquelle travaillaient depuis des années avec tant de soins les souverains du Piémont et de la Savoie. La régente actuelle, avons-nous dit, tenait à ne rien y laisser à faire après elle, et elle se plaisait à l'enrichir chaque jour, comme s'il eût manqué quelque chose à ce palais accompli et à ses superbes dépendances.

C'était donc par un effet de sa sympathie pour cette demeure, où elle se considérait plus particulièrement chez elle qu'en tout autre lieu de plaisance, qu'elle avait voulu y célébrer l'union de ses protégés.

Elle s'y était rendue dès la veille au soir, après avoir pris dans son carrosse Teresa, au couvent des Carmélites.

Il était convenu que Stradella arriverait vers la fin de la matinée, et trouverait sa fiancée toute prête à se laisser conduire à l'autel. Un prêtre était averti, la chapelle préparée, et les témoins devaient se composer de la maison entière de Madame Royale.

Déjà les cierges et l'encens brûlaient dans le sanctuaire, l'orgue avait prélude par ses plus douces harmonies ; les avenues du château étaient ornées d'arcs de triomphe champêtres, élevés par les paysans des villages voisins ; partout régnait un air de fête d'autant plus attrayant que rien ne rappelait l'étiquette ni le cérémonial d'une pompe officielle. Les grilles du parc, ouvertes à tous, laissaient circuler librement la foule des curieux, et pas un uniforme de gardes ni de factionnaires n'apparaissait dans ce vaste espace pour refréner la joie universelle.

Cependant, Stradella n'arrivait pas. Quoiqu'il ne fut pas rigoureusement en retard, la régente et Teresa se disaient peut- être intérieurement, en fixant leurs regards sur la route, qu'elles ne lui eussent pas su mauvais gré de devancer l'heure fixée pour la cérémonie.

C'était assurément son intention, et il fallait qu'il eût été retenu par une circonstance indépendante de sa volonté. Il était en effet prêt à partir depuis longtemps, et n'attendait pour cela que Danielo, qui devait l'accompagner. Mais il attendait en vain ; Danielo n'était pas au palais.

Dans son impatience, il se perdait en conjectures sur la cause de ce retard que la sollicitude de son protégé, pour tout ce qui l'intéressait, rendait inexplicable. Pareille négligence ne s'était jamais produite de sa part, fût-ce dans les choses les plus indifférentes.

L'inquiétude commençait à le gagner ; n'y tenant plus, il envoya à la recherche du jeune sculpteur.

On ne tarda pas à lui apprendre qu'il était absent depuis plusieurs heures. De grand matin, comme les portes du palais venaient de s'ouvrir, un homme s'était présenté, demandant instamment à le voir. Danielo s'était rendu à sa prière, et après un court échange de paroles, tous deux s'étaient enfoncés ensemble dans la partie de la ville où étaient situées les tavernes fréquentées par les artistes.

Stradella, au courant des habitudes de son jeune ami, pensa qu'il s'était oublié parmi ses compagnons de travail et de plaisir, en voulant fêter avec eux le bonheur de son père adoptif. Tranquillisé par cette supposition, et n'ayant plus une minute à perdre pour arriver aux dernières limites de l'instant fixé, il monta à cheval et prit seul la direction de Stupinigi, espérant que Danielo le rejoindrait en route.

Tant qu'il eut à traverser les rues populeuses de la cité, il ne lui fut pas permis de songer à autre chose ; mais dès qu'il se vit dans la campagne, il éprouva une sensation singulière mêlée de bien-être et de gêne. C'était, depuis bien des mois, la première fois qu'il respirait l'air libre des champs et qu'il se trouvait seul. Il s'élevait en lui des sentiments de reconnaissance envers le ciel, qui le prenait enfin en pitié, en même temps qu'une sorte de réminiscence pénible des épreuves du passé. L'allégresse qui remplissait son âme, ne débordait pas, — quelque chose d'indéfini comme un pressentiment la comprimait.

Il attribua ces dispositions à l'absence de Danielo, faute de savoir sur quels motifs les rejeter. Pour un homme heureux, il sentait qu'il lui manquait la gaieté et la liberté d'esprit.

Il ne s'abandonnait pourtant à aucune crainte précise, et il ne lui serait pas venu dans l'idée de prendre des précautions contre un danger qu'il ne soupçonnait pas. Cependant, accoutumé, résigné, pour mieux dire, à une retraite commandée par les exigences de sa situation, et rassuré par cette certitude que la vigilance de Danielo le protégeait, même à son insu, en tout et partout, il se faisait, plus difficilement qu'il ne l'aurait cru,

à la solitude au grand jour et en pleine liberté.

Il repassait en lui-même les détails de la révolution qui venait de s'accomplir dans sa destinée ; son union préparée par une main royale ; Teresa l'attendant à l'autel, pour cimenter un lien désormais indissoluble ; la persécution de Morosini paralysée, lorsque Morosini était le seul ennemi qu'il se connût. Tout lui souriait, jusqu'à son art favori, auquel il pourrait désormais se livrer sans contrainte. — Et plus il énumérait ces causes de calme et de sécurité, plus il s'étonnait de trouver en lui-même de douloureuses réticences.

Il ne fallut rien moins que l'aspect du château, dont l'étage supérieur et la toiture ornementée se montraient au-dessus des arbres du parc, pour dissiper ces nuages, et le confirmer enfin dans la certitude du bonheur auquel il touchait.

La joie a son influence comme la tristesse ; en pénétrant dans l'atmosphère de cette villa, où tout était en fête à son intention, il cessa de lutter contre l'évidence ; son cœur s'épanouit, et il dirigea vers le ciel un regard plein de gratitude.

A la grille du pavillon d'entrée, il mit pied à terre, confia son cheval à l'un des serviteurs préposés à ce soin, et s'engagea dans une allée ombreuse qui conduisait au château, dont on cessait en cet endroit de distinguer les constructions, perdues sous l'épaisseur des arbres et des bosquets.

Comme il arrivait à un carrefour qui scindait à peu près en deux moitiés la distance, un homme aux traits pâles, vêtu d'un costume sombre, se dégagea tout à coup d'un massif. Un manteau noir était roulé autour de son bras, une longue épée battait ses flancs.

Stradella, le prenant pour un commensal du château, portait déjà la main à son feutre pour le saluer, avant de passer outre ; mais l'inconnu vint se placer devant lui, dans une attitude menaçante.

— Vous êtes le chanteur Alessandro Stradella ? lui dit-il.

— En effet, répondit l'artiste étonné de cette question et de la façon dont elle était faite.

— En ce cas, vous n'irez pas plus loin !

— Qu'est-ce à dire ?... s'écria le maëstro en voyant l'inconnu joindre l'action à la parole, et tirer son épée.

— C'est-à-dire qu'il me faut tout votre sang !

L'heure de la cérémonie était sonnée, le parc était désert, tout le monde, seigneurs et paysans, attendait dans la grande salle du château ou dans la chapelle. Les serviteurs qui se tenaient aux issues du parc étaient trop loin pour apercevoir cette scène, et Stradella, en constatant d'un coup d'œil son isolement, n'eut pas même la pensée d'appeler du renfort contre une attaque aussi étrange.

Le jeu de sa physionomie n'échappa pas à son agresseur, qui parut se réjouir intérieurement de sa surprise.

— Non, lui dit-il en secouant la tête d'un air ironique, personne ne nous voit, — et n'attendez aucun secours, personne ne viendra. Je vous tiens..... vous ne m'échapperez pas.

— C'est un guet-apens!...

— N'en croyez rien... je ne suis pas un assassin!

— Pourquoi ces menaces? pourquoi cette épée hors du fourreau?

— Je ne suis pas un assassin, mais je suis un ennemi!...

— Mon ennemi!... Vous? Je ne vous connais pas?

— Je vous connais trop, moi! Et je vous hais!... J'ai juré votre mort.

— Et vous osez dire que vous n'êtes pas un assassin!...

— Oui! répéta l'inconnu; car je pourrais en finir sur-le-champ avec vous, sans vous donner le temps de dégaîner. Mais je veux que vous perdiez la vie dans un combat loyal, et face à face. Tirez donc votre épée, Alessandro Stradella; car voici la mienne qui brûle de se croiser avec elle... Allons, en garde...

Quoique son adversaire fît, en effet, briller sa lame au soleil, qui arrivait jusqu'à eux par une trouée des charmilles, le maëstro ne l'imita pas encore, et le regardant avec une dignité froide :

— Auparavant, vous me direz en quoi je vous ai offensé!

— Pour le savoir, descendez au fond de votre conscience.

— Ma conscience ne me reproche rien.

— Alors je n'ai rien à vous dire non plus; vous seriez sourd à ma voix comme vous l'êtes à la sienne... Allons... j'ai hâte! finissons-en...

— Au moins, je saurai votre nom?

Les yeux de l'inconnu s'allumèrent comme un brasier, et jetant ses paroles avec un rugissement furieux :

— On m'appelle IL VENDICATORE!!! et je vais mériter ce titre... Pour la dernière fois, si tu n'es pas un lâche, défends-toi, Stradella!...

Sans plus attendre, il dirigea son épée vers la poitrine de l'artiste; mais son injure avait suffi pour soulever toute la colère de celui-ci, et comprenant à ce geste ainsi qu'aux éclairs terribles qui jaillissaient des prunelles de l'inconnu, qu'il n'obtiendrait aucune explication, il recula de deux pas, et tomba en garde.

Les deux lames allaient s'unir; avant de se résoudre à cette extrémité, le maëstro promena encore une fois son regard autour de lui, car il était sans haine contre cet homme, et s'il ne voulait pas lui abandonner sa vie, il ne se souciait pas davantage de prendre la sienne.

Le silence et l'isolement continuaient de régner dans le parc.

— Décidément, reprit son adversaire en ricanant, tu cherches quelqu'un!... mais crois-moi, tu cherches en vain... Ton gardien n'est pas là... je l'ai mis hors d'état de mordre...

A cet horrible sarcasme, Stradella bondit, et peut-être allait-il s'enferrer sur l'épée de son ennemi tout prêt à profiter de ses fautes, quand une voix haletante sortit des massifs qui avaient dissimulé son agression :

— Tu te trompes!... Me voilà!...

Danielo, la rapière au vent, armé comme un Arabe, la dague et les pistolets à la ceinture, s'élança en même temps pour détour-ner le coup qui menaçait son père adoptif.

— Toi ici!... fit l'inconnu, rompant de quelques pas.

— Cela te surprend, n'est-ce pas?... Tu avais si bien pris tes mesures, à cette taverne où tu m'as entraîné!... Mais j'ai lu ton projet dans tes yeux, et je me suis défié du vin que tu voulais me faire boire... Çà donc! nous allons voir si tu es aussi pauvre spadassin que maladroit empoisonneur!...

Durant cette apostrophe, l'inconnu avait repris sa présence d'esprit; ce n'était pas un homme à s'étonner longtemps.

— Place!... fais-moi place!... exclama-t-il, en se précipitant sur Danielo pour l'écarter. Ce n'est pas à toi, enfant, c'est à cet homme que j'en veux.

— Tu n'arriveras à lui qu'en passant sur mon corps!...

Et le vaillant jeune homme s'obstinait à demeurer comme un plastron vivant entre son protecteur et leur ennemi.

Mais Stradella ne pouvait accepter un pareil sacrifice, et déjà il se mettait en devoir de repousser lui-même Danielo pour arriver jusqu'au fer de l'étranger, lorsque de toutes parts on vit accourir une légion de valets, dont cette rixe avait enfin éveillé l'attention.

Presque aussitôt, la régente apparut à l'extrémité d'une avenue, et devant elle courait une jeune femme en costume de mariée. Teresa, comme si elle eût deviné le péril qui menaçait son amant, dès qu'elle eut aperçu le groupe qui s'agitait et les épées qui flamboyaient au carrefour du parc, pressa le pas pour prendre sa part du danger, ou plutôt dans le seul but de couvrir aussi Stradella de son corps.

Par bonheur, cet acte de dévouement ne fut pas nécessaire. L'inconnu, se voyant découvert, poussa un cri de rage, et s'enfuit tout à coup au milieu des massifs, à l'instant où Teresa venait tomber dans les bras de son fiancé, de son époux.

Les valets, comme une meute dépistée, s'étaient arrêtés, se consultant du regard. Madame Royale n'était plus qu'à une vingtaine de pas, suivie de la foule des curieux.

En ce moment, le spectre de l'inconnu se dressa au-dessus des charmilles, sur une brèche pratiquée dans la muraille en pierre sèche, qui défendait les abords d'un vaste étang qu'on voyait à l'extrémité du parc.

Teresa, dont la prunelle inquiète parcourait circulairement l'espace, l'arrêta sur lui, et, frappée d'épouvante, elle enlaça le maëstro dans ses bras, comme pour essayer de le soustraire à la vue de cet homme :

— Michieli Sorenzo!.., s'écria-t-elle, résumant dans ce nom ses émotions et ses terreurs.

A son tour, le maëstro suivit la direction du regard fasciné de sa compagne, et distingua les traits de son ennemi.

— Encore lui!... dit-il.

— Teresa, exclama celui-ci, je t'apporte la malédiction de ton père!... Stradella, nous nous reverrons!...

Une détonation lui coupa la parole. On le vit étendre les bras, vaciller sur la brèche, et disparaître de nouveau.

La régente avait rejoint les deux fiancés ; et tandis qu'au milieu d'un tumulte indescriptible on lui expliquait, le mieux possible, l'audacieuse attaque dont son maître de chapelle venait d'être l'objet, les valets de la résidence se mettaient à la recherche de l'agresseur.

Danielo, un pistolet encore fumant à la main, leur servait de guide. Il était bien sûr d'avoir atteint le misérable ; mais il ne lui suffisait pas de l'avoir blessé, il voulait le savoir mort, ou du moins hors d'état de nuire.

Donnant l'exemple aux hommes qui le suivaient, il escalada la brèche du haut de laquelle Michieli avait été précipité.

Les joncs et les plantes aquatiques qui poussaient en cet endroit, portaient la trace de l'événement. Ils étaient tachés çà et là de plaques de sang, et foulés sous une pression violente.

On pouvait suivre les efforts qui les avaient brisés, jusqu'au bord du lac, distant d'une dizaine de pieds tout au plus, et l'on reconnaissait que ce n'était pas en marchant, mais en se roulant, en rampant, sans doute dans les tortures d'une horrible agonie, qu'un corps humain avait produit ce sillon.

Au bord de cette trouée, la surface de l'eau, partout ailleurs couverte de longues herbes, présentait un espace fraîchement remué, par la chute d'un objet pesant.

Au delà, en avant, en arrière, dans les environs, rien, absolument rien.

Danielo contempla en silence ce gouffre mystérieux ; puis il éleva les yeux au ciel, dans une action de grâces muette, et reprit le chemin du château.

La régente n'avait pas voulu que cette alerte retardât la cérémonie ; Stradella et sa fiancée mettaient le pied sur le seuil de la chapelle, lorsque le jeune sculpteur les rejoignit.

Il se glissa jusqu'à l'oreille de son protecteur, et lui dit de manière à être entendu de Teresa :

— Maître, bénissez Dieu... Encore un ennemi qui ne peut plus rien contre votre bonheur.

On ne s'expliqua pas davantage sur l'attentat, ni sur le sort de l'empirique, car chacun se souvenait du service rendu par lui à Victor-Amédée ; mais l'assurance de sa mort, qui coupait court à toute arrière-pensée de vengeance ou de châtiment, acheva d'effacer les impressions pénibles que la scène du parc avait laissées dans l'esprit des principaux acteurs de la fête du jour.

XIII.

Regrets et Confidences.

Est-il donc dans la destinée de l'homme de se consumer en regrets et en désirs, sans jamais s'estimer en possession du bonheur, alors que ses rêves et ses vœux paraissent le plus complétement exaucés ?

Plusieurs mois ne s'étaient pas écoulés que, dans une des pièces de l'appartement élégant affecté dans le palais ducal au maître de cha-

pelle de la régente, on eût pu voir une jeune femme mélancoliquement assise devant une fenêtre, le regard fixé sur le ciel transparent et limpide.

Qu'allait-elle chercher par delà cet horizon d'azur ? Pourquoi cette pose attristée ? pourquoi surtout cette imperceptible larme qui tremblait à la pointe de ses cils ?

L'ardente fille de Venise, l'héroïne des lagunes, la courageuse fugitive du palais Morosini, lasse déjà de l'honorable existence que lui avait assurée son mariage, regrettait-elle sa médiocrité passée ? s'étiolait-elle dans le repos ? aspirait-elle après le retour de ces dangers qui stimulaient l'énergie de son cœur, excitaient sa passion pour son illustre amant, et entretenaient en elle d'incessantes émotions ?

Rien dans les jours de sa jeunesse, traversés jusqu'alors par tant de tempêtes, n'autorisait ce soupçon injurieux. Et cependant, pâle, abattue, pensive, elle pleurait.

Stradella venait de s'absenter pour les devoirs de son emploi, qu'il avait pris au sérieux ; elle était seule, et, absorbée dans ses chagrins secrets, elle était si convaincue que personne n'oserait la déranger ni la surprendre, qu'elle n'avait pas entendu de petits coups réitérés frappés à sa porte, qui finit par s'ouvrir sans qu'elle eût songé à répondre.

Elle tourna vivement la tête, et, apercevant Danielo, à qui sans doute elle craignait de laisser deviner l'état de son âme, elle s'empressa de lui dire, dans un trouble qui ne servait qu'à la trahir :

— Le maëstro est à la chapelle...

Le sculpteur n'en pénétra pas moins dans la chambre, et se dirigea d'abord vers la fenêtre, sans avoir l'air de remarquer la jeune femme, qui profita de cette diversion pour essuyer des larmes furtives.

— Vous arrivez mal à propos, poursuivit-elle ; car je suis seule.

— Et vous tenez à votre solitude ?... fit-il en se tournant alors de son côté avec un fin sourire.

Puis il se rapprocha, s'appuya sur le dossier d'un fauteuil, et la regarda d'une façon si caressante et si douce, qu'elle se sentit rougir ; il lui sembla qu'il connaissait son secret. Il souriait toujours cependant :

— Vous voulez donc me renvoyer ? demanda-t-il.

— Vous ne le croyez pas... seulement, je suppose que vous êtes venu pour le maëstro, et...

— Et vous m'engagez à aller le rejoindre... cela s'entend à demi-mot.

— Vous êtes taquin, mon ami.

— Je suis un peu plus sincère que vous, chère signora, voilà tout.

— Eh bien, oui, dans l'isolement où j'étais... je me suis senti la tête un peu lourde... et je crois que j'ai dormi... Tenez... je gage que mes paupières ont encore de la peine à s'ouvrir.

Danielo cessa de railler ; un soupir lui échappa, et, contemplant la jeune femme dont la pâleur faisait ressortir les charmes et la grâce :

— Etes-vous belle ainsi !... s'écria-t-il, cédant à un transport qu'il comprima aussitôt. Puis, secouant la tête : — Non, chère signorita, ce n'est pas le sommeil qui fatigue vos paupières : et je vous dirai, moi, ce que c'est; car je suis venu pour cela.

— Danielo!... vous pourriez vous tromper...

— Non... Ce qui rougit vos grands yeux, ce qui éteint leur éclat... ce qui les brûle... ce sont les larmes...

— C'est une folie!... une plaisanterie nouvelle... Où donc avez-vous pris cela?

— Je voudrais m'abuser... Mais, tout-à-l'heure, quand je suis entré... j'en suis sûr, Teresa, vous pleuriez...

— En vérité, je ne sais... peut-être un souvenir, une chimère... Danielo, je me flais à votre amitié, et vous venez, comme un inquisiteur, surprendre jusqu'aux mystères intimes de ma vie... c'est mal...

— Ce qui serait bien plus mal, ce serait de vous savoir un chagrin et de ne pas chercher à le guérir...

— Mais pourquoi supposez-vous qu'il manque quelque chose à mon bonheur? Le maëstro, qui, lui, aurait peut-être le droit de s'en préoccuper, n'a jamais eu une semblable idée.

— Oh! non, c'est vrai, fit-il en joignant les mains devant elle, comme s'il eût adoré une sainte; — et c'est là ce qui fait que je vous aime, comme le frère le plus dévoué, l'ami le plus sincère n'ont jamais aimé leur sœur ni leur ami. — Votre âme renferme un tel trésor de bonté et de tendresse, que vous ne laissez pas apercevoir au maëstro les soucis qui vous dévorent; un miracle de courage et d'affection entretient le sourire sur vos lèvres, tant qu'il est présent; il peut vous croire, et il vous croit la plus heureuse des femmes... Oh! merci pour lui et pour moi des illusions que lui donne votre sublime courage... Mais moi, signorita, moi qui vous vois, qui vous observe, non pas avec la passion confiante d'un amant, mais avec la sollicitude d'un ami vigilant, j'ai senti la vérité... et je ne sortirai que quand vous m'aurez fait une confidence dont je suis digne, vous le savez, et qui me fournira peut-être le moyen d'y puiser pour vous des consolations.

— Noble cœur!... Rien qu'à voir comme vous aimez Stradella, on vous aimerait tous les deux; vous, pour l'affection que vous lui portez; lui, pour avoir su l'inspirer.

— Eh bien! s'il en est ainsi, n'hésitez donc plus, chère signorita; — ouvrez-moi votre âme... Que vous manque-t-il? Quel mauvais génie trouble encore votre existence, qui devrait être si calme?...

Elle saisit la main de Danielo dans la sienne et la pressa en frémissant :

— Ce mauvais génie?... dit-elle, je le porte en moi; c'est ma conscience!

L'émotion de Teresa avait gagné le jeune sculpteur. Il attendait en tremblant qu'elle s'expliquât :

— Vous aimez toujours le maëstro?... osa-t-il enfin lui demander.

— Si je ne l'aimais plus, répondit-elle avec entraînement, vivrais-je encore!...

— Dieu soit loué !... murmura tout bas Danielo, qui avait subi une angoisse terrible.

— Mais, reprit Teresa, c'est l'autre qui me tourmente...

— L'autre?...

— Ce Michieli...

— N'ai-je pas eu raison de sa scélératesse?...

— Depuis qu'il m'est apparu, debout comme un démon, sur ces ruines... je n'ai plus cessé de le voir... je ne cesse d'entendre ses dernières paroles... Elles contenaient une menace...

— Et j'ai fait rentrer la menace dans sa poitrine!

— N'importe... Cette apparition, ces menaces ont soulevé en moi une tempête que les raisonnements ne réussissent pas à calmer... Si vous saviez les horribles nuits qu'elles me font !... Mon sommeil est un cauchemar où je retrouve les événements comme s'ils étaient présents encore... mais au milieu d'un chaos désordonné, rempli d'images sinistres, de présages lugubres... Il n'y a pas jusqu'à cette sainte patronne, que j'avais adoptée, qui ne se dresse dans mes visions, pour me reprocher de l'avoir abandonnée au fond de l'abîme où nous l'avons vue rouler...

— C'est votre imagination qui est malade, chère signorita, puisque tous vos chagrins sont causés par des fantômes...

— Non pas tous...

— Qui vous tourmente encore?... demanda-t-il, saisi de l'accent dont elle avait prononcé ces trois mots.

— Ces rêves ne sont pas aussi chimériques que vous vous l'imaginez, Danielo. Ils sont causés, je le veux bien, par l'agitation de mon cerveau, mais ils n'en sont pas moins la conséquence du cri de ma conscience... des remords qui sont là... dans mon cœur.

— Des remords?...

— Essayez de me convaincre du contraire?... Michieli Sorenzo, ce fiancé désigné par mon père, se dressant entre moi et son rival au moment où je venais chercher celui-ci pour marcher à l'autel, et frappé de mort pour avoir revendiqué ses titres, n'est-ce rien, dites-moi, et croyez-vous que ce souvenir ne soit qu'une chimère?...

— Cet homme était indigne de vous... Votre père n'eut jamais la tendresse que commande un pareil titre... De quel droit prétendait-il river votre existence à celle d'un être odieux?...

— Danielo, ne condamnez pas si sévèrement mon père... C'était une nature rigide, mais pleine d'honneur... Son honneur! qu'en ai-je fait?...

— Vous êtes la femme d'un glorieux artiste...

— Hélas! comment cela a-t-il pu arriver?... Les lettres de Venise qui ont autorisé mon mariage ne l'ont-elles pas dit? .. C'est au prix de la tranquillité, de la vie... de la raison de mon père...

— Vous deviez fuir sa tyrannie..,

— Mon père est fou... A l'heure où nous voici, où est-il, que fait-il!... Tant que ce Michieli était à Venise, je savais qu'il ne le quitterait pas... A défaut de sa fille, le pauvre insensé avait un bras pour le soutenir... Mais, depuis que ce bras lui manque... qu'est devenu le vieillard?... Ah!... comprenez-vous maintenant pourquoi je pleure... et pourquoi j'ai peur de moi-même?

Et, cachant son visage entre ses mains, elle éclata en sanglots.

Danielo laissa un libre cours à cet accès de sensibilité; puis, quand il le sentit un peu calmé :

— Teresa, dit-il lorsque le maëstro rentrera, apprenez-lui que, pressé par une affaire urgente, je suis parti pour Venise sans avoir eu le temps de lui faire mes adieux...

— Vous allez à Venise?...

— N'est-ce pas indispensable pour que vous sachiez ce qu'est devenu votre père?...

Teresa saisit la main qu'il lui offrait en signe d'adieu, et, dans son enthousiasme et sa reconnaissance, elle allait la porter à ses lèvres.

Il la lui retira vivement, et, pivotant sur lui-même comme dans ses instants d'insouciance et de joyeuse humeur :

— Décidément, dit-il, un petit voyage me fera du bien; les jarrets me démangent. Et puis, ce cher impresario, notre vieille connaissance, le signor Ferramola, s'est avisé ces jours-ci d'écrire au maëstro pour le prier de composer une partition destinée au théâtre de Gênes. Je connais l'obstination de ce Florentin ; il est capable de se mettre en route et de venir lui-même chercher sa réponse. Eh bien! j'ai pris ce vieux singe en telle antipathie, que la seule idée de le revoir, lui et sa laide perruque, me ferait fuir au bout du monde... Adieu, signora, adieu!

Il était déjà loin, quand le maëstro, libre de ses occupations, fut accueilli au retour par un sourire pur et radieux de Teresa.

XIV.

Un honnête homme et deux bandits.

Les dernières paroles de Danielo faisaient allusion à l'une des conséquences de la nouvelle condition de Stradella.

Grâce à son honorabilité désormais incontestable, le maëstro avait conquis à Turin les succès qu'on lui avait refusés d'abord, — on sait par suite de quelle intrigue. Le bruit s'en était répandu vite et loin, en sorte que les sollicitations et les offres affluaient chez lui comme aux plus beaux temps de sa renommée.

Ferramola, qui avait toujours su dissimuler sa participation aux événements dont il avait failli être victime, ne pouvait pas être le dernier à solliciter le concours d'un talent qu'on s'accordait dans toute l'Italie à regarder comme une source inépuisable de recettes. Aussi sa lettre n'avait-t-elle causé aucun étonnement à Stradella et à ses amis.

Cependant le maëstro ne répondait à aucune de ces sollicitations, quelque séduisantes qu'elles fussent, ou, si on venait le pousser jusque dans ses derniers retranchements, il formulait un refus catégorique.

Etait-il donc las de la gloire? Sa situation à la cour de Savoie était belle et fructueuse

assurément; mais, dans sa régularité, elle ne pouvait compenser les ovations, les triomphes qu'on lui promettait, et dont il paraissait impossible qu'il eût perdu le goût et le besoin. Cette supposition était vraie; mais, fidèle aux obligations qu'il se créait à lui-même, il se sentait attaché à Turin par les liens de sa reconnaissance envers Madame Royale. Les offres qu'il recevait eussent-t-elles équivalu à une couronne, il aurait reculé devant la pensée de blesser sa bienfaitrice et de passer dans son esprit pour un ingrat.

Heureusement, il avait affaire à une princesse dont le cœur, plein d'élévation, était inaccessible à l'égoïsme. Très peu de jours après le départ de Danielo, elle fit appeler son maître de chapelle.

— Mon cher Stradella, lui dit-elle, j'ai pour principe d'aimer les gens non pour moi-même, mais pour eux. Or, il m'est revenu que, dans la crainte de me désobliger en négligeant temporairement mon service, vous vous obstiniez à ne faire aucun accueil à des propositions magnifiques qui vous ont été transmises récemment. Certes, je ne me consolerais pas de vous voir renoncer au titre qui vous attache à ma cour; mais je serais bien autrement contrariée d'entraver votre carrière et d'amoindrir votre gloire. Il me paraît donc possible et équitable que, tout en restant mon maître de chapelle, vous souscriviez à celles de ces propositions qui vous agréeront le plus.

— Je suis vivement touché, Altesse, de tant de bonté; mais je m'étais promis, en recevant de vous mon existence et mon bonheur, de ne jamais consacrer mon faible talent qu'à votre royale personne.

— Et moi, je n'accepte pas cette abnégation; je vous en dégage. — Ecoutez d'ailleurs, mon ami : je ne m'illusionne pas sur le rang que j'occupe. Mon fils, par déférence, m'a rendu le pouvoir qu'il avait le droit de conserver ; mais ce qui s'est passé a bien diminué la puissance morale de cette autorité entre mes mains. Je ne détiens plus qu'une souveraineté précaire, aléatoire, susceptible de s'évanouir au premier signe. Avec moi seront éloignés tous ceux qui m'auront servie ou que j'aurai protégés. C'est la loi éternelle des empires. Victor-Amédée est bon, mais il est faible; il ne l'a que trop prouvé. Les courtisans, qui se groupent autour de lui, n'oublieront pas que je les ai vaincus : c'est une race qui ne pardonne rien. Ils comptent déjà les créatures qu'ils mettront à la place de mes amis. Ce ne sera plus une question de talent, mais de bassesse. Je n'entends pas que vos intérêts en soient compromis. Ne vous laissez donc pas oublier en vous obstinant à circonscrire votre talent dans ce palais; que vos œuvres, que vos triomphes sur d'autres scènes. entretiennent votre renom; ne vous déshabituez pas du public, afin de le trouver toujours en éveil sur votre route.

Rien n'étonnait plus Stradella de la part de cette princesse si grande et si bonne. Ce nouveau trait l'émut cependant au point de lui arracher des larmes. Il accepta à regret l'espèce de traité qu'elle lui offrait, se promettant bien de revenir à Turin le plus souvent qu'il lui serait possible, du moins tant que

son emploi lui serait maintenu, et que Madame Royale occuperait le premier rang à
cette cour.

Il lui restait dès lors à arrêter son choix sur
un des nombreux engagements qu'on le pressait d'accepter, et dont les plus avantageux
étaient ceux qui l'appelaient à Gênes ou à Venise. Il se fût volontiers décidé pour cette dernière ville, où il avait naguère obtenu des
succès toujours présents à son souvenir. Un
secret amour-propre le poussait à reparaître,
au grand jour, dans cette cité, qu'il avait
quittée comme un proscrit. Mais, au premier
mot qu'il en toucha à sa compagne, il vit son
front pâlir et ses yeux se couvrir d'un voile
humide.

Cette réponse muette était trop éloquente
pour qu'il essayât d'insister.

— Nous n'irons pas à Venise ! dit-il en sé-
chant ses pleurs sous ses baisers. Voici des
missives qui m'arrivent de tous les points de
l'Italie et des pays étrangers; tiens, prends,
choisis.

Sur ces entrefaites, Danielo, auquel son dévouement pour ses amis donnait des ailes,
arrivait à Venise.

Son premier soin fut de se rendre dans le
quartier des Nicolotti et de se mettre sur la
piste de Bartolomeo Gamba. Tout le monde
lui indiqua l'ancienne demeure de l'ex-gastaldo, et il trouva sans peine cette maison
modeste, jadis si riante, quand le frais visage
de Teresa apparaissait au milieu des treilles
qui grimpaient aux fenêtres. Un serrement
de cœur le saisit à l'aspect désolé qu'elle lui
offrit. Pauvre toit abandonné, les pampres
flétris et morts pendaient sans verdure le
long des murs lézardés. Le seuil n'était défendu que par une porte à moitié brisée; les
araignées avaient tendu leurs toiles sordides
à la place des carreaux de vitre absents.

Tout attestait qu'un malheur avait passé
par là.

Le jeune messager s'informa aux gens du
voisinage de ce qu'était devenu le vieux Bartolomeo.

Quelques-uns secouèrent la tête sans répondre; d'autres lui apprirent qu'il avait disparu d'abord, sans laisser de traces; puis,
qu'on l'avait revu, au bout d'un temps assez
long, accroupi un matin, dans l'angle de sa
porte, grelottant sous ses haillons, et, murmurant plaintivement des mots sans suite. On
s'était aperçu qu'il mourait de faim. La charité lui était venue en aide.

Il avait été rencontré encore quelque
temps, errant à l'aventure et mendiant par
les rues.

Un jour enfin, on l'avait aperçu agenouillé
sur le pas de son ancienne porte. Il priait
avec une ardeur étrange, ou du moins, car
on ne pouvait pénétrer ce qui se passait dans
ce cerveau égaré, il tendait avec angoisses
ses mains jointes vers le ciel, et on l'avait entendu dire, à plusieurs reprises :

— Mon Dieu, mon Dieu !.... Teresa !... Teresa !...

Puis, se levant dans une espèce de transport, il avait pris sa course, en écartant brusquement ceux qui l'entouraient, d'anciens
amis, qui lui offraient des secours ; et, depuis,
nul ne se rappelait l'avoir vu.

Danielo ne se contenta pas de ces renseignements. Il recommença ses démarches,
décidé à n'abandonner la partie que quand il
aurait épuisé les sources d'informations, en
apparence les moins importantes.

Il retrouva la hutte du faubourg comme
il avait revu la maison de la cité.

Une famille de mendiants s'en était em-
parée. Quelque menue monnaie les rendit ex-
pansifs ; ils dirent tout ce qu'ils purent se
rappeler. Cela se bornait à peu de chose,
mais ce peu devenait très grave pour Danielo.

Il sut donc, par ces pauvres gens, qu'à l'é-
poque où ils avaient pris possession de la cabane déserte, deux hommes de mauvaise
mine s'y étaient présentés, et avaient paru
fort mécontents de ne pas y retrouver l'ex-gastaldo. Ils avaient manifesté l'intention de le
joindre, coûte que coûte, et promis aux mendiants une grosse récompense s'ils le rencon-
traient et parvenaient à le retenir, pour le
remettre entre leurs mains.

L'appât de ce bénéfice avait mis la horde
en campagne; mais, soit que le vieillard fût
mort, soit qu'il eût quitté la ville, il leur fut
impossible de le rencontrer. Quant aux deux
hommes, eux non plus n'avaient pas donné
signe de vie.

Danielo insista ; il voulut avoir la description, le portrait, jusqu'au sens, sinon au texte
des paroles prononcées par les deux inconnus, et ce ne fut pas sans surprise et sans effroi, qu'il reconnut que ce signalement se
rapportait aux scélérats qu'il avait rencontrés sur sa route : — le jour du triomphe de
Teresa, et le soir du Vendredi-saint, à Rome.

Quel intérêt, quel nouveau complot lançait
ces misérables sur les pas du père de Teresa ?.... Évidemment, ils n'agissaient pas
sans motif. Mais quelle machination se préparait encore ? La tranquillité de Stradella
allait-elle être remise en jeu ? Ces hommes
avaient pourtant juré, de leur propre mouvement, de respecter les jours du maëstro ?

Il est vrai que, selon toute apparence, ce
n'était pas pour leur compte qu'ils mettaient
à prix la trouvaille de Bartolomeo, le fou et
le mendiant ?.... Ils avaient appartenu autrefois à Morosini ; c'étaient ses affidés, ses séi-
des... les artisans de ses œuvres mauvaises...
Lorsque de pareils liens existent, ceux qu'ils
ont déjà rapprochés ont toujours de la tendance à se réunir.

Morosini !... ce nom semblait planer sur
cette intrigue comme une influence malfai-
sante. Mais, encore une fois, les deux bravi
avaient juré, et à en juger d'après la bizarrerie
de leurs actes, le serment était une loi qu'ils
étaient incapables de violer. De son côté, le
Procurateur était engagé par une obligation
pour le moins aussi inflexible.

La conclusion de ces perplexités fut, pour
le jeune artiste, qu'il se trompait, que son attention, trop uniquement fixée sur un même
point, se forgeait des dangers chimériques,
et que Francesco Morosini n'était pour rien
dans la disparition du vieillard, disparition
facile à expliquer par tant d'autres causes.

Ce raisonnement était irréprochable, au
point de vue de la sagesse la plus vulgaire.
Cependant, l'imagination inquiète de notre

jeune ami ne s'en montra pas longtemps satisfaite.

Dans ses explorations à travers la ville, un instinct secret le ramenait sans cesse, soit vers les Procuraties, soit vers le palais Morosini. Mais il ne paraissait sur la Piazetta que caché sous un masque, ou, sur le canal, qu'à l'abri d'un felze, par les ouvertures duquel il interrogeait du regard chaque gondole glissant sur les lagunes.

Le hasard, qui se plaît à ces surprises, lui fit, un beau jour, rencontrer, au lieu des gens qu'il cherchait, l'homme auquel il pensait le moins.

Comme il rôdait, sous prétexte d'une promenade, aux abords de la lagune isolée, sur laquelle donnait l'arrière-corps du palais Morosini, il fut frappé de la vue d'une gondole arrêtée à l'issue discrète que nous connaissons si bien. Pris soudain de la fantaisie de savoir en faveur de qui cette embarcation stationnait là, il invita son barcarolo à louvoyer sans but déterminé dans cette direction.

Son attente ne fut pas longue; la petite porte s'ouvrit avec précaution, et livra passage à un individu, qu'il n'eût peut-être pas remarqué ailleurs; mais l'allure mystérieuse de cet homme acheva d'exciter son attention, et il le reconnut, à n'en point douter, pour le signor Ferramola.

Ferramola à Venise, quand ses dernières lettres, datées de Gênes, sollicitaient Stradella d'accepter un engagement pour cette ville!... Ferramola sortant de chez Morosini, d'une façon qui indiquait entre eux de secrètes conférences!... Quel nouveau champ ouvert aux conjectures de Danielo !

Le felze noir s'était soigneusement refermé sur cette apparition, et la gondole, conduite pár deux rameurs qui se relayaient, sans marcher très vite, s'éloignait cependant et menaçait de se confondre parmi la foule de celles qui encombraient le Grand-Canal. Le jeune homme ordonna à son barcarolo de la suivre à distance.

Cette poursuite, que rien ne faisait soupçonner à l'impresario, dura longtemps, et ce répit permit à Danielo de se recueillir, en dépit de ses tristes pressentiments.

L'étonnement avait été pour son intelligence le choc qui fait jaillir l'étincelle du caillou. En se demandant pourquoi l'impresario communiquait ténébreusement avec Morosini, il venait de se rappeler toutes les circonstances de ses diverses rencontres avec le Florentin, et les événements qui avaient suivi chacune d'elles.

Il ne fut pas maître d'un frémissement intérieur, car, cette fois, le doute n'était plus permis; il eût été insensé de rejeter sur le compte du hasard des faits aussi catégoriques.

Tout s'éclaircissait à ses yeux; il remontait maintenant, avec un fil conducteur, le labyrinthe de cette longue persecution, de ces attentats homicides dirigés contre son père adoptif, et, dans sa naïve générosité, il s'accusait amèrement de n'avoir pas discerné plus tôt le coupable et ses complices.

Les gondoles marchaient toujours, et celle de Ferramola venait de s'arrêter au haut du Grand-Canal, devant le traguetto particulier d'une auberge sur laquelle se lisait l'enseigne du *Lion blanc*.

L'impresario écarta, avec la prudence dont il avait fait constamment preuve durant cette course, les pans du felze, se glissa avec la souplesse d'une couleuvre le long des marches, et disparut par la porte entrebâillée du perron.

Le sculpteur savait où le retrouver ; mais un autre soupçon venait de s'éveiller en lui. Absorbé par le désir de ne pas perdre de vue Ferramola, il n'avait accordé aucune attention à ses deux rameurs ; ce n'était qu'au dernier instant qu'il venait d'y songer, et la distance était trop grande pour distinguer leurs traits.

— Force de rames!... cria-t-il à son gondolier; un écu pour toi si tu gagnes le traguetto avant le départ de cette barque !

Le barcarolo imprima à son embarcation une marche rapide comme un vol d'oiseau ; mais, quoi qu'il fît, au moment où il joignit ses deux confrères, ceux-ci achevaient d'attacher leur barque à un anneau de la rive, et, sautant lestement à terre, ils se perdaient dans une ruelle voisine, sans seulement détourner la tête.

N'importe; le gondolier eut son pourboire; car Danielo, s'il ne les avait joints , les avait du moins reconnus : — c'étaient bien ses deux bravi de Rome, Orio et Jacopo.

Ils étaient donc, ainsi que Ferramola, au service du Procurateur.

Il se mit en devoir de les guetter, de manière à ce qu'ils ne lui échappassent point une seconde fois, sans, pour cela, perdre de vue l'hôtel de l'impresario; mais, de ce côté, ses peines furent stériles : dans la nuit du second jour, le damné Florentin avait disparu.

Cet échec l'exaspéra, et, appréhendant quelque fugue analogue, de la part des deux bandits, il recourut, pour les rencontrer, à toutes les ressources de son imagination. Une semaine entière s'écoula sans aucun indice. Il ne vivait plus, il se croyait encore dépisté, et ne savait à quel expédient se vouer, lorsqu'en passant sous les Procuraties, il se trouva face à face avec ceux qu'il cherchait.

Eux aussi le reconnurent, et sa vue produisit sur eux une panique grotesque, qui vint corroborer ses craintes.

Il ne leur laissa pas le temps de se remettre; plutôt que de souffrir qu'ils s'éloignassent, il les eût pris au collet tous deux.

— Vous voilà donc, mes camarades! s'écria-t-il, d'un air qu'il chercha à rendre amical.

— Enchantés de vous voir, Signor! répondirent-ils d'assez bonne grâce.

— Il paraît que vous ne m'avez pas oublié?

— Ni vous, ni votre maître.

— Ni l'hymne des Ténèbres, je pense?

A cette question, ils s'entreregardèrent tout troublés. Il sentit qu'il fallait menager cette corde, et, recommençant sur un ton léger :

— Vous voyez, j'ai fait comme vous ; j'ai voulu revoir Venise, la belle des belles, la ville où l'on trouve les hommes les plus braves et le vin le meilleur.

— Vous parlez comme un vrai Vénitien, Signor.

— Et je régale de même... Or donc, mes camarades, j'aperçois là-bas une taverne qui a tout à fait bonne façon.... Que pensez-vous d'un verre de vin de Chypre?

— C'est un liquide fort agréable.

— Va donc pour le chypre; il n'est rien de trop cher pour renouer connaissance.

Jacopo se tâtait, mais Orio, le plus constamment altéré des deux, lui donna un coup de coude, qui le décida à suivre leur jeune ami à la taverne.

On s'attabla, et Danielo emplit copieusement les verres.

— A qui buvons-nous? demanda-t-il en élevant le sien.

— A vous, Signor.... à votre heureuse rencontre!... dit Orio.

Après cette première rasade, le jeune sculpteur essaya de mettre hache en bois, mais il avait affaire à forte partie. Ses ouvertures glissaient sur la cuirasse de camarades invariablement en garde. Ils ne s'écartaient pas du terrain des généralités.

Il remplit les verres et renouvela sa question :

— A qui celui-ci?

— Encore à vous, s'il vous plaît, Signor, fit Jacopo.

— Pourquoi pas au maëstro Stradella? répliqua-t-il, en abordant franchement la difficulté.

Orio portait déjà son verre à ses lèvres, le scrupuleux Jacopo se pressait moins. Danielo vit son hésitation :

— N'êtes-vous pas autant que moi de ses amis?... dit-il en les regardant bien en face;

— ne lui avez-vous pas conservé la vie?.... Ne vous êtes-vous pas engagés par serment à ne jamais y porter atteinte?...

— Nos serments, nous les exécutons toujours... répondit Orio.

— Religieusement, ajouta Jacopo en buvant enfin.

— Je le sais, et, cependant, quelqu'un qui vous connaîtrait moins bien que moi serait capable d'en douter...

— Per Bacco!... grondèrent à la fois les deux bravi.

— Ecoutez donc, — après les offres de service que vous avez faites, moi présent, au maëstro, vous avouerez qu'il peut paraître piquant, — au premier abord, — de vous voir rentrés au service du Procurateur?....

— Au premier abord, — je ne dis pas, — répliqua le casuiste Jacopo. Mais donnez-vous la peine de réfléchir, et vous proclamerez que nous sommes restés dans les termes de nos engagements.

— Je n'en doute pas; cependant j'avoue que je serais bien aise d'entendre cette démonstration de votre propre bouche.

— En offrant nos services au signor Stradella, n'avions-nous pas fait une exception en ce qui regarde le Procurateur?...

— C'est parfaitement juste, et cela m'explique en même temps comment vous vous trouvez au service de ce noble seigneur.

— Tout à fait, tout à fait!.... exclama Orio Barbarigo, émoustillé par l'éloquence de son camarade.

— La chose est d'autant plus naturelle, reprit Danielo, cherchant toujours à surprendre leur pensée, — que le Procurateur a juré, de son côté, de ne jamais attenter, par lui, ni par ses affidés, aux jours du maëstro?

— C'est vous qui l'avez dit.

— Et chacun se plaît à reconnaître que Francesco Morosini n'est pas homme à recourir à des subterfuges pour éluder un serment?.

— Ni lui, ni nous... Tous gens d'honneur!... fit Orio, en trahissant une certaine gêne.

Danielo sentait la réticence, et, pour délier ces langues obstinées, il pensait bien à augmenter les libations, mais ils étaient de force à ingurgiter la cave du tavernier sans rouler sous la table. L'adresse seule pouvait leur arracher les aveux que, dans leur zèle pour un patron aussi prodigue que Morosini, ils se montraient peu disposés à faire.

Le jeune homme aborda un autre sujet; il tenta d'obtenir des renseignements sur le vieux gastaldo. Mais ils lui répétèrent uniquement ce qu'il savait déjà, et, sans vouloir s'expliquer sur leur démarche près des mendiants du faubourg, ils affirmèrent ne pas savoir ce qu'il était devenu depuis cette époque.

Restait un dernier moyen; Danielo se décida à l'essayer :

— Le service de l'illustre Procurateur doit être agréable? insinua-t-il d'un ton fort dégagé.

— Profitable, vous voulez dire?

— J'entends divertissant et gai.

— Divertissant!... fit Jacopo en ouvrant de grands yeux; pour le coup, signor Danielo, votre belle humeur vous présente les choses sous un jour invraisemblable.

— Oh! oh! je sais ce que je dis.

— Corpo di Bacco! exclama Orio, je passe aussi quelque peu pour un joyeux garçon, mais ceci me paraît fort.

— Ainsi, vous prétendez me persuader qu'on gagne des humeurs noires aux gages d'un homme qui entretient chez lui le personnage le plus bouffon de l'Adriatique!

— Satan me harponne! si je comprends un mot...

— Allez-vous faire les discrets pour un fait notoire?.. Ne vous ai-je pas aperçus de mes yeux, l'autre jour, vous promenant sur le Grand-Canal, en compagnie du signor Ferramola!

— Ferramola!... reprit Orio. Et vous appelez cela une agréable société!.. Grand merci, vous n'êtes pas difficile!...

— Le mécréant!... appuya Jacopo avec une grimace de dégoût.

— L'homme le plus serviable et le plus honnête... insista Danielo, affectant une plus chaude sympathie en raison de la rancune que montraient ses convives pour l'impresario.

— Eh bien! je vous félicite, vous vous connaissez en honnêteté!... ricana Orio.

— Un coquin de la plus vile espèce! dit Jacopo, heureux d'épancher son fiel aux dépens d'un particulier pour lequel il n'était tenu à aucun scrupule. Un intrigant qui se mêle d'aller sur les brisées de braves gens rompus au métier!... un lâche poltron incapable de manier un stylet, et qui prétend se faire rabatteur de gibier pour le compte de vrais chasseurs, auxquels il chicane quelques écus et dont il rogne les profits!...

— Au fait, il y a du vrai dans ce que dit le signor Jacopo, reprit vivement le jeune sculpteur pour flatter les griefs de nos sacripants. J'ajouterai même que la réflexion m'en était venue jadis à propos des lésineries de ce cher impresario vis-à-vis du maëstro, pour lequel vous ne nierez pas, dans tous les cas, qu'il professe une vive admiration et une affection sincère?

Orio, qui caressait en ce moment l'anse de la cruche placée devant lui, faillit la réduire en éclats par suite d'un mouvement nerveux et tout à fait involontaire.

— Lui sincère, lui fidèle!... Ou vous êtes d'une naïveté déplorable, ou les fourberies de cet être à double face sont d'un fameux aloi!

Et là-dessus, les deux bandits, parlant presque constamment ensemble, tant ils en avaient gros sur le cœur au sujet du signor Ferramola, confirmèrent, et au delà, tout ce que le jeune homme avait pressenti.

Celui-ci ne cacha pas son horreur pour une scélératesse si persistante, et il chercha à obtenir quelques autres éclaircissements.

— Voilà qui m'édifie suffisamment, fit-il, je connais mon homme; mais, s'il est tel que vous me l'affirmez, reconnaissez avec moi que le passé n'est pas de nature à me tranquilliser sur le présent ni sur l'avenir?

Ici, un embarras très évident se produisit dans l'attitude de ses interlocuteurs.

— L'avenir est à Dieu, prononça sentencieusement Jacopo.

— Mais il ne faudrait pas que le présent fût au diable! riposta l'artiste soutenant jusqu'au bout son rôle de gai compagnon.

— Quant à moi, reprit Orio, je ne puis que vous donner un bon conseil : je ne sais rien des idées du Florentin; mais, si vous voulez du bien au maëstro, engagez-le à se méfier de cet honnête homme.

— Merci, camarade, je vous promets que l'avis n'est pas tombé dans l'oreille d'un sourd, et, puisqu'on peut compter sur votre parole, et, je respecte vos scrupules à l'endroit des secrets de votre patron; mais, en invoquant la mémoire des serments que vous avez faits au maëstro, je vous adresserai une dernière demande, et, si j'ai votre simple promesse, je m'en irai content.

— Laquelle? firent-ils sous l'impression visible de cette marque d'estime.

— Si vous veniez à apprendre que le maëstro fût en danger, non par le fait du Procurateur, puisqu'il a fait serment de respecter ses jours, mais de n'importe quelle autre part, que feriez-vous?...

Les deux bravi choquèrent franchement leurs verres contre le sien, et avant d'absorber cette rasade d'adieu :

— Nous vous préviendrions! répondirent-ils d'une voix ferme.

Cette parole avait son prix; Danielo en conserva bonne note; mais ce n'était pas assez pour le rassurer contre les craintes que tant d'autres circonstances soulevaient en lui.

Depuis son séjour à Venise, il avait adressé plusieurs lettres à Stradella, afin de le mettre au courant de ses faits et gestes, et même de ses suppositions; mais les moyens de communication n'étaient pas ce qu'ils sont aujourd'hui, et, pour l'informer plus sûrement et plus vite de ces derniers incidents, il se hâta de quitter Venise.

Quand il arriva à Turin, son cheval était surmené par la fatigue d'avoir marché sans relâche; mais quelle fut sa déception en apprenant au palais que le maëstro était parti depuis huit jours pour Gênes, accompagné de Teresa.

XV.

Le prix d'un champ de maïs.

Danielo, sans le soupçonner, avait contribué au prompt départ du maëstro et de Teresa. En recevant, avec ses premières lettres, la nouvelle que son père n'était plus à Venise, et que peut-être il avait trouvé dans cette ville une fin déplorable, la jeune femme avait manifesté, à l'idée d'y rentrer jamais, une répulsion mêlée d'effroi, que son mari n'avait pas tenté de combattre, puisque déjà il avait pris son parti à ce sujet.

En même temps étaient arrivées coup sur coup des missives pressantes de Ferramola, dont les offres considérables dépassaient celles que le maëstro recevait d'autre part. L'impresario lui annonçait que le théâtre, l'orchestre et les chanteurs n'attendaient que lui pour monter un opéra auquel le maëstro venait de mettre la dernière main, et dont la primeur devait être splendidement rémunérée par le doge et son conseil.

Stradella céda à ces considérations, et sans attendre d'autres nouvelles de Danielo, il partit pour Gênes. L'histoire, en nous transmettant ces détails, et en constatant qu'en effet l'opéra de l'illustre compositeur était attendu comme un événement, a omis de nous conserver le titre de cet ouvrage, lacune que les archéologues musiciens ont déplorée, et que nous ne déplorons pas moins qu'eux.

Il résulta de ce départ précipité que les dernières lettres de Danielo, c'est-à-dire les plus importantes, ne trouvèrent plus l'artiste à Turin, et que notre voyageur fut cruellement déçu, après s'être tant hâté d'y revenir.

Cependant notre jeune couple, ayant pris congé de la Régente, avait suivi, en sens contraire, la même route qui l'avait conduit, un an auparavant, de la mer à Turin, à travers les Apennins.

Combien les choses étaient heureusement changées, et que ce voyage était différent du premier! Ce n'était plus en fugitifs que nos époux, — nos amants! — traversaient ces vallons et ces montagnes! Ils n'allaient plus chercher un asile indéterminé; les stylets soldés par la vengeance avaient cessé de les poursuivre. Stradella, redevenu le prince des poètes, des chanteurs et des compositeurs, marchait dans toute sa gloire, jaloux d'y ajouter de nouveaux titres; le talent, la fortune, lui souriaient à l'envi. Cette créature si belle et si admirée qui voyageait à ses côtés, était sa femme par le droit de l'amour et par la sanction du ciel. Délivré de ses ennemis, qui avaient abjuré leur haine, il partait de Turin avec l'amitié d'une grande princesse, et il allait à Gênes trouver de nombreuses sympathies et une rémunération grandiose.

Les distractions de la route, la confiance, l'espoir, la joie communicative de son cher Stradella avaient vaincu les mélancoliques appréhensions de la jeune Vénitienne. Le bonheur exerçait aussi sur elle sa bienfaisante contagion.

Pour nos deux amis, ce voyage s'accomplissait au milieu d'événements de toute sorte. Il leur semblait voir pour la première fois ces contrées délicieuses qu'en effet ils avaient si mal vues. Ils épanchaient leur admiration sur les sites qui se succédaient à leurs yeux. Les montagnes qui leur paraissaient si sombres, si terribles en venant, prenaient un autre aspect au retour, et, quoique Danielo ne fût plus là pour égayer la route par ses saillies et sa bonne humeur, leur contentement mutuel revêtait autour d'eux tous les objets de teintes roses.

Le ciel, s'associant à ces favorables dispositions, mariait sa sérénité à celle de leurs âmes, et la nature était en fête sur leur passage.

Reconnaissants envers Celui de qui vient toute satisfaction, que de remerciements ils lui adressèrent dans l'intimité, dans l'enthousiasme de leurs confidences! que de projets séduisants ils formèrent pour l'avenir!

Cependant la loquacité de Teresa, tour à tour joyeuse et tendre, s'arrêta involontairement, lorsque nos voyageurs parvinrent au sentier périlleux qui avait été le théâtre de leur dramatique rencontre avec la statue merveilleuse.

Le maëstro, surpris de ce silence subit, constata sur les traits de sa compagne une sorte d'effroi, dont il devina la cause et dont il lui fit honte en souriant.

—Eh bien! dit-il, voilà, si je ne me trompe, les histoires de l'autre monde qui se mêlent d'inquiéter celui-ci... Vous pensez, je gage, aux récits fantastiques de notre ancien vetturino, aux fantômes de la sinistre *Strada a doccia*, comme il appelait ce passage... Vous plaît-il que je chante aux échos de ces rochers une douce cavatine pour conjurer leurs fantômes?

— Ne plaisantez pas, mon ami, répondit-elle, non sans un léger tremblement dans la voix. Les récits du vetturino pouvaient n'exister que dans son imagination, mais la catastrophe à laquelle nous avons assisté n'était que trop réelle.

— En ce cas, ma belle peureuse, je vais commander à notre attelage de presser le pas, pour mettre bien vite derrière nous ce chemin qui attriste un front où je ne veux voir que des pensées riantes.

— De grâce, fit-elle vivement en posant la main sur ses lèvres, ne donnez pas cet ordre... Marchons lentement, comme il convient dans un lieu redouté... Vous vous moquez?... Est-ce donc d'aujourd'hui que vous vous apercevez que je suis un peu superstitieuse?...

— Un peu!... reprit-il avec une raillerie amicale.

— Beaucoup, si vous voulez, je ne m'en défends pas. Et vous, méchant, devez-vous oublier que c'est ma confiance en ma statue grecque qui m'a jetée dans vos bras?...

— C'est vrai... je suis un ingrat... D'autant plus que la terreur et la foi impriment à votre physionomie des aspects sous lesquels je regretterais de ne pas vous avoir admirée.

S'adressant alors aux deux hommes qui conduisaient les mules de sa riche litière :

— Mes amis, dit-il, ne vous hâtez pas; allez tranquillement, ralentissez votre attelage, jusqu'à ce que nous soyons sortis de ce défilé.

Bien qu'ils ne vissent aucun obstacle sur la voie, les vetturini, dociles à la consigne, menèrent leurs bêtes au petit pas, et, par une discrétion instinctive, évitèrent d'échanger entre eux leurs propos habituels.

Un tendre serrement de main remercia le maëstro de cette déférence. Pour en être mieux payé encore, il retint dans la sienne la main qu'on lui avait donnée.

Mais tout à coup il la sentit tressaillir, et Teresa, qui avait la tête à la portière, comme pour s'aguerrir contre les perspectives qui l'avaient effrayée pendant un premier trajet orageux, se retourna vers lui en laissant échapper un cri.

— Qu'avez-vous? demanda-t-il.

— Là-bas!... là-bas!... voyez donc!... s'écria-t-elle en étendant le bras; au fond de la vallée... Oh! non... c'est impossible... je me trompe...

— Qu'avez-vous aperçu, enfin?

Stradella s'efforçait d'atteindre de son regard le point que lui indiquait le doigt tremblant de la jeune femme, mais la place qu'il occupait ne le permettait pas.

Cependant l'agitation de Teresa redoublait. Pâle, terrifiée, les yeux fixés sur un objet qui semblait opérer en elle une fascination :

— Non!... je ne m'abuse pas, répétait-elle, c'est ma statue... ma sainte de marbre...

Et, par un violent effort, elle se rejeta au fond de la litière et se cacha le visage dans ses mains, pour écarter ce qu'elle considérait comme une vision qui lui remettait brusquement en mémoire les rêves tumultueux dont elle avait confié le secret à Danielo.

Sans rien comprendre à cette exaltation de sa compagne, Stradella fit arrêter l'équipage, et mit pied à terre, en engageant Teresa à l'imiter et à s'appuyer sur son bras.

Elle l'entraîna alors sur le bord du sentier étroit, et lui montra de nouveau de la main le fond du vallon, qui se déroulait au-dessous des pentes abruptes du ravin.

— Voyez, voyez!... lui dit-elle.

Cette fois, il s'expliqua son émotion, et ne se défendit pas d'un premier mouvement de surprise assez justifiée. Au bas de cette paroi rapide, hérissée de blocs aigus d'un marbre noirâtre, la sainte païenne gisait à la place même où elle était tombée un an auparavant.

Mais, en vérité, l'on eût dit qu'elle avait choisi elle-même l'endroit de sa chute; car, au lieu de s'arrêter dans les rochers ou dans les ronces, elle occupait le centre d'un champ tout fleuri et tout embaumé de thym, de serpolet, de menthe sauvage.

Elle était entièrement dépouillée de ses langes et de ses cloisons; les éclairs ne l'illuminaient pas de leurs clartés blafardes, — elle se montrait splendide, au contraire, sous les rayons du soleil qui l'entouraient d'une triomphante auréole.

Cette rencontre, au moins aussi surprenante que la précédente, ne pouvait être interprétée par le cerveau ardent de notre Vénitienne comme le résultat d'événements naturels. Toujours impressionnée par le souvenir de ses rêves, elle prétendit n'y voir que le doigt de la Providence, et manifesta l'intention de ne pas s'éloigner sans s'être, comme autrefois, agenouillée aux pieds de sa sainte.

Ce caprice contrariait sans nul doute Stradella, mais il était trop complaisant et trop amoureux pour ne pas s'y soumettre.

— Je ne m'attendais guère, dit-il, à entreprendre aujourd'hui un pieux pèlerinage à travers ces précipices; mais votre volonté est pour moi comme celle de la Providence; qu'elle s'accomplisse jusqu'au fond des abîmes. Votre patronne, je l'espère, nous en tiendra compte, et elle ne voudra pas que cette descente nous coûte aussi cher qu'au pauvre diable qui, sous nos yeux, y a laissé sa vie.

— Vous riez, mais vous êtes bon et vous faites le bien, répondit Teresa; venez, mon ami, je suis sûre que cela nous portera bonheur.

Stradella ne partageait que médiocrement cette confiance en une image dont l'orthodoxie lui était très suspecte; cependant, pour l'originalité du fait, il ordonna à l'un des vetturini de continuer très lentement sa route, tandis que Teresa et lui allaient, en compagnie de son camarade, tenter l'aventure.

Quoique la chose fût téméraire, surtout pour une femme, en raison de l'excessive déclivité des falaises, l'adresse de leur guide, leur désir d'arriver, leur intrépidité obtinrent un succès complet. Tantôt se laissant glisser, tantôt se suspendant aux angles des rochers ou aux branches des arbustes qui ornaient leurs crevasses, ils touchèrent d'un pied sûr le bas du ravin et les limites du vallon verdoyant qui lui succédait.

A mesure que s'effaçait la distance, ils reconnaissaient distinctement les traits de la statue, et se perdaient en conjectures sur l'abandon de ce chef-d'œuvre de sculpture au milieu d'une gorge des Apennins.

Quoi qu'il en fût, c'était elle, aussi belle, aussi intacte que lorsqu'elle se dressait, à Venise, sur son piédestal du palais Morosini.

Le premier élan de Teresa fut de se prosterner devant elle avec vénération.

Le maëstro, moins fervent, mais sérieusement étonné, ne se lassait pas de considérer ce marbre antique, et s'abandonnait à de profondes méditations sur les destinées étranges qui, des autels païens des Hellènes, l'avaient jeté dans ce ravin d'une contrée lointaine et déserte, sans profaner son intégrité, sans effleurer la délicatesse de ses contours.

Le guide, qui ne trouvait dans cette scène qu'un fort mince intérêt, se tenait en arrière, ne pouvant parvenir à s'expliquer la conduite de ses voyageurs. Il interrompit même brusquement la méditation de Stradella en le tirant par sa manche, pour mieux se faire entendre :

— Signor, regardez donc, dit-il, cet endroit est habité : voici une maison et un homme.

Ce qu'il lui plaisait d'appeler une maison n'était qu'une pauvre hutte construite en branches et en torchis, sous un bouquet de mélèzes, qui la dissimulaient aisément à première vue avec leurs larges rameaux, entremêlés de vignes sauvages.

Quant au personnage signalé, il ne déparait ni cette demeure ni ce site. Il fallait même quelque bonne volonté pour reconnaître en lui une créature humaine.

Il était gros et court; une barbe fauve d'un pied de long hérissait son visage, se confondant avec ses cheveux et avec les poils des peaux de bouc qui formaient son accoutrement des épaules aux talons. Une besace passée en sautoir et un long bâton, terminé d'un côté par une pointe de fer et de l'autre par un nœud recourbé, indiquaient un pâtre.

Peu habitué à recevoir des visites, autres que celles des loups et des ours, dans cette solitude dont il se vantait d'être le propriétaire, à titre sans doute de seul occupant, il avait avisé de loin les étrangers, et s'avançait curieusement vers eux.

— Dieu vous protége, Signor, et votre compagnie... fit-il.

— C'est vous qui demeurez là? demanda l'artiste en désignant la hutte.

— Pour vous servir, Signor!

— Alors, brave homme, vous m'expliquerez peut-être comment il se fait que cette sainte soit ici gisante?...

— Ça, une sainte?... grommela le rustre.

— Oui, cette statue?

— Ne m'en parlez pas, mon bon Signor... il ne tient pas à moi qu'elle ne soit ailleurs... Elle nous est tombée un beau jour, comme qui dirait du ciel, sans crier : Gare! — Quand je dis nous, je parle de ma pauvre femme, qui, étant déjà malade, en a eu le sang tourné. Il y avait de quoi, *per Bacco!* Cette statue maudite avait écrasé sous elle le chrétien qui la conduisait... Le pire de l'événement, c'est que c'était dans mon champ et qu'elle m'avait bouleversé une partie de ma récolte de maïs, sans compter que ma femme est morte à peu de jours de là... Je ne sais qui m'a tenu de briser cette image diabolique en mille pièces !... C'est-à-dire... si... je le sais... C'est une réflexion qui m'est venue : quelqu'un voudra peut-être la réclamer, me suis-je dit, et alors il faudra qu'on me paye mon dégât. Pour l'instant, je me bornai donc à creuser un peu dessous pour donner une sépulture honnête au défunt. Je rassemblai les débris du chariot pour me chauffer l'hiver, et je pris la toile qui enveloppait cette belle dame pour m'en faire des sarreaux.

» Au surplus, j'avais deviné juste. A quelques mois de là, je vis, un matin, arriver le majordome d'un grand seigneur étranger, qui se mit, en maugréant, à examiner ce morceau de marbre. Comme il parlait très haut avec les gens qui l'accompagnaient et que tous ensemble faisaient de grandes démonstrations, je compris qu'ils cherchaient les moyens de le tirer de là et qu'ils parlaient déjà d'aller quérir des outils, des cordes et un renfort de bras :

— Ah! mais non, dis-je au chef; à supposer que vous puissiez faire reprendre à cette statue le chemin qu'il lui a plu de descendre, ce ne sera pas du moins avant de m'avoir payé mon dommage!

— Ton dommage!... me répondit-il tout étonné.

— *Corpo di Diavolo!* croyez-vous qu'il ne me soit rien dû pour ma femme tuée et mon champ dévasté par votre statue, sa voiture et son vetturino!... C'est cinquante sequins pour ma femme et vingt-cinq pour ma récolte; je jure Dieu que cette image ne sortira pas d'ici à moins!

— Le plaisant drôle!... se mit à dire l'étranger, en ajoutant à cette épithète d'autres compliments inutiles à vous répéter et qui égayaient les imbéciles qu'il avait avec lui.

— Drôle! tant qu'il vous plaira, repartis-je, mais c'est soixante-quinze sequins, tout au juste!

— Tu crois donc, reprit-il, que nous y tenons beaucoup à cette méchante statue? Mais elle ne vaut pas ça!

— Nous verrons bien!... Ce n'est pas la besogne d'un jour d'enlever ce caillou; il y a un podesta à la ville et je vais m'adresser à lui...

— Je me moque de toi comme de ton podesta.

» Cependant, quand il vit que c'était chez moi une résolution bien arrêtée de lui faire un bon procès, les ennuis qu'il prévoyait, et surtout, je le pense, les difficultés que présentait l'opération, lui donnèrent à réfléchir. Il consulta longuement ses compagnons, regarda d'un air désespéré les rochers qui entourent ce vallon, et, comme il n'agissait que pour le compte d'un autre et qu'il ne paraissait pas autrement désireux de se donner tant de mal pour si peu de chose, il se tourna vers moi d'un air moqueur :

— C'est parfaitement raisonnable, mon garçon, me dit-il, tu mérites une indemnité. Eh bien! pour tes pertes et tes dommages, garde donc ta statue, et tâche d'en tirer de quoi payer ta femme et ton maïs; car, de moi, tu n'auras pas un denier!

» Là-dessus, ils sont partis en riant à mes dépens, sans qu'en effet je les aie revus. Mon champ est resté en jachère, et j'attends toujours qu'on me délivre de cette hôtesse malencontreuse. »

Ces injurieux propos blessaient la délicatesse de Teresa comme des blasphèmes. Tandis que le rustre exposait avec cynisme ses prétentions exorbitantes, elle contemplait le sourire inspiré gravé sur les lèvres de sa patronne d'adoption.

Les ondulations de la brise, descendues de la montagne à travers les rocs et les mélèzes, firent en ce moment résonner les cordes de la lyre; la jeune femme crut entendre la voix surnaturelle qui avait exercé un si grand empire sur sa destinée. Son front s'anima d'un ardent enthousiasme, et, croyant obéir à un ordre d'en haut, elle supplia son mari de s'approprier la statue.

Stradella n'était pas exclusivement musicien par ses goûts; il aimait et recherchait tout ce qui tenait au beau dans les arts. Il ne voyait pas, comme le prétendait la tradition, une fée ni un lutin malfaisant dans ce marbre, mais bien un morceau précieux qu'il serait à jamais regrettable de laisser enfoui, exposé aux injures de l'air et à celles du vandalisme, dans ce ravin. Il ne savait d'ailleurs

rien refuser à sa compagne chérie, et il se rendit à ce désir comme à tous les autres.

Il proposa donc le marché au pâtre, qui, devenu le propriétaire bien réel du chef-d'œuvre antique depuis que, selon toute apparence, l'abbé d'Estrade, détourné de son projet courtisanesque par quelque nouveau caprice du grand roi, et croyant peut-être, sur le rapport intéressé de son majordome, que la statue était brisée, avait renoncé à ses droits par son silence.

Dès les premiers mots, la cupidité du paysan se réveilla avec un appétit démesuré. Il ne se borna plus à invoquer les non-valeurs occasionnées dans son champ, qui semblait maudit depuis que la statue y avait élu domicile. Il jura ses grands dieux que la somme demandée à l'intendant de l'abbé d'Estrade était par trop inférieure aux regrets que lui avaient causés la mort de sa femme et la perte de son maïs, et puis le champ était demeuré inculte depuis cette époque, ses chèvres en avaient seules profité, et le lait que leur procurait cette pelouse était si mauvais!... Bref, il ne lui fallait pas moins du double de ce qu'il avait demandé la première fois.

Stradella se trouvait en fonds, grâce aux libéralités de la régente et aux avances envoyées par Ferramola; pour sauver un chef-d'œuvre, pour complaire à sa bien-aimée, il se laissa rançonner.

Quitte à désespérer son impresario, à indisposer le doge de Gênes, il fit rebrousser chemin à sa litière et s'installa au village le plus voisin.

Des ouvriers furent convoqués, des machines furent mises en réquisition, un sentier rocailleux, qui aboutissait de la vallée au village, fut aplani pour regagner par un circuit la route de la Cavée. Après un travail ruineux, la statue se trouva enfin installée solidement sur un chariot, et nos voyageurs reprirent le chemin de Gênes, suivis de leur précieuse conquête, pendant que le pâtre les accompagnait *in petto* de ses sournoises bénédictions :

— Allez, allez, braves gens, c'est le diable que vous emportez avec vous. Je ne vous veux pas de mal, puisque vous le payez vingt fois plus qu'il ne m'en a fait; mais que je sois damné si cette image maudite n'amène pas avec elle le malheur dans votre maison!

XVI.

L'Ambassadeur.

Venise la belle, mais Gênes la superbe! telle était la distinction établie par le renom populaire, à l'époque où se passe notre récit. Les destinées des empires ne sont pas moins bizarres que celles des individus; Gênes n'avait jamais étalé plus de splendeur que la veille de sa ruine. Bientôt, en effet, Louis XIV devait faire tonner contre elle ses canons et ses bombardes, pour la punir d'avoir prêté du renfort à l'Espagne, son ennemie.

Teresa et son mari étaient arrivés par terre, c'est-à-dire par les plaines du midi de l'Apennin, favorisées d'un printemps perpétuel. La ville, inclinée sur la colline, du haut de laquelle ils en embrassaient le panorama, se déroulait devant eux jusqu'à la mer, avec ses palais de marbre et ses maisons monumentales, hautes de douze étages.

Toujours sous le charme de leur existence nouvelle, passant d'une admiration à une autre, d'un enthousiasme à un enthousiasme plus grand, s'épanouissant aux rayons du bonheur, dont ils avaient si peu l'habitude, ils oubliaient l'impatience avec laquelle on les attendait.

Ils ne se lassaient pas du coup d'œil de ces massifs d'architecture, entremêlés presque tous, — ceux du moins qui couvraient la colline, — de terrasses ornées de treillages où serpentaient, murailles de fleurs et de verdure qui rivalisaient avec les murs de stuc, — le chèvre-feuille, le jasmin, la clématite, et d'allées où croissaient en pleine terre les aloès, les orangers, les myrtes et les lauriers-roses.

Ils pénétrèrent dans la première enceinte de la ville, qui n'en avait encore que deux à cette époque, la troisième n'ayant été construite qu'en 1746, et leur admiration s'accrut en foulant les dalles de marbre ou de lave du Vésuve, qui servaient de pavé aux rues les plus modestes. Leurs bagages avaient dû faire un long détour pour arriver par la basse ville, la seule praticable aux voitures, en sorte qu'ils descendaient à pied les voies de la colline, accessibles seulement aux piétons, aux chaises à porteurs, et, grâce à leur système de briquetage, au pied des mules.

Teresa surtout manifestait naïvement sa surprise. Elle avait été bercée dans la conviction que nulle cité n'était aussi riche que Venise en palais, et elle les trouvait ici tellement multipliés, que sur certains points ils se succédaient sans interruption, et que, contrairement à ce qu'elle avait pu voir en traversant le nord de l'Italie, ceux-ci n'avaient pas l'aspect de castels fortifiés, propres à soutenir des attaques, mais bien celui de demeures vraiment seigneuriales et hospitalières.

Seul, le palais du Doge faisait exception ; en raison peut-être de l'honneur qu'il avait de servir de résidence à ce dignitaire, aux archives et au trésor de l'Etat, il était le plus vaste, mais le moins élégant de tous, à l'extérieur du moins. Nos voyageurs, frappés de ce contraste, contemplaient avec étonnement cette enceinte carrée, massive comme une citadelle, triste et maussade sous son enveloppe de stuc, imitant le marbre veiné de Carrare.

En cet endroit ils furent assaillis, — c'est le mot, — par une avalanche de salutations, de compliments, de protestations, on eût dit vingt voix parlant en chœur; cependant il n'y en avait qu'une, mais c'était celle du signor Ferramola :

— Evviva ! ce sont eux !... Je les tiens donc, ces chers amis !... Que de craintes, que d'inquiétudes !... Je croyais que vous n'arriveriez jamais !... Quelle félicité !... Vous voici enfin à *Genova la superba !* la ville des splendeurs, la gloire des républiques, la reine des mers !... Oh ! vous serez contents, signor et signora !... Si l'heure de votre arrivée eût été connue, on vous aurait assurément préparé un triomphe... Vous voyez cette imposante résidence : la loi de l'Etat défend au Doge d'en sortir pendant

les deux années que durent ses fonctions, à moins d'un permis spécial du sénat... Eh bien ! le sénat est allé en députation inviter le Doge à assister aux débuts de notre illustrissime maëstro, au théâtre de San Agostino !... Mais que fais-je !... Le plaisir de vous revoir me trouble l'esprit... je vous retarde ici sur une place publique... et vous êtes à pied... on va vous conduire à votre palais...

Avant que l'artiste et sa compagne eussent trouvé moyen de placer une syllabe, il avait fait un signe à des gens groupés au fond de la place, à l'ombre d'une taverne, et quatre d'entre eux accouraient embranchés dans les timons de deux portantines dorées.

Ferramola y installa ses hôtes, donna les indications nécessaires aux porteurs, et les suivit lui-même pédestrement.

Notre Florentin n'était ni un sot, ni un homme dénué de goût ; ses constantes intrigues prouvaient surabondamment le premier point, et les fêtes des Procuraties avaient assez établi le second. Le maëstro et sa jeune femme n'eurent donc que des remerciements à lui adresser pour le choix qu'il avait fait de leur demeure.

Il avait arrêté pour eux seuls un palais élégant, grand sans être vaste, assis au pied de la colline, vers l'extrémité de la ville, dans un quartier peu populeux, mais non désert, à égale distance de la promenade du Môle et du grand théâtre. Des jardins embaumés entouraient le corps d'habitation, et suivant le mode d'architecture du pays, une terrasse communiquant avec le principal appartement s'étendait sur ces jardins, et formait un salon en plein air, à la plus belle exposition du monde.

L'impresario savait être discret dans ses démonstrations, quand il croyait cette réserve avantageuse pour lui. La satisfaction du maëstro et de Teresa lui montrait suffisamment qu'il avait réussi à leur être agréable, ce qui ne pouvait manquer de leur donner plus de confiance en lui. Il ne prolongea donc pas sa présence chez eux, et les quitta pour envoyer au-devant de leurs bagages, après avoir procédé à une visite sommaire de leur palais.

Tandis que Stradella mettait la dernière main à son œuvre, sa jeune femme s'installait et s'organisait avec une sorte d'amour dans cette demeure délicieuse. Elle eût dû y passer sa vie, qu'elle ne lui eût pas consacré plus de sollicitude. Il était aisé de voir que l'idée d'un départ plus ou moins éloigné n'entrait pas dans son esprit. Elle avait naturellement choisi pour son appartement celui qui donnait sur la terrasse; mais à l'intérieur elle avait fait dresser sa statue, arrivée saine et sauve, sur un nouveau socle, dans une galerie qui rappelait assez celle du palais Morosini et sa rotonde.

Toujours dévote à cette patronne bizarre, elle reprit l'ancienne habitude de ses stations pieuses; seulement, au lieu des confidences amères qu'elle lui faisait autrefois, elle mettait aujourd'hui à ses pieds le tribut de ses actions de grâces.

Elle était heureuse, en effet, bien que parfois sa pensée se reportât, dans un retour fugitif sur le passé, vers la destinée inconnue de son père. Mais cette incertitude offrait elle-même un correctif à sa douleur, en lui laissant espérer que Danielo lui apporterait des nouvelles du pauvre vieillard.

Le maëstro était fort occupé, nous venons de le dire, par les soins nécessaires à son œuvre, qu'il ne voulait pas laisser représenter sans avoir réuni tous les éléments d'un succès. Le théâtre, les chanteurs, l'orchestre, un monde de petites choses qu'il ne pouvait abandonner à la routine de l'impresario, absorbaient tout son temps. Mais ce travail, pour un compositeur, c'est encore du plaisir, et la présence de Danielo était la seule satisfaction qui manquât à Stradella, peu habitué à se passer longtemps de cet enfant, qu'il aimait comme un fils.

Les heures qui lui restaient, il les donnait entièrement à sa femme. Assis à l'ombre des orangers, caressés par la brise qui venait du golfe, enivrés de parfums et d'air pur, sous le plus beau des ciels, ils s'abandonnaient mollement aux bienfaits de leur existence actuelle, aux enchantements qu'annonçait l'avenir. Comme ils faisaient mentir, enlacés dans les bras l'un de l'autre, en cette attitude délicieusement paresseuse, chantée par les poètes et dessinée par les peintres, comme ils faisaient mentir l'adage grossier qui prétend que l'amour heureux est l'amour le moins durable. Ils s'aimaient plus étroitement et avec plus de constance que jamais. Ils n'avaient pas besoin de se le dire, tout l'exprimait en eux; leur âme était dans leurs yeux, sur leur visage, dans leurs moindres mouvements. L'amour n'est pas un idiome comme les autres, il ne se parle pas, il se sent. C'est la langue immatérielle de l'esprit.

La terrasse où ils se tenaient ensemble de coutume était devenue pour Teresa un lieu de prédilection. Quand son mari était forcé de la quitter, elle se plaisait à s'y rendre seule, pour retrouver la trace de leurs rêveries intimes et les continuer au gré de son imagination. Etendue sur des coussins moelleux, suivant l'habitude qu'elle avait contractée à Venise, elle demeurait longtemps, bien longtemps immobile, à suivre les méandres de sa pensée au delà de l'horizon azuré du golfe; ou bien, le luth en main, elle répétait les chants tendres et mélancoliques que Stradella lui avait appris.

Le calme de cette existence était encore favorisé par le hasard, car le palais voisin se trouvait momentanément inhabité, ce qui permettait à nos amants de se croire dans la solitude au milieu d'une cité populeuse.

Mais un jour le silence de ce voisinage fut troublé. Un grand mouvement se produisit dans le palais et dans son jardin, l'un et l'autre séparés de ceux de Stradella par un simple mur. C'était un bruit de voix, des chocs d'outils, des roulements de chariots pesamment chargés, tout le symptôme d'une vie exubérante, agitée, succédant à la tranquillité du néant. Une escouade d'ouvriers avait envahi cette riche demeure et travaillait à la transformer.

L'explication s'offrait d'elle-même, le palais avait trouvé un hôte, et l'on disposait tout pour le recevoir. Quel était ce mortel privilégié pour qui tant de gens étaient à l'œuvre?

C'est encore ce qu'il fut facile de savoir. Le représentant de Venise à Gênes était mort quelque temps auparavant, et les relations des deux Etats paraissant exiger la présence assidue d'un ambassadeur, le remplaçant du défunt était attendu et allait occuper ce palais.

Il n'y avait là rien que de fort naturel; aussi, sauf le premier regret de voir leur solitude quelque peu troublée, nos deux époux, tout à leur amour et à leurs études, n'attachèrent-ils aucune importance à ce changement, insignifiant pour eux. Quant au nom du personnage attendu, telle était la discrétion de tous les actes de la Sérénissime République, qu'il n'avait été révélé à personne, et qu'il ne devait probablement être connu que le jour de sa présentation officielle au Doge de Gênes. Du reste, Stradella et sa compagne ne s'étaient même pas enquis de ce détail.

De moins curieux ou de moins amoureux n'auraient probablement pas montré la même indifférence, car, à en juger par ses façons d'agir, Venise n'avait pu faire choix que d'un de ses patriciens les plus illustres, de quelqu'un de ces républicains plus nobles que des princes, plus riches que des rois.

Le palais, trois fois grand comme celui de Stradella, semblait ne pas devoir suffire aux serviteurs nouveaux, se succédant chaque jour avec des convois de meubles somptueux, d'objets d'art, de superfluités luxueuses, de ces magnificences qui annoncent la venue d'un monarque plutôt que celle d'un ambassadeur.

Puis un soir, tout ce bruit s'apaisa par enchantement, les jalousies baissées laissèrent à peine filtrer de faibles rayons de lumière. Il s'opéra un silence respectueux, pareil à celui d'un temple antique, alors que la prêtresse signalait l'arrivée du Dieu. On entendit seulement rouler un carrosse; les portes s'ouvrirent et se refermèrent sur lui... rien de plus... le Dieu avait franchi le seuil du temple.

A cette même heure avancée du jour, un cavalier, couvert de poussière, arrêta son cheval, trempé de sueur et épuisé de fatigue, à la porte d'une hôtellerie du village d'Isoverda, à une courte distance de Gênes. Après avoir inutilement appelé, il mit pied à terre, et se dirigea vers la maison, en tenant son cheval par la bride, car il régnait en cet endroit un tumulte qui ne permettait pas de se faire entendre. Les gens de l'auberge étaient tout entiers au service d'un certain nombre d'individus parlant haut, s'exprimant avec insolence, gourmandant les valets et les servantes d'un ton brutal, s'y prenant en un mot de leur mieux pour se donner des airs de grands seigneurs, et accusant tout simplement des subalternes de bonne maison, qui commandent en l'absence de leurs maîtres.

Des fourgons pesamment chargés complétaient l'explication; ces gens accompagnaient les bagages d'un puissant personnage et paraissaient se diriger sur Gênes.

Le jeune voyageur, quoiqu'il parût d'allure résolue, avait trop pauvre aspect, sous ses habits poudreux, pour l'emporter sur cette valetaille dorée. Il prit le parti d'attacher sa bête à une auge de pierre, placée devant l'auberge, et d'entrer en se frayant passage, non sans peine, dans la salle commune.

Fort heureusement pour lui, cette valetaille

é .ait sur son départ, sans quoi, il aurait bien pu implorer en vain l'hospitalité de l'auber-.iste, peu soucieux d'une maigre pra'ique, alors que sa cave et sa cuisine ne suffisaient pas à la bruyante compagnie des premiers a rrives, des hôtes qui se faisaient servir sans marchander et qui frappaient à chaque mot ur leurs escarcelles rebondies.

Peu à peu, la file des équipages s'éloigna, et l'on daigna alors apercevoir le jeune homme, qui s'était assis au bout d'une table, sur un mauvais banc, d'une propreté suspecte.

J récla ma d'abord la pitance de son cheval, et qnunt à lui, il déclara qu'il se contenterait d .ce qu'on pourrait lui offrir. Grâce à cette nodération, il obtint quelques reliefs du sou-per de ses devanciers, et une cruche de vin, prélevée sur le fond des bouteilles vidées par eux.

Après tout, un estomac qui meurt de faim et de soif n'a pas le droit d'y regarder de si près. Notre cavalier, éc airé par une lampe fumeuse, suspendue au plancher, commen-çait à entamer cette maigre collation, quand la porte d'une pièce voisine à laquelle il tour-nait le dos, livra passage à deux hommes, qui se dirigèrent à pas silencieux vers lui, et s'as si ent sans façon sur des escabeaux à ses côtés.

— Salut au signor Danielo ! dirent-ils.

Le jeune homme leva la tête, c'était Danielo en effet, et grande fut sa surprise en recon-naissant Orio Barbarigo et Jacopo Schiavone, ses deux bandits de Venise.

— Vous !... Vous ici ! s'écria-t-il.

— Vous voilà bien étonné !... fit Orio, tout joyeux de l'ébahissement du sculpteur.

— Ma foi ! je ne m'attendais pas, je le con-fesse, à souper en votre société ; mais puisque le hasard vous amène à ma table, il ne sera pas dit que j'aurai manqué aux lois de l'hos-pitalité... Nous renouvellerons la santé que 'ious avons portée ensemble, dans notre der-nière entrevue.

Ces gosiers d'enfer sont toujours secs, la cruche ne fit qu'y passer. Le jeune homme en commanda une seconde.

—Signor Danielo, dit Jacopo, gagné défini-tivement au jeune homme par cette cordia-lité, — vous pouvez compter que vous avez en nous deux amis.

— Merci, mon brave. Les amis sont rares, et l'on aime à s'en connaître quelques-uns de par le monde. A ce titre donc, il n'y aura pas d indiscrétion à vous demander quelle singu-lière coïncidence nous amène ensemble dans cette auberge, si éloignée de celle où nous nous sommes fait nos adieux.

— Notre histoire est des plus simples, re-partit Orio avec une bonhomie affectée et en appuyant sur chaque mot. En bons serviteurs. n us voyageons avec notre maître...

— Avec votre maître !...

— Sans doute, avec le signor Francesco Mo-rosini...

— Le procurateur est ici ?...

— Pas précisément, nous formons son ar-rière-garde ; il nous devance.

— Mais où donc va-t-il ?...

— Où irait-il, sinon où conduit cette route ?...

— A Gênes !... exclama Danielo en se le-vant épouvanté.

— A Gênes, comme ambassadeur de la Sé-rénissime République, répondit Orio en épiant l'effet de son affirmation.

— Vous êtes sûrs de cela ?... bien sûrs?... demanda le jeune homme en proie à un pres-sentiment terrible.

— Tellement sûrs, qu'il doit y être en ce moment, et que nous l'y rejoindrons demain. Vous n'ignorez pas qu'on va célébrer de grandes fêtes dans cette ville. Notre maître a fait diligence pour y être installé à cette épo-que... Eh mais ! n'est-ce pas le signor Ferra-mola, ce brave et digne Florentin qui en a l'entreprise, et n'est-ce pas votre honoré pa-tron, le maëstro Stradella, qui doit en faire le plus bel ornement?

— Ferramola !... Morosini !... répétait avec effroi Danielo. Où se montrent ces noms, il y a toujours une trahison dans l'air !... Au nom du ciel ! au nom de vos serments et des pro-testations amicales que vous m'adressiez tout à l'heure, — parlez, je vous en conjure !... parlez !...

Il s'était rassis et les suppliait du geste et du regard.

— Signor Danielo, fit Jacopo Schiavone, n'avons-nous pas prouvé, dans l'occasion, la reconnaissance et l'estime que vous nous ins-piriez, — sans préjudice, bien entendu, de no-tre fidélité envers notre maître... — Avec des gens de cœur, un bon procédé reçoit tôt ou tard sa récompense. Ne vous avons-nous pas dit : « Défiez-vous du signor Ferramola, c'est une bête venimeuse et persévérante. »

— Vous l'avez dit, et je me le suis si bien rappelé, que j'ai quitté Venise le jour même où vous me donnâtes ce conseil dont je vou-lais profiter. Mais la fatalité se déclarait con-tre moi, je ne suis arrivé à Turin, malgré toute ma diligence, que pour apprendre la réalisation de ce que je craignais le plus ; le maëstro avait contracté un engagement avec ce misérable, et depuis plusieurs jours il était parti pour Gênes. Le temps de changer de cheval et j'étais en route ; mais en dépit de mon bon vouloir, le trajet était long... ma monture ne répondait pas à l'impatience qui me dévorait ; enfin, me voici dans ce village, près de retrouver mon père adoptif...

— Eh bien, plus que jamais, nous vous di-sons : Défiez-vous.

— Mais, pour Dieu ! quel malheur nous me-nace ?... Morosini a-t-il donc oublié son ser-ment au Conseil des Dix?

— Le très honoré signor ambassadeur, pro-nonça gravement Jacopo, n'est pas capable de violer sa foi .. Ce ne sera jamais ni lui ni nous qui frapperons le signor Stradella.

— Vous me rendez fou, car alors ?...

— Jeune homme, dit à son tour Orio sur le même ton, le signor Stradella n'a jamais cou-ru un plus grand danger, si ce n'est pour lui, du moins pour ce qu'il a de plus cher.

— Expliquez-vous, par pitié !...

— Nous en avons trop dit.

— Oh ! mon père ! mon bienfaiteur ! excla-ma Danielo.

Et, jetant une pièce d'or au cabaretier, il sauta sur son cheval à peine reposé, enfonça ses éperons dans ses flancs, et s'élança à fond de train dans la direction de Gênes.

Orio le regarda partir d'un air presque compatissant, qui contrastait bizarrement avec l'effronterie habituelle de ses traits et de son sourire satanique.

Jacopo, plus philosophe, versait dans le verre du jeune homme une rasade du vin qu'il laissait en partant.

— Pauvre garçon! dit Orio, pourvu qu'il arrive à temps!

— Par ma foi!... nous avons fait notre devoir, répliqua Jacopo en élevant son verre,— à sa santé!

— A sa santé!... répéta Orio, qui, pour en finir plus vite, s'empara de la cruche et la porta à ses lèvres.

XVII.

La chanson des Nicolotti.

Danielo revenait donc de Venise sans avoir trouvé aucun indice sur l'existence ou sur la mort de Bartolomeo Gamba. L'ex-gastaldo avait bien décidément disparu sans laisser de traces; à peine quelques anciens du quartier et de la corporation, en conservaient-ils un faible souvenir dans un coin de leur mémoire. — Les morts vont vite, mais les malheureux vont plus vite encore.

Peut-être, cependant, ne surprendrons-nous que modérément le lecteur, en lui avouant que le vieillard n'était pas perdu pour tout le monde.

Le Procurateur, en proie à l'aiguillon de sa haine inassouvie, n'existait plus que dans un but : se venger, sans manquer à ses devoirs envers le Conseil des Dix, c'est-à-dire à la lettre de son serment. Sans doute, à force de chercher dans les ressources de son esprit, il eût fini par s'arrêter à quelque projet de représailles brutales ou vulgaires. Mais, en raison de la grandeur de l'outrage, il voulait désormais infliger à son ennemi un châtiment éclatant, capable d'effrayer le ciel et de faire tressaillir l'enfer d'allégresse.

Dans ces dispositions, l'idée de Bartolomeo lui revenait sans cesse. Il avait été frappé du réveil de l'intelligence du vieillard, lorsqu'il avait prononcé à son oreille le nom de sa fille. Il restait donc une étincelle sous les cendres de ce cerveau éteint. Peut-être y avait-il quelque chose à tenter de ce côté. Pourquoi pas?

Ses deux affidés ordinaires furent mis en campagne, mais leurs informations tardant trop au gré de leur maître, la Cargonta, cette hideuse mégère, rompue à toutes les basses intrigues, fut mandée de nouveau.

Ce qu'il y avait de noble dans la nature de Morosini se soulevait à l'approche de cette corruption vivante, et pour en tirer une sorte de compensation, il la traitait avec un mépris qu'elle acceptait de la meilleure grâce du monde, — un dédommagement en espèces sonnantes étant au bout.

Il ne vit ses révérences que pour y couper court par un geste impatient.

— Je veux savoir, lui dit-il, si l'ancien gastaldo est toujours logé au même endroit, ce qu'il devient, et s'il est dans le même état de démence? Répondez. Moins vous perdrez de paroles, plus je serai généreux.

La sorcière tourna sept fois sa langue avant d'ouvrir la bouche, le laconisme n'était pas son fort, mais elle aimait tant les sequins du signor procurateur!

— J'en aurais long à raconter à Votre Excellence, commença-t-elle...

Un signe impérieux supprima le préambule, comme les révérences.

— Bartolomeo Gamba, reprit-elle avec volubilité, a comparu devant *ceux d'en haut*, qui n'ont rien obtenu de lui et qui l'ont renvoyé. Quand il est revenu à la hutte que j'avais indiquée à Votre Excellence, la dernière fois qu'elle me fit la faveur de m'interroger, son compagnon, un barcaro, nommé Michieli Sorenzo, était parti pour ne plus revenir. Poussé par le besoin, l'ex-gastaldo a quitté son grabat, il vit de la compassion publique, et n'a pas conscience de l'abjection de son état. Toutefois, — j'en parle pour l'avoir moi-même expérimenté, — si l'on vient à le mettre sur le chapitre de sa fille, il ouvre l'oreille, sa tête se redresse, son poing se crispe, il profère des menaces terribles et prend le ciel à témoin. L'esprit est mort, mais la colère survit.

— Un seul mot encore. Où le trouver?

— Le jour, il erre de rue en rue, ainsi qu'une âme en peine; la nuit, il se blottit d'ordinaire au fond d'une gondole abandonnée qui fut la sienne, et que ses anciens confrères ont amarrée à demeure près du traguetto de San Nicolo.

Le procurateur jeta à sa confidente une bourse qu'il tenait prête sous sa main, et lui montra la porte.

Sans attendre l'explication verbale de cette pantomime, la sorcière se retira.

La nuit venue, à l'heure où les promenades finissent, où le citadin se clôt hermétiquement chez lui, où les gondoliers laissent reposer l'aviron, à l'heure où les amoureux, les coureurs d'aventures battent seuls le pavé, ou se glissent sur la lagune, au ras des murailles, deux hommes, que nous n'avons pas besoin de désigner par leurs noms, abordèrent avec toutes sortes de précautions, dans une petite barque, le traguetto principal des Nicolotti; ils accostèrent, sans la heurter, une vieille gondole délabrée, avec laquelle ils se mirent bord à bord.

Agiles comme des écureuils, ils en franchirent les bancs. Un vieillard dormait sous le felze en lambeaux; l'un d'eux le saisit au milieu du corps, l'autre lui appliqua un mouchoir sur la bouche, en sorte que, sans qu'il fît un seul mouvement ni jetât un seul cri, ils le roulèrent, ainsi qu'un ballot, de son embarcation au fond de la leur, poussèrent celle-ci sur le canal avec la rapidité d'une mouette, et ne tardèrent pas à disparaître dans la passe étroite et mystérieuse sur laquelle s'ouvrait la porte non moins mystérieuse du palais Morosini.

Les murs de ce palais n'avaient pas dès lors été moins discrets sur le sort du vieillard que les joncs et les profondeurs de l'étang de Stupinigi sur celui de Michieli Sorenzo.

Dans ces conjonctures, l'ombre de Ferramola, qui avait plané sur cette série d'événements ténébreux, cessait de se montrer à Venise, et l'impresario obséquieux, empressé, et surtout fort prodigue, arrivait à Gênes, où il installait le maëstro dans le palais ravissant que nous savons.

Il partait à peine dans ce but, que l'illustre Francesco Morosini, alléguant des raisons de santé qui nécessitaient son déplacement et prétextant l'importance des affaires entamées entre Venise et Gênes, non moins que son désir de servir activement la sublime république, se faisait offrir le titre d'ambassadeur extraordinaire à Gênes, quoique, à bien examiner les choses, cette qualité fût inférieure à celle de procurateur de Saint-Marc.

Pour contribuer à la prospérité de son pays, Francesco ne regardait aucune fonction comme indigne de lui. — Telle fut, du moins, l'opinion générale ; — nous nous réserverons, à part nous, de rabattre du mérite de cet excès d'abnégation. Mais s'il y entrait un peu d'intérêt personnel, il était déguisé de façon que l'inquisition d'Etat, malgré ses cent oreilles et ses mille yeux, s'y laissa prendre.

Le départ, l'arrivée, l'installation du nouvel ambassadeur s'accomplirent avec le mutisme inhérent à la politique vénitienne. Il ne devait se révéler au public que le jour de sa présentation au Doge de Gênes. Seulement, on ne mettait aucune entrave, loin de là, au faste de son voyage, ni aux splendeurs de son habitation ; c'était encore de la bonne diplomatie, que d'entourer ses démarches d'un luxe princier, qui donnait à l'avance une haute idée de sa personne.

La main qui ouvrit sa litière, quand il fut entré dans la cour de son palais, fut encore celle de l'inévitable Ferramola. — Après tout, il n'y avait là rien de trop étonnant, il était même assez naturel que l'ancien intendant des menus-plaisirs du procurateur à Venise, voulût être le premier à le saluer et à lui proposer ses services à Gênes.

Cet empressement surprit si peu l'illustre ambassadeur, qu'on eût pu croire qu'il s'y attendait, et que, sans adresser la parole à aucun de ses gens, avant même d'écrire au conseil ou au Doge de Gênes pour leur annoncer son arrivée, il s'enferma longtemps en tête à tête avec le Florentin, dans le cabinet de l'ambassade.

Cette pièce, d'où l'on jouissait d'une perspective admirable, donnait non-seulement sur les jardins du palais de Francesco Morosini, mais sur ceux du palais voisin. Un store adroitement adapté à la fenêtre permettait d'apercevoir ce qui se passait au dehors, sans être vu soi-même.

Aussitôt que son homme de confiance l'eut quitté, le nouvel ambassadeur courut à cet observatoire, et s'y tint avec une opiniâtreté étrange, pendant plusieurs heures, sans se lasser de l'inutilité de son attente.

Véritable Janus, factotum dévoué à tout le monde, Ferramola n'était sorti du palais de Morosini que pour frapper à celui du maëstro. Ce personnage avait grand tort de payer si cher les autres pour jouer la comédie, lorsqu'il possédait à lui seul la faculté de remplir avec avantage les rôles les plus divers.

On aurait juré, en cet instant, un homme hors d'haleine, à bout de poumons et de jambes, épuisé par les affaires et par les courses.

Stradella y fut pris.

— En quel état vous voici, mon cher impresario ! s'écria-t-il. Asseyez-vous..... Remettez-vous.... acceptez un sorbet.

— Par la superbe république !.... fit le Florentin entrecoupant ses paroles d'accents plaintifs et essoufflés, — ne prenez pas garde à moi, mais écoutez ce qui m'arrive et venez-moi en aide, mon Phénix, mon Orphée, mon bien-aimé Stradella !

— Eh ! mon Dieu, le théâtre est-il donc tombé dans la mer ?

— Pis que cela, illustrissime maëstro.... Si vous ne prenez en considération mon embarras, je suis perdu auprès de la superbe république, dont je suis pourtant le serviteur idolâtre.... Que san Lorenzo, le patron de cette belle cité, la reine des mers, m'assiste !

— Voyons, dit en souriant Stradella, accoutumé à faire bon marché des périphrases de son directeur ; que souhaitez-vous ?

— Je quitte le secrétaire de S. E. dogale ; il m'a appris qu'un ambassadeur extraordinaire de Venise allait arriver pour resserrer les liens qui unissent les deux sublimes et superbes républiques, et que pour donner plus de solennité à sa réception, le conseil supérieur avait décidé que les fêtes seraient avancées de quelques jours, de manière à coïncider avec cet événement.

— Je commence à comprendre.

— Ah ! mon incomparable maëstro, dit Ferramola en lui prenant les mains, vous comprenez, je le vois en effet, les obligations qui m'incombent, pour satisfaire les chefs de la superbe république, de la reine des mers, dont je tiens à reconnaître l'hospitalité généreuse... Il n'y a pas une minute à perdre pour mettre la dernière main aux répétitions générales de votre opéra, de votre chef-d'œuvre....

— Si les choses pressent ainsi, je ne demande pas mieux.

— Il ne demande pas mieux !.... Tu ne demandes pas mieux, ô mon fils !....

Et dans son épanchement lyrique, l'impresario embrassa bon gré mal gré son premier chanteur. — Eh bien ! venez donc, une portantine est à vos ordres dans la rue ; tous vos camarades vous attendent au théâtre. Venez, je ne partirai pas sans vous.

— Je ne prendrai que le temps de prévenir Teresa, qui est un peu souffrante.

Un nuage de déplaisir traversa la physionomie du Florentin.

— La signora est malade !...

— Oh ! rien, une indisposition, une migraine !...

— Très affectionné, accordez-moi la faveur de lui présenter mes humbles hommages.

— Soit, suivez-moi.

La jeune femme, il est vrai, n'était pas précisément malade : mais elle éprouvait une sorte de malaise, plutôt moral que physique, dans lequel l'ennui du voisinage qui lui survenait, et la nouvelle que ce voisinage était celui d'un ambassadeur de Venise, entrait pour beaucoup ; tout ce qui, directement ou indirectement, lui rappelait son pays, produisait sur elle une impression pénible. Elle n'admettait le signor Ferramola qu'à force de se raisonner, et pour l'utilité dont il était à son mari.

Elle ne fut cependant pas maîtresse d'un mouvement de contrariété, en le voyant entrer avec Stradella. L'impresario ne s'en montra que plus empressé auprès d'elle, et ne parut satisfait qu'après avoir constaté qu'il s'agissait bien d'une indisposition sans importance.

Mais le déplaisir de Teresa se manifesta de nouveau, lorsque son mari lui apprit qu'il se proposait de la quitter pour aller au théâtre. Sans se rendre compte des causes de son agitation, elle voulait le retenir à toute force. Il fallut sa raison affectueuse et l'éloquence de l'impresario pour qu'elle le laissât s'éloigner.

— Surtout, dit-elle à Ferramola, vous promettez de me le renvoyer bientôt ?...

— Je vous le ramènerai moi-même, s'il le faut, belle signorita ; et pour vous récompenser, je veux qu'il vous trouve parfaitement rétablie à son retour.

— Comment cela, s'il vous plaît ?...

— Eh ! par le remède le plus simple... la soirée est magnifique, l'air délicieux ; au lieu de vous tenir enfermée ici, dans cet appartement étouffé, allez donc respirer sur la terrasse, au milieu des orangers...

— Le signor Ferramola a raison, mon amie, ajouta l'artiste.

— Eh bien, je suivrai votre conseil, à condition que vous tiendrez votre parole.

— Adorable !... elle est adorable ! exclama le Florentin en s'extasiant. Je ne garderai pas notre cher maëstro plus d'une petite heure... Mais vous irez l'attendre sur la terrasse !...

Cette insistance témoignait tant de sollicitude qu'elle promit de nouveau.

— Ne me conduisez-vous pas au vestibule ? demanda le maëstro.

— Si vraiment !

Et s'appuyant sur son bras, elle se mit à marcher à côté de lui, si près, si près, qu'il sentit battre son cœur ; mais ce n'était pas un mouvement régulier, on eût dit des palpitations douloureuses.

— Décidément, vous souffrez ? lui dit Stradella inquiet.

Elle eut honte comme un enfant de cette émotion sans motif apparent, et lui donnant un dernier baiser :

— Adieu, revenez vite !... fit-elle, en le quittant vivement.

— Evviva ! s'écria l'impresario en franchissant avec précipitation la grille du palais ; la superbe république est sauvée... et mon entreprise aussi !...

La chaise à porteurs était là, ainsi qu'il l'avait annoncé ; il y enferma le maëstro, donna l'ordre de se rendre au théâtre San Agostino, et, suivant son usage économique, se mit à suivre à pied, son chanteur qu'il faisait conduire avec luxe.

Teresa, dans ses heures de rêverie, aimait à se sentir entièrement seule ; en rentrant, elle aperçut quelques-uns de ses serviteurs, et leur présence lui étant plutôt à charge qu'utile, elle les congédia, suivant l'usage, avec permission pour eux et pour leurs camarades de passer la soirée dehors. Puis elle se dirigea vers la terrasse d'orangers.

Mais en traversant la galerie de sa sainte de marbre, elle voulut lui rendre son hommage de chaque jour, et s'agenouilla devant elle.

L'ombre descendait déjà dans cette pièce qui recevait presque uniquement la lumière d'en haut. Des nuages qui parcouraient le ciel, produisaient à travers les vitraux des effets bizarres de crépuscule et de clair-obscur mobiles. Teresa leva les yeux vers sa divinité d'adoption, et crut distinguer sur ses traits une contraction, un jeu de physionomie qui achevèrent de glacer ce qui lui restait de résolution. La statue avait perdu son éternel sourire, dont une expression de tristesse ineffable avait pris la place.

Notre superstitieuse Vénitienne n'était pas de caractère à rechercher si le jeu de la lumière et des ombres n'était pas le vrai motif de cet aspect nouveau. Pour elle, tendre, rêveuse, croyante, tout devenait un présage, et celui-ci confirmait ses appréhensions indéfinies, mais persistantes.

Elle se releva péniblement, et se traîna jusqu'aux coussins disposés pour elle sur la plate-forme. Ici, il faisait moins sombre qu'à l'intérieur ; c'était un demi-jour délicieux, plein de charme et de grâce, propre à la méditation.

Elle demeura longtemps immobile, entraînée par ses rêves, puis ayant fait un mouvement, elle sentit son luth sous sa main, et le prit machinalement.

Le palais voisin semblait mort. Pas un murmure ne s'élevait du jardin, pas un filet de lumière ne s'échappait des fenêtres.

Il était habité cependant, et pour être silencieuses, les passions qui le remplissaient n'en étaient que plus terribles.

Si même l'attention de Teresa n'eût pas été absorbée par le cours profond de ses pressentiments, elle aurait distingué un cri, tout aussitôt contenu, il est vrai, soulevé par son apparition sur la terrasse.

Cette exclamation rauque et sauvage, arrachée à l'étonnement ou à la fureur, s'était produite derrière le store du cabinet de l'ambassade, à l'abri duquel Morosini se tenait caché, mais déjà il n'était plus seul.

Quittant son poste d'observation, il avait bondi vers une draperie qui séparait de cette pièce un réduit étroit et obscur, puis soulevant la tenture, et se penchant vers la natte qui recouvrait les dalles, il avait saisi avec une énergie fiévreuse, le bras d'un vieillard, accroupi dans un coin.

— Debout ! debout !... avait-il ordonné.

Mais, mieux que sa parole, sa main avait soulevé cet homme et l'avait d'un seul effort, porté derrière la fenêtre du cabinet.

Allongeant le bras alors vers la terrasse du palais voisin :

— Regarde !... lui dit-il.

L'œil éteint du vieillard saisit ce geste, sans pour cela s'animer.

Tout à coup, les accords d'un luth traversèrent l'espace ; une voix tendre et brisée murmura, en ajoutant encore à leur caractère mélancolique, les premiers mots d'un refrain des lagunes.

La commotion galvanique qui rend pour une minute le mouvement à un cadavre, n'est pas plus merveilleuse que la sensation soudaine qui fit tressaillir, sous l'influence de cette voix, toutes les fibres du vieillard.

Morosini n'avait plus besoin de le soutenir, il s'était redressé, et secouait ses longs cheveux blancs, comme pour chasser les restes d'un sommeil trop prolongé. Sa prunelle s'était allumée, il en jaillissait des éclairs; sa poitrine battait haletante ; ses lèvres entr'ouvertes laissaient échapper des syllabes confuses, c'était lui qui avait poussé ce cri strident arrêté au passage par l'ambassadeur.

Celui-ci, le corps tendu, les traits crispés comme le génie du mal, épiait, avec une joie inquiète, cette lutte de la raison contre l'idiotisme.

— Je dormais... oui, je dormais, balbutiait le vieillard. Qui donc m'a réveillé?... Qui donc chante le refrain des Nico otti?... Cette voix!... Mon Dieu !... cette voix... je la connais...

Faisant violence à sa mémoire chancelante, il pressait son front de ses deux mains, pour dominer la ténuité de ses idées et les réunir en faisceau.

— Non !.. je ne peux!... je ne peux pas!... fit-il, en frappant du pied et en pleurant de rage.

— Regarde !... regarde !... répéta Morosini avec autorité.

Il obéit encore, et ses cheveux se dressèrent sur sa tête ; il s'attacha de ses doigts frémissants au treillis de la fenêtre :

— Teresa !... Teresa !... C'est elle!.. c'est bien elle... dans ces riches vêtements... sur ces coussins de velours !... Ah ! je me rappelle tout... oui, tout... Misérable fille !... toi qui m'as volé mon honneur !... oh! je le jure... tu mourras !... tu mourras !...

Morosini simula une faible tentative pour retenir le vieillard ; mais cet obstacle factice accrut sa véhémence. Il s'en dégagea aisément, se précipita sur une panoplie, placée en évidence, comme le meuble le plus précieux du cabinet, en arracha un stylet, le cacha dans sa poitrine, et traversa, sans rencontrer un empêchement, ce palais tout à l'heure si hermétiquement clos, et maintenant béant de toutes parts.

XVIII ET DERNIER.

L'hécatombe.

Teresa ayant vainement essayé de se soustraire aux pensées qui l'obsédaient, laissa retomber le luth dont ses doigts n'obtenaient que des motifs propres à augmenter ses ennuis, par les souvenirs qu'ils évoquaient. Lasse, découragée, elle se plongea au milieu des coussins qui formaient autour d'elle un divan oriental, et, les yeux demi-clos, elle tomba dans une sorte de somnolence conforme à l'accablement de son esprit.

Mais bientôt un bruit indéfinissable, venu de la galerie de la statue de marbre, réveilla brusquement ses facultés anéanties.

Elle se redressa ; ce bruit l'avait troublée jusqu'au fond du cœur. Etait-ce l'effet d'un songe ébauché, une illusion, la terreur vaine qui traverse l'esprit d'un enfant ou d'un malade? Non, sans doute; car au bout d'une seconde il se renouvela, pareil à la vibration d'une lyre, suivie d'un accent plaintif.

Elle ouvrit la bouche pour appeler ses gens, mais elle se souvint du congé qu'elle leur avait donné, et calcula qu'ils ne devaient pas rentrer de si tôt. Cette circonstance même rendait plus extraordinaire le mouvement qui se produisait dans la galerie.

Si Teresa était superstitieuse, elle n'était pas craintive ; son éducation première lui avait donné de la décision et du courage. Les chagrins, les épreuves du cœur pouvaient l'abattre, jamais ceux de l'ordre positif. Elle n'hésita pas à chercher à se rendre compte de ce mouvement, et, dans ce but, elle quitta son lit de repos et marcha droit vers la galerie.

La clarté vaporeuse qui descendait d'en haut s'était raréfiée depuis quelques instants. Les angles des murailles, les embrasures des portes étaient plongés dans une ombre presque impénétrable au premier coup d'œil ; le milieu seul de la galerie rapproché de la fenêtre unique qui donnait sur le parc, était encore éclairé par le déclin du jour, et les yeux de Teresa se dirigeant d'abord vers sa statue, la trouvèrent aussi calme que d'habitude.

Poursuivant ses recherches, elle regarda autour d'elle, dans la direction opposée, et n'aperçut pas un homme qui, sortant de derrière le socle, se glissait entre elle et la porte qu'elle venait de franchir. Au bruit de cette porte, elle se retourna et recula d'épouvante.

Sous la lueur affaiblie, qui prêtait aux formes des contours fantastiques, elle vit se dresser le spectre de son père!

Oh! c'était bien un spectre que ce vieillard drapé dans un vêtement bizarre, le teint livide, décharné, la prunelle ardente, et de larges mèches répandues en désordre sur les épaules; il tenait ses bras croisés sur sa poitrine ; ses mains étreignaient la clef dont il venait de s'emparer.

Ranimé par la soif de la vengeance, il s'était précipité hors du palais de l'ambassadeur; l'entrée de l'habitation voisine n'était pas gardée ; l'eût-elle été, qu'il eût bravé tout obstacle. Guidé par l'instinct qui conduit les loups et les panthères sur la piste de leur proie, il eut bientôt gravi les escaliers de marbre, atteint le seuil d'une galerie remplie d'objets d'art, et reconnu à l'autre bout la terrasse que Morosini lui montrait tout à l'heure des fenêtres de son propre palais.

Là ! c'était bien là!... Un démon le poussait et l'aidait.

Tirant alors sur lui la porte qui lui avait livré passage dans cette galerie, il en arracha la clef et la lança, avec un rire cruel et insensé tout ensemble, par la fenêtre de cette pièce, dans les jardins qu'elle dominait d'une hauteur énorme; puis, furetant avec les allures d'un malfaiteur, il se mit à soulever les tentures, à examiner les meubles, les tableaux, pour s'assurer qu'il n'y existait pas d'autre issue. En cherchant ainsi, son pied vint à heurter le support de la statue. Le geste qu'il fit pour se retenir l'ébranla légèrement, et produisit le son entendu par Teresa, accompagné d'un faible cri arraché au vieillard par la douleur.

À l'approche de la jeune femme, il s'était blotti derrière la statue pour mieux guetter sa proie; puis, sa fille entrée, nous venons de la voir se glisser jusqu'à la porte de la terrasse, en retirer la clef, comme il avait fait de la première, et se retourner menaçant, implacable, vers Teresa,

— Mon père !... s'écria-t-elle.

— Non pas ton père, mais ton juge !... Ton juge qui t'a condamnée, et qui vient te punir !

Son aspect terrifiant, les éclairs lugubres de ses prunelles achevèrent de glacer la pauvre Teresa, qui, poussant un cri de détresse, s'élança vers la porte de l'intérieur du palais.

— C'est inutile, lui dit Bartolomeo d'une voix sinistre; cette porte ne s'ouvrira pas, non plus que celle-ci, dont voici la clef; et pour que nul espoir ne te reste, tiens, regarde, elle va rejoindre la première.

En même temps il la jeta par la fenêtre, et tira le stylet caché sous ses vêtements.

— Mon père, que faites-vous?

Et Teresa, à moitié folle de frayeur, recula jusqu'au bout de la galerie, fascinée par cette lame aiguë qui s'avançait vers elle à mesure qu'elle voulait la fuir.

— Ne me reconnaissez-vous pas?... dit-elle à son père.

— C'est parce que je te reconnais que je suis ici !... répondit la voix implacable; — c'est parce que je possède tout mon jugement que je te dis : Fille sans cœur, tu m'as déshonoré;... tu vas mourir !

— Au nom du ciel !..

— Le ciel maudit les filles ingrates !...

— Mon père ! mon père, pitié !...

— Non !... tu mourras !

— Grâce !... à l'aide !... au secours !... Rappelez votre raison !

— C'est toi qui es en démence !... exclama le vieillard; c'est toi qui es folle, car nul ne viendra ..

— Ecoutez !... On vient, pourtant !...

Elle s'était précipitée de nouveau vers la première porte, haletante, en proie à une émotion assez violente pour la tuer sur la place.

Bartolomeo lui-même avait suspendu ses menaces.

Comme si l'appel de Teresa eût été entendu, une voix répondait du dehors en prononçant son nom, et dans cette voix il lui sembla reconnaître celle de Danielo; mais quelle vraisemblance! elle le croyait si loin !

— A moi !... cria-t-elle encore, en essayant de secouer la porte.

Des coups précipités répondirent aux siens. Mais aussitôt un bruit sourd, confus, prolongé, leur succéda. Elle se crut sauvée.

— On arrive !.. dit-elle.

— On arrivera trop tard!

Et il leva son stylet.

Le bruit extérieur s'était éloigné.

— Ils s'en vont, ils t'abandonnent! murmura son père.

— Ah! voilà celle qui me protégera!

Par une inspiration subite, elle embrassa les pieds de sa sainte miraculeuse.

Bartolomeo allait l'atteindre; nous ne savons quel geste sublime l'imminence suprême du péril lui prêta; au moment de frapper, le vieillard sentit le fer hésiter dans sa main.

— De quoi m'accusez-vous, enfin?... fit-elle en redressant la tête avec une sorte de dignité; serez-vous sans entrailles pour le repentir de votre fille? Votre honneur est-il donc entamé parce que vous me retrouvez la femme d'un homme illustre, au lieu d'être celle d'un être que je haïssais.

— Ton séducteur, je le tuerai aussi !...

— Mon mari !... l'homme qui m'a sauvée !...

— Ton mari !... répéta-t-il comme s'il eût mal entendu.

Ce mot avait fait retomber son bras.

— Mon mari devant Dieu et devant les hommes !... je le jure par cette image vénérée.

— Ton mari... celui qui t'a enlevée à ton père?

— Celui dont je porte le nom n'est pas l'infâme qui a commis ce rapt !...

— Attends... attends que je saisisse... Oh ! mes idées... ma raison !

— Votre raison, vous la possédez, mon père, quand vous comprenez que j'appartiens par des nœuds légitimes à un homme de cœur et de talent.

— Et ce n'est pas lui, dis-tu, qui fut ton ravisseur?

— Non, mon père; c'est lui, au contraire, qui me délivra de la prison où me retenait le misérable qui m'avait attirée dans un piége pour me déshonorer.

— Et le nom, le nom de celui-là !... s'écria Bartolomeo, recueillant avidement les paroles de sa fille.

— Son nom, vous le connaissez : c'est Francesco Morosini !

— Lui!... rugit l'ancien gastaldo. Malheur ! malheur !... Tout ce que tu viens de dire, le répéterais-tu en sa présence?

— A l'instant.

— Ah! c'est cette vengeance-là qui sera belle !... Viens donc ! viens, ma fille !

Il l'entraîna vers la sortie, oubliant que lui-même s'était enlevé les moyens de fuir.

— Fermée !... s'écria-t-il en faisant de vains efforts pour forcer la porte. Mais il recula soudain, suffoqué par une bouffée de fumée brûlante qui traversait le seuil. Au même instant, une lueur d'un rouge blafard passa comme un éclair devant la fenêtre; puis une chaleur intense monta du dehors, envahissant la galerie entière.

Le doute n'était plus possible, — le feu avait été mis au palais.

La jeune femme alla à la fenêtre et se rejeta précipitamment dans la galerie; ce n'était plus une lueur, c'était une longue flamme qui formait un rideau devant elle.

— Nous sommes perdus ! s'écria-t-elle.

— Perdus !... et par ma faute !... Ah! ma fille, ma pauvre enfant! A ton tour, me pardonneras-tu?

Elle se précipita en pleurant dans ses bras.

Cependant, l'incendie prenait des proportions qui permettaient de le remarquer au loin. On le signalait dans la ville; le tocsin sonnait, et Stradella ne fut pas des derniers à l'apercevoir. A la direction des tourbillons rougeâtres fouettés et avivés par le vent de la mer, un pressentiment le saisit. Echappant à Ferramola qui s'efforçait de le retenir, il vola de ce côté; et, comme il tournait l'angle de la rue, il reconnut avec angoisse que le feu dévorait son propre palais.

Des désespoirs si grands ne raisonnent pas. Il sentit, comme si une voix d'en haut le lui criait, que tout était fini pour lui.

Fou de douleur, il franchit la ligne des gens accourus pour prêter leur aide, et, repoussant ceux qui essayaient de le préserver d'une entreprise mortelle, il se jeta à travers les flammes.

Au milieu du vestibule, son pied glissa dans le sang, et il aperçut devant lui une forme humaine qui se tordait dans les horreurs de l'agonie.

Il se pencha et poussa un gémissement qui eût dû attendrir le ciel; le mourant... c'était Danielo !

— Mon fils !... mon cher enfant !... s'écria-t-il.

Puis, agenouillé dans la mare sanglante qui l'entourait, il tenta de le relever, de le soutenir. Hélas ! il restait à peine un souffle de vie dans cette généreuse poitrine, et ce souffle, comme toute son existence, appartenait à son père adoptif.

— Maître, balbutièrent ses lèvres décolorées, — pardon... je suis venu trop tard... Je voulais pourtant la sauver... mais lui, le traître... il est là...

— Le traître ? De qui parles-tu ?... Son nom... le nom de ton meurtrier ?...

Danielo fit un effort inutile; la voix lui manquait, le voile de la mort couvrait ses regards, sa respiration ressemblait à un sifflement funèbre, ses membres se roidirent; il retomba en murmurant :

— Sauvez... sauvez-la !...

Ces derniers mots ramenaient l'artiste au sentiment d'un danger trop pressant pour lui permettre de pleurer sur le corps de son enfant. Il escalada les degrés, et trouvant la porte de la galerie fermée :

— Teresa !... Teresa !... cria-t-il; c'est moi !... moi, Stradella !

Étroitement unie à son père qu'elle pressait sur son sein, et dont elle trouvait encore la force d'amoindrir le désespoir, depuis un moment la jeune femme avait fait ses adieux à la vie. Elle ne pleurait pas; une prière fervente s'élevait de son âme vers le ciel. A la voix bien-aimée de celui qu'elle n'espérait plus, le désir de vivre se réveilla en elle :

— Stradella !... dit-elle; courage, mon père !... Il nous sauvera, lui !...

Hélas ! cette dernière joie était encore une illusion. Les flammes, qui s'activaient en marchant, gagnaient, gagnaient toujours. La main exécrable qui avait allumé l'incendie n'avait pas fait les choses à moitié, elle avait promené de place en place sa torche criminelle, préparant l'invasion simultanée de toutes les parties du palais par où les secours auraient pu arriver.

Au point où en était l'embrasement, Bartoloméo et sa fille sentaient le plancher brûler sous leurs pieds. Ce supplice nouveau quintuplait leur énergie. Armés de tout ce qu'ils avaient pu trouver, ils secondaient les efforts de Stradella, et cette porte maudite qui les séparait commençait à s'ébranler enfin.

Encore quelques coups, elle céda, et comme elle tombait en pièces, un craquement épouvantable fit vaciller, des fondations jusqu'au faîte, le palais tout entier; la moitié de la galerie s'effondrait, entraînant dans ses ruines la statue, dont la lyre sembla rendre encore un son funèbre.

Le cratère d'un volcan en éruption n'offre pas un spectacle plus horrible que ce gouffre, d'où s'élançaient des torrents de flamme et de fumée rougeâtre.

Mais rien n'était capable d'arrêter le courage et le sang-froid du maëstro. Aidé de Bartolomeo, il saisit Teresa, l'enleva dans ses bras et voulut fuir ce lieu que menaçait une destruction rapide et complète.

Tout à coup, un cri poussé par le vieillard lui signala un ennemi bien plus inexorable que l'incendie, et il se trouva en présence de Michieli Sorenzo !

C'était lui, bien vivant, avec sa haine, sa rancune et sa jalousie. Echappé au marais de Stupinigi, sauvé de la balle de Danielo, il n'avait tenu à se guérir que pour se venger ; l'incendie était son œuvre, l'assassinat du généreux enfant son œuvre encore, et pour couronner ses forfaits, il voulait la vie de son rival.

Les cheveux roussis par le feu qu'il venait de braver, le visage illuminé par les reflets de l'embrasement, il barrait le passage, l'épée à la main, — Stradella aperçut sur cette épée le sang de Danielo, qui n'avait pas eu le temps de sécher.

— Vous ne passerez pas ! vociféra ce démon vomi par l'enfer, — déjà vous m'avez échappé une fois; je ne voulais pas me venger par un crime, c'est vous qui m'y forcez, et mes précautions sont bien prises...

— Place ! place, assassin... incendiaire... cria l'artiste en tirant son épée d'une main, tandis que de l'autre, toujours secondé par Bartolomeo, il soutenait Teresa, que cette catastrophe avait frappée au cœur. — Place ! ou tu vas mourir !...

— Soit... Nous mourrons ensemble !...

Le cliquetis du fer qui se croisait, succéda à ces menaces, au milieu des crépitations du feu, du fracas des meubles renversés avec les plafonds, des pans de murailles tombant de toutes parts.

L'escalier avait résisté jusque-là, mais dans ce cataclysme général, ses marches commençaient à s'écrouler derrière Michieli, et quand Stradella, au comble de la fureur, parvint à lui plonger sa lame dans la poitrine, le misérable s'affaissa sur lui-même en répétant :

— Ensemble !... oui, ensemble !...

Que se passa-t-il alors ? Nul ne le sait, mais la foule, qui assistait de loin à cette hécatombe, dont la violence défiait tout secours, frissonna comme un seul homme, en entendant un cri, qui domina tout à coup les bruits divers de l'œuvre de destruction. Rien de semblable n'avait jamais frappé l'oreille, c'était un gémissement appartenant à un autre monde, au monde des damnés.

Quelques instants après, le palais n'offrait plus qu'un monceau de décombres, et quand elles se furent refroidies et qu'on voulut les fouiller, on n'y trouva que des os calcinés, des pierres noircies, des débris et des ruines, plus rien du chef-d'œuvre de marbre auquel le vieux bombardier Vicenzo n'eût pas manqué d'attribuer ce malheur effroyable.

Morosini devait être satisfait au delà de ses vœux; la foudre avait déblayé sa vue de tout ce qui faisait obstacle à son orgueil, à sa colère, à sa sérénité !

Le lendemain même, un messager ducal se présenta au seuil de son palais :

— Illustrissime signor, lui dit-il, S. E. mon maître, Agostino Spinola, doge de la république de Gênes, se fera un plaisir de recevoir en audience solennelle, le noble et vaillant représentant de notre sœur, la république de Venise.

————

L'odyssée de la Sainte-Maudite, comme l'appelaient les pirates de l'Archipel, ne suffit pas pour dégoûter Francesco Morosini des merveilles de l'antiquité grecque et païenne. L'histoire met à sa charge l'une des plus regrettables profanations commises en ce genre.

En 1687, voulant emporter à Venise un nouveau monument des victoires qui venaient de lui mériter le surnom de Péloponésiaque, il eut la prétention de s'emparer de la Minerve du Parthénon, et la brutalité des hommes qu'il chargea de ce travail amena la perte du chef-d'œuvre de Phidias.

Aujourd'hui, les triomphes du conquérant ne sont plus qu'une tradition ; il ne reste pas à Venise un lambeau des contrées qu'il a vaincues ; mais les œuvres de Stradella survivent en partie ; immortelles comme le génie qui prend sa source plus haut que les monuments matériels, deux siècles n'ont pas épuisé l'admiration qui les entoure. La postérité a vengé l'artiste de la vengeance du grand seigneur, et ce jugement de la postérité, c'est la gloire.

OCTAVE FÉRÉ ET D. A. D. SAINT-YVES.

Paris. — Imprimerie de DUBUISSON et C°, rue Coq-Héron, 5.